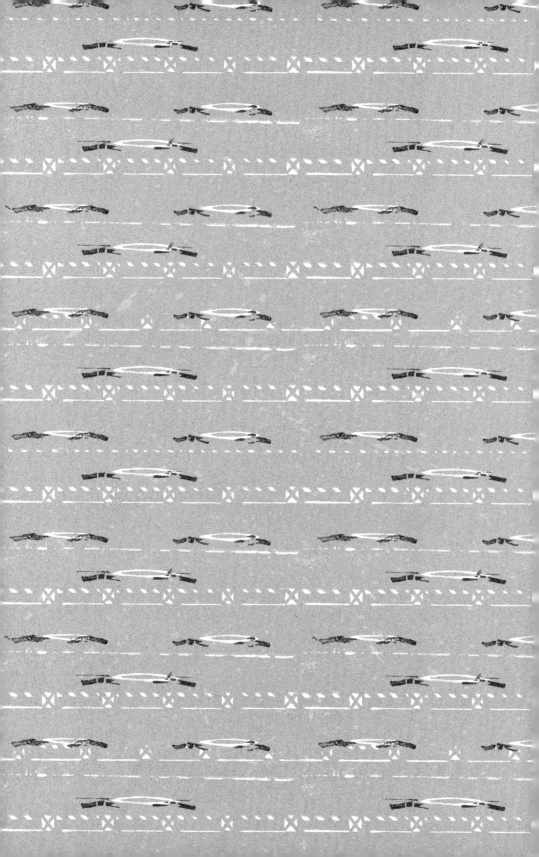

She Would Be King
Copyright © 2018 by Wayétu Moore
Todos os direitos reservados.

Ilustração de capa © Kula Moore
Design original de capa © Kimberly Glyder

Tradução para a língua portuguesa
© Larissa Bontempi, 2022

Diretor Editorial
Christiano Menezes

Diretor Comercial
Chico de Assis

Gerente Comercial
Giselle Leitão

Gerente de Marketing Digital
Mike Ribera

Gerentes Editoriais
Bruno Dorigatti
Marcia Heloisa

Editora
Nilsen Silva

Editora Assistente
Talita Grass

Adap. de Capa e Proj. Gráfico
Retina 78

Coord. de Arte
Arthur Moraes

Coord. de Diagramação
Sergio Chaves

Designer Assistente
Natália Tudrey

Finalização
Sandro Tagliamento

Preparação
Ana Cecília Água de Melo

Revisão
Flora Manzione
Lorrane Fortunato
Retina Conteúdo

Impressão e Acabamento
Gráfica Geográfica

DADOS INTERNACIONAIS DE CATALOGAÇÃO NA PUBLICAÇÃO (CIP)
Jéssica de Oliveira Molinari — CRB-8/9852

Moore, Wayétu
  Ela seria o rei / Wayétu Moore ; tradução de Larissa Bontempi.
  — Rio de Janeiro : DarkSide Books, 2022.
  304 p.

  ISBN: 978-65-5598-185-8
  Título original: She Would Be King

  1. Ficção norte-americana 2. Ficção histórica 3. Liberia – Ficção
  4. Negros na literatura I. Título II. Bontempi, Larissa

22-1832   CDD 813

Índices para catálogo sistemático:
1. Ficção norte-americana

[2022]
Todos os direitos desta edição reservados à
DarkSide® *Entretenimento LTDA.*
Rua General Roca, 935/504 — Tijuca
20521-071 — Rio de Janeiro — RJ — Brasil
www.darksidebooks.com

WAYÉTU MOORE

ELA SERIA

O REI

TRADUÇÃO
LARISSA BONTEMPI

DARKSIDE

Para Gus e Mam

*Embaixadores virão do Egito,
e toda a África estenderá suas
mãos para louvar a Deus.*

Salmos 68:31

NOTA DA AUTORA

Quando eu era criança, minha mãe me dizia para ser gentil com os gatos. Ela me contou uma história que ocorreu em uma aldeia no oeste da África, onde minha família e eu nos escondemos durante a guerra civil da Libéria, em 1990. Ela disse: "Em Lai, houve uma vez que uma velha espancou o próprio gato até a morte. O gato ressuscitou e o fantasma dele ficou no telhado até a casa desmoronar, matando a velha". Muitos anos atrás, tentei escrever um conto sobre essa mulher e sua famigerada morte. Escrevi e, dessa morte, de maneira surpreendente e afortunada, nasceu Gbessa.

{Gbessa se pronuncia "Béssa"}

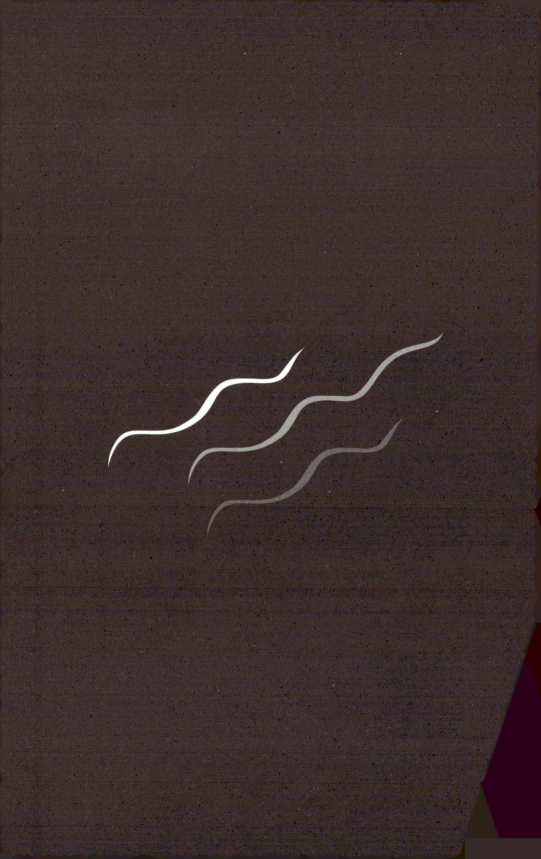

LIVRO UM
OS TRÊS

ELA
SERIA
WAYÉTU *O* MOORE
REI

GBESSA

Se quisesse continuar, Gbessa teria primeiro que sair do caminho da cobra que se movimentava lentamente. Marrom-esverdeado, com olhos dourados tão difíceis de encarar quanto o sol, o corpo da cobra tinha cores que não a distinguiam do bosque de onde ela havia rastejado. Gbessa pensou que os arbustos ao redor sentiram ciúmes da partida dela e, por isso, estenderam os dedos dos pés para bloquear o caminho. Uma poeira laranja manchava a barriga da cobra, que se contorceu quando ela sibilou. Gbessa apontou um graveto de um metro e meio na sua direção. A cobra não teve medo dela nem do graveto. Levantou a cabeça e avançou.

Esse confronto aconteceu muitas luas depois daquele dia escaldante em que Gbessa foi banida de Lai para sempre. Havia percorrido aquele caminho por semanas, tropeçando em seixos e galhos, espremida entre hastes de cana-de-açúcar, e ainda assim recusava-se a olhar para trás. Os fios de seus cabelos se juntaram aos véus formados por grãos de argila, que também percorreram aquela estrada longa e impiedosa. Gbessa não podia voltar. Safuá estava em outro caminho, de mãos dadas com sua rejeição e com aquelas mortes. Gbessa cutucou de leve a barriga da criatura irascível, e a cobra se lançou sobre ela. A menina deu um passo para trás, quase levando uma mordida na canela.

Eu estava lá naquele dia, tão perto dela quanto daqueles outros seres dotados que estavam presentes no dia em que os navios vieram.

"Tome cuidado, minha querida", sussurrei no ouvido de Gbessa. "Tome cuidado, minha amiga."

Ela deu uma olhada por cima do ombro como se tivesse me ouvido ou como se esperasse ver Safuá, e a cobra atacou de novo, mordendo seu tornozelo antes de fugir entre as hastes do outro lado da estrada. Gbessa gritou e caiu no chão. Ela chorava e era evidente que não só a perna doía, mas também seu coração, porque ela segurava as lágrimas e fechava a mandíbula em meio aos soluços. Esfregou o tornozelo como se procurasse por ossos e apertou com força a pele avermelhada onde a cobra havia mordido, tentando livrar-se do veneno. Talvez não acontecesse nada além da picada. Talvez ela desmaiasse de dor. Mas em algum momento acordaria. Gbessa esfregou a ferida, mas sabia naquele momento o que sempre soube: esse veneno permaneceria com ela para sempre. Ela sabia naquele momento o que sempre soube: assim como seu amor por Safuá, ela não morreria. Não podia morrer.

Não havia garotas Vai como Gbessa. A aldeia costeira de Lai havia testemunhado apenas uma mulher amaldiçoada — a Velha Mãe Famatta. Dizem que ela ficou sentada no canto da lua depois que sua rede a jogou lá, no seu 193º aniversário. Mas nem mesmo a má sorte da Velha Mãe Famatta se comparava à de Gbessa, que não foi amaldiçoada somente com a incapacidade de morrer, mas também com a maneira com que a morte zombava dela.

Lai estava escondida no meio da floresta quando o povo Vai a encontrou. Havia evidências de habitantes anteriores ali, como cacos de faiança e diamantes quebrados, todos espalhados nos topos das colinas na companhia inesperada de gatos domésticos. Mas quando os Vai chegaram da Arábia devastada pela guerra, atravessando o interior de Mandingo no início do século XVIII, não encontraram nenhum habitante e decidiram ocupar a província com seus espíritos.

Em um terreno de um quilômetro e meio de comprimento e oitocentos metros de largura, eles usaram ferro fundido para erguer a aldeia, um vasto círculo de casas construídas com madeira de palmeiras da região, telhados de zinco e tijolos de barro para mantê-las frescas durante a temporada de seca.

Durante o dia, os Velhos Pais se reuniam para desenhar na terra linhas e símbolos que representavam quantas luas haviam passado desde a última chuva, o último eclipse ou outros milagres do céu. Eles esperavam que os espíritos se revelassem em nuances e desvendassem os segredos da terra e dos animais.

Dentre muitas coisas — como qual guerreiro Poro seria o mais adequado para liderar as próximas defesas contra os povos da região, de modo que o exército Vai pudesse retornar com gado, colheitas e reféns para ajudar a cuidar das fazendas de arroz —, os espíritos também diziam aos Velhos Pais para que cuidassem dos animais sensíveis da província, sobretudo dos gatos. Os Velhos Pais revelavam aos aldeões as novidades que recebiam dos espíritos.

A Velha Mãe Nyanpoo nunca ouvia.

Antes de Gbessa nascer, a Velha Mãe Nyanpoo — idosa, amargurada e viúva — morava apenas duas casas para baixo de Khati, a mãe, então grávida, de Gbessa. A Velha Mãe Nyanpoo tinha um gato laranja muito gordo e batia nele com frequência a fim de entorpecer sua solidão. Os anciões da aldeia alertaram a Velha Mãe Nyanpoo sobre o que os espíritos lhes haviam dito a respeito dos gatos, mas ela os ignorou. Não tinha controle sobre seu orgulho e esperava deixar os espíritos com raiva o suficiente para reuni-la com seu amor falecido.

Quando Kano, um escravizado do pescador Cholly, bateu à porta da Velha Mãe Nyanpoo para entregar os peixes que as redes dela tinham pegado, o gato gorducho olhou com avidez para o balde de metal. Ele se escondeu atrás do braseiro enquanto a Velha Mãe Nyanpoo fechava a porta na cara de Kano e inspecionava o balde, procurando por algum sinal de furto. Quando a cabeça do gato apareceu atrás do braseiro, ela pegou um peixe do balde e o balançou para ele.

"Nem chegue perto!", gritou ela, sacudindo o peixe. Escamas, água salgada e sangue voavam, e o gato desviava da bronca da Velha Mãe Nyanpoo. Naquela noite, depois de limpar os peixes para a esposa de Cholly, Kano soprou a última lamparina. O assobio produzido por seus lábios comprimidos se uniu ao cheiro pungente de peixe e circulou pela aldeia até a casa da Velha Mãe Nyanpoo, acordando o gato. O gato levantou do canto onde estava deitado e sondou a sala. No escuro, seu nariz gelado fez uma busca desesperada pelo balde de peixes.

A perna da Velha Mãe Nyanpoo se contraiu e ela resmungou palavrões noite adentro. Assustado, o gato se posicionou para correr, caso ela acordasse para bater nele com a vassoura de sequoia da varanda. Mas ela permaneceu no quarto escuro, imersa em um sono profundo. O gato continuou avançando em direção ao peixe, ignorando a provável retaliação que receberia no dia seguinte, quando a Velha Mãe Nyanpoo descobrisse que seu peixe tinha sumido. Quando enfim chegou, se esticou até alcançar a borda do balde, tomando cuidado para não arranhá-lo com as unhas. Seus olhos estavam grandes, sua boca estava pronta, quando um golpe forte o jogou para o outro lado da sala.

"Eu falei, não foi?", perguntou a Velha Mãe Nyanpoo, acendendo a lamparina. O gato mal tinha se levantado quando levou outro tapa forte na cabeça. Ele esticou as garras e sibilou para a velha. Ela bateu na cabeça dele de novo e o gato gritou, acordando um vizinho, que lentamente levou sua voz inquisitiva e a lamparina em direção ao círculo da aldeia.

O gato, determinado a escapar da fúria dela, correu depressa para o braseiro.

"Ah, não!", bronqueou a Velha Mãe Nyanpoo. "Você não vai pra lugar nenhum." Ela o arrastou pelo rabo para fora do braseiro. No círculo da aldeia, os vizinhos se reuniram, intrigados com o que poderia ter deixado a velha tão enfurecida a ponto de bater no pobre gato no meio da noite.

"Vou te dar uma lição! Você vai ver!", gritou ela. O gato berrou, sem conseguir se esquivar da viúva amarga. Os vizinhos ficaram com um gosto azedo na boca e com as orelhas quentes, enojados com a audácia da Velha Mãe em ofender os espíritos. Cholly bateu à porta da Velha Mãe Nyanpoo, mas ela o ignorou e continuou golpeando o gato.

"Ela vai matar o bicho", disse Safuá, filho de Cholly, um garoto lindo de 5 anos de idade, com a pele da cor de casca de coco e olhos que sempre faziam questionamentos sérios.

Do lado de dentro, o gato deitou no canto enquanto os contornos robustos da velha e da vassoura ficavam embaçados. Cansado de olhar para ela, o gato fechou os olhos, abriu a boca e deixou o coração parar.

Paralisada, a Velha Mãe Nyanpoo olhava para o corpo do gato. Ela havia matado o último ser que podia chamar de seu e se viu completamente sozinha. Caminhou até a porta, sem fôlego. Quando a abriu, viu que os vizinhos estavam no círculo da aldeia, segurando lamparinas que iluminavam seus rostos preocupados. Cholly espiou dentro da casa e notou o gato morto encostado na parede.

"Eita!", exclamou ele, perplexo com o destemor da Velha Mãe Nyanpoo. Após ver o animal morto, as crianças se dispersaram e voltaram para suas casas. "Os espíritos vão vir atrás de você", disse Safuá, a única criança que tinha restado no círculo.

"Enterre ele pra mim", pediu a velha enquanto Cholly olhava para o gato. Ele não disse nada e evitou encará-la. Chamou Kano para buscar o gato, e Kano, por sua vez, saiu devagar da aldeia e adentrou a floresta para enterrar o gato morto, enquanto Safuá, curioso, o seguia.

De manhã, a casa da Velha Mãe Nyanpoo desmoronou enquanto ela ainda estava dentro. Ela morreu na hora. Quando eles desenterraram os restos mortais dela de uma pilha de madeira de palmeira, palha e detritos, não encontraram os peixes em lugar nenhum. O Velho Pai Bondo, que acordava todas as manhãs para orar antes que o galo cantasse, havia dormido na noite anterior e não sabia nada sobre o feito perverso da Velha Mãe Nyanpoo. Ele disse apenas que vira o gato laranja pular para o topo da casa dela antes do desabamento.

"Mas o gato tá morto", comentou Cholly.

Quando os anciões souberam disso, declararam que o dia era amaldiçoado, convencidos de que os espíritos haviam possuído o gato morto para que ele voltasse, se vingasse e roubasse o balde de peixes a fim de saciar seu desejo.

Por causa do decreto, naquele dia os tambores do lado de fora da janela de Khati ressoaram intensamente. O marido dela já estava pescando no lago, e Khati, deitada em um catre retangular feito de grandes folhas de palma e estofado de palha, resmungava de dor. Khati estava para ter o seu bebê, de modo que nas últimas semanas o marido tinha se levantado antes do galo cantar e passado horas no lago Piso na esperança de pescar o suficiente para comer e vender no mercado da aldeia. Nem o pai de Khati, nem o pai do pai, nem o marido, nem o pai do marido eram pescadores hábeis o suficiente para ter escravizados em casa, então Khati nada herdara.

Quando abriu os olhos e ouviu os tambores, Khati se levantou, com o corpo dolorido. Ela era uma mulher de pele negra escura, com nariz e braços finos e cujos seios e quadris se desenvolveram apenas nos últimos meses da gravidez. Pelo ritmo dos tambores, ela sabia que alguém havia morrido ou sido amaldiçoado e que isso simbolizava um nascimento sombrio para o bebê que estava em seu ventre. A barriga de Khati se contorceu de aflição. O cinza da manhã se arrastou pela janela aberta em direção ao corpo dela, expondo os rastros de suor que desciam pelo seu rosto e por seus braços. Khati acariciou e deu um tapinha na própria barriga, implorando para que o bebê esperasse um pouco mais dentro do útero. Esticou a mão até o chão, para se arrastar do catre até a janela, mas o peso do seu corpo fez com que os dedos das mãos e dos pés do bebê se flexionassem dentro dela.

"Não, não", sussurrou Khati para a barriga esticada. "Espere um pouco."

Ela pressionou a mão no chão, ao lado da cama, e tentou de novo, conseguindo arrastar o corpo dolorido do catre até a janela. Ela apoiou as costas na parede. Khati se segurou na moldura da janela, levantando seu corpo até ver os percussionistas barrocos do lado de fora.

As mãos deles estavam manchadas de sal e poeira. Ao redor dos percussionistas, os Velhos Pais marchavam enquanto seus pescoços afundavam nos ombros cobertos. Khati, que sabia o que significava parir o bebê naquele momento, cruzou as pernas. Com medo de ser vista, se jogou no chão, sentindo o corpo quente e frio ao mesmo tempo e sua *lappa*[1] imbuída em suor. Esfregou a barriga em pânico enquanto examinava o quarto em busca de uma solução. A busca terminou na porta mais próxima do jardim de arbustos, que levava à entrada da floresta.

Antes que Khati pudesse se mover, sangue e água escorreram pelas suas coxas, seguidos de um fluxo mais abundante, encharcando sua *lappa* e o chão ao redor. Para não gritar, Khati mordeu o lábio inferior até sentir o gosto do próprio sangue. Não podia arriscar que eles a ouvissem. Não suportaria dar à luz uma criança justo naquele dia em que

---

[1] Espécie de túnica ou saia usada em alguns países da África Ocidental. (As notas são da tradutora.)

seria proibida de oferecer outra para a aldeia. Decidiu então rastejar até a floresta atrás da casa. O bebê chutou, pronto para se aproximar da fresta de luz na abertura.

"Não, não", repetia Khati à medida que o chão ficava cada vez mais molhado. Suas pernas tremiam. Ela agarrou a *lappa* e a apertou. Não adiantava. O bebê iria nascer.

Khati se arrastou em direção à porta que dava para a floresta. Com as duas mãos, puxou o corpo trêmulo para ficar de lado. O bebê empurrou. Ela apertou as pernas e resistiu até as coxas doerem.

"Por favor, meu bebê", implorava ela. "Espere um pouco."

Os percussionistas batiam com força lá fora, e Khati abriu a porta de madeira dos fundos e rastejou até um amontoado de arbustos. Exausta, ela ofegava enquanto tentava parar o bebê, primeiro com uma batida intermitente na barriga, depois estendendo uma das mãos por baixo da *lappa* na tentativa de impedir que mais líquido saísse de onde o bebê empurrava. A vários metros de sua casa, ao final de um rastro de sangue, sem forças para ignorar a dor que avançava sob seus dedos úmidos e pegajosos, Khati caiu de costas em cima das folhas. Incapaz de apertar as coxas escorregadias por mais tempo e de conter a cabeça obstinada do bebê, Khati berrou contra o vento e o sol.

As batidas cessaram.

Esse foi o dia em que Gbessa nasceu.

Os anciões declararam que ela estava amaldiçoada.

Na temporada de seca de 1831, não houve guerras, e as colheitas de arroz e peixe foram abundantes. Durante a temporada de chuvas, as crianças da aldeia se sentavam com os griôs para aprender a história de seu povo, e também a contar e a escrever, mas, durante o período de seca, todos com mais de 5 anos trabalhavam. Os meninos Vai iam para o lago Piso pescar com os pais, e as meninas iam para a fazenda de arroz.

As Velhas Mães se reuniam e teciam *lappas* de algodão e pele de cabra para que as mulheres Vai se cobrissem e os insetos não pousassem em suas pernas enquanto colhiam arroz nas fazendas. Para suas meninas Vai favoritas, aquelas que davam pequenas porções de suas colheitas ou enviavam os próprios escravizados para cuidar das hortas de pimenta ao redor das casas das anciãs, as Velhas Mães deixavam as peles de cabra de molho em pedra derretida para que adquirissem tons de vermelho e verde. Embora Khati fosse comum, uma vez recebeu um agrado das Velhas Mães por causa da sua docilidade e das rugas horizontais em seu pescoço, o que, para o povo Vai, era um sinal de grande beleza. As Velhas Mães nunca fizeram uma *lappa* para Gbessa se cobrir e, após o nascimento dela, Khati nunca mais recebeu tecidos avermelhados. Em vez deles, Khati cobria sua filha de 5 anos de idade com uma *lappa* marrom desbotada, feita com tecido de *pamkana*,[2] antes de levá-la para a fazenda de arroz.

No caminho para a fazenda, Khati e Gbessa passavam pelo círculo da aldeia, onde crianças pequenas riam loucamente em um jogo de arremesso de seixos.

"Gbessa, a bruxa! Gbessa, a bruxa gata gorda!", cantavam as crianças enquanto Gbessa passava por elas, vários metros atrás de sua mãe. Quando percebia que ela e a mãe estavam passando pelo lago Piso, Gbessa observava os vãos entre os arbustos, na esperança de ver o pai. O pai de Gbessa, um pescador cuja reputação fora destruída pelo nascimento dela, nunca tinha visto ou falado com a menina. Ele compreendeu que, como não receberia nenhuma honra da filha, poderia salvar o que restou da dignidade de sua família trabalhando arduamente. Passava vinte e quatro horas por dia no lago, pescando, tirando pequenos cochilos e amaldiçoando a vida aos sussurros.

"Venha!", chamou Khati ao perceber que a filha estava ficando para trás. Ao chegarem à fazenda, Khati juntou-se às mulheres e instruiu a filha a se sentar nos arredores do campo. As mulheres Vai, as ricas e as comuns, passavam as manhãs no campo mais próximo da aldeia, fofocando e mal colhendo um saco inteiro de grãos das safras que cresciam na terra seca; enquanto isso, suas duas dezenas de escravizadas e as filhas delas trabalhavam nos pântanos e nos campos mais afastados.

As mulheres não pediam a Gbessa que fosse ao campo conversar, ao contrário de outras meninas Vai, que eram convidadas a ajudar na colheita e nos afazeres enquanto ouviam, às escondidas, as fofocas sobre

---

[2] O tecido é confeccionado a partir das folhas e da casca do dendezeiro.

qual prato de arroz e *wolloh*³ estava amargo. Como Gbessa era ignorada por elas, o sol sentia prazer em tê-la só para si e deixava sua marca na pigmentação da menina, cuja pele adquiria a cor do crepúsculo. Visto que o sol não precisava dividir Gbessa com nada nem ninguém, o cabelo dela também era objeto de sua paixão; caía pesadamente sobre as costas dela, formando um longo e ardente arbusto vermelho, confirmando ainda mais o decreto Vai de que ela estava amaldiçoada.

No oitavo ano de Gbessa, a temporada de chuvas atrasou três meses. As mulheres Vai haviam colhido comida suficiente para os meses seguintes, mas temiam não receber chuva o bastante para a próxima colheita. A Mãe Eilsu, uma mulher inteligente que sempre tinha um único ramo de palha no canto da boca, insistiu para que as mulheres levassem o problema aos anciões. Juntas, elas caminharam da fazenda de arroz até a tenda dos anciões. Khati puxou Gbessa pela mão, fazendo-a caminhar atrás das mulheres, quando percebeu que os aldeões haviam repudiado as tarefas e jogos diários, deixado a sombra dos coqueiros e mangueiras inclinados e também suas agulhas de tecelagem e peles de animais.

Na tenda — uma choupana circular feita de troncos de café empilhados uns sobre os outros —, dez Velhos Pais saíram de um silêncio profundo e ergueram a cabeça quando as mulheres e suas filhas se aproximaram deles. As conversas dos aldeões foram silenciadas abruptamente quando o líder mais velho estendeu a mão.

"Ancião", começou a Mãe Groie, a líder de uma das filas, após o aceno do ancião. "A gente quer saber o que aconteceu com a chuva. Tamo com medo pela fazenda de arroz." As mulheres na fila murmuraram e suspiraram umas para as outras.

"A garota vem todos os dias com Khati", disse a Mãe Eilsu, líder da outra fila, apontando para a modesta Khati, que andava devagar com Gbessa nos fundos da tenda. Com medo da acusação repentina, Khati apertou os ombros da filha. As mulheres giraram em direção a Khati e diziam "é" e "a Velha Mãe tá certa" em coro contra a pequena bruxa.

---

3   Prato condimentado que pode ser acompanhado por vegetais e carnes variadas.

"Então por que ela não faz a colheita perto do pântano?", perguntou o ancião. "É onde cresce a maior parte do arroz, né?"

"Não importa se ela colhe perto de nós ou no pântano com as escravizadas. Não dá pra se esconder dos espíritos. Eles veem ela", argumentou a Mãe Eilsu.

Murmúrios de concordância se espalharam no ambiente até que o ancião bateu palmas com as mãos enrugadas para cessar o barulho. Ele baixou a cabeça e a tenda ficou em silêncio.

"A garota tá ficando grande demais", disse, balançando a cabeça à medida que a voz escapava em frases lentas e roucas. "Mais perto dos 13 anos, do *dong-sakpa* e dos anos de gravidez. Não é bom pra ela ficar no campo."

"É, ó. É." Os anciões concordaram.

"Leve a garota pra casa. Não leve ela pra fazenda de arroz. Ela não vai voltar pra lá até o *dong-sakpa*. Ouviu?", o ancião falou para Khati.

Khati deu as costas aos rostos condenatórios da tenda. Voltou para casa se sentindo culpada, arrastando-se pelo círculo da aldeia. Gbessa quase tropeçou nos próprios pés.

"O que..."

"Shhh, garota", Khati interrompeu a filha e olhou para a frente. A multidão de aldeões intrometidos no círculo se separou quando Khati e Gbessa passaram.

"Mã...", disse Gbessa ao lado da mãe, balançando a cabeça para cima e para baixo.

"Shhh", Khati respondeu e correu para dentro, fechando a porta. Atordoada, tropeçou em um jarro alto de madeira e uma tigela que mantinha perto do catre onde as duas dormiam. Tremendo, derrubou o jarro e encheu a tigela com água.

"Shhh", repetiu Khati, embora Gbessa não tenha movido nem o corpo, nem os lábios. Khati observou a filha até sua visão ficar turva e ela não conseguir ver mais nada na sala. Estendeu a tigela para a menina, cujo cabelo estava mais ruivo do que nunca e que se aproximou devagar da mãe no chão.

Gbessa tomou um gole e encarou o fundo da tigela. Quando terminou e afastou a bebida dos lábios, Khati estava com o rosto escondido nas mãos. Ela chorou nelas até que seus dedos e braços ficassem ensopados.

Foi uma griô quem contou às crianças da aldeia sobre Mamy Wateh, a mulher no lago cuja metade inferior era o corpo de um peixe e que procurava pessoas para afogar porque não queria ficar sozinha. Ela contou às crianças sobre o povo Gio e seus demônios, sobre como eles dançavam dia e noite durante um ano inteiro a fim de chamar a chuva para sua aldeia em vez de caminhar até a aldeia vizinha para pedir água.

"A Velha Mãe Famatta foi a primeira", a griô começou a contar uma noite, com sua voz fina e cortante como arame farpado.

"A primeira de quem, Velha Mãe?", perguntou o filho de Cholly, Safuá. Tinha quase 13 anos, mas ainda se sentava atrás das crianças Vai todas as noites da temporada de seca e ouvia a contadora de histórias.

"Shhh, criança", respondeu a griô, colocando um dedo sobre os lábios.

"A Velha Mãe Famatta foi a primeira bruxa Vai", disse ela.

Lai era jovem naquela época, explicou a griô, tão jovem quanto elas, e a Velha Mãe Famatta havia caminhado pelo deserto com os primeiros colonos da velha Lai. Seu cachorro, quatro gatos, seu marido e todos os Velhos Pais e Velhas Mães da antiga Lai morreram antes dela. Ela viveu por 193 temporadas de seca. Nos últimos anos da Velha Mãe, Lai foi atingida por guerras e longas secas. Os anciões, sem saber por que sua sorte tinha mudado de maneira tão repentina, estavam convencidos de que a idade da Velha Mãe Famatta era ofensiva para os espíritos. Quando a Velha Mãe Famatta ouviu rumores de que eles a culpavam pelo destino de Lai, ela trancou as portas de casa e recusou-se a ver os aldeões. Todos acharam que ela havia decidido passar o resto da vida sozinha, balançando como um pêndulo em uma velha rede nos fundos de sua casa. Os aldeões bateram à porta dela por semanas, mas tudo que ouviam eram os roncos da Velha Mãe.

Um dia, um pescador forçou a porta da frente a pedido dos Velhos Pais. Os homens vasculharam a casa modesta em busca dela, mas a Velha Mãe Famatta não estava lá. Quando chegaram à varanda dos fundos, a velha rede estava vazia e balançava entre os postes.

"A rede jogou ela pro céu, né?", perguntou uma criança pequena.

"Ela ficou tempo demais. Então os Velhos Pais dizem que qualquer um que tá amaldiçoado vai passar o *dong-sakpa* longe de Lai, na floresta", disse a contadora de histórias.

"Eu tô quase no *dong-sakpa*", comentou Safuá, lembrando-se de sua idade.

"Você não tá amaldiçoado", respondeu a griô.

"Velha Mãe, quem vai pra floresta?", indagou outra criança.

"Coco, o filho do pescador com mãos de sapo", disse a griô, esticando os dedos. As crianças se aninharam.

"E Zolu, a pequena garota que nasceu no dia em que o sol ficou preto." Ela apontou para a lua. Os olhos da griô viajaram para cima, em direção ao céu estrelado, onde a Velha Mãe Famatta estava sentada olhando para eles do buraco branco no meio.

"E Gbessa!", gritou uma criança.

A contadora de histórias assentiu e olhou para a casa de Gbessa.

Gbessa espiava por um olho mágico que se formava em uma rachadura na parede atrás do braseiro, como fazia sempre que um griô aparecia com uma nova história, e um calafrio deixou seus pelos eriçados.

"Gbessa, a bruxa", murmurou Safuá. As crianças deram gritinhos.

"Gbessa, a bruxa! Gbessa, a bruxa!", cantavam algumas enquanto corriam.

Elas saíram em disparada umas atrás das outras em uma briga divertida antes de se recolherem para suas casas. Gbessa arrastou-se até o punhado de palha ao lado do catre de Khati e ficou deitada em silêncio antes de tocar levemente o ombro da mãe. Khati se assustou e seus olhos se abriram.

"Gbessa?!"

"Sim, mãe", respondeu Gbessa.

"O que aconteceu?"

"Eles vão me levar pra floresta, mãe?", perguntou a menina.

Khati deteve a hesitação com um suspiro e passou um tempo sem dizer nada.

"Durma, filha", disse Khati. "Durma."

No dia seguinte, quando a mãe de Gbessa saiu para ir à fazenda de arroz, ela foi até o olho mágico e espiou através da abertura estreita o círculo da aldeia, onde esperava encontrar resquícios da alegação da contadora de histórias sobre seu destino. Quando pressionou os olhos contra o buraco, não viu nada.

Ela ouviu alguém se mover do outro lado. "Quem tá aí?", perguntou Gbessa, espantada com o possível galanteio. Ela recuou um pouco para tentar ajustar o foco no buraco. "Quem tá aí?", Gbessa perguntou novamente, mais alto, e quase engasgou de tanto entusiasmo.

"Safuá", disse o menino do outro lado.

Eles estavam cegos pela proximidade dos olhos um do outro. Lá fora, outras vozes de menino falavam para Safuá se afastar logo, antes que ele fosse visto e punido.

"Vá embora. Saia daqui", ordenou Gbessa, surpresa por ter conseguido dizer algo, apesar do calor repentino que subiu para sua pele e suas bochechas.

"Ou o quê?", perguntou Safuá, também empolgado, entretido com a bruxa ousada. Os músculos em desenvolvimento de seus braços se flexionaram e ele esperou para rir, embora seus amigos dessem risadinhas nervosas perto dali. "Não tô com medo de você. Eu não tenho medo de nada", falou Safuá.

"Sai daqui", disse Gbessa mais uma vez depois de perceber, pelas risadas do lado de fora, que ele não a procurava como ela fazia com ele. Ela sibilou: "Eu sou uma maldição. Você tá ouvindo eles, né?". Gbessa se arrastou para longe do buraco. Safuá viu de relance o cabelo vermelho dela contra o rosto negro assombrado e arfou. Ele pressionou o olho contra o buraco novamente.

"Eu vou voltar", declarou ele. Esperou que Gbessa respondesse, mas ela não disse nada.

Os amigos de Safuá saíram correndo da casa de Gbessa, imitando gritos de pássaros canoros enquanto a poeira que saltava de seus calcanhares manchava as costas deles. Atendendo ao aviso, Safuá correu.

Ele se virou e, antes de ultrapassar os amigos, gritou: "Gbessa, a bruxa, Gbessa, a bruxa!".

Nos dias seguintes, os olhos de Gbessa ficaram presos ao olho mágico. Quando os pássaros lá fora mudavam de canto, seu estômago se revirava. Quando uma das crianças do círculo da aldeia ria alto demais, ela prendia a respiração. Tudo a assustava: as asas do galo, passos de vizinhos trocando segredos próximos demais da casa, o ruído agudo do vento e o grito do coqueiro ao ter a copa atingida por um facão.

Todas as manhãs, Khati deixava Gbessa com várias ocupações antes de correr pela madrugada estrelada até a fazenda de arroz. Gbessa havia sido proibida de deixar a propriedade da mãe, então Khati dava a ela tarefas domésticas para cumprir durante sua ausência. Primeiro, Gbessa devia separar os grãos de arroz, um por um, dos joios marrons escamosos e dos caules verdes longos nos quais cresciam. Havia dias em que ela colocava dois caules eretos, um de frente para o outro, ambos inclinando-se para a frente com o peso de suas palhas, e fingia que eram um pai falando gentilmente com a filha, dois amigos conversando sobre o canto do pássaro mergulhão e outras reflexões que acalmavam seu sono. "Papai, eu quero correr na chuva", sussurrava Gbessa, movendo um caule no ritmo de sua voz. "Mas a chuva tá forte, boa garota", respondia ela com uma voz mais autoritária enquanto movia o outro caule. "Espere até que a chuva esteja mais suave. Eu vou avisar quando for a hora. Então você vai poder ir pra fora." A filha ficava chateada e fugia; ficava deitada no catre e chorava até que o pai viesse consolá-la. Ele dizia que ela era linda, que sentia muita falta de ver o rosto dela. Depois ele segurava sua mão e ia com ela para fora, protegendo sua cabecinha da chuva forte e implacável.

Após debulhar os grãos, Gbessa separava as porções de arroz — algumas para comer, outras para trocar e outras para guardar para a temporada de chuvas. Ela armazenava a maior parte do arroz em um saco de *pamkana* que estava sempre meio vazio. Então Khati trocava uma porção por um peixe pequeno, o menor, e sementes de dendê, que Gbessa cozinhava diariamente com o pouco de arroz que havia sobrado, uma refeição que era suficiente para encher apenas uma criança pequena. Todos os dias ela esperava Khati voltar para comer, embora estivesse sempre com tanta fome que, em algumas ocasiões, se punha a mastigar os caules de arroz: seu pai de faz de conta e seus únicos amigos.

Quando terminava de cozinhar, Gbessa ia até o buraco e espiava. Lá ela via que algumas famílias de Lai, como a de Safuá, comiam ao longo do dia. Aquelas famílias tinham muitas pessoas para enviar para o lago ou para a fazenda, tanto crianças quanto escravizados. No mercado da aldeia, quando os guerreiros voltavam com ferramentas ou cativos recém-adquiridos de aldeias vizinhas, que agora faziam parte do reino Vai, apenas as famílias como a de Safuá tinham peixe, arroz ou *lappas* suficientes para negociar. Durante as batalhas, depois que uma aldeia era derrotada, aqueles que não queriam voltar para Lai com os guerreiros eram mortos; outros que se rendiam voluntariamente vinham como cativos e eram negociados como escravizados para famílias como a de Safuá. Gbessa ficava fascinada com essas famílias, suas riquezas e sua abundância de alimentos e crianças. As casas tinham mais de duas entradas, não apenas uma porta que dava para o círculo da aldeia e outra que dava para a floresta. Algumas eram de dois andares. Essas pessoas possuíam grandes quantidades de mangas e laranjas, peixes e bananas-da-terra, folhas de mandioca e *wolloh*. Elas tinham muitos visitantes — aldeões entravam e saíam das inúmeras portas cantando e bêbados de vinho de palma. Mas famílias comuns, como a de Gbessa, com poucas pessoas na casa para colher e pescar, comiam uma vez por dia. Era apenas nas celebrações de casamento (que ela também observava de longe porque ela e Khati nunca eram convidadas) e depois das batalhas que famílias comuns e bem-nascidas comiam e bebiam vinho de palma. E faziam isso até que a Velha Mãe Famatta ficasse cansada e os deixasse para engolir o raio de sol de outras aldeias distantes demais para se imaginar.

Uma tarde, Gbessa espiou pelo buraco tão obsessivamente à procura de sinais da volta de Safuá que queimou o arroz e as folhas de batata. Foi a primeira vez que queimou a comida desde que Khati a ensinara a cozinhar, e ela esperou, aflita, a mãe voltar da fazenda de arroz. Perguntou-se se apanharia com um galho, como havia visto outras mães da aldeia baterem em seus filhos quando eles faziam algo errado. Naquela noite, porém, quando Khati voltou e sentiu o cheiros dos vegetais queimados grudados no fundo da panela, ela deu só uma espiadinha no braseiro e lançou para a filha um olhar lastimoso, cheio de fraqueza e pena. Em seguida, deitou-se no catre de costas para Gbessa e dormiu.

Na noite seguinte, quando Khati voltou da fazenda, Gbessa a recebeu na porta com uma tigela de verduras e arroz fresquinhos. Em vez de duas colheres de pau, havia uma na tigela, e Gbessa a ofereceu à mãe. Khati trocou o pacote que segurava pela tigela na mão da filha, sentou-se ao lado do braseiro e comeu. Gbessa observava enquanto Khati engolia a comida com avidez, quase sem mastigar, quebrando o ritmo apenas para soltar gemidos suaves que acompanhavam suas lágrimas.

Passaram-se sete dias desde a visita de Safuá até que, enquanto preparava uma panela de verduras, Gbessa ouviu alguma coisa arranhando de leve a parede externa da cabana. Ela correu até o buraco, quase caindo de cabeça na rachadura.

"Quem tá aí?", perguntou ela. As palavras correram para chegar ao outro lado.

"Quem taí? Como assim 'Quem taí'?", Safuá deu uma risadinha.

Gbessa ergueu a língua para responder, mas não saiu nada; seus batimentos cardíacos ficaram mais altos em seus ouvidos.

"É assim que vou chamar você hoje, Gbessa, a bruxa: 'QuemTaí'", disse o menino, apertando os olhos contra o buraco para dar outra olhadela em Gbessa.

"Se eu sou uma bruxa, então por que você voltou?", perguntou ela, tomada pela mesma raiva que sentira na primeira visita.

"Meus amigos, QuemTaí, eles me desafiam", respondeu Safuá.

"Seus amigos são corajosos", Gbessa comentou e percebeu que, por um segundo, quando Safuá se afastou da parede para recuperar o foco enquanto enxugava o suor da testa, ele estava sorrindo.

"É verdade", concordou ele.

A distância, ela ouviu as risadas e provocações dos meninos misturadas ao ruído coletivo de galinhas zangadas.

"Qual é o seu nome?", perguntou Gbessa.

"Safuá", respondeu o menino.

"Safuá", repetiu ela. "Prazer."

"Você também, QuemTaí", disse Safuá. Ele movia a cabeça do outro lado da parede, desesperado para ver o rosto dela de novo. "Diga, como é ser bruxa?"

"Como é ser um garoto idiota?", perguntou Gbessa sem hesitar. Safuá gargalhou na hora, e Gbessa tocou os próprios lábios enquanto eles tremiam de alegria.

"Você é uma bruxa grosseira, QuemTaí", respondeu ele. "Mas vou poupar sua vida quando eu for rei."

"Você? Rei?" Gbessa corou.

"Sim. Vou ser o melhor guerreiro da Poro[4] quando retornar da iniciação e, quando eu voltar, vou pegar uma Sande e serei rei", disse ele.

"O que é essa iniciação? E quando?", quis saber ela.

"Em breve", respondeu Safuá. "Iniciação é o que faz um guerreiro ou uma rainha. Você não sabe de nada, QuemTaí."

Gbessa sentou-se no chão para descansar os joelhos. Ela refletiu sobre a resposta dele e, como sempre, sentiu-se excluída das vidas agitadas dos que estavam do lado de fora das suas paredes. Safuá encostou as duas mãos na casa na tentativa de ajustar o foco, encantado ao reparar no cabelo incontrolável, nos ombros delgados e na pele preta de Gbessa.

"Com fome", disse Gbessa.

"O quê?"

"Você perguntou como é ser bruxa. Meu estômago tá sempre doendo", respondeu a menina.

"A bruxa não tem comida, né?", comentou Safuá. "Sua mãe não recebe ajuda. Seu pai ficou doido, você não tem irmãos ou irmãs. Nem escravizados."

Envergonhada, Gbessa baixou a cabeça.

"Eu vejo sua Mãe na colheita. Alguns dias ela também vai pros pântanos", continuou ele. Os pensamentos de Gbessa sobre a mãe chafurdando na água do pântano em busca de caules maduros foram interrompidos pelos gritos lá fora. Os amigos de Safuá gritavam para ele de longe.

"Já vou!", gritou ele, e correu para se juntar a eles; cinco meninos com idade e estatura parecidas.

Gbessa olho pelo buraco de novo e viu que eles riram e deram tapinhas no ombro de Safuá antes de correrem em direção ao lago. Quanto mais para longe ele corria, mais perguntas surgiam no céu da boca de Gbessa.

Safuá a visitou três dias depois, um intervalo de tempo prolongado pelo fato de que, enquanto Gbessa espiava através do olho mágico entre uma pausa e outra nas tarefas, ela o viu uma vez voltando do lago com uma rede de peixes e, em outra ocasião, brincando no círculo da

---

[4] Poro: Sociedade secreta fraternal masculina, presente em países da África Ocidental como Serra Leoa, Libéria, Costa do Marfim e Guiné. Sande: Sociedade secreta destinada a mulheres. Recebe esse nome exclusivamente na Libéria; em outros países, as sociedades femininas são chamadas Yassi e Bundu.

aldeia com os amigos; nas duas vezes, ele olhou para a casa dela, para o canto onde haviam se encontrado, e manteve o olhar naquela direção até que alguém o interrompesse.

"QuemTaí, QuemTaí", Gbessa ouviu uma tarde.

Ela ajoelhou-se ao lado do olho mágico e pressionou o rosto contra a luz radiante.

"QuemTaí?", perguntou Safuá.

"Sim", respondeu Gbessa. "Eles vão me levar pra floresta?", indagou a menina, desesperada para saber antes que ele fosse embora outra vez.

"Sim. É o que acontece com as bruxas", respondeu Safuá.

"E depois?"

"Então você morre", disse ele. "Você tá com medo da morte?", perguntou Safuá um tempo depois.

"Era pra eu estar?", perguntou ela, desanimada, sentindo uma frieza repentina.

"Não sei. Não conheço ninguém que morreu e que disse que eu deveria ter medo disso."

Safuá mudou para o outro lado e esperou por mais palavras.

"Mas não tenha medo da floresta", aconselhou Safuá. "Eu também vou pra lá, pra minha passagem na Poro." Ele fez um esforço para ver o rosto dela, estreitando os olhos de vários jeitos. Gbessa permaneceu quieta, emudecida pelo terror das palavras de Safuá.

"Então vou morrer", concluiu ela, chorando. "E o que você vai fazer? Quando se tornar Poro?", perguntou Gbessa, querendo saber se Safuá iria visitá-la quando a morte se tornasse seu lar. Aflita, virou-se e encostou-se na parede, contemplando a casa pequena, de um cômodo só. Ela ouviu Safuá arrastar os pés lá fora. Havia certo entusiasmo na respiração dele.

"Vou ser o melhor guerreiro de Lai", disse ele. "Defenderei toda a aldeia, todos, até as bruxas que nem você, e conquistarei mais aldeias pro povo Vai."

Antes de Safuá continuar, Gbessa ouviu uma briga do outro lado da parede.

"Saffy! Saia daí!", ralhou uma voz grave. Gbessa ouviu o som de peixes se debatendo e espreitou pelo olho mágico. Kano puxou Safuá para longe da casa, para o outro lado do círculo da aldeia: por precaução, deu um tapa nas costas do menino enquanto entravam na casa de Safuá.

Naquela noite, quando Khati voltou da fazenda, tinha um peixe fresco na mão. Ao abrir a porta, ela largou o saco de arroz no chão e observou o peixe de tamanho médio enquanto o cheiro forte se espalhava pelo cômodo diminuto.

"Tava na varanda", sussurrou Khati para si mesma. Gbessa não sabia se as lágrimas nos olhos de Khati eram as mesmas que tinham se alojado ali havia muito tempo e que, assim como as pintinhas em suas maçãs do rosto, já eram parte do rosto da mãe, ou se eram lágrimas mais recentes causadas pela visão do peixe, que não comiam há duas temporadas de seca. Khati colocou o peixe em uma tigela de madeira perto do braseiro. Gbessa esperou que a mãe virasse o rosto, sorriu e olhou para o olho mágico.

Khati voltou para a porta e observou através da aldeia o círculo gigante de casas. Não havia ninguém a quem agradecer e, por um instante, parecia que Khati estava de frente para o lago Piso, olhando na direção do marido que nunca mais voltaria para casa.

Naquela noite, quando o apito de Kano apagou a chama da última lamparina, viajou pelo círculo da aldeia e entrou pela fenda de madeira na cabana de Khati, Gbessa acordou. Ela andou devagar em direção à porta dos fundos. Refletiu sobre o que poderia acontecer se fosse pega do lado de fora, mas não se importou; não sentia nada além do desejo de fugir. A cada passo, observava Khati dormir e temia que ela levantasse de repente, pondo fim à sua fuga. Quando Gbessa alcançou a porta, Khati se espreguiçou entre um sonho e outro. A menina permaneceu imóvel até Khati relaxar novamente e se encolher de lado. Abriu a porta e se ajoelhou do lado de fora, e o vento que pairava percebeu sua presença e correu para encontrá-la. Ela inspirou o ar noturno e o luar. A entrada para a floresta, nos fundos de sua casa, estava a apenas alguns metros de distância. Entretanto, como os galhos das árvores e os arbustos se inclinavam uns sobre os outros em direção a ela, enleando-se como labirintos que não tinham como não obstruir sua visão, Gbessa olhou para a lua, onde a velha estava sentada; uma testemunha alegre por sua fuga.

"Fa-mat-ta", murmurou para o contorno cinza, inclinado e agachado no canto da lua, e rastejou para dentro da floresta. As folhas se quebravam sob seus joelhos e mãos, e Gbessa moveu-se pelo enredamento. Ela virou a cabeça na direção dos sussurros assustadores da noite e tremeu, com medo de ir mais longe. Arrastou-se para se esconder embaixo de um arbusto. Depois sentou-se e dobrou os joelhos contra o peito à medida que os ruídos estridentes a envolviam. Agoniada, exausta e, por fim, vencida pela desgraça de sua vida, ela enterrou a cabeça nos joelhos e chorou.

Uma voz estilhaçou sua tristeza. "QuemTaí? É você?"

"QuemTaí?", ela ouviu de novo. Embora tivesse certeza de que era Safuá, estava com medo de responder, já que era proibida de sair das imediações de sua casa.

"O que tá fazendo na floresta à noite? Não é bom", advertiu ele.

"Não sei", sussurrou Gbessa. "Eu nunca vim antes. Quero sair daqui", continuou.

Safuá riu.

"Por que você tá aqui?", perguntou ela.

"Vim praticar como dormir na floresta. É pra iniciação."

"Você já não se meteu em problemas demais hoje? Eles vão te encontrar de novo e bater em você", disse Gbessa.

"Não, aquele Kano é escravizado da nossa casa. Ele disse que eu não deveria ir pra perto da sua casa, mas não contou pro meu pai. Ele é bom", falou o menino. "E ninguém me viu sair. Eles não vão me encontrar aqui. Não vão olhar atrás da sua casa."

"Porque eu sou uma maldição, né?", sussurrou Gbessa. Não precisava olhar para Safuá para saber que ele concordava com ela. "Eu vou morrer."

"Ah, o seu *dong-sakpa* vai ser logo, né? Daqui a cinco temporadas de chuva?", perguntou ele e, ao pensar nisso, ficou angustiado. "Então você vai fugir?"

"Sim", respondeu Gbessa, na escuridão, segurando as lágrimas.

"Se você for, vai deixar os espíritos aborrecidos com Lai", disse Safuá depois de um breve silêncio. "Não vá."

"Se você fosse uma maldição, também ia querer ir", devolveu a menina.

"Depois que o galo cantar, eles vão encontrar você e punir a sua mãe", respondeu o menino.

Gbessa pensou em Khati, a quem não queria causar mais desgosto. "É. Vou voltar. Mas eu tô perdida."

"Não deixe eles pegarem você. Adeus", disse Safuá, em tom de brincadeira.

"Não", implorou Gbessa, esticando os braços como se quisesse agarrar a noite antes que ele fosse embora.

Safuá riu de novo. "Eu não tava falando sério. Eu não vou te deixar. Vou te proteger. Se você tá perdida, vou te levar pra casa."

Gbessa deu um pulo quando sentiu a mão do menino em seu braço frágil.

"Por que você tá me ajudando? Eu sou uma maldição. Você não tem medo?", perguntou Gbessa, olhando com aflição para ele.

"Você não é diferente", disse Safuá. "Você é bruxa, mas parece uma menina Vai."

O coração dela começou a bater mais rápido.

"E eu não tenho medo de nada", completou Safuá. "Venho muito pra floresta. Não tenho medo de nada aqui. Eu vou ser rei um dia, e um rei não tem medo de nada."

"Rei Safuá?", Gbessa perguntou baixinho, contente.

"Sim. Eu vou embora logo. Venha", disse ele, e saiu na dianteira em meio aos murmúrios da floresta e da noite. Gbessa seguia a respiração dele com os ombros abaixados e, a cada passo, apertava um punhado de grama, fazendo a terra ceder em suas mãos. Agora, em vez de arranhar sua pele sensível e sem arranhões, o solo estava limpo de gravetos e folhas; continha apenas poeira e lama, onde seus membros se afundavam. O luar a encontrou na margem da floresta, onde a casa de Khati a esperava.

"Lá. Vá pra casa", disse Safuá, e a deixou tão rápido quanto tinha vindo. Gbessa agradeceu em silêncio ao menino corajoso, com os olhos esperançosos voltados para cima, em direção à Velha Mãe Famatta, até que o rosto da senhora desapareceu, irreconhecível por trás das nuvens noturnas que se moviam.

Na manhã do décimo terceiro aniversário de Gbessa, Khati a chamou até a porta, onde havia uma multidão de homens esperando. Safuá, que liderava o grupo, tinha sido introduzido recentemente na Poro, a sociedade Vai que recrutava apenas os rapazes mais fortes e promissores da aldeia. Passaram-se cinco temporadas de seca desde que Gbessa vira Safuá pela última vez. Gbessa percebeu que ele se empertigou quando a viu. Isso significava que ela era bonita? Seu cabelo ruivo bagunçado e sua pele preta tinham se harmonizado?

"Safuá", disse Gbessa, com a voz fraca.

"Venha", falou o rapaz.

"Pra quê?", perguntou Khati, embora soubesse por quê.

"*Dong-sakpa* hoje, né?", continuou Safuá, falando com Gbessa. Ela balançou a cabeça. Era seu décimo terceiro aniversário.

"Venha", disse ele mais uma vez. Gbessa olhou para Safuá, mas os olhos e a postura dele estavam distantes, e sua voz era desconhecida. Os vizinhos enfiaram a cabeça para fora das janelas e portas. Ela havia crescido. Esse era o dia.

"*Dong-sakpa*", aprovou um ancião.

"Gbessa, a bruxa!", gritaram as crianças.

Gbessa sentiu as pernas doloridas conforme caminhava com seus captores pela trilha para fora de Lai.

"Aonde vocês vão me levar?", gritou ela.

Safuá parou de andar e os homens pararam também. Ele se virou e olhou para onde Gbessa estava.

"Se quiser, pode morrer agora", disse ele, diferente do menino jovem e curioso que ela recordava de seus encontros breves e secretos. Ela foi tomada por uma onda de tristeza e olhou para o chão, até que se viu diante da entrada de uma grande floresta. Camadas de árvores sobrepostas em um céu acinzentado. Nos vãos entre as folhas, insetos amarelos e cor de ameixa voavam em meio ao calor e aos gritos de feras e fantasmas da floresta.

"Venha", disse Safuá de novo, indo em direção à floresta e deixando o coletivo de homens para trás. Gbessa correu para segui-lo, com medo de ficar para trás com os guerreiros impassíveis que esperavam. Safuá foi tirando os galhos rígidos da floresta do caminho até que seus braços ficaram com arranhões e marcas permanentes.

"Foi você quem olhou pelo buraco naquele dia", disse Gbessa.

Ela parou e desenroscou o cabelo de um galho de árvore. "Você mudou muito nesse tempo que passou", comentou.

"Venha!", gritou Safuá ao perceber a hesitação repentina no ritmo dela.

"Eu fui pro buraco outro dia e esperei você, mas você não veio", disse ela depois de outro longo período de silêncio. "E, desde aquela noite, quando você me ajudou, eu não tentei mais fugir."

"Continue andando", disse Safuá, certificando-se de que o coletivo Poro estava completamente fora de vista e não conseguiria ouvi-lo. Ele ainda via um ou outro homem nos arbustos.

"O que tamo fazendo aqui?"

Safuá se virou e agarrou o braço de Gbessa.

"Você tá me machucando..."

"Então feche a boca e ande!", trovejou o rapaz, largando o braço dela.

Gbessa massageou a pele que ele havia agarrado para suavizar o hematoma e o seguiu em silêncio.

"Aqui", disse Safuá, apontando para a entrada de uma caverna escondida no meio da floresta. Gbessa olhou e balançou a cabeça. "Entre", insistiu Safuá, indicando a caverna.

Ao entrar, Gbessa viu dois crânios humanos em um raio de sol. Sentou-se contra a parede e esperou por Safuá, interrompendo a quietude da caverna com um choro. Sem saber se ele havia entrado sorrateiramente em meio aos soluços dela e se estava sentado lhe esperando, e ainda mais irritada por ele ousar suspender sua existência cruel, ela chamou o nome dele.

"Safuá", disse a menina. Sua voz ecoou. "Safuá", repetiu.

Como ele não respondia, Gbessa saiu da caverna e procurou na densa teia de árvores da floresta. Safuá se fora.

Gbessa voltou para dentro da caverna e pensou no que poderia fazer. Nada lhe ocorreu além de verter mais lágrimas, e ela ficou lá deitada enquanto o sol, já cansado de procurar por ela, se punha. "*Fengbe, keh kamba beh. Fengbe, kemu beh.*" *Não temos nada, mas temos Deus. Não temos nada, mas temos um ao outro.* Cantou até que sua voz engoliu o luar e os gritos da floresta; abriu os olhos pela manhã com uma mancha de lágrimas no rosto.

"Gbessa", ela ouviu vindo de fora. Pensou que a voz fosse um truque de sua imaginação e fechou os olhos de novo. A dor perturbou seu estômago, e Gbessa abraçou o corpo na esperança de que a fome desaparecesse.

"Gbessa!", ouviu novamente. Desta vez, ela reconheceu a voz de sua mãe e correu para fora.

"Mãe!", gritou a menina. Ela saiu da caverna.

"Não, Gbessa", disse Khati, olhando para baixo e estendendo a mão. "Volte pra dentro."

Gbessa obedeceu. Voltou e sentou-se perto da entrada, e então esperou que Khati se juntasse a ela. Em vez disso, Khati deixou um balde diante da filha. Era a maior quantidade de comida que Gbessa já havia visto de uma só vez.

"O que é isso?", perguntou Gbessa.

"Você precisa ficar aqui", disse a mãe.

"Pra quê?", indagou Gbessa, inquieta com a ideia de ficar na caverna por mais uma noite. "Ele não vai me matar, eu corro. Venha comigo, mãe."

"Você sabia que isso ia acontecer, não sabia?", Khati disse com uma pitada de compaixão. Não falou como uma mãe, mas como uma aldeã que não conhecia Gbessa: uma aldeã que, como todos os demais, era cúmplice de sua morte.

"Eu trouxe comida", disse Khati, olhando rapidamente por trás do ombro. "Não é certo, mas Safuá me procurou em segredo e disse que ia trazer comida. Ele deveria matar você, mas tá te ajudando. Ele tá esperando na estrada."

Khati ficou em silêncio e Gbessa balançou a cabeça, satisfeita com o sacrifício que a mãe estava fazendo, desafiando a tradição para alimentá-la. Ainda assim, estava muito triste, porque o sacrifício tinha limites.

"Obrigada, mãe", falou Gbessa. Desejou que Khati a abraçasse. Sem despedida e sem abraço, Khati deixou a filha na floresta. Gbessa viu dentro do balde as mangas maduras, o peixe cozido e o arroz. Mas ela queria Khati.

"Mãe!", chamou Gbessa, mas Khati continuou andando. "Mãe!", Gbessa gritou novamente, criando um eco que perturbou os pássaros, cujo voo repentino os fez bater nas folhas das árvores em volta.

"Mãe!" Mas ela já tinha sumido de vista, também perdida em uma mata profunda.

Então Gbessa passou a viver na caverna da floresta. Logo ficou sem a comida do balde que sua mãe havia trazido. Ela raspava os restos de pele do peixe com as unhas para amenizar a fome. Compartilhava a comida com os animais da floresta, que eram ameaçadores no início, mas depois ficaram mais dóceis graças à bondade da menina. Gbessa encontrou plantas açucaradas e, antes de comê-las, triturava as folhas com uma pedra em um crânio quebrado que usava como tigela. As criaturas da floresta guinchavam quando ela tocava uma planta venenosa e deixavam pedaços de comida crua na entrada da caverna, por isso Gbessa aprendeu a confiar nelas e a amá-las. Algumas semanas se passaram, e Gbessa não havia encontrado nada para comer ou beber. As semanas se transformaram em meses, e ela se perguntava quando morreria de fome e quando seu corpo derreteria e quando seus ossos comungariam com os vários outros crânios naquela caverna. Gbessa nunca derreteu e, embora sentisse a dor agonizante e irreconciliável da fome, não morreu.

Os animais silvestres não pareciam se importar com sua imortalidade. Eles a visitavam todos os dias. Alguns acabavam descansando em seu ombro, outros se aconchegavam ali por perto e outros, quando Gbessa se deitava, repousavam sobre suas curvas. Ela se tornou a criança da floresta; sua curiosidade, sua alteridade e sua obscuridade combinavam com as criaturas ágeis e diferentes da mata. Assim como o sol, elas cuidavam da menina. Quando a solidão exauria sua alma, quando seus ecos se cansavam de lhe fazer companhia e ela chorava, as árvores choravam com ela também: balançavam para a frente e para trás nas tardes sem vento. Os animais a alimentavam da mesma forma que ela acreditava que as mães dessem de comer a seus filhos; eles a abrigavam da mesma forma que ela esperava que os pais protegessem as filhas. E quando o sol aparecia entre os galhos para encontrá-la, era como ela esperava que os amantes saudassem seus amados. Quando chovia e a caverna ficava cheia de animais com filhotes que precisavam muito mais do refúgio do que ela, Gbessa se sentava sob o céu destrancado até que seu corpo inteiro se enrugasse e envergasse com o acúmulo da umidade.

Para entorpecer a dor durante aqueles anos, ela cantava para si mesma: "*Fengbe, keh kamba beh. Fengbe, kemu beh*". As palavras subiam, juntando-se ao vento errante, e às vezes era como se alguém cantasse com ela. "*Fengbe, keh kamba beh. Fengbe, kemu beh.*"

Foi durante uma manhã da temporada de seca que, ao acordar, Gbessa sentiu um formigamento subindo e descendo por sua coluna. Baixou os olhos para observar o próprio corpo e viu os seios fartos e redondos dependurados. Quando roçou as mãos na carne de seu peito, a barriga e o coração receberam um calor tão novo e alentador que ela desejou retornar do exílio para a aldeia. Sabia que estava na floresta havia muito tempo, porque seu cabelo espesso agora caía até os joelhos. Se a intenção era matá-la ao enviá-la para lá, eles falharam; a morte falhara. Agora, ela desejava voltar para casa. Desta vez, em vez de ignorar o desejo de retornar, ou se distrair com as rotinas da floresta, ela começou a caminhar na direção de onde viera muitos anos antes.

"Eu tô voltando", falou ao perceber a tristeza da floresta quando passava pelas árvores.

"Eu tô voltando", disse mais uma vez.

Mais tarde naquele dia, em meio a uma nuvem de poeira e calor, Gbessa viajou de volta para Lai pela estrada em que os Poro a haviam levado em seu *dong-sakpa*.

A distância, Safuá brincava com seu filho no círculo da aldeia, dando tapinhas na cabeça do menino até que ele olhasse para o pai, que ria, cheio de energia e entusiasmo. Enquanto brincava, Safuá foi surpreendido por um grito nos arredores da aldeia.

"Vá até a sua mãe", ele instruiu o menino. Safuá partiu, buscando a origem do grito, que se intensificava em um refrão lancinante.

"É o espírito! É aquele espírito feiticeiro de Gbessa, a bruxa!" Uma mulher apontou para a figura que atravessava a poeira e se aproximava.

Safuá estreitou os olhos. Ele a reconheceu, como só ele conseguiria. Vinha em sua direção, vestindo uma saia murcha de folhas de palmeira. Gbessa sobrevivera, mas Safuá havia encontrado uma noiva, uma Sande, uma rainha.

"Pare!", gritou Safuá enquanto ela se aproximava. Ela não parou. "Pare!", repetiu. Gbessa o encontrou na borda do círculo. Após examinar os olhos de Safuá e perceber pelas rugas de seu rosto que alguns anos haviam se passado desde a última vez que o vira, ela o deixou e se dirigiu para sua antiga casa. Ninguém a impediu; ninguém falou nada após a tentativa de Safuá.

Quando Gbessa entrou na casa, viu que um velho curandeiro e uma velha curandeira estavam sentados em frente ao braseiro, mascando tabaco. Ao contrário dos aldeões, o casal não se comoveu com a presença dela. Sinos cercavam seus tornozelos, e eles mascavam o tabaco com tanta satisfação que ela quis um pouco.

"Khati morreu", disse a velha com naturalidade, e mordeu outro pedaço de tabaco. Gbessa sentiu uma pontada de nostalgia apenas por um instante, só até ela pensar na floresta, na grande mãe que tivera.

"Seu pai se afogou. Sua mãe morreu depois, de coração partido. Eu tentei", falou a velha. "Faz muito, muito tempo", continuou, sem precisar ser questionada ou encontrar as palavras para responder às perguntas que sabia que Gbessa queria fazer. "Fica aqui. Tem o espírito em você. Você não vai se casar. Fica aqui."

Gbessa olhou para fora, onde toda a aldeia espreitava de suas casas, esperando seu reaparecimento.

"Passaram cinco temporadas de seca e você não morreu", disse o velho. "Ela é a primeira, né?"

"É. Você não morreu, então eles não vão te incomodar. Você é o espírito", a curandeira tentou explicar.

"Você é a primeira", afirmou o curandeiro. "Se você ainda não morreu, não vai morrer."

"Você já sangra?", a velha perguntou. Gbessa encarou a mulher, negando-se a responder.

"Não, você não sangra. Não vai sangrar. Você é o espírito. Você não vai morrer", disse a velha. "Mas seu pai se afogou pescando. Sua mãe morreu depois. A Velha Mãe Kadyatu veio aqui procurar por ela, porque ela não foi pra fazenda. Ela tava morta. Coração partido. Muito sozinha."

Gbessa foi até onde o casal estava sentado e enfiou a mão na tigela de tabaco. Sentou-se no chão com eles e mascou até o entardecer.

Naquela noite, Gbessa não conseguiu dormir. Refletiu sobre as palavras dos velhos curandeiros. Enquanto esteve longe, também se perguntou muitas vezes por que ainda não tinha morrido, principalmente naquelas temporadas em que havia sido torturada pela fome.

O casal de curandeiros dormia com os olhos abertos, por isso Gbessa não sabia quando haviam pegado no sono. Ela tentou acordar a mulher para avisar que estava saindo. Chamou-a e chacoalhou-a, mas ela estava paralisada de sono.

Gbessa saiu da casa e da aldeia pelo círculo. Insetos noturnos a seguiam e pousavam em seu braço enquanto ela caminhava.

"*Fengbe, keh kamba beh. Fengbe, kemu beh*", ela murmurava para eles.

Gbessa continuou até passar pela borda do círculo, então avançou até a estrada principal. Os ventos sopraram, inquietos e animados com sua presença.

"Aí está você, minha querida", sussurrei em seu ouvido. "Aí está você, minha amiga."

Gbessa passou por um matagal até chegar a um monte de arbustos que cobriam uma abertura. Ela os tirou do caminho. Lá estava o lago Piso, exibindo setenta reflexos de uma lua cheia; a cada ondulação, uma interpretação diferente. Gbessa entrou no lago, com seu cabelo flutuando atrás dela. A terra fez uma serenata para ela, segurou na palma da mão a soma de suas experiências de vida, e, embora Gbessa tivesse partido, a terra ainda a chamava de "filha". Ela nadou por horas, e a água fez cócegas em sua barriga e pernas.

"Fa-mat-ta", disse, rindo para a lua. Pensou na velha amaldiçoada que estava sentada olhando para ela. Era a única história que fazia com que Gbessa se sentisse menos incomum e mais humana.

"Fa-mat-ta", repetiu, flutuando. Pobre velha, pensou. Qual era a maldição de Famatta senão o domínio da vida? E agora eles a evitavam por dominar a morte. Malditos entremeios.

Gbessa ouviu o farfalhar de um arbusto na beira do lago. Assustada, ela se virou, mas estava tão longe que não conseguia ver. Quando alcançou a margem, tornou a ouvir o rumorejo do arbusto e decidiu ir atrás do som, mas não encontrou ninguém.

"*Meyahn!*", gritou ela. "*Meyahn!*", insistiu, rompendo a noite com sua acusação. Quem quer que fosse, era um covarde, e ela queria que a pessoa soubesse disso. Gbessa voltou ao lago e sentou-se na margem enquanto acalmava a respiração.

"*Meyahn?*", perguntou a voz, profunda e indignada.

"Hmm", ela suspirou, ignorando-o. Safuá se enfureceu com a acusação dela. Chamar um homem Poro de covarde era algo punível com a morte. Gbessa não se importava.

"Levante-se", exigiu Safuá, raivoso.

Quando ela se levantou e o encarou, e os olhos deles se encontraram, Gbessa reconheceu a bravura dele como verdadeira. Sentiu de repente que estava sem energia. Os olhos de Safuá eram castanhos. Ela imediatamente se perguntou de que cor eram seus próprios olhos, de súbito ficou consciente de tudo ao redor.

"*Meyahn?*", perguntou novamente, com mais raiva do que na primeira vez. Gbessa sabia que ele não podia matá-la, e não se importaria se pudesse. Ela balançou a cabeça.

"Um *meyahn* levaria sua mãe pra te alimentar? Um *meyahn* voltaria pra ver você quando sua mãe morresse? Um *meyahn* faria isso?", continuou Safuá.

Ela sentiu como se tivesse engolido pedras afiadas.

"Um Poro faria isso? Né?" O coração de Gbessa pesou com as palavras dele. Ele fizera o que havia prometido. Ele era rei e, de fato, era o chefe da Poro: era agora o homem mais poderoso da aldeia. As sombras da maldição dela eram poderosas, mas não tanto quanto o título e a bravura de Safuá. Ainda assim, qual bravura não é provocada pelas sombras? Será que ela estava mesmo tão distante?

Safuá respirou como se uma parte dele quisesse dar um tapa na cara de Gbessa, enquanto a outra parte queria tocar a escuridão dela com a boca, testar sua consistência, provar que ela era mais do que um espírito cuja carne e sangue estavam diante dele, mais abundantes e doces do que aqueles que a repeliram. Os dois ficaram em silêncio noite adentro, sem se tocar.

Pouco antes do amanhecer, Safuá afastou-se de Gbessa e voltou para a aldeia. Ela ficou olhando até perdê-lo de vista e depois seguiu o mesmo caminho para chegar à casa onde o velho e a velha dormiam sentados e com os olhos bem abertos.

Quando eles acordaram, Gbessa os observou; diante da sincronia deles, sentia-se oca de solidão. Tentou pensar na floresta e nos animais, nos resquícios dos calafrios do lago, mas não foi o bastante. Do outro lado da janela, Safuá corria pelo círculo da aldeia com o filho, sem deixar transparecer nenhum vestígio da noite anterior, sem o lago, sem um olhar demorado.

"Não tô morta", disse Gbessa aos dois, que, sentados, viam os dias passarem de forma monótona, esperando que os aldeões doentes viessem à procura deles.

"Hmm", respondeu a velha, sorrindo.

"Eu tô viva. Não sou um espírito", Gbessa insistiu e olhou pela janela. O casal riu. "Aham", disse a velha, e continuou a mascar o tabaco.

"Você vive agora. Agora você tá viva", concluiu ela.

Todas as noites, quando o curandeiro e a curandeira iam dormir, Gbessa ia ao lago. Todas as noites, Safuá a seguia e a observava pelos arbustos. Ele manteve sua promessa de infância — que ele a protegeria, que ela não era diferente. Ela confiava no som das ondas e na iluminação da noite. *"Fengbe, keh kamba beh. Fengbe, kemu beh."* Gbessa ouviu a voz vinda de trás das plantas, soando com aquela certeza profunda. Ela olhou na direção dos arbustos e da voz. *"Fengbe, keh kamba beh. Fengbe, kemu beh"*, cantou Safuá para ela. Ela tocou a boca quando a voz foi ao encontro dela nas costas dos insetos noturnos, pousando em seus ombros e lambendo sua pele. *Não temos nada, mas temos Deus. Não temos nada, mas temos um ao outro*, ela cantou com Safuá, confiando nele, até o amanhecer.

Um dia, enquanto Gbessa se preparava para sair de casa e ir ao lago, muito depois de o velho e a velha terem parado de mexer na tigela de fumo, os olhos deles se fecharam.

Gbessa perdeu o fôlego. "Mãe", disse. "Mãe." Gbessa a sacudiu. Mas o curandeiro e a curandeira haviam partido ao mesmo tempo para a lua e para o lago, para a floresta e para a areia; ao que parecia, eles se foram, como tantos antes deles. "Mãe", continuou Gbessa, sacudindo-a, esperando que os olhos da velha se abrissem. Mas a única coisa que se mexia eram os sinos de seu tornozelo. Gbessa sentou-se no catre e esperou que eles abrissem os olhos. Ficou ali sentada durante a noite e a manhã seguinte, enquanto o vento batia à porta. Gbessa permaneceu imóvel. Eles se foram.

No meio da noite, Safuá entrou na casa dela pela porta dos fundos. Ele mudou de expressão ao notar que Gbessa olhava para o casal de velhos, pois sabia que caíam em um sono imperturbável todas as noites. Certa vez, um aldeão adoecera durante a noite e se contorcera de dor até de manhã, porque nenhuma gritaria ou bater de portas tinha conseguido acordar os curandeiros.

"Eles tão mortos", disse Gbessa. "Eles não tão mais aqui."

Safuá olhou para o casal e depois para Gbessa. Ficou parado por um tempo, refletindo sobre possíveis soluções, embora o propósito de visitá-la ainda estivesse em primeiro plano. Ele pegou o velho e jogou-o em cima do ombro. Gbessa correu até ele e puxou seu braço.

"Não!", exclamou ela. "Pare!" Ela estremeceu ao pensar no bondoso casal de idosos privado de um enterro adequado.

Safuá colocou o velho de volta na cadeira enquanto os sinos de tornozelo tocavam.

Gbessa afundou no catre e Safuá sentou-se ao lado dela.

"Eles foram juntos?", perguntou Safuá.

Gbessa assentiu, e o rapaz parecia estar de acordo com a morte deles — dois amantes que compartilharam uma vida, que trabalharam todos os dias para também compartilhar um coração, ao finalmente conseguirem isso, nunca morreriam sozinhos.

"Eles tavam velhos. Iria acontecer", concluiu Safuá.

Gbessa continuou em silêncio, olhando para o casal.

"Você não foi pra água", disse ele, por fim.

"Você não vai me seguir em todos os lugares", respondeu ela. "Eu não sou sua."

Enfraquecido por aquela declaração que o diminuía, Safuá não soube o que dizer.

"Seu filho. Sua Sande", continuou Gbessa. "Você dizia que ia pra floresta. Você não foi. Eu tava lá, não tava?"

"Eu tava lá. Eu ouvia você cantar. Eu cantava com você pra que soubesse que te protegia."

"Me protegia de quê? Você não trazia comida."

"Mas você ainda tá viva. Como você ainda vive?"

"Você não foi por mim. Você pensa como eles. Eu tô viva. Eu sou uma maldição pra você." Safuá olhou para o velho e a velha.

"Eu tava lá. Parei de ir depois que virei chefe da Poro", respondeu ele.

Gbessa sentiu as lágrimas surgirem. "Eu vou voltar pra floresta. A Velha Mãe e o Velho Pai tão mortos. As pessoas vão dizer que eu matei eles. Eu vou voltar", afirmou ela.

"E eu vou te seguir", disse Safuá, os olhos também fixos no casal.

"Não. Eu vou embora. Vou sair de Lai."

"Mesmo assim, vou seguir você", acrescentou ele.

"Então vou deixar que eles me encontrem aqui com a Velha Mãe e o Velho Pai. Eles vão me matar e eu vou ficar com a noite, que é minha irmã. Você não vai me encontrar nela", revidou Gbessa.

"E eu irei todos os dias ao lago Piso e esperarei você chegar. E vou ficar sentado, esperando a lua passar. Vou esperar o galo e a oração do Velho Pai Bondo. Eu vou cantar. Vou seguir você."

"Hmm. Como sabe que eu não joguei um feitiço em você? Os curandeiros falaram que sou um espírito. Eu sou uma maldição, né?"

Safuá sentou-se com ela em silêncio. Ele parecia inseguro sobre como estender ainda mais seu apelo para a garota de pele negra como óleo, sua querida dama do vento, sua natureza selvagem.

"Eu não sei", respondeu ele. "Eu não sei."

Gbessa chorou pelos curandeiros, que talvez tivessem sido algum dia um rei Poro e uma bruxa, um pescador e a mãe de uma criança amaldiçoada, ou talvez tivessem sido a floresta.

E a manhã chegou.

Gbessa só percebeu que Safuá não estava ali quando ouviu batidas à porta. Ela queria ignorá-las, mas sentiu a velha curandeira, mesmo em sua passagem, pedindo à moça que se levantasse e abrisse. Quando Gbessa abriu a porta, era a esposa de Safuá, a Sande. Ela estava segurando o filho.

"Onde tá a Velha Mãe?!" A Sande chorava freneticamente. "Onde tá a Velha Mãe?!", gritava enquanto seu filho gemia apoiado nela. O suor cobria o rosto e peito negros do menino, e os olhos dele reviraram. Estava caído nos braços da mãe, mole e sem camisa.

A Sande gritava com Gbessa, que resistia às exigências.

"A Velha Mãe, por favor!", gritou ela.

"Eles... eles tão mortos", respondeu Gbessa.

A Sande gritava, perdendo todas as esperanças de avivamento de seu filho. Os vizinhos saíram de suas casas; correram para a Sande e a seguraram enquanto ela se balançava com o filho nos braços.

"Agora ela veio matar os curandeiros. Agora veio matar eles!" A Sande correu pelo círculo da aldeia, para sua casa. Empurrou a porta e chamou o marido.

"Safuá! Safuá!"

Ao ver o filho, Safuá entrou em pânico e tirou o menino dos braços da Sande. Sua mente o deixou; seu espírito temia o pior. Safuá correu com o menino nos braços pelo círculo da aldeia em direção ao curandeiro e à curandeira.

Então, ao lembrar-se, parou.

Gbessa saiu da casa e se viu cercada pelas provocações da aldeia furiosa e assustada. "Gbessa, a bruxa! Gbessa, a bruxa!", crianças cantaram alto quando ela passou.

Safuá parou e olhou para o filho. Os anciões e os aldeões o observavam, esperando por um veredito para a jovem bruxa Vai e o que eles suspeitavam ser o resultado de sua bruxaria. Ele sabia que um dia teria de escolher, mas não esperava que o desafio fosse chegar tão cedo.

O vento sussurrava no ouvido de Gbessa enquanto ela encarava o assustado rei Poro, cercada, ao que parecia, por todos em Lai: a floresta, a estrada, o lago, os espíritos, a noite, o sol e a lua. O vento soprava.

"Aí está você, minha querida", murmurei em seu ouvido. "Aí está você, minha amiga."

*ELA
SERIA*
<small>WAYÉTU</small> O <small>MOORE</small>
REI

JUNE DEY

Os mais velhos dizem que, onde houver uma aldeia em sofrimento, o vento sopra em aviso. A fazenda Emerson era um desses lugares. Sempre mudando para algo que deveria ser melhor; sempre decepcionando em sua mesmice, como uma mancha de chicotada que não sai nem esfregando várias vezes. Eu já morei na Emerson. Naquele ano, você saía e dava de cara com o vento tão sensível e intenso que ele derrubava baldes cheios de água das mesas de lavagem e roubava as roupas dos varais antes que endurecessem.

Eu era comum. Nem alta, nem baixa. Não tinha a pele escura, nem clara. Era uma das escravizadas mais comuns da Emerson e, quando costumavam me chamar pelo meu nome, diziam: "Charlotte, vá pra cozinha. Uma delas tá passando mal e a senhora falou que tão precisando de ajuda". Eu subia até lá tão rápido que pisava na saia e quase caía para a frente, e tomava cuidado para não gaguejar quando minha língua se contorcia com o idioma deles. "Sim, eu sei como é", apressava-me a dizer naquela velha língua com a qual não me embaraço mais. Fazia tudo que era pedido assim que me pediam e, no momento em que colocava o último prato na mesa, ouvia: "Charlotte, pode ir". Enquanto caminhava, pensava que eles me jogavam de um lado para o outro porque eu era comum e alguém da minha cor não merecia muita atenção. Até que me chamaram pelo meu nome, o primeiro e o último — Charlotte Emerson. Emerson era meu sobrenome desde que eu tinha 9 anos, e qualquer família ou nome antes disso era como água derramada pelo vento ou lençóis úmidos fora daqueles infindáveis varais.

Durante anos, eu ia e vinha, com cuidado, entre a cozinha e o campo. Na época em que eu tinha 30 anos, quando trabalhava na cozinha, que não era parte da residência, mas um cômodo anexo à casa principal, trabalhei com outras cinco mulheres, incluindo duas irmãs, Henrietta e Darlene, sendo esta tão linda que nenhum homem desejava a responsabilidade de mantê-la segura.

Às vezes, eu flagrava meu reflexo em uma colher e não achava que parecia muito diferente de Nelsie, outra escravizada que trabalhava na cozinha e que não tinha chegado aos 20 anos. Eu perguntava como estava minha aparência assim que entrava na cozinha, só que nenhuma das outras mulheres respondia, nem mesmo de maneira casual, e o silêncio depois que eu falava começava a me parecer como uma pessoa, um amigo, aquele que passei a esperar e para o qual me preparava; o mais confiável que tinha.

Eu sabia que todos ainda estavam um tanto irritados comigo pela coisa horrível que acontecera com Shan Emerson vários anos antes e, por esse motivo, parecia que haviam parado de falar comigo. Shan Emerson era a filha pequena de uns vizinhos mais velhos que eu tinha na época em que morava com sete outras garotas da minha idade, nenhuma com mais de 20 anos. Shan era tão pesada — muito mais que seus pais magérrimos — que, em várias ocasiões, ao passarmos por sua cabana, espiávamos lá dentro para ver com o que a alimentavam. Em algumas noites, as garotas com quem eu morava riam por muito tempo, pensando que a única razão para Shan ser tão gorda era que seus pais a enchiam de ração, na esperança de que algum dia ela se tornasse a babá de um dos netos do sr. Emerson. Era um ritual que entorpecia a dor que sentíamos por limpar a terra com nossas enxadas e mãos.

O horrível incidente aconteceu em uma manhã tranquila — tão silenciosa que não acordei com as batidas das portas ou peças sendo movidas pelos corredores dos aposentos pouco antes do sol nascer. Sempre dormi profundamente, mas uma das garotas quase sempre me acordava antes de ir para o campo. Eu soube que havia dormido demais quando, ao abrir os olhos, ouvi o canto de alguns pássaros lá fora, no embalo de uma canção de ninar tão maravilhosa que pensei estar sonhando. O sol formava linhas brilhantes em toda a sala através das rachaduras na madeira do barraco. Todas as meninas já tinham ido embora, então me apressei, tentando tirar o vestido pela cabeça.

Nem mesmo as babás ou as crianças que não trabalhavam estavam lá fora. Normalmente, os 116 barracos, cada um com quatro metros de comprimento e largura, alinhados em três ruas paralelas, eram únicos. Alguns tinham tábuas pregadas umas sobre as outras para cobrir buracos e madeira envelhecida. Outros tinham xícaras feitas de latas vazias e gravetos quebrados na parte da frente, onde as crianças se reuniam para brincar ao luar antes de serem mandadas para a cama. Naquela manhã, todos os barracos pareciam iguais, frios, cinzentos e fechados contra o sol. Os varais das roupas haviam sido todos enrolados e colocados no barraco da costureira, as cadeiras também, e até mesmo os círculos na terra que as crianças faziam com os gravetos foram removidos.

Enquanto corria em direção ao campo, ouvi os galopes de dois cavalos a distância. As vozes de dois homens os acompanhavam. Quase corri de volta, mas temi que eles estivessem fazendo rondas nos barracos e fossem me açoitar nas costas quando me encontrassem lá. Conforme as vozes se aproximavam, percebi que um deles era o sr. Harris, supervisor e senhor da colheita, um homem grande com dentes da cor do milho e pele quase da cor dos dentes. Fiquei ali por um instante tentando descobrir para onde ir e, desesperada, me escondi no espaço estreito entre dois barracos.

Então ouvi o choramingo. Olhei para o lado e lá estava Shan, enfiada naquele cantinho. Ela olhou para mim, com uma trança caída sobre o olho, tremendo tanto que não conseguia manter a boca fechada.

"O governador tá aqui e meu estômago doeu hoje de manhã", disse Shan. Quando ouvi sua voz aguda, me lembrei de como ela era jovem. Não parecia ter nem 10 anos ainda. Levei um dedo aos lábios para pedir silêncio. Sem me dar atenção, uma lágrima caiu de seus olhos e ela correu em direção ao campo, ficando cara a cara com o sr. Harris e seu ajudante.

"O que você tá fazendo aqui, garota?", esgoelou o sr. Harris de cima de seu cavalo, perplexo.

"Senhor", Shan quase gritou, surpresa, "me desculpe, sr. Harris. Por favor, senhor", disse, apertando o vestido entre os dedos, com medo de olhar para cima.

"Você deveria estar no campo", ele disse e desceu do cavalo, com a barriga balançando sob a camisa que escapava para fora da calça.

"Sim, senhor. Me desculpe, sr. Harris. Meu estômago, senhor, por favor, senhor", choramingou ela, ainda olhando para baixo.

"Mãos para cima contra aquele barraco ali", ordenou Harris.

Shan chorou e suplicou, sua voz infantil elevando-se no ar.

O sr. Harris desenrolou o chicote. O ajudante desviou o olhar e bateu em Shan com tanta força que ela caiu com o golpe. Seus gritos romperam o dia quando o chicote penetrou em sua carne mais uma vez, e uma linha de sangue apareceu nas costas de seu vestido de linho grosso. Os gritos continuaram vindo, e ela estava tão tomada pela dor que caiu de joelhos e estendeu as mãos na parede do barraco, como se o abraçasse, implorando por sua vida. Incapaz de suportar os gritos por mais tempo, corri até ela.

"Sr. Harris!", eu disse, e só acreditei que tinha saído correndo e estava ali quando olhei para os meus pés. Quando o sr. Harris se virou, desancou o cotovelo no meu olho com tanta força que caí e bati a cabeça contra uma pedra solitária que se sobressaía do chão. Os corpos de ambos — o do sr. Harris acima de mim e o de Shan — ficaram embaçados, e senti que estava ficando cansada, tão cansada que os gritos de Shan se reduziram a um zumbido leve, como o canto de um mosquito com uma história para contar.

Quando abri os olhos de novo, já era noite. Eu estava encolhida perto da pedra na qual havia batido a cabeça. Toquei o lugar machucado, mas quase não havia hematoma; apenas sangue seco, que logo esfreguei com a manga do vestido. Eles tinham me deixado lá.

O sangue de Shan estava espalhado na poeira ao meu lado. Fiquei tão tonta com a visão e com o cheiro que tropecei nas mesas dos baldes de lavagem. De dentro dos barracos, eu conseguia ouvir sussurros, todos os tipos de conversas, como se algo grave tivesse acontecido. Mas, quando cheguei ao barraco de Shan, tudo estava quieto. Aproximei-me da porta, mas parei antes de bater. Eu me curvei e pressionei o ouvido contra a madeira até que, pelo ar morto, ouvi o sussurro suave de uma mulher. Ela parecia estar cantando, mas percebi que estava orando.

"Não é culpa sua, Shan", a mulher murmurava enquanto Shan chorava. Aproximei ainda mais o corpo da madeira para ouvir melhor e então a porta se abriu. Quase caí. O pai de Shan Emerson estava ali diante de mim com uma cara tão indignada que não pude olhar para ele de imediato. Quando levantei minha cabeça para me dirigir ao homem, a porta se fechou na minha cara e apenas vi de relance a mãe de Shan e outra mulher que cuidava dos ferimentos.

"Desculpe, não protegi ela." Eu mal conseguia ouvir, mas senti o gosto das palavras, por isso soube que as tinha deixado ir. Voltei para meu barraco no final da rua.

Daquele dia em diante, percebi uma distância entre mim e os outros. A caminhada que eu fazia todas as manhãs até a cozinha ou o campo era longa, já que todos os olhos que eu encarava, mesmo os das crianças, me evitavam. A punição, sobretudo quando imposta por aqueles que não têm nada, pode ser algo grande e viciante. Por mais cruel que seja, esse mísero sabor de poder é suculento. Dura muito. Eu nunca tive certeza do que Shan dissera a eles, mas suspeitava que só o fato de saberem que eu estava ali escondida enquanto a criança era açoitada daquela maneira fazia suas bocas amargarem ao som do meu nome. Já que parecia que todos no barraco da garota se recusavam a falar comigo, e as mulheres com quem eu trabalhava quase sempre me ignoravam e não abriam espaço para meu catre na cozinha, mesmo se eu as convencesse a me emprestar um vestido e um avental de seda tão fino quanto o delas, acabei me mudando para um barraco condenado no final da fazenda, onde moraria sozinha pelos quarenta anos seguintes.

Algo começou a acontecer quando as pessoas me evitaram ao longo daqueles anos. Elas me ignoraram por tanto tempo que começaram a dizer coisas que eu sabia que não diriam para mais ninguém. Mas algumas coisas foram ditas diretamente para mim — a maioria eram comentários desagradáveis de Darlene. No corredor de entrada da cozinha, quando eu entrava ou saía, às vezes ela me encontrava e me lembrava de que eu não era bonita. "Você não presta", ela dizia. "Deus não te ama. Ninguém ama uma pessoa feia que nem você." E nessas ocasiões eu passava correndo por ela e me concentrava nas minhas tarefas ou voltava para o campo. Fora isso, poucas coisas foram ditas para mim ou sobre mim.

Acabei sabendo muito sobre todos. A vida dos outros era uma pequena parte da minha. Assim como o silêncio que vinha depois das minhas palavras, eu também passei a depender daquelas quebras acidentais na minha rotina quando ouvia coisas que não eram para eu ouvir. Às vezes, na cozinha, Darlene e Henrietta iam mexericar na despensa e esqueciam que eu estava tirando o pó, ou Edith ia com Darlene, mas não tantas vezes, e eu sabia todo tipo de coisa que acontecia na Emerson, coisas importantes, principalmente sobre o sr. Emerson.

Algumas fazendas na Virgínia já haviam começado a cultivar trigo e algodão em vez de tabaco, por exemplo, mas não a do sr. Emerson. O algodão dava mais dinheiro, já que os brancos do exterior compravam mais e pagavam preços mais altos. Trigo também. Os homens que diziam ao sr. Emerson o que era melhor para a fazenda compartilharam isso muitas vezes, mas toda vez ele defendia o tabaco. Com o tempo, Emerson se tornou uma das últimas fazendas de tabaco remanescentes na Virgínia e, como o produto estava ficando impopular, a fazenda começou a perder dinheiro. Por isso, Edith tinha cada vez menos dinheiro para ir para a cidade. Então, em vez de inventar maneiras para garantir que a fazenda não precisasse continuar vendendo pessoas escravizadas, o sr. Emerson passava muito pouco tempo na propriedade. Passava longos meses em Nova York e na Geórgia, onde, ouvi Edith dizer uma vez, levava escravizadas para a cama. Darlene não acreditou nisso e deixou a despensa pouco depois, acusando Edith de não saber de nada.

Durante aquele tempo, também ouvi dizer que, quando recebia visitas, a senhora passava muito tempo dando desculpas sobre aonde o sr. Emerson tinha ido. Ela alardeava que ele havia caído do cavalo e estava em tratamento. Todas as amigas a deixavam compartilhar suas mentiras; a maioria sabia exatamente onde o sr. Emerson estava e tinha pena da senhora pelo teatro que ela insistia em fazer. Quando o sr.

Emerson enfim voltou para casa, a senhora tinha tanto medo de que uma briga o fizesse ir embora de novo que nunca falava sobre seus incômodos. Em vez disso, ela o evitava para não dizer ou fazer nada que pudesse fazer com que ele desaparecesse novamente. Ela dedicou muito de seu tempo, e muito do nosso tempo da cozinha e da casa, na decoração dos quilômetros ao redor da Emerson.

A fazenda nunca estivera tão bonita — pelo menos era o que Edith ouvia os convidados dizerem. A senhora havia cercado toda a propriedade com longos jardins de flores e rosas exóticas. Atrás da mansão, construíra uma fonte de pedra de três metros de altura no meio de uma extensão de noventa metros de terra que separava sua casa da plantação de tabaco e da senzala. A senhora vendera cinco escravizados por aquela fonte e pagara ao sr. Harris para que ele não revelasse o segredo ao sr. Emerson.

Eles nunca me disseram essas coisas diretamente, mas acabei sabendo tanto que às vezes me sentia importante. No entanto, ninguém se importava com o que eu sabia, não o suficiente para perguntar. Então, em minhas caminhadas para casa, eu conversava com as ruas sinuosas dos barracos, as estrelas que explodiam no céu e os vaga-lumes com costas brilhantes que entravam e saíam dos meus devaneios.

Uma noite, depois que apaguei minha lamparina e finalmente descansei minha cabeça no saco de estopa, minha porta se abriu. A madeira estremeceu.

"Entra aí!", ouvi. Um par de botas arrastou-se do lado de fora do meu barraco. Na escuridão, pulei com o som de um tapa na pele. Ouvi um grunhido e outro tapa, desta vez mais forte.

"Entra aí!", gritou a voz de um homem, que reconheci como a do sr. Harris. Uma forte brisa noturna puxou a porta de madeira de volta ao batente. Mais cavalos galoparam em direção à entrada. Agarrei o lençol e me encolhi na sombra do crepúsculo, sentindo a parede de madeira bruta arranhar minhas costas. Os cavalos que se aproximavam pararam ali em frente. Os sussurros de três ou quatro homens e seus passos pesados alcançaram o lugar onde o sr. Harris espancava o homem. Eles o arrastaram; o homem grunhia a cada chute que levava. Atiraram o corpo inanimado no meu barraco e pareceram acorrentar a porta. Enquanto o último galope desaparecia, fiquei imóvel e com medo. Pensei em rastejar no escuro para encontrar o corpo, mas fiquei parada. Minhas mãos se arrastaram ao longo do meu colo e das minhas coxas, pelo saco de estopa duro e pelo chão empoeirado até chegarem ao fósforo e à lamparina no chão. Coloquei a lamparina no colo e senti a abertura. Risquei o fósforo e acendi.

Uma luz fraca clareou a sala amarela, e um homem em frangalhos estava sentado do outro lado do barraco. Pelo olhar que me deu, notei que ficou surpreso ao me ver, embora tivesse bastante sangue das feridas no canto dos olhos. Queria conhecer seu rosto, mas não consegui distingui-lo sob os cortes, as feridas, as contusões na testa e o nariz quebrado. Mas eu vi seus olhos. Ele estava vivo. Fui em direção a ele, que, sem aviso, ergueu o rosto para o teto e uivou na noite um som abafado, como se não tivesse língua, fôlego, comida ou ossos; nada além de tristeza e terror. Por isso permaneci imóvel, com medo, mas aliviada. Ele estava vivo. Então me deitei e tentei dormir.

No momento em que abri os olhos na manhã seguinte, o homem em frangalhos estava na porta. O sangue ainda estava úmido em suas roupas, e havia um cheiro adocicado no barraco. Ele balançou a porta e ela não abriu, apenas fez barulho do outro lado. O homem se virou. De vez em quando, olhava para mim no saco de estopa. O medo que tinha em seus olhos na noite anterior ficou mais evidente.

"Tudo bem?", perguntei.

Quando se cansou de lutar contra a porta, que eu ainda suspeitava que estivesse trancada com uma corrente, ele mancou devagar até o outro lado do barraco, nossa prisão, observando-me com cuidado, e sentou-se. Seu rosto estava inchado, e grandes vergões haviam se formado na pele negra de seu peito e braços.

Lá fora, o ruído de cascos de cavalos se aproximou.

"Eles voltaram", falei.

Fui até ele e tentei levantá-lo. O homem ficou rígido, e aquele terror familiar voltou aos seus olhos. Ergueu a mão no que parecia um esforço para me impedir de tocá-lo, mas estava fraco demais para aguentar por muito tempo. Parecia que tinha se cansado de tudo, e ficou sentado esperando a porta de madeira se abrir, para que a morte enfim o levasse. Corri para o pequeno balde de metal ao lado do braseiro e fiquei grata por ter me lembrado de ir buscar água na noite anterior. Enfiei as mãos no balde e minhas palmas em concha se encheram de água.

"Beba", falei para ele, levando minhas mãos até sua boca. A água vazou entre meus dedos, então tentei mais uma vez.

"É água. Beba", repeti, jogando o líquido em seu rosto e batendo em sua bochecha enquanto ele recusava. "Por favor", implorei. O homem me encarou com os olhos quase perdidos sob o inchaço, e vi uma pequena parte do medo que ele sentia desaparecer. Mantive as mãos em seus lábios conforme a água descia por entre meus dedos e braços.

Ele bebeu.

"Isso! Mais um pouco", incentivei, e logo fui interrompida por um coro de correntes e botas que foi em direção ao homem e o levantou do chão. Fiquei ajoelhada no início, com medo de interferir e com água e sangue se misturando em minhas palmas.

"Ele não tá bem!", gritei para os homens. Seus captores continuaram e ignoraram minha tentativa de ajudá-lo. O homem em frangalhos olhou para mim por cima do ombro enquanto uma corrente de ferro era colocada em seu pescoço e presa por um dos capatazes do sr. Harris.

Homens e mulheres que passavam por ali olhavam para o barraco e balançavam a cabeça. Observei-o até que ele desapareceu.

Naquela manhã, corri para a cozinha. Tinham me mandado ajudar na casa naquela semana. Bem à direita da porta, havia uma janela grande que dava para o campo distante de tabaco. Darlene e Henrietta Emerson estavam trabalhando, cortando verduras em uma tábua fina no balcão do meio. À primeira vista, a silhueta de Henrietta poderia fazer qualquer um pensar que ela era a esposa do supervisor, pois era tão pálida quanto ela, tinha uma estrutura esguia e cabelos loiros esvoaçantes, cujas mechas finas pendiam de um gorro que usava todos os dias. Darlene não tinha tanta sorte. A única parte fina de seu corpo era a cintura, uma característica que acentuava seu traseiro largo e seios volumosos. Seus mamilos sempre ficavam marcados nas blusas ou vestidos, por mais grossos que fossem. Em vez de enrolar o cabelo em redes e gorros como Henrietta, ela o usava em uma trança preta ondulada que se enrolava em seu traseiro como uma cobra em repouso.

Encontrei as duas no balcão e peguei uma faca e um punhado de verduras.

"Eles trancaram um homem no meu barraco ontem à noite", disse baixinho para elas, com a faca tremendo na mão. "Vieram pegar ele hoje de manhã, e eu não sei onde ele tá", sussurrei. "Procurei por ele antes de vir pra cá, mas não sei onde ele tá. Acho que morreu."

"Cadê a minha faca?", perguntou Darlene, procurando em cima do balcão.

"Tá aqui comigo", respondi, chateada por ter sido interrompida.

Darlene balançou a cabeça e saiu de perto de mim, revirando os olhos. "É verdade", eu disse assim mesmo. "Mal parecia um homem: só alguém com uma alma que tinha feito coisas ruins a vida toda e que não merece nada de bom, nem viver. É isso que ele parecia." Darlene balançou a cabeça de novo e eu estava tão nervosa que quase chorei, porque mesmo naquele momento elas não conseguiam deixar de ser cruéis. Os líquidos no fogão ferveram rapidamente. Quando eu ia puxar o braço de Darlene, a senhora entrou na cozinha com as mãos na barriga e olhou para o balcão.

"Preciso de duas de vocês para virem comigo", falou. Eu corri até ela, mas Darlene e Henrietta foram mais rápidas e a seguiram para fora da cozinha. Eu parei, enxuguei os olhos, voltei para o balcão e continuei cortando.

Depois de sair de casa naquela noite, corri em direção à senzala, passando pela fonte, pelo conjunto de barracos rachados e por um grupo de crianças descalças que perseguiam umas às outras ao meu redor. Os fundos da senzala estavam ocupados por quase uma centena de pessoas, a maioria mulheres e crianças àquela hora da noite. Fui até o final, ao meu velho barraco, que ninguém visitava e ninguém queria, e abri a porta, imaginando que encontraria o que sempre me esperava: quatro paredes, um balde, uma lamparina, um saco de estopa agora manchado com o sangue do homem.

Mas lá estava ele.

Lá estava ele, e eu fui instantaneamente enfeitiçada pelo sentimento, atingida pelas rugas, saliências e veias da idade. Eu me sentia muito velha. Ao vê-lo, fui tomada por uma lucidez singular de sentimento, por mais sombrio que fosse. O homem em frangalhos estava sentado contra a parede, de frente para a porta e com a cabeça entre as mãos, agora de roupas secas, com uma crosta de sangue. Rastejei até ele e segurei seu rosto, em uma mistura de alívio, confusão e horror.

"Você tá vivo?", perguntei. Seu rosto ainda estava perdido, mas os olhos (ou o que eu conseguia ver deles) lentamente se abriram para mim e permaneceram assim até tarde da noite.

Ele foi embora logo cedo. Senti o vazio, mesmo atrás de mim. O saco de estopa exibia pequenas manchas de sangue.

Na cozinha, mais tarde naquela manhã, depois que Darlene me alcançou para dizer aquelas coisas horríveis — que eu não valia nada, que ninguém falava de mim e que eu tinha sorte de não estar morta —, juntei-me a ela e Henrietta no balcão.

"Vocês ouviram falar do escravizado Dey que eles trouxeram aqui na outra noite?", perguntou Henrietta.

As mulheres nos fogões assentiram. Uma delas, Nelsie, de bochechas cor de ameixa, que quase nunca saía de casa, exceto quando estava acompanhada por Darlene ou Henrietta, balançou a cabeça.

"O que ele fez?", perguntou ela.

"Tentou matar o senhor dele, foi o que eu ouvi", respondeu Elizabeth, outra criada da cozinha que insistia em sempre usar uma rede de cabelo na testa, do fogão.

"Não fiquem tagarelando muito. Aqui não é lugar de fofoca", censurou Edith, virando-se. Ela olhou para a despensa. Edith era a assistente pessoal da senhora, mas passava as manhãs na cozinha supervisionando a preparação do café da manhã. De tão velha que Edith era, provavelmente mais velha do que eu, todo mundo falava sobre ela, e ainda era possível perceber como fora bonita um dia. Edith era uma mulher frágil com pele alaranjada e olhos castanhos posicionados em perfeita simetria acima do nariz e da boca. As mulheres voltaram ao trabalho, mas eu continuei distraída.

"O que ele fez?", perguntei, e Edith sacudiu a mão como se eu fosse uma mosca vindo estragar sua única refeição.

"Deve ter feito alguma coisa", Edith murmurou para si mesma por cima do fogão.

"Dizem que mataram a esposa dele por causa de uma briga feia que ela teve com a senhora dela. A esposa tava esperando o filho dele. Pelo visto, ele brigou com todo mundo quando descobriu. Dizem que enlouqueceu e que foi vendido. Você sabe que Emerson não diz não pra um escravizado vendido por pouco dinheiro, mesmo que não tenha condições de pagar."

"Hmf", grunhiu Edith.

"Eu conheço ele", eu disse. "Dey, esse homem de quem vocês tão falando, eu sei quem ele é. É o homem de quem eu tava falando ontem quando vim dizer que eles quase mataram alguém na minha porta. Descobriu que a coitada da esposa tá morta, e provavelmente não tava errada por brigar com aquela senhora, no fim das contas. Ele também não tá errado por querer brigar por ela ou querer tirar a vida de outra pessoa e entregar pra esposa e pro filho."

À noite, vi Dey comer o restante do que ele conseguira esconder da refeição daquele dia nos bolsos da calça. Vi como dividiu a porção já escassa em pedaços menores e se alimentou pelos cantos da boca, com aqueles olhos desesperados cravados em mim. Eu o observei enquanto a luz da lamparina envolvia o canto onde ele estava, observei sua sombra quebrar e engolir.

O rosto de Dey foi se recompondo, embora ele ainda estivesse imóvel e mudo. Já fazia quase um mês que ele estava na Emerson, e cada vez que ele olhava para mim, eu sentia uma dor na parte inferior das costas que mudava minha maneira de andar. Uma noite, enquanto dividíamos o pequeno saco de estopa, a porta balançou com a leve força de uma batida. Do lado de fora, ouvi que soltavam a corrente devagar e a deixavam no chão em frente ao barraco. A porta rangeu ao se abrir gradualmente, revelando o círculo de luz de uma lamparina que pendia das mãos de uma mulher.

"Dey", ouvi. "Dey", disse a mulher novamente.

Dey se levantou e foi até a porta. Eu o segui.

"Você tá aí?", perguntou a mulher.

Quando Dey mostrou seu rosto, a mulher recuou. Era Myrna, uma jovem bonita de pele escura que morava com outras pessoas no barraco mais próximo ao meu. No brilho da lamparina, a forma redonda do rosto e dos olhos se mostrou com clareza na noite.

"Eu... Desculpe, Dey. Acabei de perceber que eles esqueceram de trancar a fechadura aqui e quis trazer comida pra você enquanto tivesse aberta", sussurrou ela.

Dey olhou com espanto para a garota e para as correntes ao lado do barraco. Ele olhou para além dela, como se estivesse prestes a fugir, mas ela fez um gesto pedindo silêncio e entrou depressa.

"O capataz não tá muito longe. Só tenho pão pra você", disse Myrna.

O jeito que ela olhou para ele, o jeito que ela seguiu seus olhos, me fez sentir algo que nunca havia sentido antes. Logo senti que eu também queria atenção, queria ser chamada pelo meu nome.

"Agradecemos por você se importar e tudo mais", eu disse.

Myrna olhou ao redor do barraco, para o saco de estopa e para a lamparina, e forçou um sorriso enquanto Dey se levantava e a observava.

"Aqui está", disse ela, estendendo para Dey um prato de pão coberto por um lenço velho. "Tenho que voltar." Myrna corou como uma menina ao notar que Dey observava seu rosto antes de encarar o prato ligeiramente trêmulo. Ele pegou o prato.

"Todos nós sentimos muito pelo que aconteceu", ela falou com suavidade.

"Myrna, você tá sendo mal-educada de entrar aqui e não dizer nem oi", eu disse.

"Bem, então boa noite pra você, Dey", sussurrou Myrna. Ela percebeu que ele estava olhando para a porta. "Eu imploro, fique aqui", disse. "Melhore. Os capatazes não tão muito longe hoje à noite." Ela se virou e foi até a porta.

"Myrna!", gritei. "Myrna, esta é a minha casa!" Eu corri em direção à porta quando Dey estendeu a mão e grunhiu para mim.

Myrna, assustada com o ruído, se virou enquanto Dey estendia a mão no ar livre noturno. Ela ficou decepcionada e com medo, balançou a cabeça para Dey e fechou a porta. Fiquei chocada, fora do alcance da mão de Dey, ainda estendida. Meu rosto, o mais sério que eu já havia mostrado, mudou gradualmente enquanto eu ia depressa até o saco de estopa para me sentar. Senti-me envergonhada e exposta. O fato de ele ter visto minha rejeição dessa forma, tão cedo, me fez chorar por dentro.

"Minha cabeça", eu disse. "Minha cabeça tá doendo muito."

A dor de cabeça amorteceu minha raiva.

"Não tô bem", sussurrei. O ciúme e a confusão eram mais do que eu podia suportar. Fechei os olhos.

Dey caminhou até o saco de estopa e se sentou, mantendo perto dele a comida que Myrna havia trazido. A lamparina brilhou e eu me segurei; a dor de cabeça era implacável.

"Por que ela não diz oi?", perguntei. Dey estendeu a mão sobre o saco de estopa e tocou meu corpo trêmulo. Sua mão roçou minha pele. "Minha cabeça", tenho certeza de que repeti antes de adormecer.

Na cozinha, no dia seguinte, foi difícil pensar em outra coisa além dele. Darlene me parou no corredor e disse aquelas coisas horríveis para mim de novo: que eu era uma mulher cruel, destruída e não amada por Deus. Trabalhei o dia todo, evitando-a. Quando minha cabeça não estava doendo daquele jeito agudo e sufocante da noite anterior, pensava no rosto de Myrna e nos olhos dela evitando os meus enquanto brilhavam para Dey. Também pensava na maneira como ele olhara para mim por cima do ombro naquela manhã em que haviam ido buscá-lo.

Fora da cozinha, uma carruagem que vinha do campo se aproximou. Um capataz conduzia com as mãos e a pele manchadas de sujeira. Na parte de trás da carruagem, três escravizados altos estavam sentados segurando pás, e suas cabeças e corpos balançavam ao ritmo das rodas da carruagem. As mulheres na cozinha correram para a janela. Fui atrás delas e espiei por cima de seus ombros. Meu coração afundou quando, entre os passageiros, vi Dey, de cabeça baixa; ele abraçava sua pá.

"Lá vai ele", disse Nelsie, olhando para Dey.

"Ele parece ser bem forte." Henrietta olhou pela janela. "Pena que espancaram ele até ficar idiota. Ouvi dizer que ele não consegue falar nada."

"Hmm", suspirou Darlene. "Que dia é hoje?"

"Parece que eles vão pro cemitério nesta semana", disse Edith.

"Acho que eles não vão há um tempo", disse Nelsie.

"Isso é bom, acho", acrescentou Edith. "Coitado, já encarou tanto a morte na antiga casa dele, e agora tá prestes a aprender tudo sobre a nossa."

"Parece que eles tavam falando sério sobre não usar mais lenha pra caixões", disse Henrietta, balançando a cabeça.

"Não faz diferença pra mim", respondeu Edith. "Que inferno, quando eu morrer, me enterrem do jeito que eu vim. Quero estar pronta pra mostrar a Deus minhas cicatrizes e perguntar por quê." Os suspiros concordaram no silêncio.

Na carroceria da carruagem, aos pés de Dey e dos outros dois passageiros, quatro corpos estavam enrolados em lençóis velhos. Dey olhou para mim da carruagem, e minhas costas doeram outra vez. Prendi a respiração e voltei ao trabalho.

Aconteceu de novo no dia seguinte. A carruagem parou e as mulheres correram até a janela para ver quem estava na carroça, contar os corpos e dar uma olhada em Dey.

No dia seguinte foi diferente.

A carruagem do cemitério parou em frente à casa novamente, e mais uma vez vi Dey sentado ali em silêncio, bonito, e senti aquelas doces dores. Enquanto as mulheres voltavam ao trabalho, sussurrando sobre a visita ao cemitério naquele fim de semana com a permissão da senhora, para cantar e deixar flores nos túmulos dos escravizados mortos, Dey acenou com a mão em minha direção, na direção onde eu estava. Ele acenou para mim e fiquei tão surpresa que parei de pensar com clareza. Então senti frio. Saí de fininho da cozinha para seguir a carruagem enquanto ela continuava pela estrada principal. Eu a segui com cuidado, me escondendo atrás das plantações para o caso de um dos homens olhar para cima. Pouco depois de passar pela cozinha, a carruagem virou em um cruzamento estreito, obstruído por ervas daninhas da minha altura. Esperei até que virasse antes de sair correndo do arbusto. Segui o som das rodas bambas; a carruagem parou na floresta ao lado de um espaço de cem metros de comprimento que tinha sido parcialmente liberado para enterrar homens e mulheres mortos na fazenda Emerson. As covas eram minúsculas, próximas demais umas das outras para que qualquer alma conseguisse, de fato, descansar em paz. Estacas de madeira se projetavam do chão, separadas por vários metros, todas listando os nomes e idades dos falecidos.

Dey desceu da carruagem. Puxou um cadáver da carroça e levou-o para o final do terreno. Depois de deitá-lo, pegou a pá para começar a cavar e percebeu que eu estava escondida no mato. Olhou para os outros para ver se eu havia sido notada. Não havia. Então, outra vez, ele acenou para mim.

Quando tive certeza de que ninguém estava olhando na minha direção, fui até onde Dey estava. Assim que o alcancei, ele pegou a minha mão e me conduziu pelo cemitério. A dor de cabeça me deixou fraca, mas Dey apertou minha mão, então continuei andando pelo terreno com ele, cada passo mais urgente que o anterior.

Chegamos a uma pequena cova no canto, limpa e decorada com flores mortas, tão secas e velhas que as pétalas tinham grudado. Ele apontou para a estaca de madeira e ficou olhando para ela, até que eu segui seus olhos para ler o que chamara sua atenção.

Dizia: CHARLOTTE EMERSON, DEZENOVE ANOS.

Uma parte de mim queria rir. Que piada cruel eles tinham feito e continuavam fazendo. Mas esse pequeno desejo aos poucos murchou. Antes que eu pudesse achar as palavras para perguntar a ele, Dey apontou para o meu peito. Seu dedo então apontou para a estaca de madeira, depois para mim. Balancei a cabeça.

"O que você tá fazendo?", gritou um capataz com Dey, a mão no chicote. "Volte com os outros!"

De repente tonta e nauseada, apoiei-me em Dey para não cair. Fechei os olhos com força e aquele dia voltou para mim em camadas ásperas, entre os intervalos das batidas na minha cabeça. Os gritos de Shan Emerson, o braço do supervisor e o desmaio naquela pedra afiada que interrompera minha queda.

"É isso, né?", eu disse, agora com a boca seca, minha cabeça girando enquanto todas as minhas interações e minha memória deslizante me cercavam em uma revelação.

"É isso. Essa sou eu", falei sobre o túmulo.

Dey me olhou com atenção. Ele atendeu ao aviso do capataz e logo voltou para a carruagem. Eu o segui. Dey voltou para o cadáver que havia descarregado da carruagem e continuou cavando.

Vi seu rosto e olhos murcharem, os ossos quase tremendo sob seu exterior forte e musculoso. Parecia que nem ele mesmo sabia ou não conseguia responder por que ninguém jamais mencionava a mulher que morava no barraco dos fundos da Emerson.

Eles não conseguiam me ver. Eu vivia minha vida ao lado deles, ao lado de todos eles, e eles não me viam. Trabalhava ao lado deles até tarde da noite, saía do barraco antes do raiar do dia e eles ainda não conseguiam me ver. Eu era a única que não sabia a diferença entre uma vida escravizada e a morte?

"Agora você me envelheceu", eu disse a Dey. "Me fez saber coisas que eu não sabia muito bem antes. Mas é isso. Tô morta. Eu morri e ninguém daqui consegue me ver além de você."

Procurei a mão de Dey e segurei-a na minha, um toque que fez meus dedos coçarem e incharem. Ele a puxou, recuando. Dey tremia e suava. Estava com medo.

"Não, não resista. Deve haver um motivo pra terem trazido você aqui e pra você conseguir me ver", eu disse, dando um passo na direção dele. "Você me vê, mesmo que eles não me vejam."

Dey olhou para o capataz e enxugou o suor da testa.

"Eu fico aqui com você. Tá me ouvindo? Eu fico com você."

Parecia que as palavras envolviam a língua dele, mas se recusavam a sair. Suas mãos enfraqueceram.

"Sim?", eu perguntei. Embora seu medo fosse evidente, ele olhou para mim de soslaio e balançou a cabeça. "Sim, Dey." Me fez bem pronunciar o nome dele.

Naquela noite, quando finalmente fiquei em silêncio, Dey segurou a lamparina ao lado do saco de estopa enquanto eu me deitava. Ele a colocou entre nós, iluminando sua mandíbula. Cicatrizes cobriam as curvas arredondadas de seus braços, e a cabeça estava pressionada contra as mãos em oração enquanto ele procurava meus olhos, daquele jeito musical que ele fazia, e então eu fui vista. Dey conseguia me ver e eu o via. Eu enfim soube profundamente quem ele era. Sabia o que ele estava pensando. Vi suas memórias apostarem corrida umas contra as outras, sem descanso, principalmente coisas terríveis e assustadoras. E eu sabia o que ele queria: sua esposa e, principalmente, seu filho. Eu estava deitada de frente para ele, mexendo meus dedos trêmulos enquanto a umidade do fim do verão entrava, repleta de escuridão.

Quando chegou maio, meu cabelo preto tinha se transformado em fios grisalhos enfraquecidos que flutuavam com o vento. Ele me envelhecera. Protuberâncias e sardas haviam se formado em meu rosto, ao redor de linhas de expressão que eu sentia no fundo dos meus ossos ao menor movimento ou gesto.

"Vou ter um filho", eu disse uma noite. Dey virou-se no saco de estopa para me encarar. Havia se acostumado a ter minha presença só para ele. Eles acreditavam que ele havia enlouquecido e fora silenciado para sempre por um coração partido.

"Sei porque sinto o que tá acontecendo aqui dentro", continuei naquela velha língua. "Já faz algum tempo que sinto isso, desde a chegada da primavera. E acho que é a criança que você perdeu. A criança em quem você sempre pensa."

"Espero que ele não seja como você", eu disse depois de um tempo. "Rezo pra que ele seja como eu e consiga fazer algo além de vagar pela Emerson."

Dey ficou em silêncio.

"Ele pode ser forte como você, mas espero que tenha algo de mim nele também. Talvez consiga deixar este lugar sem que ninguém o veja. Tenho certeza de que eu teria ido embora há muito tempo se não fosse por você."

Dey balançou a cabeça e esperei por um gesto, mas, como ele continuou calado, continuei.

"Sei o que você tá se perguntando, que não pode ser, mas eu digo que é. Nunca estive com ninguém em toda a minha vida, mas eu conheço você dentro de mim." Esperei novamente. "Às vezes, vejo seus pensamentos e percebo que você quer aquele bebê que eles tiraram de você... E eu quero tanto isso pra você que o sinto crescer dentro de mim. Espero que não seja meu. Acho que não será parecido comigo. Acho que não é meu, no fim das contas. Acho que ele será parecido com você e sua esposa, com o que ele deveria ter sido antes de fazerem o que fizeram com vocês. Entende? Você veio pra cá e é por isso que colocaram você aqui, pensando que não havia nada ou ninguém neste barraco além de um velho saco de estopa, mas eu tava aqui o tempo todo, e nós fizemos algo bom a partir de toda essa maldade. Esse deve ser o motivo."

June nasceu em agosto, com o zumbido dos gafanhotos e o sol nascente. Minha dor tinha pouco a ver com o parto; era mais porque aquela coisa boa estava me deixando para sempre para juntar-se ao infortúnio de nossas vidas. Pela dor, soube que o bebê estava chegando e juntei quatro baldes de água, dois que fervi e coloquei em cima do braseiro. Naquela tarde, peguei lençóis emprestados do varal de roupas e voltei gingando para o pequeno barraco. Dey ensopou um dos lençóis na panela fervente e me segurou enquanto eu flutuava para dentro e para fora do nível de consciência. À medida que a noite se aproximava da manhã, enquanto meus olhos se abriam, o bebê deixou meu corpo e refúgio para sempre.

Minhas pernas se contraíam e estremeciam enquanto um zumbido saía cada vez mais alto de dentro de mim. Não senti nenhuma dor. Dey segurou o pescoço do bebê, enxugando seu corpo pequeno e pálido nos lençóis úmidos. Dey chorou, eu olhei para o menino e percebi que ele não se parecia com nenhum de nós. Acho que tinha acertado: ele se parecia com a esposa que Dey havia perdido.

"Quero que ele se chame June", eu disse. "Porque foi em junho que eu gostei mais dele dentro de mim. Quando quase esqueci tudo, exceto ele. Mas Emerson não vai ser o sobrenome dele, não, não vai. O nome dele vai ser June Dey, como seu pai, porque eu não carreguei ele dentro de mim por Emerson nenhum." June não chorou enquanto eu o embalava. Ele fechou os olhos e ficou perto do meu peito.

Dey se ajoelhou na minha frente, cercado por lençóis ensanguentados. Por dentro, ele lutava para ficar indiferente. Dey era forte. Forte e um bom homem. Mas não era forte o suficiente para quebrar aquilo que o prendia: a ideia de que ser bom significava deixar o que você amava escapar por entre os dedos a fim de agradar um homem que questionava sua humanidade. A ideia de que alegria significava servir. A ideia de que, embora longe de seu lugar, ele estava em casa. A ideia de que ser bom significava que ele deveria proteger o que era do interesse do opressor, mas permitir que sua própria carne vagasse sobre a vida até que todos fossem uma infinidade de homens em frangalhos. Forte, sim. Mas não um bom homem. Ele não seria isso.

Eu estava orgulhosa dos pensamentos dele. De seu coração. Dey queria me inspirar, mesmo que somente durante aquele momento. Ele estava em silêncio e quase, quase feliz. Se pudesse estar comigo, como fazem os homens com as mulheres que amam, então ele prometeria ser bom.

Já era de manhã.

Nós dormíamos.

Dey me sacudiu e eu olhei para a porta. Mantive June Dey perto. Eu estava fraca e mal conseguia me mover. Dey juntou os lençóis e colocou-os atrás de mim como apoio, e percebi que ele estava orando, esperando que seu filho fosse abençoado com o mesmo destino incomum que eu. Dey parou na porta e esperou.

Quando os homens do lado de fora a abriram, ele saiu do barraco antes que eles tivessem a chance de entrar.

Ele passou pelo sr. Harris e pelos homens, olhou para trás e esperou que o conduzissem ao campo.

"Merda, que cheiro é esse, garoto?", perguntou o sr. Harris. Dey olhou para baixo.

"Você não cagou aí, né, garoto? Droga, não conseguiu segurar até de manhã?" Ele riu. Os outros homens, um de macacão, outro de calça preta e suspensórios, também deram risada.

"Não pensou em cavar um buraco ou algo assim, garoto? É isso que você faz, garoto? Deitar na própria merda?"

Dey manteve o olhar baixo e esperou que eles passassem por ele, rezando para que continuassem andando e não olhassem para trás.

"O que você tem a dizer?", perguntou o sr. Harris.

O dia amanheceu com o choro de June.

Os olhos de Dey se ergueram do chão. Talvez eles não ouvissem.

Talvez ele fosse como sua mãe. Tomara Deus que ele fosse como a mãe.

"Que diabo é isso?", perguntou o sr. Harris, olhando para o barraco.

Ele foi até lá e abriu a porta. Dentro, havia uma poça de sangue, lençóis manchados, quatro ou cinco baldes de água e um menino recém-nascido.

Os homens taparam o nariz. Embalei June Dey e os senti envolvendo meu filho com os olhos, examinando-o através das lentes furiosas da ganância.

"Deus nos ajude", sussurrei.

Enquanto um dos homens pegava o bebê de onde ele estava deitado, segurando-o apenas com o aperto de uma das mãos, os outros se aproximaram de Dey e bateram nele. Ele sucumbiu à violência até que June Dey emergiu do barraco, pendurado por um braço na névoa da manhã, como um galho de árvore solto que quase caía do tronco ao encontro do chão. Dey se lançou em direção ao bebê, mas foi interrompido pelos golpes e socos dos outros dois homens.

"Que diabo é esse bebê que você tem aí?", perguntaram eles, chutando Dey. "O que diabos você fez?"

Eu me levantei do saco de estopa e, quase delirando, me lancei pelo quarto e saí pela porta da frente, onde um homem sacudia meu bebê, e dois outros — não muito longe — se revezavam para matar Dey.

O homem na minha frente sacudia meu filho, que havia passado do choro para um silêncio que enviava tremores para cima e para baixo nas minhas costas doloridas. Bati no homem com a força de um exército de morcegos enraivecidos até que seu rosto ficou roxo-avermelhado como uma beterraba. O homem mexia as mãos em volta da cabeça. Ele derrubou o bebê, e, gritando, eu o peguei e segurei perto da porta do barraco.

Dey cobria a cabeça com os braços enquanto eles chutavam e batiam. Viu o nascer do sol pela fresta e, em outro canto do céu, uma lua que se recusara a ir embora naquela manhã. *Durma*, persuadiu a Velha Mãe Famatta. Reanimado, Dey se levantou e rechaçou os homens de seu corpo espancado. Quando todos caíram, Dey se afastou deles, caminhou até mim e nosso filho, ajoelhou-se e acariciou meus cabelos grisalhos com a palma marcada e pesada. Depois nos cobriu com seu corpo robusto. Respirei em seu peito.

"O rapaz finalmente enlouqueceu!", gritou o sr. Harris ao ver Dey acariciando o rosto do pequeno bebê.

"Fizemos algo bom", eu disse a ele.

Antes que eu terminasse de falar, uma explosão atingiu as costas de Dey e o paralisou enquanto ele desabava no chão ao meu lado. A uma curta distância, a fumaça saiu da boca minúscula de uma arma. Os olhos de Dey rolaram para a parte de trás de sua cabeça e seu corpo tremeu até que a quietude o corrompeu. Seu espírito se partiu em pequenas partes que se plantaram no solo.

Peguei um punhado de poeira do chão, mas não consegui encontrá-lo.

"Dey!" Eu o sacudia enquanto meu longo cabelo grisalho descansava em seu peito e braços sem vida.

"Dey, volte!"

O sr. Harris e os outros homens se limparam e voltaram para a casa e para o dia que estava apenas começando. Todos os barracos alinhados paralelamente ao caminho que levava até a casa estavam fechados, mas ouvi famílias se mexendo e se agitando dentro deles enquanto os homens passavam. Alguns espiavam dos cantos pelos buracos na madeira. O tremor de outras pessoas ressoou onde eu estava, arruinada e sozinha no chão. Esperei com o cadáver de Dey conforme a intensidade e o caos da manhã de agosto se aproximavam de seu pico. Em questão de minutos, uma babá correu para onde eu acariciava o rosto machucado de Dey. A criada tirou nosso filho dos meus braços e o limpou, depois o levou para longe do celeiro e do campo, dos barracos e do varal de roupas; para a mansão, onde seus novos donos esperavam.

E novamente eu estava sozinha.

Esperei por um instante no rescaldo de tudo aquilo; poeira e sangue debaixo de mim, anos e anos atrás de mim, meu amigo, meu amor, ao meu lado. Não podia vê-lo apodrecer mais do que vira na masmorra muda e mística de minha companhia.

Eu me levantei e limpei meu vestido, meu rosto e mãos pegajosos. Mancando, passei pelo barraco, pelos campos de tabaco em camadas da Virgínia. Passei pelas mansões cercadas, brancas e esplêndidas em todo o seu esplendor na estrada, escondendo as manchas de vidas arruinadas em altas estacas de madeira atrás das casas. Caminhei em silêncio para a região costeira até chegar ao mar. As águas voltaram, e fui com elas, na esperança de chegar ao outro lado. Viajei pelas montanhas de sal líquido do oceano, passando por cadáveres, o primeiro e o último; passando por feras selvagens e gigantescas que me seguiram na escuridão fria e cantaram para mim quando o silêncio do oceano fez uma forte pressão em meus ouvidos.

Dei um passo para o outro lado e cambaleei para fora da água, com ervas daninhas penduradas no meu cabelo, pele pinçada pelo tempo, murchando e caindo dos meus ossos como cascas de frutas no calor impenitente. Eu me levantei do outro lado e foi lá que me derreti em um glorioso zéfiro.

"Venha para o vento", uma voz ecoou no ar. Um coro de espíritos, de ancestrais, como eu. Uma dimensão de Charlottes. Essas mulheres, invisíveis por muito tempo, tornaram-se onipresentes. Eu ri, e os ramos das palmeiras na costa sopraram em direção ao interior. Suspirei, e a areia rolou para longe de mim em camadas. Voei, e o céu se abriu para liberar nuvens abundantes de chuva que lavaram os braços e as pernas e os cabelos e o rosto e o sofrimento de minha injusta vida passada. Em uma praia do litoral por onde cheguei, não muito longe da aldeia de Lai, havia um vestido velho e manchado na areia, cuja gola se levantava levemente quando impelida pelo vento. No final da temporada de seca, quando a poeira sopra do oeste pelo Atlântico, flutuando em pequenas partes até a costa distante, encontro todas essas partes na orla do oceano. A poeira vem, e eu a levanto para que me encontre em algum lugar alto no ar. Eu me misturo com o ar e com Ele.

"Aí está você, meu querido", sussurro no ouvido de Dey. "Aí está você, meu amigo."

Foi dessa maneira, depois de chegar àquela costa e encontrar a onipresença, meu dom, que existi. Com o vento, meu espírito vagou pelas árvores e colinas; vagou pelas mentes de meu novo mundo.

Várias temporadas de chuva depois de minha chegada, enquanto rodopiava por dentro e por fora de uma floresta interminável, passei por uma garota solitária que estava sentada em um galho. De onde estava, ela desfrutava de uma vista quadriculada do topo da floresta e acariciava a coroa de um pássaro canoro enquanto ele cantarolava. Cada vez que voltava para a floresta, via a garota vagando sozinha, entrando e saindo de uma caverna quase completamente escondida por arbustos.

"Eu consigo ver você, minha querida", gritei enquanto a garota vagava por anos em completo isolamento. "Estou com você, minha amiga."

A cabeça de Gbessa descansava no vento e ela ria quando ele soprava. "*Fengbe, keh kamba beh*", cantava ela. Acompanhei Gbessa quando ela saiu da floresta aos 18 anos e voltou para Lai. Espiei o primeiro olhar entre Gbessa e Safuá à beira do lago. Acompanhei Gbessa durante a jornada de seu exílio final, que resultou em seu desmaio em uma praia costeira.

Durante oito dias após deixar Lai, banida do reino Vai pela suspeita de assassinato do curandeiro, da curandeira e do príncipe Poro, filho de Safuá, Gbessa percorreu o caminho do novo mundo. Seu cabelo estava emaranhado em um labirinto nas suas costas, implorando, assim como seus pés, costas, olhos e seios, que ela parasse. Ela não parou. Não podia parar. Estava faminta. No entanto, a fome não era sua torturadora, mas sua amiga. Uma cobra cuspiu veneno em seu sangue. No entanto, a morte era apenas uma provocação. Essas coisas que maltratavam os outros se acovardavam em sua presença. Ela havia sobrevivido e ainda estava viva.

"Acorde." Flutuei ao redor do corpo desmaiado de Gbessa. Mas meu afeto passou despercebido pela garota inconsciente.

Então fui ao encontro do rei que a banira. Safuá. E foi através de mim que Safuá se lembrou de Gbessa: seu cheiro, sua voz e até os fios de cabelo dela iam em direção a ele em brisas fugazes.

Certa manhã, enquanto a Sande beijava o rosto de Safuá no escuro, uma rajada de vento entrou na casa pela janela da frente. Uma confusão de vozes surgiu do lado de fora, e os ombros de Safuá ficaram tensos. Ele parecia pensar que era Gbessa. Corri várias vezes de encontro à porta de Safuá, fazendo um barulho tão alto que ele fez a Sande sair de cima dele. Caí contra a porta da frente mais uma vez. Circulei sua casa e entrei pelas frestas e janelas.

"O que tá acontecendo?", perguntou a Sande, em pânico, enquanto o vento soprava ao redor de sua *lappa*.

Safuá correu para fora. No círculo da aldeia, estavam três homens com rostos brancos e enrugados. Safuá notou as cabeças deles primeiro, e como todos usavam coroas enormes. Seus corpos estavam quase todos cobertos, até mesmo os pés. Ao perceber isso, alguns aldeões apontaram e acenaram para Safuá conforme ele corajosamente se aproximava deles. Outros moradores se esconderam em suas casas. Alguns meninos correram para a cabana dos anciões para chamá-los. Os guerreiros Poro correram para o lado de Safuá com lanças pontudas esculpidas na melhor madeira de palmeira.

Os estranhos carregavam cargas pesadas, pelo que Safuá pôde ver, além dos panos que cobriam tudo, exceto seus pescoços, rostos e mãos do sol escaldante. Diversos artigos de metal e cordas pendiam de suas cinturas.

"Olhe ali!", exclamou um guerreiro a Safuá, apontando para os estranhos objetos de metal ao lado de cada um. Um dos homens brancos tocou em seu artigo de metal e cinco homens atrás de Safuá sacaram suas armas.

Dedos ressequidos apertaram o ombro de Safuá, e, atrás dele, três anciões gesticularam para acalmar os guerreiros nervosos.

"Vamos receber eles", disse o Ancião para Safuá.

"Eles parecem homens amaldiçoados", gritou um guerreiro.

"Eles não são nossos pra amaldiçoar. Eles são outro povo, não tão vendo?", perguntou o Ancião aos homens inquietos, convencendo-os a baixar suas armas.

Quando os visitantes viram isso, tiraram as coroas de suas cabeças e se curvaram em direção aos aldeões.

"Viram?", perguntou o Ancião, confiante.

Os homens caminharam até Safuá em passos vacilantes e incertos, e os objetos em suas cinturas estalaram ruidosamente.

"Olá. Saudações a todos", disse um dos homens, e os outros se juntaram a ele para mostrar os dentes. Ele se curvou de novo. "Trouxemos presentes."

Os aldeões murmuraram traduções possíveis para o que o homem havia dito.

"Presentes", repetiu ele, apontando para o saco que seu ajudante carregava nas costas. O ajudante puxou o saco por cima do ombro e jogou-o no círculo da aldeia. Em resposta ao som, os guerreiros ergueram as armas outra vez.

Safuá estendeu a mão, e os homens Poro baixaram as lanças.

"Presentes. Tesouros. Tesouros úteis para o seu povo", continuou o líder dos homens ao se ajoelhar diante do saco. Ele apontou para Safuá. "Seu povo", disse, "vai gostar dessas coisas."

Safuá avançou e puxou o homem pela gola da camisa. Os ajudantes do homem pegaram os artigos de metal de suas cinturas, e os Poro imediatamente empunharam as lanças.

"Não, não", disse o estranho a seus ajudantes. "Baixem as armas. Agora não."

Os ajudantes devolveram as armas às correias dos cintos. Safuá respirava a apenas alguns centímetros do rosto do homem.

"Abra o saco!", gritou Safuá. A pele do homem parecia que estava queimando. Um homem Poro se aproximou com sua arma. A meio metro de distância, perfurou o saco com a lança. O guerreiro ergueu a lança e cutucou o saco de novo, confirmando que não havia nada vivo lá dentro.

"Sem comida dentro", comentou o guerreiro, e se afastou do saco. Safuá largou a gola do homem, que caiu no chão. Seus ajudantes permaneceram nervosos e mudaram de posição. O homem branco ergueu a mão para seus companheiros enquanto recuperava o fôlego. Ele sorriu para Safuá. "Presentes", explicou ele. O homem rastejou até o saco e olhou para Safuá em busca de misericórdia.

"Posso?", perguntou ele, apontando para o saco. Safuá ficou de braços cruzados e esperou. Enquanto ele ficou ali parado, querendo ver que bugigangas aqueles estranhos visitantes haviam trazido, o homem abriu o saco e retirou um objeto quadrado de madeira. Padrões cilíndricos elaborados formavam listras na parte de trás do presente. O homem o ofereceu primeiro a Safuá, que manteve os braços cruzados sobre o peito. Ele então o estendeu para outro guerreiro, que o aceitou. Ao girar o objeto, o guerreiro gritou.

"Piso!", gritou ele. "Lago Piso!" Os homens Poro cercaram o objeto e se revezaram para segurá-lo. Os aldeões que assistiam de suas janelas ao encontro apontaram para a multidão de guerreiros. Safuá observou, mas não se juntou a eles.

"Um espelho", disse o homem branco, e se levantou devagar. "É um espelho." Ele se aproximou de Safuá novamente. "Pi-so. É assim que vocês dizem espelho? Pi-so?", perguntou.

Mais uma vez, Safuá ficou em silêncio. Eu bati contra o peito dele. Que ancestrais histéricos, ele pensou. Visitantes estranhos. Ornamentos brilhantes. Presentes. E tudo que ele esperava ver era ela.

Dois anciões se aproximaram do líder dos homens e colocaram seus braços em volta dele em boas-vindas. Os estranhos seguiram os anciões até o círculo da aldeia, sorrindo, mas ainda visivelmente abalados. As mulheres Vai foram instruídas a preparar arroz e galinhas para comer. Os guerreiros guardaram suas armas, e o vento chorou e gemeu. Um dos homens Poro se aproximou de Safuá e entregou-lhe o espelho que haviam recebido.

"É como se você segurasse o lago Piso", disse ele, perplexo. "Sua cabeça tá ali dentro."

Safuá pegou o objeto do guerreiro. O vislumbre de seu rosto — sua mandíbula tensa e olhos fumegantes, sua pele e cabelo, os pelos ao redor de sua boca — fez seu corpo gelar. Sua respiração ficou mais rápida e, antes que pudesse falar, ele deixou cair o espelho no chão, partindo-o ao meio. O guerreiro foi pegá-lo, mas Safuá o deteve.

"Não", disse Safuá. "Deixe."

No círculo da aldeia, os visitantes bajulavam o Ancião em torno de um braseiro. Pouco a pouco, outros moradores se aproximavam dos homens estranhos enquanto Safuá e os outros guerreiros Poro observavam. Soprei com violência, tão forte que um chapéu voou da cabeça de um dos homens estranhos e rolou através do círculo da aldeia. As crianças o perseguiram, até que ele pousou ao lado dos pés descalços de Safuá.

"Cuide-se, meu querido", sussurrei no ouvido de Safuá. "Cuide-se, cuide-se, cuide-se."

"O que é isso?", Henrietta Emerson perguntou antes de olhar pela janela.

Darlene encolheu os ombros. "Alguém acabou de chegar ou acabou de sair", respondeu ela.

As mulheres se vestiram depressa quando a porta do quarto se abriu.

"Se aprontem e vão pra sala à esquerda", disse Edith, pondo metade do corpo para dentro do quarto. Enquanto ia até lá, Darlene sentiu o coração afundar ao ouvir as vozes que iam e vinham dos lambris da sala de estar elaborada. O sr. Harris e outro ajudante estavam na sala com o sr. Emerson e a senhora, que se remexia e parecia estar irritada, no sofá bege da sala. Com a mão direita enluvada, o sr. Emerson alisava a aba do chapéu. Ele usava calças escuras cuidadosamente enfiadas nas botas de montaria. Embora os cabelos grisalhos tivessem feito morada em seu rosto e cabeça outrora loiros e bonitos, o conjunto daquele dia fazia com que ele parecesse tão corajoso e maduro como fora trinta anos antes. Ele sabia disso, então mesmo em sua aparente irritação havia momentos em que ficava de pé, aprumado.

O rosto da senhora era rosado, mas algo naquele dia havia intensificado a tonalidade em suas bochechas e ao redor dos olhos. Estava inquieta, escarafunchando um lenço de bordas rendadas no colo. A filha deles, Carlotta, vinha de visita da Geórgia, para onde acabara de se mudar após se casar com um produtor de algodão.

"Imagino que você esteja ouvindo o barulho lá embaixo", disse a senhora, comprimindo os lábios. Por fim, deixou o lenço descansar no colo. Examinou as mulheres e deu uma olhada atenta em Darlene.

"Meu Deus, garota, o que você tem comido?", perguntou a senhora a Darlene, como se seu olhar criasse um constrangimento que só um insulto poderia remediar. Carlotta riu.

"Você deveria ver as da Geórgia, mamãe. Elas são muito maiores", interrompeu Carlotta. Ela adorava mencionar a Geórgia para as pessoas, sobretudo para a mãe, já que agora Carlotta também tinha uma mansão, escravizados, uma fazenda e uma sala para chamar de seus.

"Meus escravizados ajudam", acrescentou Carlotta com orgulho. "Eu aprendi um método de crochê útil com uma das minhas criadas de cozinha que ensinarei a Edith para que ela possa fazer um novo conjunto de toalhinhas de mesa para você."

A senhora assentiu, desinteressada no apreço da filha por seus escravizados. Edith entrou na sala com um pequeno bebê.

"Você deu banho nele?", perguntou a senhora.

"Sim, senhora."

"Que bom, porque ele está indo para a cozinha com as meninas. Espero que vocês continuem como se nada tivesse mudado", disse a senhora.

"Sim, bem, Henrietta, encontramos este bebê naquele barraco vazio hoje de manhã", explicou o sr. Emerson, visivelmente mais calmo do que a esposa. "Acho que ele foi roubado durante a noite."

"Roubado?!", exclamou Henrietta, chocada. "De quem, senhor?"

"Estou falando, senhor, não havia nenhuma maneira de ele sair daquele barraco", interrompeu o sr. Harris.

"Com certeza ele deu um jeito", assentiu o sr. Emerson.

"Parece improvável", a senhora comentou baixinho.

"Além disso, o que um negro adulto iria querer com um bebê?", perguntou Carlotta.

"Não faz diferença agora." O sr. Emerson enxugou o suor da cabeça com um lenço. "As meninas vão cuidar do bebê enquanto verificamos as fazendas dos Edwards e dos Millicent para ver se alguém ouviu alguma coisa. Ele não pode ter ido muito mais longe do que aquelas fazendas."

"Mas..."

"Esses garotos estão ficando espertos", disse Emerson antes que Harris tivesse a oportunidade de se opor. "Vocês homens têm de pensar mais rápido. Me ouviu?"

"Sim, senhor", concordou Harris.

"Enfim, não importa, ele está morto agora", ele os lembrou com desaprovação. "Ele era forte, mesmo doente, e não se fazem mais escravizados como ele."

"Sim, senhor", repetiu o sr. Harris.

"Henrietta..." O sr. Emerson olhou para a mulher.

A senhora interrompeu. "Edward, que sugestão horrível. A pobre mulher mal tem carne o suficiente para cobrir os ossos. Ela não pode cuidar de um bebê. Essa criança seria muito pesada para ela carregar enquanto trabalha."

"Você disse que queria manter o bebê vivo, papai", Carlotta acrescentou com um sorriso entusiasmado, contente por ter acordado em uma manhã tão enigmática e peculiar.

"Darlene terá de cuidar da criança", disse a senhora. "Ela foi feita para isso. Você não deve perdê-lo de vista, entendeu, garota?"

Eles olharam para Darlene e esperaram que ela respondesse. Seus olhos e sua dignidade afundaram no chão da sala. Ela contraiu a mandíbula com força.

"Você ouviu isso, Darlene?", perguntou o sr. Emerson a ela.

Se tivesse olhado para o sr. Emerson naquele momento, Darlene o teria matado. Darlene ergueu os olhos para a senhora. "Sim, senhora", disse ela.

Eles eram o segredo de todos. Haviam se encontrado muitas vezes antes em quartos vazios, apesar de ele ter passado pela entrada da cozinha em algumas ocasiões e esfregado a mão de maneira confiante na frente da blusa dela à luz do dia. Darlene não se lembrava da primeira vez que estivera com ele, e isso nem parecia importar desde o dia em que percebeu que desejava que seus lábios marrom-arroxeados a conhecessem. Ele era gentil e bondoso com ela. Ele a lembrava todos os dias de que ela era linda, a mais linda, e que se eles tivessem nascido em um mundo diferente, ela seria sua esposa. Ela sentia falta de ouvir essas fantasias quando ele ia embora. O amor que sentia a atormentava; suas promessas e seu cheiro rançoso ressurgiam todas as manhãs em suas meditações.

Era à noite que ele se aproximava, como se exigisse um prêmio que tinha certeza de já ter ganho. Era na escuridão que ele sempre vinha, até que ela começou a esperá-lo, e nas noites em que ele viajava ou ficava no andar de baixo, ela sabia que o queria de novo. Tudo começara com uma conversa. A porta do quarto dela silenciosamente se abrira uma noite, e lá estava ele. E ele não se forçara sobre ela, como o que Edith compartilhou que havia acontecido com ela várias vezes, antes de ela e a senhora chegarem à Emerson; ele viera conversar. Sentara-se na cama enquanto ela tremia sob os lençóis, e perguntara sobre ela. De onde era e se estava gostando da Emerson. Ele estava bêbado e ela era jovem. Ele dissera que ela era linda, tão linda, e outras coisas que ela nunca tinha ouvido ninguém dizer, muito menos um homem branco. E, na primeira vez, ele foi mais gentil do que Darlene esperava, como se estivesse convencido de que era verdadeiramente mútuo e que ela o queria tanto quanto ele a desejava. Quando voltava de suas viagens, ele às vezes trazia presentes para Darlene: lenços que ela dobrava e enfiava embaixo do peito enquanto trabalhava. Desta vez, seu retorno seria agridoce.

"Não sei como você pode entrar aqui hoje", disse Darlene quando a porta se abriu e o rosto do sr. Emerson foi revelado, vindo das sombras. O luar entrava pela cortina, revelando a umidade dos olhos verdes de Darlene. O sr. Emerson caminhou até onde ela estava deitada e tirou o chapéu, cambaleando devagar, cheirando a uísque. "Você voltou há quase uma semana e só agora decide vir me ver? Você andou bebendo?", perguntou, tentando conter o sorriso de menina que se formou sob suas bochechas. Ele balançou a cabeça e tossiu alto até cair sobre ela.

Darlene acendeu o castiçal no chão e viu o sr. Emerson caído de bruços em seu catre. Em seu torpor, ele deixou a cabeça pender para que sua bochecha roçasse a superfície lisa dos lençóis de algodão macios e aconchegantes de Darlene. Foi então que ele notou Henrietta deitada do outro lado do quarto, a seis metros de distância, onde antes ficava uma cômoda. Henrietta estava deitada de frente para a parede e respirava como se estivesse em um sono abismal. No entanto, Darlene sabia que sua irmã não apenas estava acordada, como estava ciente de tudo que estava sendo dito e feito.

"O que ela está fazendo aqui?", indagou o sr. Emerson, apoiando-se nos cotovelos.

"A senhora colocou ela aqui há umas duas semanas", respondeu Darlene. "Ela sabe. Eu disse a você, ela deve saber."

Por um instante, o sr. Emerson pareceu incomodado. Então tombou para trás e soltou um grunhido grave que se transformou em uma risada baixa e bizarra.

"É engraçado pra você?", perguntou Darlene, surpreendida pela reação bêbada dele. Antes que ela pudesse falar, o sr. Emerson avançou em sua direção e a imobilizou nas costas. Ele a beijou de um jeito agressivo, mas também atencioso: um jeito que a deixou feliz por ele estar ali e ter vindo até ela.

"Seus lábios têm gosto de uísque", Darlene sussurrou em sua boca quando ele a soltou.

"Quer dizer que agora você bebe?", perguntou ele.

O sr. Emerson permaneceu perto do rosto dela e sorriu ao levantar a mão para acariciar a têmpora de Darlene. Ela tocou a cabeça dele e os fios duros e sedosos deslizaram por entre seus dedos trêmulos. Ela se mexeu embaixo dele para libertar os seios doloridos da pressão de seu torso.

"Eu senti sua falta", disse o sr. Emerson quando seus olhos se cruzaram e ele se entregou a outro dos beijos infinitos de Darlene. Ela o empurrou suavemente. Ele olhou para ela, que o empurrou com mais força. O estômago de Darlene embrulhou.

"Ed, preciso contar uma coisa", disse ela.

"Conversaremos depois", respondeu ele, se aproximando do pescoço delicado. Enquanto a beijava, ele se abaixou e deslizou a mão por sua perna e coxa. Os mamilos de Darlene ficaram eretos no abraço dele. Foi então que as palavras fumegaram dentro dela até que o calor de sua confissão interrompeu o beijo.

"Eu não fiz aquilo", disse ela assim que ele levantou a cabeça para tomar fôlego depois do beijo. "Ed, eu não... eu não consegui", repetiu. Os lábios dele se endureceram e ele buscou a verdade nos olhos dela. O homem endireitou a expressão para processar o que Darlene acabara de dizer e se sentou, estoico e cruelmente silencioso.

"Eu não consegui", repetiu Darlene. "É que no dia em que fui lá pra fazer isso, foi o dia em que Nathan morreu." Ela se sentou na cama, surpresa com a reação dele. "Você se lembra do Nathan?", continuou. "Aquele Nathan que era quase branco com os olhos azuis?" Ela ficou preocupada, mas se forçou a continuar falando para a mudez dele. "Pensei que poderia dizer que o bebê era de Nathan, só isso. Eu jamais conseguiria matar algo que veio de você e de mim", deixou escapar, corrigindo-se. "Ninguém sabe e ninguém precisa saber. Eu poderia criar o bebê aqui e dizer pra todo mundo que eu e Nathan ficávamos juntos quando Riette e eu viajávamos até lá pra provar os vestidos. Eu estava esperando até começar a aparecer antes de…"

"Você errou", disse o sr. Emerson, sério. Darlene estremeceu, logo percebendo o quanto sua decisão havia amargado o homem que ela considerava seu amante, e que em um piscar de olhos assumiu o papel de seu dono, seu senhor, seu comprador.

"Você percebe o que fez?", perguntou o sr. Emerson, pegando o chapéu atrás dele e o atirando em Darlene. Ela ergueu as mãos para cobrir o rosto aterrorizado e o chapéu bateu com força em seus antebraços antes de cair no chão.

"Ed…"

"Não!" Ele gritou com tanta convicção que o castiçal ao lado dela tremeu.

"De quanto tempo você está?", perguntou.

"Já são mais de quatro meses", Darlene gaguejou entre choramingos agudos.

"Você tem alguma ideia de quão egoísta…?", questionou o sr. Emerson, e se levantou. Pegou o chapéu do chão e, tomado pela fúria, ergueu o braço para trás o máximo que pôde e bateu várias vezes em Darlene com o chapéu, até que as mãos dela, usadas para proteger a cabeça dos golpes, incharam e ficaram vermelhas. Ela não conseguia recuperar o fôlego de tanto chorar. Quando decidiu que já era o suficiente, exausto e bêbado demais para continuar castigando aquela mulher, que ele tinha certeza de que era profundamente egoísta e estúpida, o sr. Emerson colocou o chapéu de volta na cabeça e o ajustou. Ao chegar à porta, olhou para Darlene e, embora quisesse destruí-la por seu descuido, ao mesmo tempo que esperava que ela não percebesse sua própria autopunição por sucumbir às tentações carnais, ele disse com rosto e ombros enrijecidos: "Você vai se livrar disso. Eles virão atrás de você amanhã".

Darlene atirou o corpo em direção à porta, onde ele estava, para implorar aos pés dele.

"Por favor, é tarde demais! Ed, é tarde demais!", chorou ela. No instante em que ele fechou a porta, Henrietta arrancou os lençóis do corpo e saltou para onde a irmã estava chorando. Darlene se lançou em direção à porta, mas Henrietta a puxou de volta em um abraço carinhoso. Darlene relutou e Henrietta a puxou novamente.

"Venha, irmã", choramingou Darlene. Henrietta acariciou os cabelos da irmã e a abraçou até o sol nascer.

Na noite seguinte, depois de apagar a vela, Darlene se deitou no escuro, ainda vestindo suas roupas, e esperou ser detida pelo destino. Seus olhos ainda estavam inchados pelas lágrimas da noite anterior. Diante de Darlene, Henrietta sentou-se ereta em seu catre com as mãos cruzadas no colo. Estava vestida e até mantinha os sapatos daquele dia.

"Basta ir com eles, ouviu?", sussurrou Henrietta. "Vai ser rápido."

Quando a porta do quarto se abriu, Henrietta choramingou. Darlene permaneceu no catre quando o sr. Harris entrou, seguido por dois ajudantes que mantinham os dedos perto dos chicotes e armas na cintura. Ele parou na porta e olhou para ela, mas ficou em silêncio. Henrietta, que queria evitar a todo custo a ira da impaciência do sr. Harris, foi até o catre de Darlene e a ergueu. "Venha, irmã", disse no ouvido dela. Darlene apoiou a cabeça no ombro de Henrietta e apressou o passo quando percebeu a irritabilidade do sr. Harris.

"Mais rápido", ele disse em tom grosseiro.

Lá fora, a lua se escondia atrás de nuvens flutuantes. O cheiro de tabaco estava particularmente forte conforme eles atravessavam o campo em direção à senzala.

Ao chegarem às fileiras de barracos, era possível ouvir por trás das paredes finas de madeira murmúrios abruptos, que eram silenciados com a mesma rapidez. Eles se aproximaram do último barraco na fileira à direita, depois foram para o barraco condenado, que estava infestado de vermes e cupins. O sr. Harris bateu duas vezes antes de abrir a porta. Lá dentro, duas escravizadas mais velhas esperavam por Darlene e Henrietta em uma sala com várias velas acesas, uma mesa alta de madeira, que continha facas brilhantes e outros utensílios, e dois baldes de água que impregnavam o ar com vapor. Nenhum dos rostos era familiar, e logo Darlene sentiu a apreensão repentina de Henrietta, uma percepção que fez com que o berro estrondoso que ela estava segurando saísse enquanto se apoiava sobre o ombro da irmã.

"Shhh, irmã", disse Henrietta, dando tapinhas nas costas da outra. Seu coração batia tão rápido que ela teve certeza de que a irmã podia ouvi-lo.

"Coloque-a na mesa", ordenou o sr. Harris.

"Não, eu levo...", Henrietta tentou argumentar com ele, mas os ajudantes correram em sua direção e agarraram as mãos agora agitadas de Darlene, que lutou para permanecer nos braços da irmã, mas os homens a puxaram e a arrastaram para o barraco.

"Fique aí. Garanta que o serviço seja feito", retrucou o sr. Harris, fechando a porta atrás dos homens. Ele afastou Henrietta da casa quando ela tentou entrar.

"Irmã", choramingou Henrietta, novamente aproximando-se da porta, mas com medo de tocá-la.

Darlene não conseguia ouvir a irmã ou qualquer outro som da noite por causa de seus próprios gritos e berros. Sentiu o próprio espírito saindo dela, rígido, um cadáver que vagou para o canto do barraco a fim de testemunhar a mutilação cruel. A realidade, a sensação intensa de uma separação repentina, desumana e infinita de si mesma, foi o que a manteve viva naquela noite. E quando seus olhos não puderam mais produzir lágrimas, e quando tudo que ela possuía eram seus gritos, conseguiu ver através de uma fenda estreita no telhado a lua dando uma espiadela, observando o lugar onde ela estava deitada de costas.

Durma, dizia a Velha Mãe Famatta na lua imóvel. *Durma*.

Nas semanas seguintes, Darlene não conseguia se lembrar dos detalhes do que havia acontecido com ela. Nem as lembranças de Henrietta, nem as várias buscas rigorosas em sua mente para encontrar uma memória que fosse ajudá-la a vivenciar o luto por seu filho roubado, eram capazes de trazer tudo de volta quando o sol a punha de pé.

"O que você quer dizer com isso?", perguntou Henrietta, se aproximando da irmã.

"Não sei", respondeu Darlene, e percebeu que não lembrava.

"Tudo bem, irmã", disse Henrietta, aceitando a fingida falta de memória de Darlene como a única maneira que a irmã tinha encontrado de lidar com a situação. "Tudo bem."

Seus únicos vislumbres eram das poucas meias-noites, algum tempo depois, em que o sr. Emerson visitou Darlene novamente. Noites em que ele estava tão bêbado que tinha certeza de que não seria assombrado pelo cheiro ou pelo corpo dela no dia seguinte. Noites em que as únicas palavras que ele conseguia balbuciar eram "Harris não machucou você, não é? Naquela noite?".

Então, com muito orgulho, como se suas ordens tivessem de alguma forma salvado a vida dela, ele murmurava: "É melhor mesmo. Disse a ele para não te machucar". E desabava ao lado dela, embriagado e imutável.

Naquela noite em que as vozes morreram para as corujas e suas canções, June Dey se mexeu nos lençóis ao lado do catre de Darlene. No início, Darlene pensou que o movimento nos lençóis do bebê era causado por ilusões induzidas pela insônia, mas, depois de ouvir com atenção, percebeu que o bebê não estava apenas inquieto, mas totalmente acordado.

Darlene sentiu uma grande presença ao seu redor, como se todos os fartos campos de fantasmas da Emerson tivessem sido invocados e estivessem reunidos a seus pés. Ela acendeu uma vela. O bebê estava deitado ao seu lado, encarando com olhos suaves e úmidos a mulher bonita e tragicamente desamada.

"O que aconteceu?", perguntou Henrietta.

"Nada, Riette. Só tô olhando o bebê", sussurrou Darlene. Ela olhou para June Dey, que, de seu pequeno rosto negro, a observava com olhos de centenas de anos atrás.

"O que ele tem?", perguntou Henrietta.

"Parece que ele tá brincando sozinho no escuro, é só isso. Volte a dormir."

Henrietta não precisou ser convencida e deitou-se tão rapidamente quanto se levantara. Darlene tirou June Dey de onde ele estava. As mãozinhas estavam fechadas em dois punhos logo abaixo do queixo. June Dey olhava para a mulher com olhos sérios e divinos, e lábios apertados. Ele examinou o rosto angelical de Darlene, e a imperatriz de todas as emoções apareceu dentro dela, em seus dedos e antebraços, pés e joelhos, e logo se transformou em uma sensação tão fria, rígida e maravilhosa que, antes de se dar conta, ela começou a chorar. Darlene segurou o punho dele e ergueu-o até seu sorriso. Ela roçou a suavidade da mão dele na suavidade de seus lábios fechados várias vezes seguidas, até que seus beijos se tornaram rápidos e seu sorriso se transformou na risada que ela guardava.

Querendo estar o mais perto possível do bebê, e também dar a June Dey a plenitude que só a imobilidade dele em seus braços dava a ela, Darlene desabotoou a camisola e puxou o seio escuro e rechonchudo. Ela levou o bico até a boca de June Dey, e ele o agarrou e mamou, fechando os olhos devagar. As pernas dela tremeram.

"Não tem nada aí pra você", sussurrou Darlene para ele. Ela lamentou não ter nada por dentro, mas agradeceu porque, mesmo depois de alguns minutos, a boca dele permaneceu nela.

"Eles não te deram um nome, né?", ela perguntou enquanto ele continuava a mamar com os olhos fechados. "Qual é o seu nome, bebê?" Darlene passou as costas da mão na bochecha de June Dey. A luz tremeluziu e estalou na mesa de cabeceira.

"Nenhuma resposta?" Darlene deu uma risadinha. "Tá muito ocupado se alimentando de ar. Eu não tenho nada pra você aí."

O bebê continuou mamando.

"Moses. Moses vai ser o seu nome. Gostou?", perguntou ela.

"Moses", repetiu ela. Darlene, agora exausta de felicidade e prazer, tentou apartar o bebê de seu mamilo. A boca dele permaneceu fechada com firmeza, então ela agarrou o seio e tentou puxá-lo.

"Venha aqui", ela o encorajou. "Não adianta se alimentar de ar. Não tem nada..."

Antes que Darlene pudesse terminar a frase, um líquido esbranquiçado escapou do canto da boca de June Dey e escorreu por sua bochecha. "Meu Deus", murmurou ela. "Riette! Riette, acorde!"

Henrietta, assustada com o chamado, logo se sentou.

"O que aconteceu, irmã?" Ela correu para o lado de Darlene, perplexa ao ver o seio nu da irmã na boca do bebê.

"Eu tô amamentando e o leite tá saindo. O leite tá saindo de mim."

"Como você pode tá amamentando? Não pode ser."

"Eu sei, mas olhe, irmã." Darlene puxou o seio da boca de June Dey enquanto ele se alimentava, e o leite vazou do mamilo e escorreu por sua pele e barriga.

"Ah, meu Deus. Você não..."

"Não, de jeito nenhum." Ela tremia. Henrietta enxugou um pouco do líquido do seio de Darlene e levou a mão até a língua.

"Bem, isso não é o máximo?", disse Henrietta, sem saber se estava sonhando ou não depois que o gosto amargo encheu sua boca. Ela fez isso mais uma vez: enxugou o líquido branco da pele da irmã e o provou.

Henrietta balançou a cabeça sem acreditar.

"Isso não é o máximo?!", repetiu Henrietta.

"Riette, como pode isso?", perguntou Darlene, estimulada por seu medo e entusiasmo.

"Acho que o corpo pensa por conta própria às vezes", respondeu Henrietta. "Não se preocupe. É só alimentar ele." Henrietta esfregou as costas da irmã, sentindo-se confusa e preocupada com a estranha sorte de Darlene. Darlene levou a boca de June Dey de volta ao leite.

"Quem é você, garotinho?", Henrietta perguntou ao bebê, sorrindo com curiosidade enquanto se inclinava na direção dele. "Quem te mandou aqui?"

O sr. Emerson não apenas deixou de verificar as fazendas vizinhas para indagar sobre o bebê misterioso, como no dia seguinte partiu em outra viagem para a Geórgia. Como não deixou ordens específicas para o sr. Harris tratar do assunto, o sr. Harris optou por não se envolver com a situação embaraçosa. June Dey ficou com Darlene e deram permissão para deixá-lo na cozinha com as mulheres, deitado em uma panela grande e forrada com lençóis.

O bebê não chorava.

Isso fazia Darlene amá-lo ainda mais. Ela passava todos os minutos livres entre as tarefas diárias ao lado dele ou amamentando escondido para que ninguém suspeitasse que ela havia engravidado. Várias semanas após a chegada de June Dey, enquanto Darlene trabalhava na cozinha, a senhora entrou com um médico. Eles foram em direção a June Dey, e Darlene deixou a faca no balcão e também foi até ele.

"O que está fazendo? Volte ao trabalho", ralhou a senhora ao perceber que Darlene os seguia.

"Não, precisamos da garota", disse o médico. Darlene ficou parada.

"Bem, vamos!", falou a senhora. Darlene os encontrou na sala.

"Este é o bebê?", perguntou o médico, levantando-o da panela.

"Sim", respondeu a senhora prontamente.

"Já posso dizer, apenas de olhar, que o bebê é muito escuro para ser dela", disse o médico.

"Como sabe disso?", perguntou a senhora. O médico pegou June Dey da panela.

"Venha aqui, garota", disse ele, e segurou o rosto de June Dey ao lado de Darlene.

"Este bebê não possui as mesmas características dela", explicou ele, devolvendo June Dey à panela.

"Você não tem como saber. Eles são diferentes de nós", insistiu a senhora.

"Bebês mestiços tendem a ter pele clara", falou o médico.

"Nunca se sabe", disse a senhora com orgulho e ao mesmo tempo envergonhada.

Quando o médico saiu da casa, a senhora voltou para a cozinha.

"Venha aqui, garota", disse a Darlene. Ela a seguiu de novo até a sala de estar. A senhora se sentou.

"Vire-se", disse ela.

"Como, senhora?", perguntou Darlene, gaguejando com o pedido estranho e repentino.

"Vire-se", a senhora repetiu a ordem.

Darlene fez uma rotação completa.

"Você, menina, é uma puta", disse a senhora, e suspirou como se tivesse esperado muito tempo desde a última partida do marido para compartilhar seu desdém pela bela escravizada. "Sei que esse bebê é seu. Não sei por que meu marido teve a ideia de ajudar você a ficar com ele, mas quero que saiba que Deus um dia vai punir você por seus pecados."

Darlene ficou quieta. Ela se importava apenas com o que aconteceria ao menino e com quem o amamentaria se ela ficasse muito machucada.

"É por causa de você e do resto daquelas putas pretas que seu povo é e sempre vai ser amaldiçoado", continuou a senhora.

Darlene manteve os olhos no tapete a seus pés.

"Você não tem vergonha de dormir com homens casados, não é? Não fica com peso na consciência?"

A voz da senhora falhou. Ela cobriu a boca com a mão e, por fim, quando Darlene ficou parada e encarando chão, soltou um som que parecia um cachorro ganindo.

"Saia", mandou a senhora, como se enfim sucumbisse à tristeza.

Em um dia normal, Darlene teria ido até o espelho mais próximo após tal confronto. Havia um na parede perto da despensa e outro na parede perto da entrada da cozinha. Naquele espelho ela teria visto seu rosto, e teria repetido as coisas que a senhora havia dito: que Deus não a amava e nunca amaria uma mulher tão feia e ruim quanto ela. Mas então veio esse bebê, esse presente, essa resposta. Naquele dia, ela passou pelo espelho e estremeceu, mas nenhuma daquelas palavras saiu. Em vez disso, pela primeira vez, ela deu um sorriso.

Quando June Dey fez 5 anos, o sr. Emerson viajou novamente por um longo período, desta vez para a Europa. Alguns dias depois de sua partida, outro médico visitou a casa e fez as mesmas coisas que os médicos anteriores: pressionou o rosto de June Dey contra o rosto de Darlene e balançou a cabeça para a senhora, garantindo que o menino não era o filho dos amores do sr. Emerson. Quando a senhora finalmente cedia, o médico ia embora e ela chamava Darlene de volta à sala para mais um interrogatório. Às vezes Darlene voltava para a cozinha com o rosto machucado ou o vestido rasgado. Era June Dey quem salvava Darlene dessas agressões, de modo que, mesmo humilhada e triste, ela se agarrava à lembrança do rosto dele. Ele acordava com ela, comia com ela e dormia com ela no catre do sótão da cozinha. Ele se tornou o lavador de pratos quando tinha 6 anos; ficava de pé em um banquinho alto todos os dias, olhando para o campo de tabaco e para o mundo verde além da fazenda, um mundo que o esperava. June Dey sabia, desde a infância, da beleza de Darlene, já que os homens que entregavam frutas dos pomares de Emerson gaguejavam e tremiam quando entravam na cozinha e a viam. De vez em quando, os homens traziam uma maçã para June Dey e se certificavam de que Darlene via que eles davam a fruta ao menino. Ele habitava a voz e a risada dela e, aos 10 anos, começou a recusar as maçãs e até mesmo a ignorar os raros visitantes, temendo que Darlene começasse a amar outro homem mais do que o amava.

Um dos homens certa vez chamou June Dey lá fora para pegar um saco a mais de maçãs e levar para sua mãe. Ele parou e examinou o homem, desconfiado.

"Vá em frente, Moses", Darlene o tranquilizou do fogão. "É logo ali fora."

June Dey seguiu o homem para fora da cozinha pelo corredor dos fundos. Perto do jardim de tulipas, dois gêmeos idênticos seguravam as alças de um carrinho de mão enferrujado cheio de maçãs. Eram meninos alguns anos mais velhos do que June Dey e malcuidados. Um deles tinha o corpo robusto e costas largas; o corpo do outro garoto era magro e com ombros arqueados. No entanto, seus rostos eram exatamente do mesmo tamanho e formato. June Dey, que não havia sido socializado para interagir com os outros meninos da fazenda, parou quando notou os gêmeos.

"Venha", disse o homem enquanto se aproximavam do carrinho de mão.

O gêmeo magro tinha lama ou saliva seca na lateral do rosto, e June Dey recuou ao ver o que parecia ser sangue na manga da velha camisa do menino.

"A garotinha tá com medo?", o gêmeo fortão perguntou a June Dey. O irmão riu e ambos examinaram o garoto da cabeça aos pés: seus sapatos, camisa e calças, seu cabelo, nariz e rosto negro limpo.

"Você sabe se sua mãe tem espaço para dois sacos?", perguntou o homem, querendo aproveitar a oportunidade de agradar Darlene.

"Não, senhor", respondeu June Dey.

"Espere aqui, vou ver", disse o homem, e correu para a porta dos fundos da cozinha.

"Venha aqui, garotinha", disse o gêmeo fortão quando o homem desapareceu. Ele deixou o carrinho de mão e deu alguns passos em direção a June Dey com os punhos cerrados.

"Não ouviu, não?", o gêmeo magro falou por trás, antes de se juntar ao irmão para confrontar June Dey.

June Dey recuou e balançou a cabeça.

"Não?", o gêmeo magro gritou de modo que apenas os três membros do duelo em perspectiva pudessem ouvir. "Não, você não ouviu, ou não, você é bom demais para vir aqui? Negro branco, é isso que você é?"

June Dey pensou em correr para sua mãe, mas a energia invadiu seus membros de tal maneira que recuar se tornou impossível. Ficou com raiva e, imitando o gesto do fortão, cerrou os punhos também. Os gêmeos avançaram em direção a ele e, quando perceberam que eram muito mais altos, se sentiram ainda mais ousados. June Dey permaneceu calmo, apesar da raiva que o dominava. Mas então o gêmeo robusto empurrou a cabeça de June e ele ficou surpreso com a emoção que tomou conta dele. June Dey agarrou o punho do menino e, sem que ele fizesse qualquer esforço, o menino caiu no chão e gritou por misericórdia. O outro garoto, surpreso com a derrota do irmão gêmeo, quis logo vingar-se, levantando os punhos para lutar com June Dey, que os agarrou e usou como alças para empurrar o garoto. June Dey o jogou a vários metros de distância, e o garoto, com dor, massageava os pulsos enquanto se contorcia no chão. Ao ver os dois meninos derrotados no gramado, June Dey correu até Darlene, que ainda estava sendo incomodada pelo homem mais velho na cozinha.

"O que aconteceu?", perguntou Darlene.

"Nada, mamãe", murmurou June Dey, se aproximando de Henrietta e do fogão.

"Tá muito quente hoje", comentou o homem, rindo. "Bem, eu vou indo." Ele balançou a cabeça para Darlene e as outras mulheres mais uma vez. "Você vem comigo para pegar as maçãs para sua mãe?", perguntou a June Dey, que balançou a cabeça antes de segurar o vestido de Henrietta.

Quando o homem voltou à cozinha com os dois sacos de maçãs, olhou para onde June Dey estava. Ele teria informado Darlene sobre a atitude estranha do menino e sugerido uma punição, mas quando ela sorriu para ele, não quis arriscar incomodá-la. Portanto, nada disse, embora desde aquele dia, sempre que visitava a cozinha, olhasse para June Dey como se o espaço onde ele estava fosse um enigma ou um problema difícil que ele se esforçava muito para resolver.

June Dey tinha feito 15 anos havia vários meses quando chegaram à mansão as notícias de que o sr. Emerson adoecera no Texas, na propriedade de um dos ex-clientes de seu pai. Convencido pela febre crescente e pelos calafrios de que estava à beira da morte, o sr. Emerson escreveu uma carta em que finalmente ordenou que os administradores da fazenda comprassem mil acres de alguma propriedade vizinha. Como o sr. Emerson não tinha condições de adquirir mais mão de obra (e por muito tempo fora financeiramente incapaz de comprar), os trezentos escravizados restantes deveriam ser separados por idade e enviados aos campos segundo esse critério. Os homens mais velhos e mais fortes permaneceriam na fazenda de tabaco para cuidar da safra, e os meninos mais novos começariam a trabalhar na fazenda de algodão, arrancando grama e ervas daninhas que acabavam com os nutrientes da plantação. Por causa da falta de ajuda e da grande quantidade de safras que precisariam ser cultivadas para competir com os agricultores e fazendeiros vizinhos, meninos de 5 e 6 anos estavam sendo chamados para ajudar na nova terra.

Ao saber do recrutamento de jovens escravizados para a nova fazenda de algodão, Darlene começou a temer que June Dey fosse forçado a deixar a casa, uma perspectiva que a fazia irromper em soluços contidos várias vezes durante o dia. Quando isso acontecia, June Dey assumia suas tarefas e as terminava na metade do tempo que Darlene demorava para realizá-las. Ele então tomou para si as responsabilidades de todas as outras escravizadas da cozinha, encorajando-as a descansar. Darlene ficava muito aflita nessas ocasiões em que ele, com uma velocidade, precisão e força anormais, pegava algo que às vezes exigia o trabalho de quatro mulheres adultas e experientes para ser carregado.

Por mais que àquela altura fosse óbvio para a maioria das pessoas que a negligência e a infidelidade do sr. Emerson haviam deixado a senhora louca, ela agia em público como se estivesse saudável.

Quando tinha vontade de sair do quarto ou da sala, perambulava pela mansão resmungando sozinha. Até a maneira como ela caminhava mudara: não eram mais os passos curtos e delicados nos quais ela treinara tão bem a filha, mas passos longos e rápidos com os braços balançando ao lado do corpo. Quando vinha visitá-la, a filha tratava o comportamento da mãe como se fosse causado por resfriados e febres. No entanto, assoberbada demais para lidar sozinha com a mudança repentina do comportamento da senhora, Carlotta criou o hábito de inventar desculpas sobre as razões pelas quais ela não podia visitar a fazenda Emerson quando era chamada, mas estava sempre disponível para a mãe assim que seu pai voltasse para a cidade.

June Dey, alto, de pele preta escura, com olhos fundos e queixo pontudo, parecia-se cada vez menos com Darlene à medida que os anos passavam. Ele era o escravizado mais bem-cuidado que a senhora já tinha visto, já que Darlene se esforçava desde a infância dele para educá-lo e torná-lo apresentável o suficiente para a casa, para que não fosse mandado para o campo. No entanto, a senhora gostava muito de lembrá-lo de sua "escuridão miserável" e das suas "bochechas de gorila" ao comparar seu rosto com o de Darlene. Ela o teria enviado para morar na senzala logo que aprendesse a andar, mas ver June Dey se movimentando pela casa para ajudar as mulheres, servindo os jantares com graciosidade e levantando caixotes e sacos que às vezes tinham o dobro de seu tamanho lhe davam um prazer peculiar por saber que havia um homem, qualquer homem, por perto.

Em uma tarde alaranjada de primavera, quando nem o vento nem os gritos dos escravizados castigados perturbavam a fazenda, a senhora entrou na cozinha pela porta dos fundos da mansão. June Dey olhou para Darlene, pois percebia que ela sofria muito em momentos assim; momentos atormentados pela incerteza.

"Esta casa é minha. Quero vocês fora daqui. Saiam agora, todos vocês", ordenou a senhora.

"Algo errado, senhora?", perguntou Edith depois de recuperar o fôlego.

A senhora olhou para Edith, mas ignorou a pergunta. Naquele momento, o sr. Harris entrou na cozinha com dois ajudantes. Ele tentou esconder a própria raiva e frustração, mas foi exposto ao entrar no cômodo sem olhar, sem conseguir olhar, para a senhora. As duas mãos estavam na cintura: uma delas em seu cinto e a outra no couro de vaca amarrado com firmeza em suas calças.

"Henrietta, Darlene, Nelsie... Vocês todas foram vendidas para os Millicent", disse ele, balançando a cabeça em desaprovação enquanto ainda se recusava a olhar para a senhora. "O restante de vocês vai trabalhar na nova fazenda. Inclusive o garoto. Eles vão dividir vocês em quartos quando chegarem lá."

"Quem vai cuidar da senhora agora?", perguntou Edith, dando um passo em sua direção.

"Edith, pegue suas coisas e vá embora", respondeu a senhora.

"Mas, senhora", disse Edith, começando a chorar. "Eu era da senhora. Eu vim com a senhora. Eu cuido da senhora e da Carlotta. Cuido desta casa e da cozinha."

A senhora desviou o rosto para a janela, corada e agitada. Edith se via como a guardiã da senhora desde que se mudara para a fazenda com ela, logo após seu casamento com Edward.

"A senhora não tá bem", choramingou Edith. "Deixe eu ficar aqui e cuidar da senhora. Não tenho nada pra fazer sem a senhora."

"Precisam de toda ajuda possível lá embaixo", interrompeu o sr. Harris, ciente de que não adiantava apelar à razão da irracional sra. Emerson.

Edith encarou a senhora, cuja expressão era oposta ao estado de espírito da velha no dia de sua chegada à fazenda, quando não conseguia terminar a xícara de chá sem falar efusivamente sobre o novo marido. Enquanto Edith chorava de tristeza, viu que os olhos da senhora também ficaram úmidos, e era óbvio para todos o que acontecia no coração da senhora, mesmo com a traição. Talvez tivesse se lembrado do dia e do momento em que chegara apenas com Edith a reboque. Talvez tivesse se lembrado do cheiro forte de folhas de tabaco depois de sair da carruagem e do vestido azul que mandara Edith amarrar bem forte na cintura enquanto se preparavam para a viagem.

"Apenas vá", disse a senhora, convencida de que silêncio e solidão seriam sua única salvação da idiotice do marido e dos erros financeiros que levariam a fazenda à falência dali a um ano. Ela andou depressa pela cozinha em direção à sala da frente.

"Pegue suas coisas", disse o sr. Harris.

Ele se virou para sair da cozinha e fez um gesto para que June Dey o seguisse para fora e para o novo campo. As mulheres, todas chorando agora, se esforçaram para reunir seus pertences espalhados pelos vários cômodos em cima ou ao redor da cozinha. Darlene se recompôs e pegou a camisa de June Dey pelo colarinho. Agora no nível dos olhos, ela olhou diretamente para o rosto dele.

"Faça o que eles mandarem, tá ouvindo? Eu vou tentar te encontrar se eles me deixarem passar recados, ouviu?", ela disse, e segurou o rosto dele entre as mãos.

June Dey olhou para o rosto da mulher e, apesar de entender o que significava sua partida da Emerson naquele dia, não estava preocupado consigo mesmo; sentia-se tenso por não saber como protegeria Darlene estando tão longe.

"Venha comigo!", um dos ajudantes gritou impacientemente do corredor.

June Dey abraçou Darlene e permitiu que ela cobrisse seu rosto de beijos. Depois ela o empurrou em direção a Henrietta, a quem ele também abraçou e agradeceu em silêncio por seu espírito gentil e pelo conforto.

A senhora tornou a entrar na sala e foi de encontro a Darlene, que, de onde estava, conseguia sentir a raiva e a tristeza da mulher; no entanto, era impossível para ela se sentir envergonhada. Acreditava que havia lidado com os ciúmes mesquinhos da senhora com graça, já que o pecado de sua infidelidade fora pago na noite em que seu filho não nascido fora roubado dela. Todo esse tempo ela suportara os crimes do sr. Emerson, sendo que aquilo que ele fizera a ela era devido à sua incapacidade de enfrentar a esposa com um filho ilegítimo. E aquela morte, com a qual ela havia convivido e que de alguma forma tinha encontrado forças para deixar de lado durante os anos que estivera com June Dey, agora ressurgia e flutuava ao redor dela, arrepiando os pelos de seu pescoço e queimando suas bochechas e língua.

"A culpa é sua", acusou a senhora, com uma voz inabalável, embora as lágrimas continuassem caindo. "Você é uma mulher horrível e seus pecados vão assombrá-la."

Darlene repassou em sua mente os inúmeros dias que havia estado diante da sra. Emerson. As memórias que eram vergonhosas para Darlene — como as noites em que ela chorara por amar o sr. Emerson — surgiam apenas na presença daquela velha miserável.

Então Darlene deu um tapa na cara da senhora o mais forte que pôde. Antes que a sra. Emerson tivesse a chance de ter outra reação além de levantar a mão para esfregar a bochecha, Darlene, indignada e ofegante, agarrou um punhado do cabelo da senhora com uma das mãos enquanto usava a outra para dar mais um tapa e arranhar seu rosto. Os escravizados da cozinha correram para apartar a briga. Os olhos de Darlene ficaram vermelhos de raiva quando June Dey a agarrou pela cintura e a puxou, e a cabeça da sra. Emerson foi puxada junto, já que Darlene não a soltava. A senhora gritou loucamente e não demorou muito para que o sr. Harris e seus ajudantes voltassem correndo para a cozinha.

"Leve todos para a carroça!", gritou o sr. Harris ao ver a briga. "Amarre-os."

O sr. Harris foi até a senhora enquanto os homens corriam em direção a Darlene. Quando conseguiram soltar os dedos dela do cabelo agora despenteado e emaranhado da sra. Emerson, o sr. Harris esbofeteou Darlene. June Dey tentou confrontá-lo, mas foi contido por um dos ajudantes. Depois que o homem o agarrou por trás, percebeu que poderia facilmente ter escapado, mas por estar perplexo com o que estava acontecendo e preocupado com os danos que suas atitudes causariam a Darlene, ele permaneceu rígido nas mãos do ajudante enquanto era levado para a carroça. A senhora grunhiu enquanto arrumava o cabelo e limpava o rosto ensanguentado com a manga.

"Chicoteie-a até a morte!", gritou ela enquanto seguia o sr. Harris, cuspindo, chutando e ainda lutando com Darlene enquanto ele a carregava. Quando o grupo desorganizado chegou ao pátio, alguns ajudantes que vinham correndo do campo de tabaco se aproximaram deles. Henrietta e Nelsie foram jogadas na carroça como toras de madeira. Edith saiu da casa e ficou com as poucas outras criadas da cozinha, esperando pacientemente para ser levada até o campo e tomando cuidado para não incomodar mais a sra. Emerson ou o sr. Harris. O sr. Harris usou uma corda que estava dentro da carroça para amarrar os pulsos de Darlene; ele então atou a ponta da corda a um prego que saía da carroça. Darlene, ainda furiosa e insensível, puxou a corda na esperança de que se soltasse.

"Pare, irmã", alertou Henrietta do canto da carroça, segurando Nelsie. Darlene se recusou a ceder. O sr. Harris desamarrou o chicote de couro da cintura.

"Chicoteie-a! Chicoteie-a até a morte!", a senhora gritava.

O sr. Harris lançou o chicote nas costas de Darlene. Darlene berrou. A chicotada rasgou sua pele e manchou sua blusa de sangue. Cada colisão do chicote com suas costas despertava uma nova agonia nela.

Ao ver isso de onde estava, contido por dois homens, June Dey se transformou em um bruto enfurecido em corpo e alma. Incapaz de se conter por mais tempo, ele desvencilhou os braços das garras dos dois homens. Com as mãos livres, socou um deles com tanta força que o nariz do homem espirrou sangue e vários dentes voaram da boca torcida. Depois, com facilidade, ergueu o outro homem no ar e o jogou a cerca de seis metros de distância. Um outro homem correu em direção a June Dey, que, enquanto corria, levantou a perna e chutou o ajudante na barriga com tanta força que o homem voou para a parte de trás da carroça e, quando ele caiu no chão, seus ossos quebrados ecoaram pela tarde. Olhos espantados se voltaram para os músculos salientes e punhos cerrados de June Dey. Compelido e impulsionado por sua própria força, June Dey ergueu os punhos para os outros sete ou mais homens que agora o cercavam.

"Deem com o couro nele!", bradou o sr. Harris, deixando Darlene e se juntando aos outros homens em torno de June Dey. Enquanto os dois ajudantes mais próximos a ele desenrolavam seus chicotes, June Dey bateu com o punho de ferro em suas mandíbulas e narizes. Eles tropeçaram e caíram, cobrindo os rostos ensanguentados enquanto se contorciam no chão. Um chicote voou na direção dele, e June Dey o pegou. Ele puxava a pele de vaca enquanto o homem arrastava os pés e puxava o chicote para o lado oposto. June Dey agarrou o açoite com as duas mãos e sufocou o homem até ele ficar com as pernas fracas e pender das mãos de June Dey. Ele levantou o homem e girou o corpo dele de modo que suas pernas agitadas chutassem os outros dois no chão. Os homens restantes o cercaram e hesitaram, com medo de acabar como os ajudantes chorões espalhados pelo gramado. A camisa rasgada de June Dey estava pendurada em suas costas, expondo as veias que revestiam a pele de seus braços musculosos.

O sr. Harris balançou a cabeça, incrédulo. Exceto pelos homens estatelados no chão, todos ao seu redor ficaram quietos, incluindo a senhora, que olhava com perplexidade para June Dey. Todos os ajudantes do supervisor estavam deitados no chão, confusos com a força do jovem de 15 anos. June Dey foi até Darlene. Ela estava de joelhos na carroça, com o rosto suado e as costas ensanguentadas, e olhou para ele com adoração quando ele se aproximou dela e desamarrou a corda de seus pulsos. June Dey não sabia o que fazer com o corpo fraco de Darlene. Antes que pudesse dar continuidade aos pensamentos, outro chicote voou até suas costas. O açoite veio de novo e bateu nele mais duas vezes. Em seguida, outro chicote se juntou quando o sr. Harris acenou para um dos ajudantes. Não foi o fato de que dois homens o estavam chicoteando que o surpreendeu, nem o fato de que os golpes não lhe causavam dor: foi a expressão de choque nos rostos da sra. Emerson e das criadas da cozinha no pátio. "As costas dele não tão ficando marcadas", balbuciou Edith, boquiaberta.

O sr. Harris e o ajudante continuaram a chicotear June Dey, embora nenhum sangue saísse de suas costas. Ele nem mesmo se retraía com o ataque. June Dey virou-se devagar; o sr. Harris agora tremia diante dele. Os chicotes batiam no peito do garoto, mas, assim como nas costas, sua pele não se rompeu. Em vez disso, cada vez que era atingido, sua força aumentava. Cada vez que o chicoteavam, ele ficava mais furioso, e os outros sentiam isso. Enquanto o espancava, o ajudante com o outro chicote olhou para as próprias calças enquanto sua bexiga se soltava e se derramava nas roupas e sapatos. Envergonhado e pálido de aflição, ele tirou a arma do cinto. As criadas gritaram ao ver a arma, e o ajudante imediatamente apertou o gatilho. A bala disparou em direção a June Dey e Darlene e voou até o peito do garoto. Eles esperavam que isso o matasse, esperavam que fosse seu fim e que o menino iria embora tão misteriosamente quanto tinha vindo.

No entanto, como se repelida por sua pele, a bala caiu no chão. A pequena marca onde a bala teria feito um buraco permanente logo sarou, e o ajudante largou a arma e fugiu como uma criança intimidada. A senhora, perplexa e ainda mais enlouquecida, desmaiou. Edith correu até ela e abanou seu rosto, também sem saber se o que acabara de testemunhar era real.

Sem perder tempo, June Dey tirou Darlene da carroça e embalou seu corpo fraco.

"Corra!", gritou Henrietta ao notar outros homens, brancos e negros, se aproximando do campo. "Corra, Moses!"

June Dey ouviu o aviso de Henrietta e lamentou ter de ir embora.

"Salve sua mãe!", Henrietta gritou para ele.

Darlene colocou os braços em volta do pescoço dele e apoiou a cabeça em seu ombro.

"Vá, meu filho", sussurrou ela.

"Vá agora!", gritou Henrietta. A quantidade de homens que se aproximava crescia. June Dey se lembrou das histórias que Darlene lhe contara certa vez sobre os meninos que matavam gigantes e derrotavam leões por seu povo; a história de seu xará, que conduzira escravizados pela água com meras palavras; a história do homem que fora parar no estômago de uma fera e ainda sobrevivera e cumprira seu destino; a história do escravizado Dey, que viera e partira da Emerson sem nunca dizer uma palavra, mas deixara seu legado nos lábios de todos: a possibilidade de rebelião e verdadeira liberdade em todos os corações. Todos eram meros homens. Todos eram fracos, mas haviam morrido com os punhos erguidos.

June Dey correu.

Ele correu pela lateral da mansão, na estrada por onde a carroça tinha vindo, e se apressou em direção à entrada principal da fazenda. Ouvia muitos homens atrás dele, a pé e a cavalo. Ele não tinha certeza de até onde iria ou poderia ir. Darlene choramingava em seus braços enquanto ele corria, encorajando sua fuga com o ritmo lento de sua respiração. Ouviram tiros atrás deles enquanto os ajudantes recuperados os perseguiam e os outros corriam na direção oposta para espalhar a história do que tinham acabado de ver. O chão tremeu e uma rajada de vento repentina se juntou na estrada ao seu redor, seguindo e correndo ao lado do garoto perigosamente forte.

"Vá agora, meu querido", gemi. "Corra comigo, meu filho."

Animado pelo reforço inesperado da terra, as pernas dele se voltaram rapidamente na direção do sol. June Dey correu, determinado, enquanto as balas, como tinha acontecido com a primeira, ricocheteavam em sua pele e caíam no chão. Elas voavam ao redor de June Dey, rompendo a tarde como balas de canhão ensurdecedoras no apogeu da batalha.

Ele não entendia esse poder estranho, nem ao menos sabia se era algo que ele queria ter. Nunca vira um horror como o que havia sido pintado nos rostos daqueles de quem acabara de fugir. E, enquanto batia em retirada da fazenda Emerson, foram o reconhecimento dessa força e a falta de imaginação sobre o que ele faria com ela, ou para onde ela o levaria, que fizeram com que June Dey olhasse para Darlene, cujo aperto em seu pescoço relaxava. Ele estava correndo rápido demais para parar, e o vento não teria permitido se ele tentasse. À medida que corria, as balas atrás deles diminuíam. June Dey se recusou a parar. Em vez disso, ouviu com atenção a respiração de Darlene e seus gemidos suaves.

Ele apertou o corpo dela, mas não obteve reação.

"Mãe", exalou June Dey. Nada veio de Darlene.

"Mãe", disse ele mais uma vez enquanto corria. De novo, nada. De repente, as mãos e a cabeça dela tombaram, e seu pescoço e torso penderam dos braços dele. June Dey sentiu o líquido se acumular em suas mãos e olhou para Darlene. O sangue cobria seu rosto sem vida. Esta era sua mãe. Este era seu amor poético, cuja sombra caída despedaçara o espírito dele enquanto ele corria com o vento. Ela se fora. Darlene balançava com suavidade no ar primaveril, ainda bonita, mesmo depois que as balas que não conseguiram penetrar June Dey se cravaram em sua pele. Tudo que tinha acabado de acontecer, tudo que ele sentiu naquele momento, sob a luz fraca do sol, era a única coisa da qual ele queria protegê-la. A convicção tomou conta do coração de June Dey conforme ele escapava pela estrada sem fim. Ele não estava com medo. Se ele não estava sonhando, se tudo aquilo tinha sido real, então o medo não era um desafio; o homem não era um oponente justo.

A cabeça de June Dey latejava. Ele fechou os olhos e viu o rosto e o corpo de Darlene mais uma vez. O sangue fluía de suas feridas abertas para o rio. Foi com grande dificuldade que ele enfim a soltou, deixando-a na maré ondulante, observando enquanto ela desaparecia rio abaixo. Certo de que o sr. Harris encontraria dezenas de outros capatazes para procurá-lo, June Dey subiu em uma árvore e se escondeu entre uma teia de galhos, querendo ganhar tempo para traçar um plano.

Olhou para o peito; não havia cicatrizes deixadas pelas balas que haviam tentado romper sua pele. Ele pôs a mão atrás do ombro a fim de sentir suas costas, e tudo estava como no dia anterior. Sem sangue. Sem cicatrizes de chicote. Logo escureceu, e June Dey ouviu passos. Eles aumentavam a cada minuto. Exércitos de capatazes o caçavam. June Dey ouviu uma matilha não muito longe dali. A princípio, achara que eram quatro ou cinco cães, mas logo mudou sua estimativa à medida que os latidos se aproximavam, acompanhados pelos cascos dos cavalos. No meio das folhas esmagadas e dos latidos, ele ouviu a voz do sr. Harris.

"Sei que você tá por aqui, garoto", gritou Harris. Um pássaro voou de um galho próximo e o sr. Harris disparou em sua direção, fazendo com que os ajudantes recuassem e cobrissem a cabeça.

"A vadia da sua mãe tá com você também?", continuou ele.

June Dey contraiu a mandíbula. Ele viu o sr. Harris de cima, andando na ponta dos pés pela floresta com uma expressão tão estranha que June Dey semicerrou os olhos para se certificar de que era mesmo ele. Era medo.

"Isso mesmo, a puta da sua mãe", continuou o sr. Harris. O som da palavra em referência a Darlene fez o corpo de June se enrijecer. "Você sabe que ela passou pela mão de todo mundo, certo? A vadia quase enganou o sr. Emerson com suas mentiras, mas nós a paramos antes que ela fosse longe demais. Tiramos aquele bebê na hora. O jeito que ela gritou hoje me lembrou daquela noite." Sem pensar duas vezes, June Dey saltou do galho.

"Tome cuidado, meu querido", sussurrei.

Assim que seus pés tocaram o chão, os cães de olhos vermelhos vieram na direção de June Day através dos arbustos, e ele sentiu o cheiro de fome. Dentes, olhos ferozes e patas estendidas surgiram no crepúsculo. June Dey agarrou um cachorro pela mandíbula e abriu a boca dele à força com as mãos. Arremessou o corpo do animal e agarrou outro pela cauda, quebrando suas costas contra uma árvore. Três estavam atrás de seus calcanhares e pernas; eles mordiam e roíam, até que June Dey os chutou e empurrou, e os cachorros uivaram enquanto fugiam para a vegetação. Por quase dez minutos, June Dey continuou socando e chutando, jogando-os no ar da meia-noite, até que os animais restantes ficaram com medo e fugiram.

As armas vieram em seguida. Desta vez, ele permaneceria imóvel. Aquela floresta era tanto dele quanto de qualquer outra pessoa: sua casa, sua proteção e sua máscara à noite. Ele ficou parado diante deles. Se a morte era seu destino, então pelo menos ele poderia voltar para o lado de Darlene e protegê-la nos céus.

As balas passaram pelas árvores e arbustos até encontrarem seu corpo à espera. Com vingança, atingiram sua pele preta; porém, assim como aconteceu em Emerson no dia anterior, as balas caíram depois de tocar a pele de June Dey. Ele não tinha sido morto; viu as balas despencarem de sua pele como faíscas elétricas com sombras de raios. As balas foram em sua direção. Ele não tinha feito nada de errado e, mesmo assim, as balas tentaram tocar sua pele. Muitas foram a ele e todas caíram, incapazes de penetrá-lo. Avivado, June Dey gritou noite adentro. O grito ecoou e ecoou e ecoou. Sua voz ressoou pela floresta até as fazendas e os campos próximos. Quando as balas pararam, os capatazes espiaram na escuridão para ver o resultado do que haviam feito.

"Ele tá morto?", perguntou um deles conforme a fumaça subia da boca do rifle. Outro engasgou ao ver o corpo de June Dey ainda de pé e com o peito estufado.

"Olhem!", gritou ele, apontando para o garoto.

June Dey não estava morto. Ele tinha acabado de nascer.

ELA SERIA O REI
WAYÉTU MOORE

NORMAN ARAGON

Quando Callum Aragon chegou à costa da Jamaica, seus guias turísticos (marinheiros irlandeses que haviam se estabelecido ao longo da costa e conheciam a ilha muito bem) apontaram para as montanhas. Lá, colinas de árvores cobriam o pouco que ele conseguia enxergar de um dos últimos assentamentos *maroon*.[1] Conhecido estudioso britânico, Callum havia sido enviado à Jamaica para pesquisar e registrar as revoltas históricas dos *maroon* contra seus senhores europeus através dos testemunhos daqueles que habitavam as aldeias de Accompong: o único coletivo de africanos fugitivos na Jamaica após a Primeira e a Segunda Guerras Maroon. Os guias lhe mostraram uma casa sobre estacas de frente para a praia, onde ele ficaria, e perguntaram o que precisava para começar.

Callum pediu que seus baús de livros fossem levados para dentro da casa e que alguém fosse com ele para as montanhas imediatamente, pois ele queria começar a observar o povoado *maroon*.

"É muito perigoso agora", alertou um marinheiro irlandês, a quem os outros chamavam de Ryan, limpando a poeira do baú de livros de Callum no tecido manchado da roupa. Callum olhou para a sujeira com nojo.

---

[1] Pessoas negras escravizadas, ou seus descendentes, que fugiram e formaram assentamentos em regiões remotas, de forma semelhante às comunidades quilombolas no Brasil.

Ryan era magro, com uma pele bronzeada que contrastava com seu cabelo loiro e seus olhos azuis cristalinos. O som das ondas na costa leste gritava pela porta aberta de Callum.

"O superintendente saiu de lá", explicou Ryan. Outro marinheiro concordou e apontou para a carruagem de Callum e mais um baú de livros; um escravizado do porto, um adolescente que vestia bermuda de linho e tinha um tecido manchado enrolado com firmeza em torno da cabeça a fim de absorver o suor, correu para a carruagem para pegar o baú.

Callum tinha ouvido falar sobre a recente saída do superintendente *maroon* de Accompong, um britânico que, como a maioria dos homens designados para as cidades *maroon*, não estava preparado para o desafio com o qual havia concordado: a supervisão de um grupo de pessoas que se rebelara contra a necessidade de ter um supervisor. Os rumores no navio diziam que, depois que ele espancara ilegalmente uma criança *maroon* por invadir sua propriedade na cidade montanhosa, eles o aterrorizaram deixando animais mortos à sua porta, queimando seus jardins e entrando de forma sorrateira em sua casa para encher seus baús de roupas com excrementos humanos. O superintendente acabou deixando a ilha; sua tarefa final foi supervisionar a deportação dos *maroon* ingovernáveis para a colônia britânica de Freetown, na África Ocidental, e depois disso ele retornou à Grã-Bretanha e jurou nunca mais pisar em solo jamaicano. Não encontraram nenhum substituto para ele.

"Acredito que o povo recebeu sua liberdade e suas terras. Que perigo poderia advir de tal generosidade?", perguntou Callum. Ele caminhou pelos dois cômodos da casa estranha: um cômodo principal contendo um fogão, estantes de livros e uma escrivaninha com cadeira, e um pequeno cômodo de canto sem porta e com uma cama.

"Eles estão no festival. Comemorando, senhor", respondeu Ryan.

"Todos eles? Não existem dezenas de assentamentos?", perguntou Callum.

"Sim, senhor. Todos eles."

"Então vamos nos juntar aos ingratos", disse Callum.

"Não, senhor", respondeu Ryan. "Acho melhor não. Eles queimam pimentas para comer com carne e é insuportável respirar, senhor."

"Pimentas?", indagou Callum. "Eles não estão nos esperando?"

Os marinheiros se entreolharam por um instante, e Callum olhou de um rosto para o outro em busca de alguma resposta.

"Apenas uma das cidades de Accompong", disse outro marinheiro. "Mas não há como saber, senhor. Falam sobre independência desde o incidente com o criminoso, tornando todos paranoicos, senhor. Um dia eles te dão as boas-vindas e te oferecem uma filha, e no dia seguinte te expulsam com um rifle."

"Minha nossa", murmurou Callum. Ele deu um sorriso fingido, e os marinheiros responderam com um gesto de cordialidade igualmente dissimulado. "Quantos são mesmo?"

"Não há como dizer, senhor", disse Ryan. "O senhor sabe que a maioria foi levada após a guerra para a colônia britânica na África Ocidental. Não há como controlar os que ficaram. Não há nada mais a fazer lá em cima, exceto caçar e foder, então há muitos bebês, senhor." Ele riu com vontade. O escravizado do porto voltou com o baú de Callum e, assim que o colocou ao lado da mesa, saiu correndo da sala para esperar do lado de fora.

"Tudo bem, então", disse Callum, visivelmente desconfortável. "Eu gostaria de começar o mais rápido possível."

"Quando, senhor?", quis saber Ryan.

"Hoje", respondeu Callum.

Relutantemente, o líder dos marinheiros organizou uma caravana de três outros marujos, que conduziram Callum montanha acima rumo ao assentamento. Eles estavam acompanhados por dois escravizados do porto, jovens que usavam facões para abrir caminho por entre os bambus grossos e arbustos espinhosos da floresta que ficava no pé da montanha. Callum Aragon caía e tropeçava a todo instante, e cada vez que se levantava, xingando alto, abria um mapa como se isso fosse de fato ajudá-lo a andar pela vasta floresta. Eles viajaram até que um ritmo consistente de batidas e gritos sincronizados começou a zumbir em seus ouvidos.

"Acho melhor pararmos aqui, senhor", disse Ryan, sem fôlego.

"Por que pararíamos aqui? Não consigo ver nada", retrucou Callum.

"Sr. Aragon, você não conseguirá ver por conta da fumaça e também não vai respirar por causa das especiarias", insistiu Ryan, tossindo. "Descanse um pouco. Já que insiste, podemos começar de novo quando o cheiro diminuir."

Callum dobrou o mapa em um quadrado com metade do tamanho de seu rosto e continuou avançando para as montanhas.

"Sr. Aragon", protestaram os marinheiros, quase todos de uma vez.

"Não, não. Eu posso ir mais longe", insistiu Callum.

A cerca de dez minutos de distância do grupo, Callum tossiu em seu lenço por causa da tempestade de especiarias. Lágrimas e um labirinto imperturbável de árvores turvaram sua visão. Ele deu vários passos, mas tremeu ao pensar no que as criaturas da floresta fariam com ele se o encontrassem sozinho, então voltou para os marinheiros.

"Quando você sugere que voltemos?", perguntou, sentando-se em um grande toco de árvore para recuperar o fôlego.

"Daqui a duas ou três semanas", respondeu um marinheiro. "Tire um tempo e se ambiente. Voltaremos então."

Callum Aragon voltou para a casa na praia e, resmungando, arrumou seus livros. À noite, descobriu que os mosquitos medravam na névoa e na umidade do oceano. Eles permaneciam em sua pele após a picada e se cravavam tão profundamente na carne que levava um quarto de hora para separá-los de seu corpo. Ele fechou a janela do cômodo depois de tirar o quarto mosquito do braço. No mesmo instante, a casa ficou cheia de umidade, de modo que Callum Aragon despiu seu traseiro rosado e deitou-se no chão para dormir.

Callum andava pela casa, bastante ansioso, lendo e desfazendo as malas. A lua substituiu o sol por duas noites antes de Ryan retornar, desta vez acompanhado por uma escravizada.

"O que você quer?", disparou Callum, ainda irritado com a empreitada na montanha.

"O nome dela é Nanni, sr. Aragon", disse Ryan, empurrando a garota em direção a Callum. "Ela mora na fazenda dos Williams, mas é descendente de *maroon* de Accompong. Foi capturada durante a Segunda Guerra e nunca mais foi reassentada. Ela pode falar com eles, esses que o senhor está estudando."

Callum ergueu os óculos até o rosto.

"Você fala o quê? Ashanti?", perguntou ele.

Nanni concordou. As várias cicatrizes enegrecidas e salientes em seu rosto e braços a envelheciam. Seu cabelo estava preso em uma trança curta que mal chegava à nuca. Callum levantou os braços de Nanni para os lados e mandou que ela abrisse os dedos. Com gentileza, ele chutou os pés descalços da moça com os sapatos, ao que ela estremeceu.

"Quantos anos você tinha durante a guerra? Quando foi levada para a fazenda?", perguntou ele.

"Treze anos", disse Nanni, olhando para seus pés descalços. Ela lançou olhares de soslaio para Callum, mas permaneceu relutante em olhar para cima.

Callum agarrou o queixo dela e ergueu seu rosto abruptamente, revelando olhos calmos e infantis cheios de curiosidade e fúria que ela não conseguia esconder.

"Eu vou levá-la", declarou ele.

"Sr. Aragon, não aconselho que você suba a montanha sem um de nós", disse Ryan.

"Claro", respondeu Callum, empurrando Nanni para dentro da casa.

Ela ficou ao lado da porta com os dedos agarrados à cintura enquanto Callum se sentava para escrever.

"Tire a roupa", ordenou ele. Callum levou os óculos até o rosto e esperou. Nanni parecia ansiosa com a ordem, mas se despiu o mais rápido que pôde. Tremendo, ela ficou nua diante de Callum, e olhou pela janela atrás dele, de onde podia avistar o oceano.

"Vire-se", disse Callum.

Nanni fez o que ele pediu. Quando ela o encarou de novo, ele olhava para o papel.

"Por que tem tantas cicatrizes nas costas?" Ela demorou para responder. "O que levou a tal punição? Elas foram causadas pelos *maroon* ou pela fazenda?"

"Os dois. Eu tentei muitas vezes ir à montanha", respondeu ela, obediente. "Uma vez, outros *maroon*, eles me encontraram e me bateram antes de me levarem de volta pra fazenda. Então, quando eu voltei, o senhor me bateu com força de novo. A cicatriz ficou."

"Outros *maroon*? Eles não a reconheceram?", perguntou Callum, escrevendo.

"Não eram Accompong. Eram outros *maroon*. Eles me levaram de volta por dinheiro." Nanni olhou outra vez para os pés descalços, como se ainda procurasse palavras para explicar a traição.

Callum balançou a cabeça, satisfeito, ao que parecia, em saber que os *maroon* nas montanhas estavam cumprindo sua parte do tratado. Callum se levantou e Nanni estremeceu, recuando. Ela começou a respirar depressa e olhou para ele, esperando o que aceitara como rotina, mas Callum pegou uma jarra de água do balcão, voltou para a mesa, encheu o copo e continuou trabalhando. A respiração dela se acalmou, e Nanni o observou trabalhar, ficando em pé por quase uma hora enquanto Callum escrevia em seu diário e erguia a cabeça por longos períodos nos quais ela encontrava seu olhar. Cada vez que ele olhava para ela, parecia que a curiosidade estava eclipsando seu medo aos poucos.

Seu queixo e seus ombros erguidos, seus membros esguios e a pele negra escura: tudo nela fazia os pensamentos de Callum se sobreporem uns aos outros enquanto navegavam em seu desejo. Sua pesquisa o mantivera longe da esposa estéril por longos períodos durante décadas. Ele lidava com os desejos através do conforto das mulheres da noite. Mas Nanni parecia diferente para ele. Calma, sem temê-lo, mas tão ciente de sua impotência que acabava sendo manipulada por ela. Depois de várias horas escrevendo, incapaz de se concentrar, Callum pousou a caneta e limpou nas calças o resquício de tinta que se acumulara nas pontas dos dedos. Por fim, ele se levantou e caminhou até ela, bloqueando sua vista para o mar. Callum segurou o pescoço de Nanni, beijando agressivamente seus lábios. O beijo a beliscou, mas ela não emitiu nenhum som. Em vez disso, sua bochecha ficou úmida com o que ele presumiu serem as lágrimas dela.

Deixe-me entrar, deixe-me entrar, deixe-me entrar. Embora isso não tenha saído da boca dele.

Por dois dias após a chegada de Nanni, Callum Aragon a manteve em sua casa. No início da tarde, um escravizado do porto lhe entregou peixe frito e pão. Callum pegou o peixe, fechou a porta na cara do menino e retomou o trabalho. Ele documentou os movimentos de Nanni, deu a ela as sobras do jantar e registrou como ela consumia a comida.

Callum encomendou dois vestidos de linho limpos para ela e, quando ela vestiu o primeiro, ele notou como Nanni se vestia: *com uma rapidez determinada*. Depois reparou em como ela tomava banho: *também com uma rapidez determinada*. Como ela comia: *ela é ambiciosamente gulosa*. Como ela ria: *raramente, uma só vez, embora eu não tenha percebido o que provocou a reação*. Como ela passava os dias: *observando o mar, mergulhada em devaneios infantis. Está apaixonada, ao que parece, e nada a faz desviar o olhar.*

Durante a noite, Callum Aragon perdeu o sono devido ao calor. Ele optou por suar abundantemente em vez de ser picado pelos mosquitos que entravam na casa pelas duas janelas. Uma noite, Nanni se levantou do chão no cômodo onde dormia e abriu a janela. Quando voltou para a cama, Callum deu um tapa nela. "Não!", esbravejou ele, como se repreendesse uma criança. Nanni choramingou e esfregou a bochecha. "Mosquitos", explicou Callum, indo até a janela e a fechando.

Assim que ele se deitou na cama, Nanni voltou à janela e a abriu. Quando ela voltou a se deitar, ele lhe deu outro tapa.

"Vá fechar!", ordenou ele. Nanni permaneceu imóvel. Callum Aragon, mais uma vez, saiu da cama e fechou a janela. "Vadia teimosa", murmurou ao voltar.

Quando ele se acomodou, Nanni se levantou de novo. Mas, em vez de ir até a janela, ela saiu pela porta da frente. Callum a seguiu, surpreso.

"Onde você pensa que está indo?!", gritou ele. "Nanni?"

Sob o luar, Nanni vagou pela frente da casa. Ela arrancou uma planta e, no escuro, Callum reconheceu a cor brilhante das calêndulas. Nanni passou por ele e alcançou a janela, rasgou um fio pendurado de seu vestido a fim de amarrar as hastes das flores e, em seguida, amarrou-o a um prego que saía da moldura da janela. Ela pegou uma caixa de fósforos da prateleira, riscou um deles para iluminar as pontas das hastes das flores e apagou o fogo do palito que se extinguia. "Eles não gostam do cheiro", explicou Nanni. Então voltou a se deitar no chão ao lado da cama.

"Se fizer isso de novo, será açoitada com capricho", advertiu Callum antes de adormecer. No dia seguinte, ele acrescentou à lista de observações: *laboriosa, embora lhe falte raciocínio e treinamento básico de obediência.*

Por três semanas, Callum escrevia principalmente durante o dia: fazia perguntas a Nanni e logo registrava seus relatos. À noite, ele a puxava para a cama, apertando e arranhando as nádegas dela enquanto a penetrava com força. Finalmente, os marinheiros se prepararam para outra viagem montanha acima com Callum Aragon. Certa manhã, eles chegaram cedo e conduziram Callum e Nanni o mais longe que puderam na montanha antes de parar.

"Não planejamos viajar para muito mais perto deles, sr. Aragon", disse um marinheiro. "Isso é por sua conta e risco. Eles negociam, mas, como sabe, não são confiáveis, senhor. Ficamos longe deles, eles ficam longe de nós. Vamos levá-lo até Hunt's Point e, se quiser continuar, a garota irá guiá-lo pelo resto do caminho."

"A garota? E se ela não obedecer? E se eu ficar em perigo?", perguntou Callum.

O marinheiro entregou-lhe uma espingarda embalada em um pano branco manchado. Callum olhou para a arma, desconfiado.

"Uma arma?", perguntou ele.

"Sim, sr. Aragon. Só por garantia."

"Eles também têm armas, não?", Callum perguntou quando uma onda de calafrios fez seus joelhos tremerem sob as calças.

"Algumas das aldeias, sim, senhor. Basta ter cuidado e não precisará usá-la. É uma precaução, senhor. Se não der motivos para eles suspeitarem do senhor, eles não vão machucá-lo."

Quando chegaram a Hunt's Point, o sr. Aragon pediu aos marinheiros que ficassem com ele por mais tempo.

"Muito arriscado, sr. Aragon", concordaram todos.

"Meu plano era usá-la para traduzir. Não vou apresentá-la a eles sozinho."

"Sugerimos que o senhor não a apresente a eles", aconselhou um deles. "Não nesta primeira vez. Os *maroon* não são os mesmos de antes, senhor. Não importa se vai até eles com dinheiro. Depende do dia da visita ou de nada. É assim mesmo."

"Não, este grupo não é tão ruim", acrescentou outro em uma tentativa de apaziguar a tensão de Callum. "Eu nunca estive muito próximo deles, mas o antigo superintendente..." Sua voz sumiu quando ele percebeu a mudança na expressão de Callum Aragon ao ouvir sobre o homem que fora expulso pelos *maroon*.

Nanni estava parada atrás deles enquanto Callum defendia uma causa inútil. Ela olhou para os próprios pés e pareceu esconder um sorriso. Por fim, os marinheiros foram embora e começaram a descer a montanha. Callum, exasperado, agarrou Nanni pelos ombros.

"Se eu ficar em perigo e sobreviver, vou encontrá-la e matá-la", vociferou ele. "Entendeu?"

Nanni observou o rosto de Callum, cujas bochechas e testa ficavam molhadas com a umidade. Ele notou uma expressão no rosto dela que não tinha visto até então; os olhos de Nanni brilhavam e, sem reconhecer a ameaça, ela continuou subindo a montanha. Ele a seguiu.

Mais ou menos no mesmo lugar onde os marinheiros haviam parado com ele em viagens anteriores, Callum se ajoelhou atrás do arbusto com Nanni, estudando cuidadosamente a colônia de fugitivos. Então ele se levantou, como se fosse se aproximar deles, mas estremeceu ao ver os rifles que alguns carregavam nos ombros. Embora seu esconderijo pudesse parecer suspeito para os *maroon*, ele decidiu não se aproximar, acatando o aviso dos marinheiros e deixando Nanni afastada deles durante a observação inicial. "Vamos ficar aqui", disse ele, nervoso, espiando entre as folhas e esperando que ela entendesse que onde eles estavam sentados era o mais perto que podiam chegar. Ele pegou Nanni olhando para sua arma. Ela se virou assim que ele a flagrou.

"Vou precisar que você observe com atenção e interprete quaisquer gestos. Entendeu?", perguntou Callum. "Diga-me exatamente o que acha que eles estão fazendo."

Um grupo de crianças corria ao redor da colônia de barracos e várias mulheres estavam sentadas em círculo para tecer redes de folhas de coco. Nanni endireitou as costas. Já fazia algum tempo que ela não entrava nas montanhas, e a energia e o espírito das plantas e animais ao seu redor fizeram com que as minúsculas saliências nas costas de suas mãos e joelhos aumentassem. Nanni se levantou e abriu os portões de folhas da floresta.

"Aonde você vai?", Callum perguntou de repente, tocando o cinto em busca da arma.

Nanni não parou. Com medo de ficar sozinho, ele a seguiu, com a mão na arma que o marinheiro lhe dera. Callum puxou a arma da fivela, tremendo freneticamente. Apontou para as costas dela.

"Pare ou eu atiro", alertou ele, mas ela não parou e ele não atirou.

Nanni e Callum percorreram a floresta até ouvirem um barulho de água. Nanni apertou o passo. Quando ela levantou o último galho, eles se depararam com uma grande cachoeira que despencava de um imenso penhasco. A água caía em um lago límpido e azul-esverdeado que brilhava sob o sol como se diamantes surfassem em suas ondas.

"Meu Deus", arquejou Callum. No topo da cachoeira, três pássaros azuis pousaram em um galho pendurado na margem da floresta. A água era tão clara que, quando Callum olhou para baixo, pôde nomear oito tipos diferentes de peixes pela cor e pelo tamanho de suas escamas. A arma ficou leve em sua mão, até que ele a devolveu ao cinto.

"Que lugar é este?", perguntou Callum.

Nanni mergulhou no lago. Ele procurou debaixo das ondas pelo corpo em movimento, mas não viu nada. Callum esperou um instante até Nanni emergir, mas ela não voltou. Desconfiado, ele se levantou.

"Nanni", chamou ele, andando na beira do lago e tentando não cair.

Callum levou os óculos até o nariz e tentou mais uma vez se certificar de que seus olhos não o enganavam; de que a transparência do lago a mostraria nadando embaixo dele.

"Nanni", repetiu ele.

Não viu nada. Apenas os peixes. Ela havia desaparecido.

Os pássaros que haviam se reunido no galho acima da cachoeira voaram juntos. Outros três os seguiram um tempo depois. Quando Callum olhou para cima, mais quatro voaram para longe das colinas.

Callum correu pela floresta, cuspindo folhas e insetos perdidos que entraram em sua boca enquanto os galhos das árvores fustigavam seu rosto. Incapaz de parar, tropeçou em um círculo vazio de terra no meio de árvores altas. O barulho dos pássaros se transformou em um berro. Enquanto isso, Callum notou que ele e a arma em sua mão estavam sendo observados por dois pares de olhos furiosos.

"Não", balbuciou ele, caindo no chão, notando os corpos negros.

Ele se virou e encontrou mais um par de olhos espiando atrás das árvores.

"Obroni!", gritou um deles. *Homem branco*.

"Não, não. Veja, vocês concordaram em conversar comigo. Eu sou da Grã-Bretanha", explicou ele. "Me chamo Callum Aragon. Eu vim observar."

Um por um, eles se aproximaram. Callum se curvou e cobriu a cabeça com as mãos. Não sabia o que esperar; se ele seria levantado e carregado até o chefe *maroon* para ser questionado sobre a espionagem ou se uma arma feita pelo homem rasgaria sua pele. Em vez disso, sentiu um corpo quente ao redor do seu. Callum abriu os olhos e viu Nanni pairando sobre ele.

"Você se lembra disso", disse Nanni acima dele. "Diga." Ela estava ofegante, sorrindo por baixo das palavras.

"O q-que..." gaguejou Callum.

"Diga ou eu deixo você aqui e eles vão matar você."

"Vou me lembrar disso", repetiu ele.

Os *maroon* gritaram para a imensidão. O colono foi embora. Desapareceu. Enquanto os *maroon* vagavam pelo lugar que Callum havia ocupado e procuravam nos arbustos ao redor, Nanni e Callum deixaram o círculo sem serem vistos e desceram a montanha azul.

Enquanto Callum Aragon se dirigia para o cais, abriu e fechou os olhos várias vezes para confirmar que aquele dia havia sido real. Ou era um sonho ou ele estava enlouquecendo, e Callum desmaiou com a plausibilidade da loucura. Como um grupo de irlandeses bêbados e sem educação explicaria o que acabara de acontecer? Ele refletiu sobre as desculpas que dariam para o fato de que ele estava prestes a ser atacado antes que Nanni o salvasse, antes que eles tivessem desaparecido e ela o deixasse no final da floresta: eles são animais, negros; dissemos para você não ir; os *maroon* não são mais um problema dos britânicos; você com certeza imaginou isso; nós mataremos a garota, senhor. Ele parou e voltou para a casa por uma trilha tortuosa ao longo da costa, onde a areia quase o engoliu.

Lá dentro, Nanni estava sentada à mesa com um livro aberto, mas o fechou quando viu Callum.

"Por favor." Sua língua lutou contra as palavras. "Não tenho experiência com bruxaria. Eu só quero... quero voltar para casa."

Ela o observava enquanto Callum ficava ensopado de suor.

"Eu só quero voltar para casa", repetiu ele, surpreso por ela ter voltado, e corou de terror.

"Não é bruxaria", disse Nanni com firmeza. "Nem Obeah. É meu dom."

Vencido pelo pânico e pela incerteza, Callum correu para a estante e recuperou a arma. Ele a apontou para Nanni, embora sua mão trêmula quase a tivesse deixado cair.

"Faça de novo", exigiu ele. "Vodu. Obeah. Desaparecer." Ele gaguejou. "Faça. Aconteceu, não foi? Nós desaparecemos. Depois voamos. Não estou louco." Nanni deu um passo para trás.

"Não se mexa!", gritou Callum. O suor agora encharcava seu rosto. Ele resistiu à perda de equilíbrio.

"Não posso", respondeu Nanni. "Não posso usar aqui."

"Você está mentindo."

"Não, não é mentira. Só na montanha. Ou perto de outros", disse ela.

"Quem são esses outros?", continuou Callum, com os olhos erráticos. "Há outros? Onde está sua família?" As implicações o compeliram a continuar falando.

"Sem família", murmurou ela.

"Então quem são esses outros?" Callum deu um passo à frente, embora ainda estivesse visivelmente perturbado.

"Outros com espírito. Com dom", explicou ela.

"Sente-se", ordenou Callum. Nanni se sentou.

"Vocês praticam seus... seus dons juntos? Você e esses outros?", perguntou ele. Callum mal conseguia respirar com seu crescente entusiasmo.

"Não. Em segredo", disse Nanni.

"Na fazenda? Onde eles estão?"

"Um homem. *Maroon* também." Ela olhou para os dedos apoiados na mesa. Sua expressão mudou quando ela disse isso. "Ele é que nem eu. Eles levaram ele da montanha pra fazenda depois da guerra *maroon* e nós ficamos lá. Não podemos voltar pra montanha."

"E ele também desapareceu?", Callum perguntou depressa.

"Não. Quando eu tô perto dele, a colheita queima quando ele toca. E quando eu chego perto dele, eu..."

"Desaparece", completou Callum.

"Nós tentamos escapar de volta pra montanha uma noite. Achei que conseguiria fazer a gente ir, achei que conseguiria usar o dom antes que eles encontrassem a gente, mas eu tava muito cansada e nós távamos muito longe da montanha. Eles encontraram a gente e enforcaram ele", disse Nanni, abatida. "Eles tentaram me matar também, mas os marinheiros vieram buscar a *maroon* da fazenda. Eles me trouxeram aqui."

Exasperado de curiosidade, Callum colocou a arma na mesa. Ele estava quase sem fôlego. Nanni permaneceu imóvel, olhando para ele. Que novidades, que novidades, que novidades, que descoberta, pensou ele. Esta evolução da espécie, e ela existir justo entre os africanos. Meros africanos. Ele sentiu tudo e nada ao mesmo tempo, sentiu sua maior conquista e sua maior realização. Sem saber o que mais fazer com esses relatos vitoriosos, ele chorou.

"Por que você está aqui?" Gotas de suor desciam pelo pescoço de Callum. "Você conseguiu sua liberdade hoje e escolheu... Por que fez isso? Por que voltou?"

Nanni cruzou as mãos.

"Eu tenho um filho", disse ela, maravilhada com as palavras. "Seu filho."

Com isso, Callum ficou sério. Ele a tinha usado por apenas algumas semanas desde que ela fora trazida para ele, e que milagre. Que destino. O rosto calmo de Nanni descansou sob o sol. Os pensamentos fizeram a cabeça de Callum doer. Pensamentos cruéis, intelectuais, nostálgicos e suicidas. Ela teria o filho dele.

"Seus livros", prosseguiu ela. "Me ensine."

"*Te ensinar?*", perguntou ele, confuso. Ensinar qualquer mulher, ainda mais uma escravizada, era para ele uma perda de tempo.

"Sobre a África", disse ela. "Os *maroon* tão lá. Freetown."

"Como você sabe disso?", indagou Callum.

"Uma mulher na fazenda falou que ela ouviu do superintendente que eles enviaram alguns *maroon* no navio. Os marinheiros levaram eles depois da guerra. Os marinheiros vão e eu também vou. Eu e a criança. Sem subir nas montanhas. Obroni vai voltar."

Callum pegou o livro que estava no meio da mesa, entre os dois. Uma criança. Um híbrido.

"Você sabe sobre a África?", perguntou ele.

"Eu sei", disse Nanni. "Mas não tenho como ir."

"Você está falando sério?"

"Você disse que ia lembrar que eu fiquei e não deixei você. Eu salvei sua vida", disse ela. "Me ensine e depois mande eu e a criança em um navio."

1º de julho de 1823

Descobri um fenômeno científico e temo que ele mudará o curso de minha pesquisa original. Estou perplexo com tal aquisição e hoje me tornei consciente de minhas próprias imperfeições. Atualmente, estou estudando uma maroon *peculiar que foi capturada durante uma invasão; é uma mulher e está grávida. Afirma que ela e outras pessoas têm dons sobrenaturais extraordinários, e eu mesmo testemunhei esses talentos. Não parece ser o vodu tropical de que muitos ouviram falar e alguns presenciaram, mas algo muito mais fantástico. A* maroon *consegue sumir de vista dentro das montanhas azuis. Ela insiste que é a única viva de seu povo com tal dom e abandonará seus parentes nativos por uma suposta existência libertada na África. A* maroon *e seu filho viajarão comigo de volta à Grã-Bretanha para estudos posteriores.*

Cordialmente,
Callum Aragon

Eles o chamaram de Norman.

Quando Norman Aragon tinha 2 anos, ele se juntava à mãe pela manhã enquanto ela pescava e também à tarde, enquanto ela cuidava da terra ao redor da casa de Callum Aragon. À noite, quando ela preparava as refeições de Callum, ele se agarrava a Nanni perto do fogão. Quando estavam todos juntos, eles nunca podiam ficar fora da vista de Callum; a obsessão dele com a pesquisa ficava cada vez mais evidente, e Callum fazia questão de sempre caminhar ao lado de Nanni, prestando atenção em tudo. Quando visitava a cidade, trancava Nanni e Norman dentro de casa e pedia a um marinheiro que ficasse de guarda.

Cuidar de Norman deixava Nanni alegre e orgulhosa, e todas as noites, deitada no chão, perto da cama de Callum, a pura existência do filho a fazia sorrir. No entanto, uma vez por mês, Nanni ia ao quintal de Callum para mascar folhas de angélica e salsa que a deixavam fedendo por dias. Pouco depois, seu sangue descia, e Nanni parecia aliviada.

Norman Aragon era um menino curioso e mais brilhante, Callum notou, do que ele próprio jamais fora, mesmo durante a adolescência. Em vez de ficar sentado para que Nanni puxasse seu cabelo castanho-claro encaracolado para trás com um cordão, ele preferia explorar a terra ao redor da casa. Lembrava-se de palavras, memorizava histórias assim que eram contadas e tinha grande prazer em visitar o mar com o pai e recitar nomes científicos de peixes.

Norman já sabia ler aos 4 anos e, aos 5, sabia os caminhos da ilha e da costa. Callum permitia que eles andassem na praia todas as manhãs enquanto ele ficava para trás, atento aos dois. Callum Aragon estudava Norman como estudava Nanni. Uma vez por semana, ele esticava as pernas do menino e media o comprimento da virilha até o calcanhar; com a mesma frequência, abria a boca do filho e passava os dedos no interior de suas bochechas. Além disso, registrava seus trejeitos.

"Por que você faz isso?", Norman perguntava com um sotaque em desenvolvimento que combinava com o da mãe, através dos lábios rosados e da pele pálida que combinavam com os do pai.

"Sem perguntas, Norman", respondia Callum.

Eles visitavam o assentamento *maroon* a cada dois meses. Para o primeiro encontro, Callum conseguiu persuadir dois marinheiros a acompanhar Nanni e ele. Deixaram Norman em casa com uma babá da fazenda. Nanni escolheu com cuidado o caminho da subida e, ao chegar, foi diretamente para uma casa que ficava em uma descida da montanha. Do lado de fora, uma dúzia de crianças cercava duas mulheres, e todas desempenhavam uma variedade de tarefas, desde limpar peixes até brincar de pega-pega no quintal.

"Olá, Cuffie", Nanni disse assim que um homem alto emergiu de uma das duas casas cheias de esposas e filhos pequenos.

"*Akwaaba*",[2] respondeu ele. O homem estava segurando uma xícara, que entregou a uma das mulheres. Cuffie usava calças e uma camisa de linho grande demais que pendia dos ombros. Parecia forte, e seu andar deixava claro que era respeitado por toda a aldeia. Ficou abismado ao notar que a pele de Nanni absorvia todo o sol e estava radiante, apesar das cicatrizes. Mas por trás do choque havia uma suavidade, talvez uma história. Ela

---

2   Expressão comum de boas-vindas.

conseguira negociar visitas esporádicas à aldeia para enriquecer a pesquisa de Callum — algo de que ele insistia que precisava para contextualizar o trabalho que estava realizando com ela e Norman. Callum se comprometeu a levar comida ou dinheiro. Caso contrário, não seria bem-vindo. Eles nunca ficavam muito tempo; ele se sentava em uma rocha perto de alguma terra cultivada, distante do aglomerado de casas construídas em três fileiras de colinas, observando e escrevendo com fervor, enquanto dois ou três marinheiros olhavam de esguelha. Em algumas ocasiões, Cuffie perguntava, em língua ashanti, por que ela não ficava — um pedido que ela apenas respondia com as palavras "A criança".

"Conheci ele quando era jovem", Nanni admitiu para Callum mais tarde naquele dia, quando ele perguntou sobre Cuffie. "Antes da guerra."

"Vocês eram… amantes?", perguntou Callum.

"Não", respondeu Nanni, rápido demais para Callum acreditar que era assim tão simples. "A guerra chegou", disse. "Eu fui pra fazenda. Ele ficou na montanha."

Embora Nanni estivesse determinada a ir para a África, Callum Aragon não confiava que ela permaneceria leal depois de entrar nas montanhas. Então ele proibiu Nanni de levar Norman sozinha para as montanhas. Em vez disso, o menino quase nunca saía da vista do pai, cujos olhos ansiosos brilhavam sempre que ele pensava em como aquela descoberta científica tão valiosa seria recebida na Grã-Bretanha.

Nanni percebia as mudanças sutis no olhar de Callum quando ele olhava para o filho, mudanças que culminaram em uma sensação que a fez começar a abraçar Norman com força à noite. Callum mandava buscar livros da Grã-Bretanha, que chegavam algumas vezes por ano em baús enormes que exigiam que vários escravizados do porto os entregassem em sua casa. Nas semanas que se seguiram à chegada dos novos materiais de Callum, ele mal comia, e Nanni se acostumou com o som das páginas virando, com o zumbido fraco e tremeluzente das chamas da lamparina noite adentro.

Ele tirava as medidas deles aos domingos e, em um deles, Nanni estava no jardim colhendo pimentas com Norman. Callum mantinha a porta aberta para que pudesse vê-los e ouvi-los no quintal, e periodicamente deixava os papéis sobre a mesa para ir até a porta e ver como estavam. Naquele dia, ele havia abaixado a cabeça apenas por um segundo para escrever algo e, quando a levantou, não viu Norman no quintal.

"Onde está Norman?", perguntou Callum, correndo para a porta.

Por cima do ombro, Nanni olhou para onde tinha certeza de ter acabado de ouvir Norman arrancando ervas daninhas, e percebeu que o menino não estava em lugar nenhum. Ela saltou, tomada pelo pânico, e Callum correu para o jardim.

"Norman!", esgoelou Nanni.

"Meu Deus. Norman!", gritou Callum. Ele empurrou Nanni para fora do caminho e partiu em direção à praia. Nanni caiu no chão, mas logo conseguiu se levantar. Ela circulou a casa enquanto os gritos de Callum ecoavam. Nos fundos da moradia, os ramos rígidos de um arbusto se moveram. Nanni correu até ele e encontrou Norman sentado ao pé do arbusto, desenhando na terra. Nanni o agarrou pelos ombros com tanta força que ele gritou.

"Como? Você correu aqui?", perguntou ela, agarrando-se à possibilidade de que ele também tivesse um dom. Aterrorizado, Norman assentiu, com os cachos roçando a testa, e Nanni notou um conjunto de pequenas pegadas na poeira que iam do jardim da frente ao arbusto. Suas esperanças se dissiparam, e ela segurou o queixo do menino com a mão direita, apertando até que ele chorasse.

"Nunca mais faça isso, ouviu?", ela ralhou com olhos severos e fixos nele. "Você não é obroni pra se mover livre. Eles *matam* você. Você é negro." Ela tremeu, mas não o soltou. "Ouviu?!", gritou, e Norman, ainda chorando, assentiu.

Callum se aproximou dela por trás e afastou Norman de Nanni.

"O que você está fazendo? É culpa sua que ele saiu andando por aí!", disse ele, empurrando Nanni com tanta força que ela caiu no chão. Ela cobriu a cabeça e evitou olhar para ele, mas Callum não bateu nela. O homem, que também tremia, pegou Norman pela mão e o levou para dentro de casa. Norman olhou por cima do ombro para a mãe e não virou a cabeça até sumir de vista. Nanni ouviu a porta se fechar e voltou para o jardim. Ela ouviu Callum navegando na montanha de papéis lá dentro. Ouviu a fita métrica e gavetas sendo fechadas, ouviu os resmungos à medida que Norman enfim se acalmava. Nanni imaginou que Callum fosse abrir a porta para que ela pudesse entrar e preparar o jantar, mas naquela noite ele não o fez.

Ela esperou nos degraus da frente a noite toda, enquanto um exército de mosquitos deixava marcas em seu corpo. Nanni chorou sob a lua e teria corrido pela escuridão para descansar a cabeça nos braços da montanha, mas pensou em Norman e em todos os testes e observações a que Callum o submeteria se o deixasse sozinho. Então ficou. Nanni cantarolou para acalmar sua dor e saudar a manhã, depois dormiu ao lado das calêndulas e, no breve momento em que o sono veio, teve dois sonhos.

Primeiro, sonhou com Freetown e seus homens livres. Ela caminhava em direção a esse lugar, esse povo, essa coisa que ela mal conseguia imaginar, querendo tocá-la. Eles não se moviam nem falavam. Todos pareciam *maroon*, mas usavam roupas como as do senhor. "Por que vocês tão vestidos com saias?", perguntava Nanni. Os *maroon* sentavam-se juntos ao redor do que parecia ser a mesa de um senhor, imóveis, como se fossem um retrato. O corpo dela se aqueceu com a lembrança de seu tempo na montanha, a fazenda de batata-doce da infância, os amigos, e então esfriou com a recordação de seu tempo na fazenda, os vidros quebrando, os chicotes, os cintos, o sangue. O retrato remetia aos dois cenários. Nanni estendeu a mão em direção a eles, em direção a essa liberdade, mas antes que pudesse tocar a bainha de suas mangas, voltava à montanha.

Depois, ela sonhou em azul, e nessa cor estava o rosto de Cuffie, não como quando ela o vira pela última vez na montanha com Callum e os marinheiros, mas quando eles eram jovens, durante a guerra. Cuffie não era muito mais velho do que Nanni, mas sua altura e imponência davam essa impressão. A guerra tinha começado havia quatro meses, e todos os dias eles ouviam tiros e gritos pela montanha. Os soldados britânicos eram numerosos, e os homens *maroon* não estavam voltando para o topo das montanhas azuis como antes. Cuffie voltou uma noite e contou a ela o que estava acontecendo: homens *maroon* estavam perseguindo os britânicos porque os europeus não sabiam como sobreviver nas montanhas, mas muitos estavam sendo arrastados para as fazendas. Em vez de se esconder com as outras meninas, Nanni pegou uma faca para lutar ao lado de Cuffie, aquele menino com quem ela compartilhava seu dom livremente e a quem, antes de a guerra começar, ela permitira que segurasse sua mão. No sonho, ela e Cuffie foram o mais longe que tinham conseguido durante a guerra: no pé da montanha. Eles mataram tudo que não se parecia com liberdade. Um homem sem rosto, monstruoso e muito mais alto do que Cuffie, o perseguiu; Nanni foi capaz de desaparecer e destruí-lo, e ele se quebrou em centenas de partes e escapou para o sol. Mas ela se afastou demais da montanha. Cuffie gritou, mas era tarde demais. Os soldados a agarraram pelos braços e, embora tentasse, ela não conseguiu trazer seu dom à tona.

Nesse mesmo sonho, a cor azul choveu em seus braços; cada gota derretida era mais dolorosa do que a anterior, cada segundo de calor penetrante era mais inclemente. Ela estava em uma fazenda de cana e se sentia tão cansada que, se não fosse pelos homens sem rosto e suas cordas e seu metal, ela teria desmaiado. Perguntou-se se Cuffie acreditaria se ela lhe contasse o quanto era forçada a trabalhar e o que eles faziam com ela nos dias em que estava cansada demais para continuar. Para se manter acordada durante aqueles dias, ela caminhava sem sair do lugar; perna direita e depois esquerda, e os gritos dos outros eram uma canção crudelíssima que a embalava conforme ela se movia. No sonho, Nanni olhou para seus pés e eles sumiram. Nanni se virou de lado e lá estava um menino, seu amigo, com a boca cheia de palavras que ela não conseguia ouvir, porque a imensidão azul e o calor eram muito fortes e tudo que ela queria fazer era descansar. Com a mão esquerda, ele pegou a dela. Com a mão direita, tocou a cana-de-açúcar e os campos explodiram em chamas diante de seus olhos. A fazenda derreteu em cinzas; o sonho parecia real. Então eles correram. Nanni usou seu dom e eles desapareceram. Correram em direção à montanha, mas ela estava cansada demais para aguentar. O calor fazia pressão contra sua pele, e ela estava quase sem fôlego de tanto correr. Ela ofegou e apertou a mão do menino, mas sabia que não iria durar.

Então ela acordou.

Callum pairava acima dela, que estava deitada na varanda. Assustada, Nanni levantou-se rapidamente, embora a dor das picadas de mosquito a fizesse perder o equilíbrio. As mordidas cobriam seus braços e pernas: ela as sentia nos ossos. Callum limpou a garganta, desviou o olhar das feridas e observou a praia.

"Faça mingau para mim e para Norman", disse ele, e voltou para casa.

Várias vezes por mês, Callum visitava as montanhas com Nanni e passava a noite toda esperando. Às vezes, acontecia imediatamente. Às vezes, demorava alguns minutos. Mas ela sempre desaparecia; seu corpo não podia ser localizado entre as árvores da floresta. Nanni fechava os olhos e ouvia o casamento do vento e da água em um riacho próximo, os rumores das jiboias da montanha a distância enquanto deslizavam com a barriga por troncos profundamente enraizados. Água do riacho chiando por entre seixos isolados. De repente, ela estava com sua terra e, de repente, se tornava a terra.

Que novidades, que novidades, que descoberta. Callum Aragon procuraria pelos arredores com determinação. Ela sumiu. Aconteceu de novo! Que novidades! Ele gritava de excitação, o suor escorria de todos os lugares, suas pupilas se dilatavam, seus membros estavam moles e seu raciocínio estava todo alterado.

"Nanni!", gritava, rindo, mas com a mente longe. "Nanni!", gritava mais alto e com urgência.

E ela reaparecia diante de seus olhos.

"Nós vamos embarcar logo, né?", perguntava ela, uma plateia imóvel para a histeria de Callum.

Ele balançava a cabeça e corria para ela, tocando seus braços e rosto para ter certeza de que ela estava ali por inteiro e de que o milagre espantoso tinha sido real.

Durante o décimo ano de Norman, Callum informou a Nanni que eles zarpariam na metade do ano e, determinada, Nanni se preparou para a viagem. Nas semanas antes de partirem, Callum ficou cada vez mais ansioso e, em várias ocasiões, Nanni o encontrou murmurando para si mesmo no jardim.

"Aonde vamos?", Norman perguntou à mãe enquanto ela o vestia pela manhã. Da casa, eles conseguiam ouvir as vozes dos marinheiros se atropelando em preparação para a viagem.

"Pra África. Freetown. Vamos ficar bem lá", respondeu Nanni, levantando os braços do filho com as mãos trêmulas. Ela também estava ansiosa. Esperara por essa viagem durante anos. Queria se juntar aos *maroon* que haviam sido capturados e enviados em um navio para a África em vez de irem para o inferno da fazenda no interior. Seu coração disparava e pesava só de pensar.

"África", repetiu Norman.

"Pra África. África como o sr. Aragon diz. De onde nós somos, você sabe. Você pode brincar lá fora na África. Correr pra onde quiser. Ao ar livre. Lá você corre e nunca se cansa de correr."

Norman segurou a mão de Nanni e ela correu para a costa atrás de Callum Aragon, que quase tropeçou nos pés quando eles se aproximaram. Os marinheiros já haviam recolhido os pertences dele e alguns acenaram para a família incomum enquanto se reuniam com outros viajantes do interior. Baús cheios de algodão e roupas também eram embarcados, além de açúcar e outras mercadorias das fazendas do interior.

"O senhor se cansou da ilha, sr. Aragon", comentou um marinheiro, sorrindo. Ele olhou com ceticismo para Nanni e o filho mestiço, então encarou as montanhas quando um canto rítmico acompanhou os tambores estrondosos.

"Festival", sussurrou Nanni.

"Não se preocupe", disse o marinheiro a Callum, tentando novamente se conectar com o velho homem, que todos temiam que a ilha tivesse tornado senil. "O senhor não vai ouvir nenhum tambor na Inglaterra." Ele riu. Callum puxou o braço de Nanni para embarcar. Nanni olhou para os lábios e dentes podres do marinheiro.

"Pra África, né?", perguntou ela, confusa.

O marinheiro olhou primeiro para Callum, ofendido por aquela mulher ter dirigido a palavra a ele. Callum puxou Nanni de novo.

"Grã-Bretanha", respondeu o marinheiro, cuspindo no chão. As batidas nas montanhas aumentaram, e o coração de Nanni disparou. Callum puxou seu braço.

"Callum. Nós vamos pra África, né?", ela repetiu a pergunta, escudando-se das palavras cortantes do marinheiro. Callum não respondeu. Ele apertou o braço de Nanni, tentando fazê-la subir na prancha de madeira do navio. Olhou com firmeza para o marinheiro enquanto o vento soprava nas ondas.

"Fuja, minha querida", eu disse, *eu gritei*.

Um sol matinal distante zumbiu e a batida fervorosa dos tambores do festival emergiu na costa quando Nanni entendeu a traição.

"Não!", resistiu ela, se afastando de Callum. Nanni gritava e chutava à medida que Norman Aragon escapava de seu alcance. Ele observou enquanto a mãe lutava contra Callum, suportando os tapas e o domínio teimoso dele sobre seu corpo frágil. A comoção chamou a atenção dos marinheiros e dos poucos passageiros que estavam a bordo do navio, bem como dos viajantes que esperavam na costa. Sua força foi maior do que Callum Aragon conseguia conter e, constrangido, ele gritou para ela parar. Por fim, um marinheiro desceu a prancha do convés com um chicote desenrolado e, sem hesitar, golpeou as pernas de Nanni. Ela ficou de joelhos, e as lágrimas surgiram. Nanni lutou para se levantar, embora sangrasse muito. Viu, de canto de olho, Norman parado sozinho, chorando, enquanto Callum e os marinheiros a cercavam.

"Vai!", ela gritou para ele silenciosamente enquanto lutava com seus captores.

Os olhos dela tocaram as montanhas. A iniciação do festival continuava com os lamentos e tambores tumultuosos. As pernas de Norman Aragon estavam rígidas; o medo o impedia de deixar a mãe. "Vai!", gritou ela, e Norman se virou e correu pela areia em direção às montanhas. Suas pernas minúsculas lutaram contra os ricos grãos e logo Callum Aragon e a tripulação de marinheiros se dispersaram. Nanni olhou para as próprias pernas com alegria; elas desvaneciam e voltavam a aparecer. E suas mãos, embora trêmulas, também alternavam entre o presente e o invisível.

"Norman", disse Nanni, chorando. Ela estava em perigo e se concentrou no filho, que Callum havia capturado e levado de volta ao navio.

"Onde está a garota?", perguntou um marinheiro ao se virar. Nanni não estava onde a haviam deixado.

"Não, não", falou Callum. Antes que ele pudesse protestar mais, Norman Aragon sumiu de vista. A mão do menino se dissipou, e uivos ressoaram pelo convés do navio.

"Meu Deus", ofegou um marinheiro, procurando desesperadamente nos arredores pela mulher e seu filho. "Magia das trevas."

"Obeah!"

"Vamos zarpar agora", determinou outro membro da tripulação. O ritmo do festival exacerbou a crise e a tripulação se embaralhou para embarcar os últimos passageiros.

"Nós não podemos. Nós não podemos!", Callum Aragon protestou e estendeu a mão para os marinheiros que se retiravam. "Não. Vocês não entendem. Isso não é vodu. Não podemos deixá-los aqui!"

Os marinheiros ignoraram o apelo e recuaram em direção aos navios.

Nanni segurava Norman Aragon no quadril enquanto corria. O fato de seu dom ter se manifestado naquele momento e salvado suas vidas a fez apertá-lo contra o corpo. O sangue de suas pernas feridas manchava a areia. Ela estava decidida a alcançar as montanhas. Norman olhou para trás, para a confusão de marinheiros e para seu pai, que perseguia os ventos da costa em vão para tentar localizar os fugitivos. A confusão continuava a bordo do navio. Callum foi até a beira da prancha, onde um marinheiro estava parado, e roubou a arma de sua cintura.

"O que o senhor está fazendo?", perguntou o marinheiro, com medo nos olhos. "É magia das trevas, senhor. Fique longe." Callum apontou a arma para a trilha de areia ensanguentada a distância e atirou. "Não, senhor", disse o marinheiro, e tentou pegar a arma enquanto Callum continuava atirando.

Ao som da primeira bala, o coração de Nanni disparou. Ela ficou curvada para se proteger, mas retomou a busca desenfreada pelas montanhas azuis. Enfim livre da contenção dos braços do marinheiro, Callum correu em direção às manchas de sangue e às montanhas, atirando. Talvez ele pudesse assustá-la e torná-la visível. Talvez pudesse matar um e levar o outro. Talvez o destino não fosse tão cruel a ponto de expor a futilidade de uma década de pesquisa.

"Volte!", ele gritou e disparou a arma várias vezes.

Depois de correr desesperadamente, no instante em que Nanni reapareceu na entrada das montanhas, uma bala afundou em sua coxa. Ela desabou entre as árvores da floresta e chorou de dor, tentando recuperar o fôlego. Norman Aragon correu para o lado da mãe.

Os gritos lunáticos de Callum Aragon não estavam muito atrás deles. Nanni pegou a mão de Norman e mancou para o interior da área arborizada. Os tambores do festival ecoavam. Norman olhou para cima, para as árvores da montanha azul, que estendiam os braços para saudá-lo e para escondê-lo. Nanni tropeçou em um galho caído, e a dor latejante em sua perna a fez gritar. Sua saia estava coberta de sangue e o cheiro impregnava a mata densa. Norman Aragon tentou puxar a mãe pelo braço, mas ela protestou.

"Minha perna", gemeu ela. "Minha perna." Nanni se arrastou e encostou as costas na árvore mais próxima. "Venha aqui", disse. Ele foi até a mãe e sentou-se ao lado dela. Ela o abraçou, as lágrimas escorrendo para o topo da cabeça do garoto.

"Pense bem no que você mais gosta. Você gosta muito de pescar, né?", perguntou ela. Norman assentiu, e seu rosto esperançoso fez Nanni sorrir. "As pessoas dizem que os peixes não são seus, mas são. Pense bem em todos os nomes de peixes que você gosta de dizer. E as montanhas. A areia. Essa água. É tudo seu, tá me ouvindo?" Norman aquiesceu de novo e enxugou o rosto da mãe. Ele se apoiou nela e sua mente foi para a memória infantil das caminhadas matinais até o mar. As batidas dos tambores ficaram mais altas quando Callum Aragon, balbuciando em sua loucura, finalmente adentrou as montanhas. Ele apontava a arma e atirava no que estivesse adiante dele. Os pássaros fugiram. Callum atirou mais uma vez e viu que a arma estava sem balas. Furioso, prosseguiu no calor e nas batidas.

"Nanni!", gritou ele.

"Pense nessas coisas", sussurrou Nanni.

"Norman!"

"Pense bastante."

Sob os galhos trêmulos das árvores da montanha azul, Nanni segurava o filho. A dor física não era tão grande quanto a esperança agora perdida de ir para a África. Ela chorou quando Callum se aproximou. Ele gritou seus nomes, abriu caminho entre arbustos que se misturavam e passou direto por eles, tossindo enquanto tropeçava montanha acima, incapaz de vê-los. Nanni beijou a cabeça do filho e sentiu uma mistura estranha de alívio e desespero. Sentou-se com Norman Aragon enquanto seu corpo ficava mais fraco e seu sangue umedecia o chão da floresta. O filho acompanhava o ritmo da respiração dela.

Um tempo depois, do alto da montanha, o grito desesperado de Callum Aragon voou acima das árvores até as margens de um assentamento *maroon*.

"Os *maroon* encontraram ele?", perguntou Norman Aragon.

"Acho que sim", respondeu Nanni. "Encontraram."

"Mataram ele?", indagou Norman, com a voz suave.

Nanni olhou por cima do ombro em direção aos tambores do festival. Callum entrara na montanha gritando, apenas com uma arma, sem dinheiro ou comida para oferecer, e sem ela. Nanni abraçou Norman e assentiu, hesitante.

Naquela noite, a fumaça subiu da casa de Callum Aragon. Um fogo forte vergou as estacas. O vento carregava o cheiro familiar da sala e das prateleiras, os sons de madeira quebrando, o mar próximo.

"Você tem que se lembrar disso", Nanni disse a Norman naquela noite, quando ele se deitou ao lado dela em meio aos cânticos da floresta. "Lembre o que aconteceu. Lembre que você também tem o espírito. Você tem um dom", disse, cedendo aos passos do vento. "Encontre o seu caminho montanha acima. Por aqui. Vá por esse caminho pra que outros *maroon* não te encontrem. Conte a Cuffie sobre mim." Os galhos das árvores sacudiam e balançavam ao redor deles. "Faça sua casa na montanha. Na floresta. Elas vão cuidar de você."

Norman assentiu, embora nenhum dos dois pudesse ver o rosto um do outro. A respiração dela se dissolveu no abraço do filho.

Os marinheiros queimaram a antiga casa de Callum e a condenaram com contos de vodu. Depois decidiram evitar as montanhas azuis. A cada ano que passava, apenas uma música vagava pelas árvores da montanha, composta a partir das lendas que surgiram após o desaparecimento de Nanni e Norman na costa.

Callum era um moço apaixonado. Veio na escuridão, foi-se em meio à luz.

Amigo de todos, um homem gentil, um estudioso, que cedo partiu.

O que você diz que com ele aconteceu? E com o mestiço que ele também concebeu?

Olhe para as montanhas, o mágico azul. Traído pelo amor de uma maroon. *Traído pelo amor de uma* maroon.

No dia seguinte após a morte de Nanni, Norman Aragon passou horas vagando pelas montanhas, até chegar ao assentamento *maroon* cujo caminho Nanni lhe ensinara. Lá, uma aldeia *maroon* de Accompong o acolheu depois que ele revelou quem era sua mãe. Cuffie cuidava dele como se fosse seu filho. Norman e Cuffie haviam enterrado Nanni com a ajuda de outros *maroon* e plantado calêndulas sobre a sepultura, flores que carregavam o odor de seu corpo choroso. Norman caçava com os *maroon* e lia os vários livros que Nanni lhes entregara durante seus anos com Callum, livros não lidos que ele encontrara nas casas da aldeia na montanha. Em ocasiões muito raras, escravizados chegavam à aldeia vindos das fazendas do interior, com as roupas enlameadas e esfarrapadas por causa da fuga, sem fôlego e desesperados por descanso. Às vezes, os *maroon* arrastavam os fugitivos montanha abaixo e os levavam de volta às fazendas.

"Por que eles fazem isso?", perguntou Norman, angustiado.

"Fizemos um acordo com os britânicos", Cuffie disse a ele. "Nós não subimos com mais ninguém pra montanha." Cuffie desviou o olhar quando disse isso, e Norman ficou observando o caminho que levava para fora da aldeia até que os *maroon* voltaram das fazendas, um pouco mais ricos com a troca. Em outras ocasiões — às vezes motivados pelo estado dos fugitivos quando eles chegavam, às vezes pelo dinheiro ou pelas joias que alguns escravizados conseguiam roubar e negociar com os *maroon* em troca de liberdade, às vezes por nada —, Cuffie e outros impediam seus companheiros *maroon* de levar os escravizados de volta montanha abaixo. Uma ou duas vezes, ele ameaçou os infratores com uma violência tão obscena que Norman se escondeu do confronto.

Na aldeia, Norman passava a maior parte do tempo sozinho. Seu reflexo nos lagos da montanha era diferente do das outras crianças; sua pele e seu cabelo eram mais parecidos com os dos marinheiros do porto do que com os dos *maroon* nas montanhas. Com os anos, o cabelo começou a crescer mais rápido, indômito e rebelde, com cachos abundantes que Norman cortava com uma das lâminas de Cuffie.

"Obroni!", as crianças *maroon* gritavam para ele nos dias em que lutava com outros meninos. Um dos filhos de Cuffie, Solomon, era o que mais o perseguia.

"Sua pele é muito branca", comentou Solomon. "E você tem boca de obroni. Som de obroni." Ele era o mais alto, quase tão alto quanto o pai, e seus pedidos geralmente não eram questionados. "Muito branco pra vir", continuou. "Os porcos veem você e fogem. Outro *maroon* vai com eles. Você fica aqui."

"Eu sei caçar", Norman disse em ashanti. Solomon não respondeu; virou-se e desceu para a floresta da montanha com alguns meninos. Norman correu atrás deles e Solomon parou para empurrá-lo, e o fez com tanta força que ele caiu.

Norman também tentou falar com uma garota. O nome dela era Tai. Ela morava na fileira de casas no topo da montanha. A maioria das casas parecia a mesma: chalés com chão de terra batida e telhados ripados. Mas a de Tai era a mais alta, e todas as manhãs, quando Norman saía da casa de Cuffie e preparava a arma dele para a caçada, erguia os olhos para ver se conseguia ver Tai recolhendo as camisas e calças de sua família dos varais. Nas manhãs em que ela aparecia, com sua pele negra escura e seus traços marcantes tão dignos que dissipavam a névoa da manhã, ele se sentia animado, mas também com medo; sentia-se como um homem, mas também que ainda era o menino agarrado às últimas palavras da mãe à beira da morte.

A jornada que começara com a visão do rosto dela culminou em Norman reunindo coragem para acalmar seu espírito falando com Tai. Ele a encontrou na fazenda de batata-doce.

"*Akwaaba*, Tai", cumprimentou Norman, com medo de que ela ouvisse seu coração ansioso.

"Obroni", disse Tai, sem sorrir, sem erguer os olhos da tarefa de arar o solo com os dedos finos.

Havia outras garotas ao redor dela, que riram ao ouvir isso, e o som o paralisou. Ele esperava perguntar a ela se poderia ajudá-la, se ela poderia caminhar com ele, talvez. Mas Norman deixou Tai, que se recusou a conversar com ele, e as ajudantes dela, que continuaram rindo enquanto ele se afastava.

Era o sonho de Nanni sobre Freetown que amenizava sua solidão. Quando perguntou a Cuffie sobre isso, o homem chupou os dentes.

"Nanni não sabia nada sobre Freetown", disse Cuffie com naturalidade. "Ela possuía o espírito, usava o dom pra coisa errada. Eu tenho o espírito como ela, sou um homem mais rico. África se foi. Nós tamo aqui agora."

Norman estava batendo o pé descalço no chão e parou; seu corpo se enrijeceu quando Cuffie disse isso.

"Você acha que eu não sei? Acha que sua mãe é a única com espírito?", perguntou Cuffie. "Muitos *maroon* receberam o espírito. O espírito é o que nos salva e nos leva no alto da montanha. Mas nós tamo aqui agora, não adianta nada, é assim. Mas ele fica com alguns. Como sua mãe. Como você."

O tipo mais cruel de solidão é a que se sente na presença de outras pessoas. Tendo se cansado dela na vila *maroon*, Norman, quando tinha 14 anos, construiu sua própria cabana na floresta no pé da montanha, de onde podia ter uma visão melhor do cais e da costa. Dali, ele observava os navios, e por quatro anos os viu partirem para a África na primavera. Dentro da cabana, em uma estante, estava sua herança: livros, alguns empilhados, de vários tons de marrom e vermelho. Havia livros também no chão, em cima de uma cadeira e amarrados com barbante, e outros espalhados por um pequeno colchão no canto.

Norman aprendera com Nanni quais plantas podia comer e quais o matariam; quais ervas misturar quando não estava bem, a fim de curar febres e dores de estômago e ajudá-lo a pegar no sono. Lembrou-se da instrução de sua mãe sobre como revelar os espíritos nele, seu dom, e o usou nas poucas ocasiões em que viajantes ou caçadores estrangeiros enfrentaram as montanhas. Sabia que, se pudesse revelar seu dom mais uma vez, fora da floresta, poderia entrar sorrateiramente no navio e ir para a África. Com 15 anos, ele tentou pela primeira vez, planejando tudo com cuidado, pois sabia que outro navio logo deixaria o cais. Mas, a apenas algumas dezenas de metros da floresta, alguém do cais apontou para ele, assustando-o e fazendo-o recuar. Mais ou menos uma hora depois, alguns marinheiros entraram na floresta, armados e tremendo de medo, mas passaram direto por Norman, incapazes de vê-lo.

Norman tentou novamente quando tinha 16 e 17 anos, mas toda vez alguém no cais apontava para ele, e em todas as vezes o garoto recuou; a areia e a poeira manchavam suas costas nuas e calças rasgadas conforme ele escapava.

Em algumas manhãs, era difícil para Norman sair de casa. Sentia falta da mãe. Naqueles momentos em que Callum lhe fazia perguntas, as mesmas perguntas que fazia todos os dias enquanto agulhava várias partes do corpo do menino e depois registrava sua tolerância à dor, ou a falta dela, era Nanni quem o salvava. Ela corria para fora da casa chorando, interrompendo Callum, que quase sempre chamava marinheiros para recuperá-la e açoitá-la. E depois de ser espancada ou ter que dormir fora, descansando o corpo no jardim de calêndulas para diminuir a quantidade de mosquitos que se alimentavam de sua carne, Nanni voltava para o trabalho ou para a mesa de Callum, onde ele fazia perguntas e observações. Em momentos de inatividade, Norman a pegava olhando pela janela de Callum em direção ao mar.

"Nós vamos pra África em breve", ela sussurrava assim que podia se aproximar de Norman novamente, usando o que restava de sua energia para sorrir, gesto que parecia tão dolorido quanto as mordidas em sua pele.

Em uma manhã em que Norman conseguiu vencer a tristeza, voltou aos seus livros. Dentro de um deles, escondido atrás de uma pilha de outros livros que Norman não havia notado, havia um pedaço de papel dobrado que despontava das páginas. Norman puxou a folha e, ao abri-la, descobriu um desenho assinado por Callum. Ele, que nunca tinha visto Callum desenhar, apertou o papel nas mãos. Ali, em tinta envelhecida, estava um desenho do que parecia ser uma cachoeira para além de uma abertura de arbustos e o que pareciam ser buganvílias. Afastado dos arbustos, em frente à queda d'água, havia o contorno de uma mulher. Era um esboço péssimo, mas ficou claro para Norman que Callum tentara desenhar Nanni. Olhou para a assinatura de Callum e percebeu que tinha alguma coisa escrita embaixo, em uma letra tão pequena que ele precisou apertar os olhos para ler. Norman aproximou o papel dos olhos, caminhando até a janela para segurá-lo sob a luz. Em tinta borrada, abaixo do nome de Callum, estavam as palavras: o começo.

Três homens *maroon* estavam no meio de um aglomerado de cabanas. Perto do chão, onde eles se sentavam em pedras lisas, vestindo camisas velhas, mas bem ajustadas sobre os ombros largos, havia vários facões e um rifle. Por fora, eles se pareciam com os homens que conheci na Emerson. Mas havia algo diferente em seus espíritos. A diferença parecia mais simples do que o fato de serem capazes de se mover como bem entendessem naquela montanha ou de preservarem o direito aos seus costumes. Os espíritos deles estavam vivos. E a maioria dos homens que conheci antes, naquele lugar, colocaram seus espíritos para descansar assim que os chicotes voaram em suas costas. Sem espírito, você não consegue sentir. Você reage, mas quanto mais vive em um mundo sem o seu espírito, menos você sente. E, por menor que seja a emoção, sentir é uma dádiva. Mas paramos de sentir naquele lugar quando nossos espíritos foram mortos. O riso era uma reação. As lágrimas eram uma reação. Aqueles gritos eram uma reação. Mas a origem deles, a mãe da alegria, da tristeza ou do terror, era um fantasma como eu.

Os homens *maroon*, alertas, olharam para as folhas ondulantes quando Norman se aproximou, mas continuaram a conversa. Várias mulheres estavam recostadas nas árvores ali perto, tecendo redes de folhas de coco. Norman olhou para elas rapidamente, procurando o rosto de Tai, e ficou grato por ela não estar presente e não exercer seu poder.

"E aí nós achamos que ele tá morto agora", disse Cuffie, se levantando da rocha. "*Akwaaba*, Nommy", ele cumprimentou Norman.

"*Akwaaba*, Cuffie", disse Norman.

"Do que você precisa? Eles te fizeram subir até sua casa de novo?"

"Não, não", respondeu Norman. "Só quero te perguntar uma coisa."

"Você ainda tá tentando ir pro navio?", perguntou Cuffie. "Eu disse pra você não ir agora. Aqui é sua casa."

"Nanni disse pra ir", explicou Norman.

"Sim", disse Cuffie, olhando para o caminho de onde Norman tinha vindo. "O que você quer saber?"

"Nanni disse que gostava de um lago aqui em cima", falou Norman.

"Tem muitos lagos. O que você quer dizer?", perguntou Cuffie.

Norman enfiou a mão em uma bolsa de linho e tirou o desenho. Entregou-o a Cuffie, e os outros homens ao redor se inclinaram para ver.

"Onde encontro?", quis saber Norman.

Cuffie observou a imagem e depois olhou para Norman, cético. Apontou para além de uma cabana a distância e retomou a conversa com os outros.

"Obrigado, Cuffie", disse Norman, e correu para a floresta atrás da cabana, para onde Cuffie havia apontado.

"Quando você falar sério, venha morar aqui, ajude a lutar e a cuidar da fazenda", gritou Cuffie atrás dele.

Ao se aproximar da entrada, Norman examinou o esboço mais uma vez e passou pelos arbustos de buganvílias. Lá estava ela, uma cachoeira que, de tão límpida, parecia ter gotas de cristais mergulhando na concha aberta da montanha. Raios de sol deslizavam pela face do lago. Norman tirou os sapatos e colocou os pés na água; a temperatura fria fez seu corpo se retesar. Mas ali, nos arrepios, ele sentiu a presença de Nanni. A memória dela perdurava nas escamas dos peixes que ele via rodeando suas pernas e beijando os pelos de seus tornozelos. Todos os dias ele pensava nas coisas que Nanni lhe dissera para imaginar. Norman fechou os olhos e ouviu o casamento do vento e da água de um riacho próximo. As bordas emplumadas dos pássaros de bico vermelho pousando nas árvores da montanha, a água do rio ao longe, o som das folhas caindo. E imediatamente ele se sentiu mesclado com a terra e também ausente dela. Pulou na água.

"Vá agora, Norman." Ele se lembrou da voz de Nanni e a ouviu com clareza. A sonoridade do lago fez pressão nos ouvidos dele, tão livre quanto na noite em que ela o deixara. "Vá agora."

Ele tinha 18 anos naquela época, e o navio partiria em breve. Norman, assombrado pelas palavras e promessas da mãe, pegou três calças e a única outra camisa que possuía, além de um mapa da África que arrancara de um de seus livros. Guardou tudo na velha bolsa de couro de Callum e caminhou com dificuldade até a borda da floresta. Meditou sobre as palavras da mãe, e parecia que elas também desapareceriam, algo que agora ele desejava poder imitar.

Em vez de correr em direção às rochas para se esconder dos marinheiros, ele avançou com firmeza até o navio; suas pegadas ficaram nítidas na areia. Ele refletiu sobre as coisas que Nanni havia dito: o cantar dos pássaros, o rugido das ondas, a areia sob seus pés, o vento tocando sua pele com força.

"Vá agora", disse ela. "Pense bastante nessas coisas." A voz dela, tantos anos depois, ainda ecoava. Norman caminhava ereto, acompanhado pelos pensamentos da terra e aquelas coisas para as quais havia perdido a mãe. Nenhum marinheiro se virou para apontar. Nenhum marinheiro o viu entrar no navio.

ELA
SERIA
WAYÉTU O MOORE
REI

MONRÓVIA

Naqueles dias, eles a chamavam de Monróvia.

A Monróvia era o lugar onde eles se encontrariam.

Norman Aragon havia subido no navio completamente incógnito e permanecera escondido sob o convés durante a maior parte da viagem de dois meses. Roubava comida dos passageiros e da tripulação para comer durante a noite. Desaparecia e percorria o navio em busca do que pudesse encontrar e refugiava-se em um esconderijo no meio da carga. Para se distrair da fome, usava a luz estreita de uma rachadura no navio para ler e reler um dos três livros que carregava na bolsa de linho. Eu o observava através dessas aberturas; eu me revelava em seus esconderijos, virava as páginas de seus livros. Não tínhamos livros sobre a Emerson. Aquele lugar onde perdemos nossa língua, nos perdemos. Eles nos diziam que não tínhamos história além das trevas e mantinham os livros fora de nosso alcance com receio de que compreendêssemos melhor a verdade e, assim, encontrássemos aquelas versões perdidas de nós mesmos. Eu observava Norman na carga do navio, escutava suas conversas com os livros que ele amava e o via se aproximar do dia vindouro, quando os dons daqueles três desconhecidos seriam necessários.

Duas semanas antes do desembarque previsto em Freetown, Norman estava tão fraco que temeu que seu dom fosse ser afetado. Esperar até o anoitecer para pegar comida estava cada vez mais difícil, e várias vezes durante o dia ele olhava para as próprias mãos e descobria que estava desaparecendo e aparecendo; suas mãos ressurgiam diante dele a cada poucas horas. Temendo estar exausto demais para chegar a Freetown, com as costas doendo de tanto ficar sentado, a cabeça latejando por causa das oscilações do oceano e o estômago vazio, uma noite Norman rastejou até o paiol.

Ele estava procurando frutas ou legumes em um saco de palha quando o navio balançou violentamente. Três sacos grandes caíram, e batatas-doces e outros vegetais rolaram no chão da cabine. Incapaz de sustentar o dom, Norman reapareceu e caiu em cima do braço direito. Ele tentou pegar uma batata-doce, que teria comido crua, mas dois marinheiros abriram a porta da cabine naquele instante e ficaram chocados ao ver Norman. Ele tentou desaparecer mais uma vez, mas sentia muita dor e estava extremamente fraco.

"O que você está fazendo aqui?!", gritou um marinheiro, mas não se aproximou porque o navio continuava balançando. O cabelo e a barba de Norman haviam crescido durante a viagem e, apesar de ele ter amarrado o cabelo em um rabo de cavalo, era possível ver alguns cachos na frente do rosto.

"É um mestiço, Johnny", comentou o outro marinheiro.

Johnny encarou Norman, que estava vestido como um *maroon* e não como um escravizado do interior. O marinheiro parecia amedrontado, como se a possibilidade de estar olhando para o filho fugitivo de Callum Aragon, um menino que todos pensavam estar morto, tivesse travado seus joelhos. A história do mestiço *maroon* que morava no pé da montanha, filho fantasma de um estudioso falecido, era popular na costa da ilha. Atônito demais para reagir, ele empurrou o outro marinheiro na direção de Norman.

"Vá em frente, Phillip", disse ele, tremendo. "Segure-o."

Como se não tivesse tido a mesma linha de raciocínio do amigo, Phillip correu até Norman e o socou no rosto e na barriga. O garoto tentou se recompor, mas sua fraqueza não permitiu. Phillip bateu nele de novo, agarrando-o pela gola da camisa e arrastando-o para fora da cabine.

"Aonde você vai levá-lo?", perguntou Johnny.

"Vou atirá-lo ao mar. O mesmo que fazemos com outros passageiros clandestinos", respondeu ele, dando passos gigantescos pelo corredor em direção à escada do convés.

"Não, não", discordou Johnny, puxando o braço de Phillip. "Ele é da montanha, com certeza. Olhe só para ele."

"E daí?", indagou Phillip, confuso.

"Eles são muito perigosos. Praticam bruxaria, não sabe? Você não ouviu..."

"Sim, eu ouvi", retorquiu Phillip, irritado. "O que você acha que vai acontecer se descobrirem que deixamos um negro embarcar no navio e só agora o encontramos? Estamos no comando do convés inferior. O que você acha que vai acontecer?", Phillip continuou a rebocar o impotente Norman pelo corredor, mas Johnny o deteve outra vez.

"Eu ouvi histórias sobre navios que ficaram sem rumo por dias e naufragaram quando eles foram atirados ao mar", disse ele.

"Mentira."

"Juro. Histórias sobre todos eles, mas mesmo assim, cuidado com os *maroon*", disse ele.

Phillip olhou para Norman. "O que acha que devemos fazer? Não vou denunciar um clandestino negro, com certeza."

"Nós aportamos na colônia americana amanhã, certo?"

"Monróvia", concordou Phillip.

"Sim", disse Johnny. "Amanhã de manhã."

"Isso, na Monróvia", respondeu Phillip, afrouxando os dedos na camisa de Norman.

"Ele fica amarrado hoje e nós o deixamos na Monróvia. Vamos desembarcá-lo com a carga", disse Johnny, encorajando o ajudante.

"Não", sussurrou Norman. "Não. Freetown", ele tentou dizer, tão faminto, tão enfraquecido pela surra que mal conseguia falar. "Freetown", murmurou mais uma vez, olhando para Phillip, que acertou outro soco em seu rosto.

Quando Norman acordou, estava deitado no frio chão de cimento de um quarto escuro. Ele abriu os olhos e viu, perto de sua cabeça, uma tigela de mingau bastante ralo e um pedaço de pão. Um jarro de madeira com água fora colocado ao lado da tigela. Norman sentou-se rapidamente e devorou cada mordida fria e rançosa. Soltou um suspiro prolongado depois de beber o jarro inteiro de água. Foi só então que recuperou a vontade de se concentrar e percebeu que estava em uma prisão, em uma cela com três metros de largura e três metros de comprimento e um pedaço minúsculo aberto no concreto onde ele poderia fazer suas necessidades.

Norman estremeceu com o odor pungente da prisão. Não era o oceano que ele ouvia lá fora, mas a chuva, e como não havia nada para cobrir a janela no topo da parede da cela, a água molhava o ambiente.

"Akwaa... Olá", disse ele em inglês, corrigindo os pensamentos em ashanti. Estava deitado no chão, sem a bolsa e os livros. "Olá", repetiu, um pouco mais alto. Ninguém respondeu, e não lhe pareceu que outra pessoa estava ali. Levantou-se com dificuldade. Aproximou-se da parede da prisão e saltou, esperando alcançar a janela, mas era muito alta. Fechou os olhos e tentou usar seu dom, mas não adiantou: ainda estava muito fraco. Quando abriu os olhos e descobriu que ainda estava na cela, voltou às grades e as sacudiu. Havia uma cela vazia ali em frente e mais duas celas além daquela, uma de cada lado.

"Olá", disse Norman novamente, em vão.

Estava cansado demais para continuar sacudindo as barras, então se sentou outra vez e logo caiu em um sono profundo.

A luz do sol o acordou na manhã seguinte. Os raios vazavam pela janela da cela, iluminando seu rosto, de modo que ele semicerrou os olhos quando os abriu. Seus músculos estavam rígidos por ter passado a noite toda deitado, nu, no chão; Norman se sentou devagar e se espreguiçou. Uma porta se abriu no final do corredor da prisão e ele correu para ficar perto das grades.

"Tem certeza?", perguntou um homem.

"Sim, teremos espaço de sobra. É só um homem", respondeu outro. Os passos ficaram cada vez mais próximos. "Ele foi pego roubando uma passagem e a revendendo para alguns trabalhadores portuários", acrescentou. "Eles o trouxeram até aqui."

"Certo", disse o primeiro.

Os homens alcançaram a cela e Norman recuou, com o rosto pálido de espanto, pois viu que eles eram negros. Ambos usavam calças compridas e camisas brancas limpas que contrastavam fortemente com suas peles pretas imaculadas e sem cicatrizes. Um dos homens tinha cabelos grisalhos e usava colete e sobrecasaca por cima da camisa, apesar do calor penetrante da prisão. Norman estava no mesmo nível dos olhos de ambos e parecia muito mais jovem; vencido o choque, ele se aproximou dos cavalheiros.

"De onde ele veio?", perguntou o homem de cabelos grisalhos.

"Jamaica", respondeu Norman, humilde, ainda fraco de fome. Os homens se viraram bruscamente para ele. "Eu quero... Tô tentando ir pra Freetown."

"Ah", disse o homem de cabelos grisalhos, voltando-se para seu ajudante. "Bem, o inglês dele até que é bom."

"De quais crimes você é culpado?", indagou o ajudante, cruzando os braços. Ele examinou as roupas esfarrapadas de Norman.

"Nenhum crime", afirmou Norman, falando no inglês mais claro possível, a única língua que ele tinha permissão para falar na casa de Callum Aragon.

"Me disseram que foi roubo", disse o ajudante, voltando-se para o homem grisalho.

"Você roubou alguma coisa durante a viagem?"

Norman olhou para os homens por um longo tempo antes de assentir.

"Eu tava roubando comida quando eles me pegaram", disse Norman.

"Eu estava", corrigiu o ajudante.

"E foi uma viagem legal?", interrompeu o homem grisalho. Norman ficou confuso. "Você pagou pela viagem?", esclareceu.

"Eu tava indo encontrar outros *maroon* em Freetown", explicou Norman.

"Certo, mas você pagou pela viagem?", o homem perguntou novamente.

"Não, mas deviam pra minha mãe. Deviam pra ela uma viagem", disse Norman.

Os homens se entreolharam e, em seguida, encararam Norman. O de cabelos grisalhos deu um passo em direção à cela.

"Você será julgado por um governador. Não deve ser nada muito extenso. Apenas exponha seu caso e, se for determinado que você é inocente, será liberado e poderá encontrar trabalho ou ir para Freetown. Se for considerado culpado, será enviado ao interior para contribuir com a mão de obra. Entendeu?"

Norman assentiu, embora esperasse que até lá pudesse recuperar as energias e usar o dom para fugir.

"Quando... quando é o julgamento?", perguntou Norman.

"Em algumas semanas, imagino", respondeu o ajudante. Norman suspirou de alívio.

"Enquanto isso, você ficará aqui com os outros."

"Outros?"

"Dois navios chegarão da América nesta semana", disse o ajudante. Os homens se afastaram alguns passos da cela de Norman para ver os outros cubículos da prisão. Eles o deixaram ali segurando as barras. Norman olhou para suas mãos esfoladas. Fechou os olhos e tentou de novo desvelar seu dom, mas, ao abri-los, descobriu que suas mãos ainda estavam visíveis.

"Estou com fome!", gritou Norman.

"Eles vão trazer comida hoje, mais tarde", o ajudante respondeu do corredor.

Norman sentou-se contra a parede e ouviu as vozes, agora ecoantes, dos homens na prisão escura e úmida.

"Espero que não tenha havido problemas em nenhuma das viagens", falou o ajudante. "Manter a paz, ou pelo menos a aparência dela, é o primeiro passo para se livrar deles."

"Você sabe que vai demorar mais do que isso para tirar aqueles governadores", disse o homem de cabelos grisalhos. "Uma colônia negra livre. Não se pode confiar em uma colônia de negros, nem em negros livres para governá-la", acrescentou em desaprovação, baixando a voz.

"Ainda assim, prisões vazias não prejudicam nossa causa."

"É verdade."

Os homens se reaproximaram da cela de Norman. Ele permaneceu sentado no chão, mas observou-os cuidadosamente enquanto passavam. Ele nunca tinha visto pessoas negras tão bem-vestidas ou tão articuladas. A confusão perturbou seu espírito, e Norman se levantou de repente e gritou por eles.

"Esperem", disse Norman. "Onde estou?", perguntou.

O homem de cabelos grisalhos riu e caminhou devagar até a cela. Norman encarou o homem e sua pele negra idêntica à dele.

"Monróvia", respondeu o homem, com um sorriso que não conseguiu conter.

Duas vezes por dia, um homem entrava na prisão para levar comida para Norman. O pão era duro, e o mingau, amargo, mas ele sabia que a única maneira de sair da cela era por meio de seu dom, então se obrigava a engolir tudo a fim de poder recuperar as energias. O homem não era tão bem-vestido quanto os visitantes anteriores.

Embora suas calças também fossem até o chão, sua camisa não lhe caía tão bem e não ficava enfiada dentro das calças. O homem deslizava a tigela estreita de mingau, o pão e a jarra pelas barras, o tempo todo olhando para o cabelo e para as roupas de Norman, sempre com um olhar questionador, como se também estivesse se adaptando àquele universo radical. No quarto dia, Norman sentiu que a fraqueza e a fome começavam a diminuir. Ele andou de um lado para o outro em sua cela durante o dia para se exercitar. No momento em que esperava que sua comida fosse entregue, porém, ouviu uma comoção do lado de fora da prisão. As portas se abriram e uma gritaria ecoou pelo corredor e pela cela de Norman. Ele ouviu duas portas de celas sendo abertas e fechadas, e passos no corredor que levava para fora da prisão.

"Não é merda nenhuma", disse um homem de uma cela. "Dizem que partiremos amanhã. Os filhos da puta não podem provar nada."

"Merda, Damon", disse outro de uma cela mais adiante no corredor. "Você é um filho da puta por isso."

Damon cuspiu e pareceu a Norman que ele tinha desabado no chão da prisão. Ele chupou os dentes e o som ricocheteou pelas paredes da prisão.

"Juro que não toquei nela", disse Damon. "Não do jeito que eles tão dizendo." Norman ouviu o outro homem cuspir.

"Você tem que acreditar em mim", disse Damon.

"Não importa mais. E eu não sou mais aquele que tem que acreditar em você. São os juízes que vão se reunir", respondeu o outro.

"Amanhã, então", disse Damon, com a voz mais enérgica do que a do outro.

"Cale a boca, Damon", o outro homem disse e cuspiu outra vez.

Os homens fofocaram durante a noite, em alguns momentos gritando e se xingando, e em outras ocasiões falaram com bastante cuidado a respeito daquilo que diriam aos governadores no dia seguinte. Norman permaneceu nas sombras e ouviu em silêncio. Ele descobriu que eram irmãos, Damon e Sal, que haviam trabalhado como alfaiates em Boston antes de ouvirem falar sobre os navios que partiam para a colônia de negros livres na África. Eles haviam economizado dinheiro, ganho e roubado (e, ao que parecia, foi Damon quem roubara), para pagar a viagem. Sal falava mais, repreendendo o irmão por sua imaturidade e o desaconselhando a falar no dia seguinte durante o julgamento. Outro navio deveria chegar à tarde, Sal lembrou Damon, e eles seriam julgados na manhã seguinte. Aparentemente, uma jovem acusara Damon de tocá-la de forma inadequada e, enquanto defendia seu irmão da acusação, Sal também fora preso. Ambos foram levados para a prisão assim que chegaram à colônia.

Damon e Sal discutiam tudo que ouviram no navio e Norman ouvia com atenção. Com os irmãos, aprendeu que era a temporada de seca e que, naquele ano de 1845, um grupo chamado Sociedade Americana de Colonização estava explorando cem mil quilômetros quadrados ao longo do Atlântico para repatriar escravizados libertos da América. Damon falava muito sobre o que faria com sua terra. A Monróvia ficava ao longo da costa, sessenta quilômetros de comprimento e cinco quilômetros de largura, e tinha sido comprada pela SAC de alguns povos da região para ser usada como cidade central para os novos colonos, os escravizados libertos.

Havia várias organizações que contribuíam para o interesse da maioria dos americanos em livrar as cidades dos negros libertos, de Maryland, Virgínia e Mississippi, mas a SAC era a primeira e a maior. Sal tinha ouvido falar no navio que a terra costeira tinha várias mansões de tijolos com fazendas de borracha que se estendiam por quilômetros. Para ganhar dinheiro, os colonos vendiam a borracha e o minério de ferro de suas fazendas e minas para marinheiros e mercadores viajantes que percorriam a costa ocidental da África.

Os irmãos falaram até tarde da noite, enquanto Norman ia e vinha no sono. Na manhã seguinte, ele acordou com mais alvoroço fora da prisão. Notou a água e a tigela de mingau perto das barras e olhou para a janela em direção ao sol do início da tarde. Norman dormira até muito mais tarde do que esperava e se perguntou se os irmãos ainda estavam em suas celas e se seriam os responsáveis pelo barulho lá fora. Rapidamente engoliu bocados rígidos e frios de mingau e pão. A porta da prisão se abriu e Norman esperava que os marinheiros entregassem os prisioneiros do navio da manhã, como haviam entregado Damon e Sal no dia anterior. Ele bebeu o resto da água e olhou para as barras da cela na tentativa de ver quem seria entregue. Norman ouviu uma respiração pesada e botas se arrastando.

"Por aqui!", gritou alguém.

A comoção soou como um esforço intenso para conter alguém. Norman se aproximou das grades da cela para dar uma olhada e viu o corpo de um homem ser empurrado pelo corredor da prisão. O mesmo homem que trazia sua comida todos os dias desabou no concreto e gemeu de dor. Gritando agora com aparente medo, os homens na entrada continuaram a briga. Outro foi jogado pelo corredor, tombando ao lado do primeiro homem, que ainda se contorcia de dor. Norman enfiou o rosto entre as barras para ver o que estava acontecendo. Ele viu um jovem, que não parecia muito mais velho do que ele, cujos músculos saltavam sob uma camisa manchada. Ele parecia estar lutando contra todos os carcereiros sozinho. Enquanto admirava a força do homem, Norman apertou as barras e descobriu que seu dom havia finalmente retornado, pois suas mãos desapareceram diante dele. Norman observou a briga e o jovem ergueu o olhar. Ambos se encararam, e então Norman desapareceu.

Durante o dia, Norman Aragon viajava pelas costas do condado de Mesurado na Monróvia, e à noite encontrava locais de descanso na floresta e nos bosques. Tinha roubado duas camisas, um mapa e uma bolsa de uma casa próxima e decidira vagar pela nova terra por conta própria. Seguindo o mapa, ele ia para o norte, em direção a Freetown, o tempo todo vendo sinais de como os colonos estavam expandindo suas mansões e fazendas costeiras para o interior, invadindo comunidades indígenas.

O dia se movia em um ritmo mágico. Cada curva vinha acompanhada por um exército de aromas. A vista do pico mais alto revelava fileiras e mais fileiras de florestas e colinas. Os animais fofocavam e participavam de brigas e batalhas violentas de garras e dentes em que todos os perdedores acabavam conhecendo a morte.

Durante sua segunda semana na Monróvia, Norman saiu de uma estrada de terra e entrou na floresta para procurar uma árvore frutífera, pois queria se alimentar. Lá, encontrou um grupo de árvores de tamarindo. Norman escalou uma árvore, com os músculos jovens flexionados sob a pele, até alcançar os galhos onde a fruta de casca marrom-alaranjada brotava de cálices verdes finos. Sacudiu um galho até que a maior parte dos tamarindos caísse da árvore. Então desceu e recolheu os tamarindos, mas notou que as vagens estavam vazias. Decidiu ir para o interior, desconfiado e faminto. No meio da floresta, uma folha do tamanho de duas mãos unidas repousava em um arbusto, e vários tamarindos estavam em cima dela. Norman correu até o arbusto e olhou para a fruta, mas logo percebeu que algo estava errado. Ele examinou os arredores, deu vários passos em direção ao arbusto e se misturou à floresta. Em um instante, seu corpo foi arremessado do arbusto, e a folha gigante e os tamarindos se espalharam. Norman Aragon gritou ao pousar. Estava com dificuldade para ficar em pé e não conseguia falar.

Um jovem de pele negra escura saltou do meio do mato com os punhos erguidos, os olhos endurecidos e manchas na camisa que pareciam sangue. Ele não se assemelhava aos nativos que trabalhavam nas fazendas de borracha. Tinha uma aparência rude, mas ainda se vestia como os colonos. De repente, Norman percebeu que conhecia aquele rosto.

"Você", disse ele, apontando. "É você! Da prisão?"

June Dey deu um passo pesado em sua direção.

"Não quero arranjar problemas", acrescentou Norman Aragon, apalpando as costas doloridas.

June Dey parecia confuso, mas manteve os punhos erguidos para se proteger.

"Como você faz isso? Aparecer do nada assim?", perguntou June Dey. Norman observou o rapaz com cuidado; ele ergueu as mãos para tampar o rosto e viu, através das frestas dos dedos, que June Dey observava com atenção sua pele branca e seu cabelo volumoso e encaracolado.

"Não quero arranjar problemas", repetiu Norman, levantando-se. "Só quero comida."

"E eu lá tenho como saber se isso é verdade? Como você faz aquilo?", quis saber June Dey.

"Eu não fiz nada", Norman mentiu, e se sentiu culpado. "E eu não tenho nada. Só uma pequena bolsa com algumas camisas. Nada mais. Eu tava com fome e parei pra comer."

"Não vou roubar nada de você", disse June Dey, para o alívio de Norman.

"Você é muito forte", comentou Norman, examinando June Dey de onde estava. "Como conseguiu escapar da prisão? Você lutou contra todos eles?"

June Dey não respondeu.

"Mas você parece machucado. Tá sangrando?", perguntou Norman.

"Eu tô bem", disse June Dey. Norman deu um passo à frente.

"Fica aí!", gritou June.

Norman parou. "Eu não vou te machucar", disse, ainda cauteloso.

"Certo, mantenha as mãos levantadas", pediu June.

"Acho que nós dois tamo viajando por conta própria. Posso ajudar a encontrar comida pra nós", disse Norman.

"Fique com as mãos levantadas."

Observando-o, June Dey correu para recuperar os tamarindos que sobraram. Ele jogou vários para Norman e devorou o resto.

"Eu... posso pescar", ofereceu Norman após comer os tamarindos. "Quero encontrar água no final do dia pra ter uma refeição adequada. Você devia vir comer."

June Dey limpou as folhas do chão para encontrar frutas perdidas e rasgou as cascas. "Não há água por aqui", murmurou.

"Eu consigo encontrar. Conheço bem a floresta."

"Tá certo. Parece que você conhece alguns outros truques também", June Dey respondeu e logo se levantou. "Quase me matou de susto." Ele limpou a boca.

"Que nada", disse Norman.

"De onde você é?", perguntou June Dey depois de concluir que não havia mais nada comestível no chão da floresta. "E quanto tempo você acha que levamos pra encontrar um pouco de água?"

"Jamaica", respondeu Norman. "E eu calculo algumas horas ou mais."

"Onde é isso?", indagou June Dey.

"As ilhas. Nas Antilhas", informou Norman, mas notou pela expressão de June que ele não sabia do que ele estava falando. "Abaixo da Flórida", continuou.

"Flórida", disse June Dey, assentindo. "Um escravizado nas ilhas?"

"Não. Eu era livre", falou Norman, engolindo em seco, lembrando-se de que o que dissera era apenas parcialmente verdade. "Mas isso não significa muito quando há cor em sua pele."

June Dey observou Norman Aragon. Sua pele era tão pálida quanto a da maioria dos colonos na Monróvia, mas ele não estava vestido de forma adequada. Norman usava calças rasgadas na altura do joelho e uma camisa de linho com mangas soltas e vários botões faltando.

"De onde você é?", quis saber Norman.

"Virgínia", respondeu June Dey.

"Há quanto tempo você tá aqui?"

"Três semanas, talvez mais. Esta última semana foi difícil, mas eu como qualquer coisa que encontro. E você?"

"Mesma coisa", respondeu Norman. "Eu cheguei um pouco antes de você."

"É? Por que eles prenderam você?"

"Roubei comida", admitiu Norman, após um período de silêncio. "No convés."

"Bem, parece que nenhum de nós vai voltar pra lá tão cedo", disse June, forçando um sorriso.

"Tô tentando a sorte em Freetown", disse Norman. "É território da Grã-Bretanha e ouvi dizer que os *maroon* vieram das ilhas. Você deveria vir comigo." Ele olhou atentamente para o rosto de June, aguardando a rejeição dos meninos na montanha com a qual tanto se acostumara.

"Tudo bem, então." June Dey parecia querer fazer uma pergunta a Norman, mas, em vez disso, falou: "Vou pegar alguns peixes. Levei dois dias pra encontrar isso". Ele olhou para as cascas de tamarindo vazias no chão. "O que você andou comendo?", perguntou.

"Eu pesco. Tem algumas plantas que dá pra comer... além da fruta. Ainda tô conhecendo a terra. Você sabe pescar?"

"Não", disse June Dey.

"Tudo bem", respondeu Norman. "Vamos embora."

Norman deu as costas para June Dey e saiu da floresta.

"Você nada?", indagou Norman Aragon. "E meu nome é Norman. Norman Aragon." Ele estendeu a mão, percebendo que seus dentes estavam à mostra por conta de um sorriso largo.

"Não", respondeu June Dey, apertando sua mão. "Meu nome é Moses."
Norman assentiu. "Como você machucou as costas?", perguntou.

"Entrei numa briga", falou June Dey.

Norman parou de andar. "Suas feridas precisam de cuidados? Eu posso encontrar uma erva", acrescentou.

"Não. O sangue não é meu", explicou June Dey.

Norman soltou um suspiro nervoso. "Certo."

"Por que você tá sendo tão gentil? Quem te enviou?", perguntou June Dey.

"Ninguém. Tô feliz por poder falar com alguém de novo, só isso. A viagem foi longa", disse Norman. Ele queria perguntar a June sobre sua força, que ele sabia que seria útil se continuassem juntos, já que o vigor com que June Dey havia atirado Norman para fora do mato o deixara dolorido, e ele tentava esconder essa dor, ansioso para fazer dele um amigo. Mas, em vez disso, Norman perguntou: "Aonde você tava indo?".

Eles pisaram em uma árvore enorme que havia caído.

"Não sei. Não pensei em nada. Eu só tentei sobreviver."

"Sim, é claro."

"Você tá sozinho, então? Sem pai ou mãe? Ninguém vem com você?", perguntou June.

"Não, os dois morreram quando eu era jovem. Minha mãe era uma escravizada na ilha", disse Norman. "E você?"

"Também. A minha morreu há alguns anos", June respondeu e afastou a memória dolorosa. "Você tem conhecidos lá aonde está indo?"

"Ainda não sei. Ainda tô tentando aprender sobre a costa, mas acho que podemos chegar lá em algumas semanas se continuarmos indo pro norte", disse Norman.

"Parece bom", disse June. "Acho que vou fazer isso também."

Eles chegaram a uma praia bem no tempo que Norman Aragon havia calculado. Ele segurava uma vara afiada que tinha apanhado na floresta e, à medida que avançavam pela costa, ele a movia pela areia e deixava um longo rastro atrás deles. A cada oito metros, Norman ia para o mar e inspecionava a água em busca de rachaduras sutis nas ondas, sinais de que a comida não estava muito abaixo da superfície. Os peixes se espalharam, evitando a repentina intrusão das pernas de Norman em sua casa.

"Vou pescar aqui", anunciou Norman.

June Dey coletou gravetos e outros detritos da costa e os colocou em um círculo não muito longe de onde Norman estava pescando. No mar, Norman ergueu as mãos e examinou a água em busca de movimento. A cada minuto ou um pouco mais, depois de ficar quase completamente imóvel na água, ele enfiava as mãos sob a superfície na esperança de puxar comida.

Quando June Dey recolheu uma boa quantidade de gravetos, sentou-se e gritou para Norman Aragon: "Imagino que você também sabe fazer fogo!", e riu. Norman continuou a se concentrar na vida sob as ondas e, por fim, pegou três peixes. Então fez uma fogueira para assá-los; June Dey devorou a refeição, sem deixar uma única carne nos ossos tenros.

A gentileza de Norman pareceu desarmar June Dey. A cada mordida, era como se ele explodisse com histórias sobre as vezes em que passara meses sem comer ou sem falar com ninguém. Memórias que pareciam ter voltado e ficaram paradas, preguiçosas, em sua língua.

"Obrigado", falou June Dey. Norman assentiu. Norman nunca tivera um amigo de sua idade, mas quase instantaneamente soube que, se existisse um, seria June Dey.

Norman o deixou perto da pilha de madeira e cinzas quentes e se dirigiu a um coqueiro mais afastado. Voltou com cinco cocos que quebrou em uma pedra próxima. June Dey bebeu a água do coco. Sua barriga ficou grande, e ele colocou as mãos sobre ela, como havia notado que o sr. Emerson e outros homens gostavam de fazer com o estômago cheio após as refeições.

Eles se sentaram diante do fogo minguante até que o sol beijou a superfície do oceano.

"Você chegou, meu filho", eu disse, circulando June Dey enquanto sussurrava em seu ouvido. "Descanse, meu querido." Beijei seu rosto quando passei.

June Dey estava deitado de lado na areia. A noite o paralisou. Ele parecia ter vivido o primeiro dia bom de que conseguia se lembrar.

Antes da Monróvia, tudo aconteceu muito rápido.

"Você já perdeu a comida de hoje", disse um velho, negro, de rosto esguio e com calças novas, dando tapinhas no ombro de June Dey. Os olhos do garoto se abriram lentamente para uma das velas do navio ao pôr do sol. Seu corpo havia sido coberto com um lençol enquanto ele dormia e, após ser acordado pelo homem, usou uma das pontas do lençol para cobrir o rosto.

"Pegue isso aqui", disse o homem, entregando a June Dey uma maçã cortada com uma faca cega. June se sentou. Ele examinou os rostos negros do navio, o oceano azul-escuro ao redor.

"Ainda não chegamos?", perguntou ele.

"Temos um longo caminho a percorrer até chegarmos à África, garoto."

"África?!", repetiu June, surpreso. Ele pensou que o navio em que ele havia entrado o levaria para o norte, para Nova York.

Os outros passageiros olharam para June. Alguns sorriram; outros ficaram boquiabertos com as manchas em sua camisa e, lembrando-se de seus passados, logo se afastaram dele.

"Que África? Este não é o navio pra Nova York?", perguntou June.

"Nova York veio e foi embora. Você tava tão cansado que dormiu o tempo todo", disse o homem. "Não se preocupe, eles viram você e não te acordaram pra pedir a passagem. Ficaram com pena, acho." O rosto do homem tinha pequenas manchas, e em sua cabeça careca havia apenas alguns minúsculos cabelos grisalhos que se enrolavam acima das orelhas.

June se inclinou na direção dele.

"Onde eles tão?", sussurrou ele.

O homem sacudiu a cabeça.

"Lá embaixo descansando, ou do outro lado do convés. Em algum lugar por aqui encontrando algo pra fazer. Pare de ficar tão nervoso." O homem riu. "Nunca viu tantos negros livres, né?" Ele mordeu uma fatia da maçã.

"Livres?"

"Livres." Ele se inclinou para June Dey quando disse isso.

O homem sorriu e porções da maçã mastigada apareceram entre seus dentes.

"E você acredita nisso? Livres?"

"Tão livres quanto podemos ser. Não acho que vou encontrar nada pior do que as coisas que já vivi."

O homem balançou a cabeça em direção à camisa ensanguentada de June Dey, que olhou para baixo e se lembrou de ter socado a cara de um homem. O sangue não era dele.

Havia tantas perguntas que ele queria fazer, mas sua fraqueza e a dúvida de quanto tempo levaria até que alguém descobrisse quem ele era e o expulsasse do navio o mantiveram quieto.

"Quantos anos você tem?", o homem perguntou a ele.

"Quase 20 anos", respondeu June.

"Essa é a idade do meu menino."

June assentiu.

"Ele não tá morto. Ele foi vendido. Eu tava no campo e jurava que ele tava lá fora. Quando voltei, minha esposa quase desmaiou de tanto chorar. Venderam ele bem debaixo do meu nariz. Não aguentamos mais depois disso e fugimos."

"Vocês conseguiram, né?", perguntou June.

"A gente foi pra Nova York, mas minha esposa adoeceu. Ela não comia muito. Não sobreviveu por muito tempo."

"Sinto muito."

"Não precisa", o homem continuou. "Imagino que ela tá com todo o resto da família que perdemos. Talvez até com meu filho lá em cima também."

A água bateu contra o barco.

"Você já tentou encontrar ele?", perguntou June.

"O que você acha?"

June se virou e olhou por cima da borda do barco. Ele pensou em sua mãe, Darlene.

"Sempre me pergunto como um lugar como Nova York deve ser."

"Não é nada", disse o velho.

"Se gosta tanto de ficar lá sozinho, por que tá se dando ao trabalho de ir pra essa colônia livre?"

"O que você acha? Parece que todo mundo que conheço não tem tempo pra fazer nada. Algum dia você vai querer tempo pra fazer as coisas que nunca teve tempo de fazer. Só isso."

June Dey sentiu seu estômago subir e agarrar sua garganta.

"Eles não são confiáveis", sussurrou ele. "Nunca confiei neles. Não vou começar a confiar agora."

"Se é assim que você enxerga as coisas, é assim que as coisas vão ser. Não faz diferença nenhuma agora, pois já tamo há alguns dias no mar. Não vai demorar muito pra chegarmos lá."

"Me conte tudo que puder sobre esse lugar. Essa colônia", pediu June Dey.

"Ou eles começaram a se sentir mal pelo que fizeram, ou pegaram muitos de nós e querem enviar alguns de volta", disse o homem.

"A segunda coisa que você falou parece que faz sentido. Ninguém me perguntou se eu queria ir", murmurou ele.

"Melhor agradecer a Deus por estar livre, garoto. Muita gente queria estar no seu lugar." June Dey percebeu que o homem estava ofendido e assentiu na direção dele. O homem respirou fundo algumas vezes e acalmou as emoções antes de continuar: "O homem pra quem trabalhei em Nova York era parte de uma igreja onde as pessoas começaram a comprar escravizados e libertar eles. Não ouvi nada parecido com isso antes de ir pra lá, então não acho que eles tavam tramando algo ruim. Acho que eles levavam os escravizados pra casa; acho que eles são esse tipo de gente. Eles não querem nada demais, só pedem pra contar a eles histórias do que passamos quando a gente tava escravizado. Alguém anota tudo e eles nos ensinam a ler e a escrever.

"Então eu comecei a ajudar eles a reunir outros homens e mulheres como eu, que vêm do norte pra começar a trabalhar e que acham que voltar pra África é uma boa ideia. Tem gente que não quer participar. Eles acham que é só uma outra maneira de tirar os negros do caminho dos brancos no norte. Alguns negros dizem que os brancos não querem que a gente trabalhe com eles e ao redor deles como começamos a fazer, é por isso que eles querem que a gente volte pra África. Além disso, digo a eles que tem brancos na colônia livre, garantindo que tá tudo certo, e eles dizem: 'Se é livre, por que os brancos tão lá?'."

"Também me pergunto isso", interrompeu June Dey.

"De qualquer forma, eu digo às pessoas, a todo mundo que posso. Parece que a maioria das pessoas quer vir, pessoas que foram livres a vida toda. Pessoas que foram escravizadas querem ficar até ouvirem que tá tudo bem."

"Acho que é bom, se este não for o primeiro navio", concluiu June.

"Garoto. Garoto... garoto. Você deixou cair alguma coisa, garoto."

Eles chegaram ao Cabo Mesurado em uma tarde de quarta-feira. "Garoto!", gritou o homem enquanto June Dey caminhava à frente dele. Os colonos esperavam em terra para direcionar os novos viajantes aos membros que aguardavam na nova colônia. "Garoto!", gritou o homem quando os passos de June Dey ficaram cada vez mais rápidos. Ele passou pelos colonos que esperavam. Apressou-se pelos trabalhadores e marinheiros da Sociedade Americana de Colonização. "Rapaz, você deixou cair alguma coisa!", gritou o homem, ganhando a atenção de outros colonos enquanto June Dey corria o mais rápido que podia pela praia e para longe do navio. Corri ao lado dele; meu bebê, agora um homem com um olhar igual ao de Dey. Meu bebê voltou.

"Aí está você, meu querido", sussurrei em seu ouvido.

O homem abriu a folha de papel dobrada que havia caído do bolso de June Dey. Na página, havia uma foto do rosto de June abaixo do título: PROCURADO: MOSES EMERSON: RECOMPENSA DE $ 100 000. ASSASSINATO, SEQUESTRO, ROUBO, CANIBALISMO, MUTILAÇÃO E PRÁTICA DE BRUXARIA.

"Meu Deus. Era ele mesmo. Esse é o menino", disse ele, apertando o papel nas mãos. Fazia um mês que ele recebia Moses Emerson, o escravizado, sem saber. Como muitos que eu tinha visto no navio, ele provavelmente pensava que June Dey era uma lenda, o homem cuja pele nunca se feria, que podia derrotar exércitos de patrulhas e seus cães implacáveis com as próprias mãos, e que protegera tantos de seu povo quando eles viajaram para o norte, um herói e o homem mais procurado da América.

"Cuide-se, garoto", o homem murmurou para si mesmo, e observou vários marinheiros correrem atrás de June Dey. Alguns pararam quando perceberam que não adiantaria. Os outros acabaram capturando-o, mas June Dey, ainda que exausto da viagem, conseguiu escapar da prisão antes mesmo de ser colocado em uma cela.

Ele se foi.

Norman Aragon acordou na manhã seguinte e encontrou um canto perto de uma península de pedras para se banhar. Quando ele voltou para a pilha de madeira e cinzas frias, June Dey ainda estava dormindo, então ele saiu outra vez e explorou a floresta próxima. Quando ele voltou e viu que June Dey ainda estava deitado na areia, Norman andou ao redor de June, que agora estava deitado de costas. Ele se ajoelhou ao lado dele e encostou a orelha no nariz de June Dey. Uma vibração de suspiros escapou dele. Norman se levantou e sacudiu June Dey, mas ele não acordou.

Ele tentou mais uma vez e June Dey permaneceu na areia. Norman sentou-se ao lado de June Dey e desabotoou a camisa de June e, como ele suspeitava, uma trilha de assaduras cobria o peito e os braços do menino.

"Veneno", disse Norman para si mesmo.

Ele refletiu por um instante, então puxou o corpo de June em sua direção. Norman colocou um dedo na boca de June Dey, o mais fundo que pôde. O corpo de June estremeceu em suas mãos. Norman tirou um dedo molhado da boca do menino e June Dey vomitou na praia. Ele ficou fraco com o vômito, e seu corpo estremecia.

Norman levantou-se rapidamente e voltou para a floresta, procurando entre as plantas coloridas e vinhas secas uma pequena erva que desintoxicaria seu novo amigo. No meio da mata, havia uma grande caverna com uma abertura parcialmente coberta por um arbusto de bagos. Lá, brotando de uma parede lamacenta, havia pequenas palmeiras de areca. Norman examinou a planta. Para que ela fornecesse a June Dey a energia e os nutrientes de que precisava quando se recuperasse, ele teria que beber da raiz da planta, pensou Norman. Temia que, se colhesse as plantas e voltasse para a praia, as raízes teriam secado devido ao sol quando chegasse lá. Estava mais fresco na caverna, de qualquer maneira, e ele sabia que a desidratação só poderia piorar o estado de June. Voltou para a praia, onde June estava exatamente como ele o havia deixado, em uma poça de vômito. Ele agarrou os braços de June e arrastou-o da praia até a floresta. No pequeno local, apoiou June contra as paredes lamacentas. Norman colheu várias plantas, espremeu os caules e alimentou June Dey.

Norman saiu da caverna e foi para a floresta, na tentativa de encontrar um riacho ou lago onde pudesse coletar água potável. Lá, uma longa estrada se estendia diante dele entre duas palmeiras.

"Por aqui", sussurrei no ouvido de Norman. Ele parou e olhou para a floresta ao seu redor, como se tivesse ouvido minha voz, e eu o encorajei com gentileza a sair da estrada e pegar um caminho diferente.

Depois de vários quilômetros, no momento em que Norman Aragon ia voltar para a estrada principal, ele ouviu um riacho próximo. Ele foi atrás do som. No final do caminho, uma estreita fileira de canas obstruía a abertura para a água. Norman empurrou as canas para fora do caminho e viu à sua frente um rio de água límpida que corria para o interior. Quando Norman Aragon olhou para a margem do rio, seus olhos se arregalaram.

Lá, estendida sem vida, proporcionando uma visão impressionante, havia uma mulher com pele negra como óleo e longos cabelos ruivos. Seu cabelo estava emaranhado com folhas verdes e ela estava quase nua; o tecido pendurado em seu torso estava esfarrapado e gasto.

Norman se perguntou se as histórias que Nanni lhe contava sobre Mamy Wateh quando era criança eram reais, aquelas histórias da Rainha do Atlantis do mar e das sereias que o aterrorizavam durante o sono. Ele ficou parado, em silêncio, organizando seus pensamentos, raciocinando consigo mesmo. Por fim, passou pelos caules e chegou à costa. Parado a cerca de um metro de distância dela, Norman limpou a garganta.

"Olá", disse ele, tremendo.

Ela não respondeu.

"Olá?", perguntou ele.

Ela moveu a cabeça em direção a ele, que logo saltou de susto. Então moveu a cabeça na outra direção e gemeu. Norman respirou fundo e se aproximou dela, pegando-a e jogando seu corpo por cima do ombro.

Seu cheiro era forte; o cabelo dela arranhava a pele dele. Ele estava perturbado e inquieto na presença daquela carcaça atormentada.

"Mas a África precisa de nós", murmurou ele para si mesmo enquanto a carregava. "Lembre-se do seu dom."

Quando Gbessa abriu os olhos, era Safuá que ela esperava ver. Imaginou seus olhos piedosos e lembrou-se de quando ele a mandara embora. "Você precisa ir embora", ele dissera. "Você precisa ir embora e nunca mais voltar." Ela se lembrou da noite anterior e da promessa dele de segui-la. Ele conhecia os pensamentos dela, e foi essa compreensão que suavizou os olhos de Safuá. Naquele momento, ela esperava ser corajosa o suficiente para pegar a mão dele e levá-lo junto, para que ele deixasse a aldeia e fugisse com ela para a floresta para sempre, mas ela o obedecera como uma filha ou uma esposa e se afastara de Lai. A rejeição era a última coisa que fazia com que ela se lembrasse dele, mas Safuá era a primeira coisa que ela esperava ver assim que a vida voltasse.

Gbessa examinou a marca onde a cobra a picara. A dor havia diminuído. Ela estava em uma pequena caverna com uma videira seca amarrada ao pulso. A videira espessa estava amarrada a uma vara que saía da parede da caverna. A língua de Gbessa tinha um gosto amargo, e ela tossiu do fundo do estômago. Notou a palmeira de areca no chão ao lado dela e cuspiu no chão. Estava feliz por conseguir ver, já que sua última memória era um mergulho às cegas na água em movimento antes de desmaiar na costa.

Gbessa examinou e afrouxou a videira em seu pulso para se libertar.

Enquanto se mexia, ouviu um movimento no canto da caverna. Quando Gbessa ergueu os olhos, viu um homem com uma camisa ensanguentada que movia a cabeça contra a parede. Ele tossiu e cuspiu no chão da caverna, depois esfregou os olhos com as mãos. O homem se movia como se estivesse tonto, inclinando-se para recuperar o equilíbrio. Gbessa se moveu mais depressa para aliviar seus pulsos.

Um homem estava sentado do outro lado da caverna, e parecia que havia bebido muito vinho de palma, pois estava tonto e perdido entre os sonhos e a manhã. June Dey gritou quando viu Gbessa. Os olhos dele vagavam do rosto dela, que despontava da caverna escura, para as roupas que pendiam livremente dos seios redondos, quadris, coxas e pernas escuras dela. Ele perdeu o fôlego. Ele olhou ao redor da caverna, talvez procurando seu amigo, pensou Gbessa, então rastejou pela caverna em direção a ela e tentou afrouxar a videira em seu pulso. Com medo, Gbessa agitou as pernas na direção dele. Ele se afastou dela.

"Eu faço isso!", gritou ela.

Ele não entendeu.

"Tô tentando ajudar você", disse ele.

Ela também não entendia a língua dele.

June Dey continuou a desamarrar o barbante.

"Pare! Eu faço!", disse Gbessa, agredindo-o com os olhos, querendo correr.

June Dey seguiu a videira até o galho onde ela estava amarrada, que saía da parede da caverna. Desesperado, ele agarrou a videira para arrancá-la dali. Ele parecia diferente de qualquer pessoa que Gbessa já tinha visto. Ele puxou, até que a videira enfim se partiu.

"Bom. Livre", disse ele.

Gbessa ergueu a mão e a videira ficou pendurada nela. Ela logo se soltou da corda e saiu da caverna. June Dey tocou seu braço.

"Aonde você vai?", perguntou ele.

Ela deu um tapa na mão dele e continuou.

"Espere, eu só tentei ajudar você", repetiu June Dey, segurando seu pulso.

Com isso, Gbessa voou em June Dey e agarrou seu pescoço. O avanço dela o fez perder o equilíbrio e ele caiu de costas no chão.

Com as mãos em volta do pescoço dele, Gbessa apertou. Ela se sentou em cima dele e lhe deu o tapa mais forte que pôde. June Dey recuperou as forças e eles lutaram na caverna. Quando ela deu um tapa nele, June Dey tentou conter as mãos de Gbessa. Por um instante, conseguiu pegar os dois pulsos dela e impedir seu avanço violento, mas assim que ela o distraiu com um chute e suas mãos ficaram livres, cravou as unhas nas costas dele e arranhou. As mãos de Gbessa voltaram para ela, sem sangue ou pele e carne soltas. Ela engasgou. June Dey permaneceu imóvel e olhou para o rosto dela. Gbessa caminhou ao redor do corpo dele, mas viu que suas costas não tinham cicatrizes dos arranhões nem sangramento.

"Você é uma maldição também", concluiu ela. "Você é amaldiçoado." Gbessa tocou o peito dele e viu uma pequena assadura em seu pescoço. Ela deixou a caverna e, quando voltou, segurava uma concha grande, cujo conteúdo parecia lama verde.

"Fique sentado", pediu ela, apontando para o chão da caverna. June Dey se sentou e ela se ajoelhou na frente dele.

Gbessa pegou um punhado do conteúdo da concha e esfregou suavemente nas assaduras. June Dey não conseguiu conter um suspiro de alívio com a sensação refrescante. A lama penetrou nele. Quando Gbessa terminou, rastejou até a parede oposta e sentou-se de frente para ele.

"Você tem uma maldição", disse ela outra vez, embora soubesse que ele falava outra língua. "Eu não queria te machucar. Achei que você queria me machucar."

Gbessa se assustou quando Norman Aragon voltou para a caverna. Ele segurava dois longos palitos de peixe assado e duas grandes conchas cheias de água. Gbessa observou quando Norman percebeu a cor verde escorrendo do peito de June Dey e correu até ficar ao lado dele.

"O que é isso?", perguntou Norman.

"Tá tudo bem", falou June. "Ela passou em mim. Imagino que seja pra fazer as assaduras irem embora. O que aconteceu?"

"Você comeu veneno, acho. Vou ter que te ensinar sobre florestas tropicais", disse ele, e olhou para Gbessa.

Gbessa sentou-se contra a parede perto de uma pilha de folhas. Norman Aragon se levantou, tropeçando e caindo depois de olhar para o rosto de Gbessa. Ele corou, levantou-se depressa e sentou-se ao lado de June Dey, e o conforto de Gbessa diminuiu. Ela puxou os joelhos até o peito e fixou o corpo para ficar de pé. June Dey estendeu a mão.

"Ele é bom", comentou ele, olhando para Norman Aragon.

Gbessa examinou Norman, sua pele branca e cabelos e olhos estrangeiros.

"Você é uma maldição", disse Gbessa, apontando para Norman Aragon. "Você é uma maldição, né? Né?"

Norman não entendeu. Ele pareceu hesitante em chegar perto dela de novo, mas aproximou-se e ajoelhou-se na frente dela.

"Eu também sou uma maldição", disse ela enquanto seus olhos se enchiam de lágrimas.

Ele cumprimentou-a em ashanti, e Gbessa franziu as sobrancelhas e o repetiu com curiosidade. Gbessa levou a mão à boca de Norman Aragon enquanto ele se movia. Ela tocou a bochecha e os olhos dele, fazendo uma leve pressão com as pontas dos dedos. Depois tocou o próprio rosto e cabelo e sorriu.

"Ela tava tentando se libertar quando eu acordei", disse June Dey, interrompendo seus espíritos conflitantes. "Ela fica bem quando se sente segura. Do contrário, ela luta."

Norman Aragon assentiu. "Bem, nós temos comida. Comida. Peixe", disse ele a Gbessa. "Comida." Ele apontou para o peixe. Gbessa olhou para a refeição e ficou ainda mais impressionada, mais emocionada por aqueles homens terem escolhido dividir a comida com ela.

"Tem outros aqui também?", perguntou ela, olhando ao redor da caverna. Ela caminhou na direção do sol que a esperava para ver se encontraria mais pessoas amaldiçoadas. Ninguém estava lá, e Gbessa voltou até a caverna onde June Dey e Norman Aragon esperavam pacientemente, com os olhos cravados em seu rosto encantado.

Enquanto jantavam em silêncio, somente com o piscar de uma pequena fogueira para acompanhar o coro de suas respirações, Gbessa olhou ao redor da caverna maravilhada. Ela nunca tinha visto um homem branco de perto; só tinha ouvido histórias sobre eles. Norman Aragon não era como Gbessa havia imaginado. Ele não tinha presas ou asas, nem faca ou pau. Apenas pele pálida, cabelo alto e um colo cheio de peixes e conchas.

Eles estavam juntos agora. Tinha começado. Fiquei naquele esconderijo com os três naquela noite. Por mais presente que estivesse a fortaleza da solidão na vida de cada um deles, persistia a esperança de que talvez um dia encontrassem outras pessoas. Naquele momento, a concha da esperança derreteu, e ela estendeu seus membros e respirou: tornou-se real. Tornou-se verdade. Espíritos semelhantes separados por grandes distâncias sempre estarão fadados a se encontrar, mesmo que apenas uma vez; almas afins sempre colidirão; e coincidências nunca são o que parecem ser na superfície. São a máscara de Deus.

Havia uma passagem que os conduzia às colinas da floresta onde dormiam. Norman seguiu atrás de Gbessa e June Dey, que teve muito cuidado ao limpar o que pôde dos galhos e pedras caídos para que Gbessa passasse. Cada vez que June Dey movia um galho ou ajudava Gbessa a subir em árvores caídas, geralmente ganhando risos ou palavras na língua de Gbessa que nenhum dos dois entendia, Norman enrijecia.

"Obrigada, tá?", disse ela a June Dey em tom gentil, mas ele não sabia o que ela estava dizendo. A estrada tinha muitas curvas no topo das colinas entre jardins de hectares de flores silvestres e plantas de amarelos bravios, entre pântanos e fazendas de grãos que obrigaram Gbessa a relembrar Lai e sua infância. "Você tá bem?", perguntou Norman, sentindo a hesitação em seus passos. Gbessa olhou para a boca dele e continuou. Eles pararam de andar à tarde e fizeram uma fogueira no terreno que havia sido limpo. Norman havia colhido várias frutas quando passaram pelos laranjais. Ele usou um pedaço de pau e bateu em cada galho até que sua bolsa ficasse cheia, a todo momento olhando para Gbessa a fim de ter certeza de que ela notaria. Naquela noite, ele dividiu as laranjas com eles em frente ao fogo. Enquanto caminhavam, Norman também encontrara uma flor perto de um arbusto que crescia descontroladamente em um pé de algodão. Também tirou a flor de sua bolsa e a entregou a Gbessa.

"Pra você", disse Norman. Gbessa a pegou e apertou a haste.

Pouco depois, Gbessa os deixou para encontrar uma clareira onde pudesse fazer suas necessidades, e June Dey, que havia ficado quieto desde que testemunhara Norman lhe oferecendo a flor, enfim perguntou:

"Você gosta dela?"

Norman adivinhou pelo tom de June Dey que ele tentaria se aproximar de Gbessa também. Ele deu de ombros, mas o pensamento o preocupou. A luz do fogo brilhava contra o corpo e o rosto de June Dey, um rosto bonito que fazia Norman sentir como se estivesse encolhendo só de olhar para ele.

"Sobre o que vocês dois vão conversar?", June Dey perguntou com uma cara séria, antes de cair na gargalhada. Ele riu tanto que segurou a barriga, estendeu a mão e deu um tapinha no ombro de Norman. Norman ficou surpreso, exultante. Rindo e sentindo-se feliz juntou-se a June Dey.

Na manhã seguinte, o sol entrou na caverna onde eles dormiam e os despertou de seu sono mais tarde do que o normal. Fora da caverna, Norman ouviu algo como o som de folhas farfalhando com a agitação dos animais da floresta. Enquanto se espreguiçava e se preparava para começar o dia, o movimento do lado de fora se transformou em uma corrida louca de dezenas de passos pisoteando as folhas secas. O som também despertou June Dey e Gbessa. Norman colocou o dedo sobre os lábios para silenciá-los antes que pudessem fazer algum ruído. Ele se levantou devagar e foi em direção à saída da caverna. Mas quando o sol atingiu seu rosto e seus olhos, era tarde demais para Norman Aragon fugir dele. Fora da caverna, uma dúzia ou mais de homens apontaram rifles para ele. Ao ver suas armas, Norman ergueu as mãos.

"Saia de trás dele!", um dos homens disse em francês. *"Montrez vos visages!"*

"Eles são franceses", Norman disse baixinho. "Não saiam daqui", ele advertiu June Dey e Gbessa. Dentro da caverna, June Dey cobriu a boca de Gbessa com a mão. Ele espiava pela abertura enquanto seus músculos se enrijeciam sob a pele.

"Vous êtes américains?", perguntou um dos homens, a arma pronta para atirar em Norman.

Norman reconheceu a língua como sendo francês, graças a um livro que tinha lido na montanha. Ele sabia que a França e a Inglaterra estavam ocupando algumas colônias ao norte, mas não sabia por que estavam explorando o interior da Monróvia.

"Vous êtes américains?!", o homem repetiu a pergunta, desta vez dando um passo mais para perto de Norman Aragon.

Alguns dos homens tinham rolos de corda presos aos cintos. Enquanto ainda seguravam suas armas, eles pegaram as cordas e começaram a desenrolá-las. Norman deu um passo na direção dos homens.

"Y restez!", gritou um dos homens com a corda.

Norman Aragon correu para a floresta, onde seu corpo desapareceu por completo nas árvores. Os franceses, alarmados, olharam freneticamente entre as árvores para encontrá-lo — depois se voltaram uns para os outros, confusos.

"Le garçon!", gritaram eles. *"Ele desapareceu!"*

Antes que pudessem processar o que havia acontecido, June Dey saltou da caverna em direção a eles. Com os dedos trêmulos, os homens puxaram o gatilho, mas as balas voaram em direção a June Dey e caíram no chão assim que tocaram sua pele. Enquanto alguns dos homens tiravam mais balas de seus bolsos, tremendo incontrolavelmente com o resultado misterioso que obtiveram, outros correram. June Dey então avançou, empurrando e lutando com os punhos que detinham o poder de um exército de mil homens. Eles tentaram lutar contra June Dey, mas não conseguiram resistir à força e tenacidade do rapaz. Seus corpos estalavam sob o peso dos punhos dele. Enquanto June Dey lutava, as cordas dos cintos dos homens subiram e se amarraram aos pulsos e tornozelos deles enquanto June Dey os jogava no chão. Depois de amarrar as cordas, Norman Aragon apareceu e arrematou os nós que mantinham os franceses presos. Eles tremiam de vergonha e medo no chão da floresta.

Ao final, uma dúzia ou mais de homens estavam deitados no chão com rifles vazios. June Dey se levantou e olhou para Norman. Gbessa saiu correndo da caverna e os três se entreolharam, sem saber o que pensar do que havia ocorrido, mas igualmente animados por suas possibilidades e poderes coletivos. Gbessa saiu correndo da boca da caverna, pulando e batendo palmas.

"Vocês viram?!", gritou ela. "A maldição faz bem. A maldição faz bem!"

Pouco depois de sair da floresta, eles ouviram um pranto fraco. June Dey ouviu primeiro e pensou que fosse um pássaro que havia se perdido.

"Você ouviu isso?", perguntou ele.

"Mais", disse Norman. Eles correram para o interior, entrando novamente na floresta, e o pranto cresceu até se tornar um coro.

"Você ouviu isso?", June Dey perguntou de novo.

"Sim. Venha!" Norman seguiu em frente.

Ao longe, vozes gritavam e se misturavam ao calor da tarde. Um barulho de batida encontrou seus ouvidos e Gbessa parou.

"Armas", disse Norman Aragon.

"Vamos lá", disse June Dey, avançando ansiosamente. Norman Aragon o puxou de volta.

"Tenha cuidado", disse Norman. Eles correram em direção ao barulho. Motivado pelo som, June Dey correu à frente deles e entrou nas colinas. Gbessa avistou uma clareira na floresta e apontou para ela. Eles se ajoelharam com as costas curvadas e os corpos abaixados entre as ervas daninhas e os arbustos altos. Havia um buraco em um dos arbustos onde mal havia espaço para o rosto dos três, mas permitia que eles enxergassem, além da floresta, uma pequena aldeia. Eles espiaram pelo buraco e, como suspeitavam, mais homens com rifles foram revelados. Gbessa engasgou. Os franceses apontavam seus rifles para os aldeões, que estavam amarrados e sentados em quatro longas filas no meio do círculo da aldeia. Suas casas estavam em chamas, assim como um pequeno arrozal além do círculo. Um rebanho de cabras corria livremente, se espalhando na terra para evitar o que eles sabiam ser o destino dos aldeões. Os homens estavam sentados em uma fila, as mulheres formavam duas filas e as crianças haviam sido acorrentadas juntas e estavam sentadas entre os dois grupos de mulheres.

O líder da fila masculina, um velho com um queixo pontudo, o chefe, olhou para o sol que se escondia atrás de uma torrente de nuvens.

O homem parecia estar orando na língua kru. O chefe Kru fechou os olhos e se inclinou para trás de modo que seu rosto ficasse totalmente fixo no sol. Os franceses caminhavam entre as filas de pessoas Kru acorrentadas. Alguns estavam conversando à distância. Quando o chefe Kru abriu os olhos, olhou através da clareira e notou o rosto de June Dey. June Dey baixou a cabeça. Quando a levantou de novo, o chefe Kru olhou diretamente em seus olhos.

"Venha agora, irmão", gritou o chefe em kru.

Sem aviso, um tiro ressoou pelas colinas e o velho caiu de cara no círculo enquanto o sangue escorria de sua cabeça ferida. A fila de mulheres soltou coletivamente um grito torturado que se estendeu do círculo da aldeia até a floresta. Norman Aragon encarou June Dey, depois olhou pela clareira. Ele estendeu a palma da mão para Gbessa.

"Fique aqui", ele disse, e apontou para o chão.

Norman então se misturou às árvores da floresta enquanto seus passos viajavam na poeira do círculo da aldeia.

June Dey estava pronto.

Gbessa olhou pela clareira. Enquanto um francês tentava pegar sua arma, Norman arrancou-a de suas mãos e jogou-a no chão. O homem se abaixou para pegar a arma e Norman a chutou. O homem tentou recuperar a arma mais uma vez e, quando Norman repetiu o gesto, fazendo com que a arma parecesse que estava deslizando pela poeira, os outros franceses tremeram de medo, virando-se com cautela em direção à floresta. Eles apontaram suas armas para a floresta, para o céu, para os aldeões e suas casas em chamas. Suas armas foram então empurradas de suas mãos e reunidas em uma pilha perto do campo. Os passos de Norman Aragon apareceram perto da pilha. June Dey deu um salto gigante para fora da floresta e para o círculo onde os aldeões estavam sentados. Ele cerrou os punhos enquanto os homens avançavam em sua direção.

"*Le garçon!*", gritou um dos homens. "*Le garçon!*"

June Dey correu em direção aos homens com seus punhos de ferro. Vinha por trás e pelos lados com os dedos unidos e um peito arfante. Eles tentavam revidar, mas era uma tarefa difícil sem suas armas. Gbessa emergiu e enfrentou o caos, desamarrando as cordas dos pulsos e tornozelos dos aldeões. Um francês saiu de trás de Gbessa e agarrou seu pescoço, levantando-a do chão enquanto ela lutava para respirar. Então ele a jogou no chão, continuando a sufocá-la até que pensou haver espremido toda a vida de seu corpo. Ao acreditar que a havia matado, o homem se virou para ir embora, enxugando as mãos na calça, mas Gbessa se sentou engasgada. Ele se virou, perplexo, certo de que a havia estrangulado até a morte. Voltou até ela e, antes que pudesse tentar matá-la de novo, June Dey agarrou a cabeça do homem pelos cabelos e jogou seu corpo em uma casa em chamas. Um francês tirou uma faca da bota para golpear com ela o braço de June Dey. A lâmina fez um som contra sua pele inquebrável, a ponta se dobrou com o impacto. Os olhos de June Dey incharam e ficaram vermelhos; ele puxou a faca da mão do homem e jogou-a no chão. O francês caiu, incapaz de firmar seus membros que tremiam violentamente. Seus companheiros franceses olharam espantados.

"Onde tão seus punhos?", perguntou June Dey, cada passo mais poderoso que o anterior enquanto ele confrontava o homem. "*Onde tão seus punhos?*"

Norman Aragon terminou de desamarrar a fila de homens, que saltaram e se juntaram a June Dey para vingar seu solo e a morte de seu querido chefe.

Os franceses se espalharam em direção à floresta e às colinas. Norman Aragon desamarrou os aldeões restantes. June Dey assentiu para Norman Aragon, e os aldeões dançaram ao seu redor e choraram sob o sol amarelo.

"Onde tá a garota?", Norman Aragon perguntou a June Dey, percebendo que Gbessa não estava em lugar nenhum.

"Um deles tentou sufocá-la. Pensei que tivesse morrido, mas ela se reergueu. Tava deitada bem ali", disse June Dey. Norman olhou para o arbusto onde dissera a Gbessa para ficar. Ele correu para a floresta distante, mas não encontrou Gbessa.

"A garota!", Norman gritou com os moradores.

June Dey correu do círculo em direção ao arbusto e Norman Aragon o seguiu. Ela se fora. Norman Aragon ouviu os galopes de cavalos à distância. Eles a haviam perdido. Naquele momento, outro grito agitou as colinas internas e os aldeões Kru correram para encontrar refúgio e armas.

"Outro ataque!", disse June Dey, olhando para longe.

"Temos que pegar a garota!", Norman exigiu, mas June Dey o deteve.

"Outros precisam de nós", disse June Dey. Era isso que Nanni queria dizer, Norman pensou. Eles foram atraídos de volta àquele lugar, não por eles mesmos, mas para lutar. June Dey puxou o braço de Norman para que ele o seguisse mais adiante nas colinas.

"Ela é como você", disse June Dey. "Como nós. Tem dom. Nós vamos encontrar ela."

Norman viu o rastro do rosto de Gbessa. Ele queria protegê-la, conhecê-la e segui-la. Ela se fora, mas June Dey estava certo e Norman sabia disso. Aquela terra e seu poder maravilhoso, aquela colônia encantadora de pessoas livres, iria reuni-lo com a bruxa Gbessa. Aquela não seria a última aventura deles.

O que quer que acontecesse, ela viveria. É o que ela disse a si mesma depois de ser arrastada pelos cabelos para a floresta fora da aldeia. Gbessa gritou, mas nem Norman Aragon nem June Dey a ouviram em meio ao caos do combate. Ela estava com medo do que os homens fariam com ela, seus olhos ficaram vermelhos tanto de ódio quanto de medo. Eles ofegavam pesadamente enquanto fugiam. O corpo dela foi jogado no lombo de um cavalo, atrás de um dos traficantes de escravizados, enquanto ele galopava para longe. O homem não teve tempo de amarrá-la, então, para ter certeza de que ela estava presa ao cavalo, ele prendeu o cabelo de Gbessa. A dor era grande e a cabeça de Gbessa latejava enquanto os fios de seu cabelo eram puxados com violência pelas rédeas.

Seu corpo quicava no dorso do cavalo e Gbessa tentou lutar com o homem, esforçando-se para soltar o cabelo, cair do cavalo e escapar, mas o traficante a atara sem dó e ela sentia dor nas pontas dos dedos dos pés. Ela teria chamado June Dey ou Norman Aragon se soubesse seus nomes. Ela não era nenhuma Sande, mas sem dúvida aquele homem viera de algum lugar onde as mulheres não eram tratadas dessa forma, ela pensou.

Ela nunca conhecera seu pai e não tivera permissão para sair de casa, então sua aldeia não a ensinara como as mulheres deveriam ser tratadas.

Mas Safuá havia interrompido o ritmo daquela crueldade com a voz, com o canto dela. E os andarilhos, June Dey e Norman Aragon, haviam interrompido o ritmo daquela crueldade com suas atitudes. Ela odiava ter sido negada a todos, roubada em plena luz do dia. Gbessa gritou, ainda lutando para se livrar das garras do homem em seu cabelo. Havia três outros traficantes de escravizados a cavalo, e os outros vinham a pé. Tão grande era a dor da cabeça sacudindo que Gbessa desmaiou.

Depois de um tempo, eles chegaram a um rio onde três grandes navios estavam atracados. Os dois líderes desceram de seus cavalos para se juntar a uma conversa contínua na praia com homens que falavam com grandes gestos, agitando os braços a cada palavra. Alguns garotos correram em direção aos cavalos, puxando as rédeas na direção do navio. Quando Gbessa se recuperou, tonta e com uma dor de cabeça incessante, viu os homens gritando ao longe. Ela reconheceu alguns do primeiro confronto fora da caverna e sabia que todos estavam discutindo o que havia acontecido entre Norman Aragon e June Dey. Um dos homens avançou na direção do cavalo em que Gbessa estava montada, com o corpo de lado e o sol contra as costas. O homem puxou o braço de Gbessa até que seu corpo caiu do cavalo. Ela ainda estava fraca, com o corpo ferido, e ainda não havia se recuperado de tudo que tinha experimentado nas semanas anteriores. O homem apertou suas bochechas, e ela mal conseguia distinguir as rugas do rosto dele por causa das lágrimas que caíam no canto de seus olhos. Gbessa agarrou seu pulso e tentou empurrá-lo, mas o traficante esbofeteou o rosto dela com força, e ela ficou ofegante na margem. O homem gritou em direção à costa e outro traficante se aproximou. Ele pegou Gbessa e ela mais uma vez resistiu, caindo do ombro dele. Ele chutou sua barriga e outros gritaram em direção a ele dos navios. Incapaz de suportar a dor, Gbessa perdeu a consciência mais uma vez. Ela não morreria. Eu não vou morrer, ela pensou, enquanto seus olhos se fechavam.

Ao acordar, ela sentiu a lasca de aço dentado apertando seus pulsos. As correntes eram pesadas e a conectavam a um barco, encalhado e parcialmente enterrado na areia. A água do rio batia contra ela. Gbessa puxou as correntes, mas elas estavam presas com força ao barco, e cada puxão esfolava ainda mais sua pele. De longe, os traficantes de escravizados lutavam para preparar seus navios e embarcar, com palavras e movimentos desesperados. O sol estava forte e um dos homens veio dos navios em sua direção. Ela estava muito fraca para continuar tentando se libertar, então esperou que ele viesse.

"Eu não tenho medo de você!", gritou ela quando ele se aproximou.

A vinte metros de distância, ela agora podia ver que ele carregava uma lâmina que brilhava ao sol. "Eu não tenho medo de você!", gritou Gbessa. Ele a alcançou, olhando para seu corpo negro e resistente. Os olhos de Gbessa endureceram. Ela cuspiu nele e, mais enraivecido, o traficante de escravizados a esfaqueou, cravando a lâmina o mais fundo que podia em seu peito e puxando-a rapidamente. Gbessa gritou e o sangue correu para as águas do rio abaixo. O traficante saiu tão rápido quanto tinha vindo, juntando-se aos outros enquanto eles embarcavam em seus navios. O sangue saía de seus seios, de seus órgãos, de seu coração. A dor ardeu e a paralisou. Mas não vou morrer, pensou Gbessa, e isso era tão reconfortante quanto aterrorizante; tanto que ela se perdeu outra vez, desmaiando na poça de seu próprio sangue.

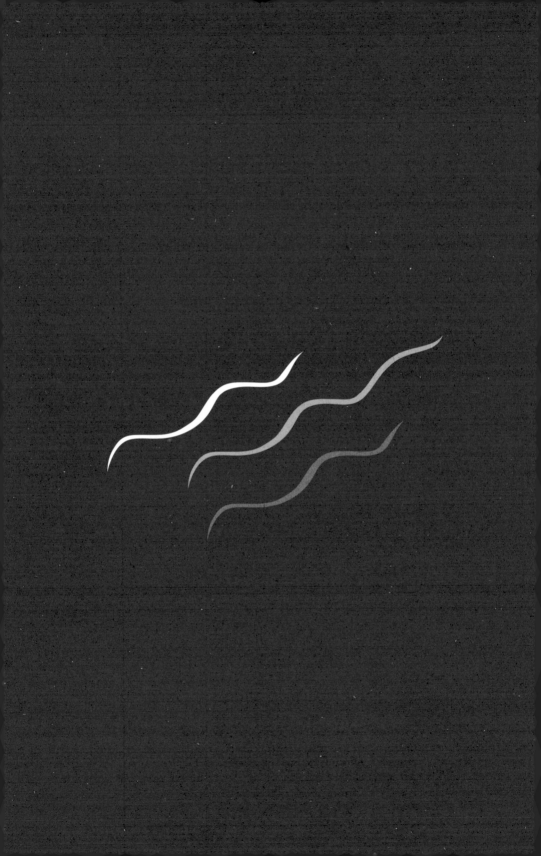

LIVRO DOIS

ELA SERIA O REI

ELA SERIA O REI

WAYÉTU MOORE

O NAVIO

Quando os navios saíram daquelas margens, eu os segui. Ouvia pessoas lá dentro, embora não houvesse nada que eu pudesse fazer. Não importava quão forte eu me tornasse, eu não podia fazer o mar retroceder. Vi corpos negros pularem do convés e afundarem como pedras oceano abaixo. No fundo do abismo, existe uma cidade de pedras onde aqueles ancestrais permanecem. Muitos navios cruzaram, embora um deles fosse diferente, e eu segui aquele navio diferente em direção às Américas.

Primeiro, o grande navio chegou a Key West, Flórida, combalido depois da longa viagem desde uma costa africana, bem ao sul da Monróvia. Lá dentro, algumas centenas de corpos pretos, nus e trêmulos, se amontoavam para se manter aquecidos e protegidos de chicotes.

"Cuidem-se, meus queridos", murmurei. Não havia como dormir lá; não havia paz na carga dessas embarcações. O navio ancorou em Key West em 1845, muito depois de 1808, quando o comércio de escravizados fora proibido na América. Logo após a captura dos traficantes culpados, os homens em Washington realizaram uma reunião de cúpula para decidir o que aconteceria com o navio e os africanos resgatados.

"Envie a questão para Polk!", foi a decisão. "Para Polk!"

Polk, o novo presidente, tinha outras preocupações mais importantes do que o problema dos africanos capturados depois que a escravidão fora proibida. Anexar o Texas, por exemplo, expandir os Estados Unidos, os impostos, o domínio da Grã-Bretanha sobre o Oregon e uma esposa estéril. Os sulistas sempre se preocupavam com os direitos de suas propriedades, o sustento de suas riquezas e suas esposas e filhas em meio a um contingente de negros cada vez mais atraente e intimidante. Os nortistas também temiam que os negros livres distraíssem do progresso natural de suas cidades. Permaneciam desconfiados de que os rumores de barbárie e insanidade entre os negros se provariam verdadeiros e um dia os colocariam em perigo, ou, pior, se revelariam falsos, e os negros reformados um dia os responsabilizariam pelos males do passado. Posse de propriedade. Educação de escravizados. Casamento de escravizados. Escravizados fugitivos. Agora a África fora adicionada à lista.

Polk teria que justificar sua decisão a cada passo, sobretudo uma decisão que incluía dinheiro do Congresso e dos contribuintes para os negros. Ele queria pouco contato com a Sociedade Americana de Colonização e com o que ele considerava os hipócritas e cáusticos Quakers por trás dela. De fato, Polk acreditava que eles com certeza odiavam os negros. Gastar o dinheiro e o tempo necessários para mandá-los de volta seria tão loucamente racista quanto o homem que marca seus escravizados como gado, como a patrulha que caça pela emoção de ver carne negra queimar; o intolerante, o filho da puta.

Se a SAC quisesse que eles tivessem a terra, teriam de pagar por ela. Não haveria mais financiamento do governo.

"Mande-os de volta", concordou ele. "Estabeleça-os na Monróvia. E se outros navios forem encontrados ou capturados, mande-os para lá também. Mande todos de volta." Houve grande reação: objeções da população negra livre, que se recusava a deixar os Estados Unidos; o sul, descontente, argumentou que Polk havia criticado indiretamente a propriedade de escravizados; o norte acreditava que Polk estava agindo em favor dos interesses do sul e dos sulistas. *Mande-os de volta.*

O navio partiu para a África em uma manhã de céu azul-claro. Lá dentro, cerca de quatrocentos africanos voltaram para o outro lado do Atlântico depois que sua liberdade fora concedida e a SAC pedira seu retorno à colônia livre. Um subsídio pagava refeições completas e água, e os membros da SAC garantiam que eles recebessem roupas e acomodações para viver. O navio perdeu quase cem africanos por doença antes de pousar em Grand Bassa, cerca de cento e trinta quilômetros ao sul da Monróvia. Lá, os africanos foram descarregados do navio em uma praia de areia e terra. A SAC decidiu que os africanos seriam divididos entre os colonos para serem civilizados e cristianizados, para trabalhar nas fazendas e aumentar a economia geral e a diversidade da colônia livre.

À medida que os africanos lotavam o cais e a orla, eles eram organizados em filas, todos de costas para o oceano, sob a orientação dos marinheiros. Enquanto estavam na orla, dois homens — exploradores, ao que parecia — dirigiram-se para o cais. Pela forma como se vestiam, pareciam marinheiros, mas a aspereza evidente de suas mãos provava que trabalhavam na terra e talvez fossem fazendeiros da colônia. À distância, um dos homens carregava sobre os ombros o que parecia ser um saco preto. Quando chegaram à costa, colocaram o saco no chão. Os trabalhadores do porto se aproximaram deles e recuaram de repente ao perceber que no saco estava o corpo de uma mulher. Era Gbessa. Seu cabelo caía tão comprido em seu corpo que cobria seus mamilos e partes íntimas, como os lençóis soltos e esfarrapados ao redor dela não podiam mais fazer. Os africanos na praia falavam da mulher ao vê-la, inclinando-se uns sobre os ombros dos outros com curiosidade.

"O que é isso?", perguntou um carregador.

"Olá. Meu nome é Timothy. Este é meu irmão Elliot", um dos homens disse, nervoso, apontando para o outro. O trabalhador assentiu.

"O que está havendo aqui?", perguntou ele de novo.

"Somos missionários em alguns condados ao norte daqui, no território Grebo, com os colonos Bajan."

"Aham", o carregador assentiu.

"A SAC tem monitorado a costa em busca de escravizados ilegais e a encontraram acorrentada, ensanguentada e inconsciente em um barco abandonado."

"Hmm."

"Eles a resgataram e pediram que a trouxéssemos para o cais. Disseram que você saberia o que fazer com ela", disse Timothy.

"Ela ainda está viva?", o carregador perguntou, e cutucou a perna da mulher com o sapato.

"Eles disseram que você saberia o que fazer. Você pode levá-la?", perguntou Timothy.

"Certo. Vamos levá-la", disse o carregador. "Os governadores vêm mais tarde hoje para dividir esse grupo." Apontou para os africanos. "Os prefeitos também estarão aqui."

Ele olhou para a mulher negra; seus mamilos estavam expostos agora. O sangue corria pelo seu rosto jovem.

"Este maldito lugar", murmurou ele para si mesmo e olhou para o mar.

Em seu sono, ela cantava baixinho: "Gbessa, a bruxa. Gbessa, a bruxa", e com isso eu beijei seu rosto.

O carregador se afastou dela.

"Ela disse alguma coisa", disse o carregador.

"Imaginei", respondeu Timothy. "Mas ela não vai acordar. Mesmo se você a sacudir."

"Gbessa, a bruxa. Gbessa, a bruxa", Gbessa cantou suavemente enquanto o sol brilhava contra seus olhos. *Durma*, a Velha Mãe Famatta, na lua e à luz do dia, persuadia, antes que Gbessa pudesse abrir os olhos. *Durma*.

Gbessa ouviu murmúrios tão perto que os pequenos pelos ao redor e em suas orelhas se levantaram e se moveram com o som. Então o cheiro de batata verde e frango temperado com folha amarga despertou seus sentidos. Seu rosto e corpo ainda doíam com a lembrança de ter sido esbofeteada e chutada pelos homens do exército francês quando a roubaram durante o ataque. Seus pulsos doíam e coçavam com as algemas colocadas em torno deles. Quando os franceses fugiram naquele dia, eles a deixaram para morrer.

Mas Gbessa não podia morrer.

Então, por duas semanas, ela ficou acorrentada ao barco, perturbada pelas ondas salgadas do oceano enquanto se chocavam contra seu corpo prisioneiro. Ela desmaiara de fome e sede. A ferida da facada tinha sarado. Gbessa foi provocada pelas poucas memórias que tinha com Norman Aragon e June Dey. Pensou neles e abriu os olhos.

Na frente dela, uma menina baixa, negra e pequena despejava um balde de água em uma enorme bacia branca no chão. De cada lado da bacia havia duas pequenas mesas; uma estava vazia, e a outra tinha um prato de manteiga de cacau, uma tigela de metal pequena e vazia e fitas de cabelo que estavam bagunçadas em cima dela. Perto da porta havia uma janela com longos lençóis que se erguiam em direção à garota depois de serem empurrados pela brisa para fora. Em frente a Gbessa havia uma cama baixa, da mesma altura que a dela, arrumada, com um livro que repousava sobre o travesseiro. A garota estava de costas para Gbessa em direção à janela. Ela usava o cabelo preso em um coque alto. Gbessa se perguntou por que o colchão à sua frente tinha sido levantado do chão com pedaços de madeira e por que a janela estava coberta com placas transparentes. Tentou sentar-se na cama, mas uma dor aguda no meio das costas atrapalhou sua tentativa. Lembrou-se da posição em que seu corpo havia sido amarrado ao barco, forçando suas costas, e ela caiu para trás e fechou os olhos.

A garota quase deixou cair o balde ao perceber que Gbessa havia se movido. Ela colocou o balde perto da bacia e foi para a cama. Agarrou um lenço e o pressionou contra a testa de Gbessa. O lenço refrescou a pele de Gbessa e ela ficou grata. Gbessa abriu os olhos.

A garota se assustou e tirou a mão da testa de Gbessa. Elas se olharam em silêncio; Gbessa sem se mover, e a garota sem falar.

"Você dormiu bastante", disse a garota. Como Gbessa não respondeu, ela estendeu a mão em direção à cabeça de Gbessa e passou de leve o lenço frio pelo rosto dela.

"Meu nome é Maisy", disse ela.

Gbessa não respondeu.

"Meu nome", falou devagar, tocando o próprio peito, "é Maisy."

Gbessa ficou em silêncio, sem entender o que a garota estava dizendo, mas reconheceu que ela falava a mesma língua de Norman Aragon e June Dey, e de repente se relembrou de sua perda e virou o rosto. Maisy segurou o lenço no colo.

"Você é uma menina Bassa?", perguntou na língua bassa.

Gbessa não entendia.

"Você é uma garota Vai?", ela perguntou a Gbessa na língua vai.

Gbessa rapidamente se virou para Maisy.

"Sim? Você é Vai?", Maisy perguntou.

"Vai", disse Gbessa, tossindo. Sua garganta estava seca. Maisy sorriu. Gbessa tentou se sentar outra vez, mas sentiu muita dor e logo caiu para trás.

"É melhor não se sentar. Você não tá bem", disse Maisy em vai. As mãos de Gbessa relaxaram, e ela as descansou ao lado do corpo. Gbessa ficou feliz que Maisy falava vai e parecia gentil. Ela queria ficar perto de Maisy e, enquanto Maisy falava, Gbessa admirava seu rosto. Maisy riu de novo, satisfeita por conseguir se comunicar com a mulher.

Maisy voltou para a mesa ao lado da bacia para pegar um copo que encheu de água. Correu de volta para Gbessa e ergueu a cabeça dela, levou o copo até seus lábios, inclinando-o até que a água escorreu pelo rosto de Gbessa.

O frescor diminuiu o calor da pele de Gbessa, e os lençóis que pendiam da janela subiram cada vez mais em sua direção; ela fechou os olhos.

Nos dias seguintes, Maisy era a primeira pessoa que Gbessa via quando abria os olhos. Ela enxugava o corpo de Gbessa com água fria, apoiava a cabeça dela e a alimentava. Forçava colheres de chá de erva de ferro amassado em sua boca para que ela pudesse recuperar suas energias.

Um dia, enquanto Maisy estava fora do quarto, Gbessa acordou de um sonho, com falta de ar. Foi só quando recuperou o fôlego que Gbessa percebeu que estava sentada sem qualquer dor ou relutância. Ela ouviu os passos de Maisy do lado de fora da porta, então se deitou e fechou os olhos. Maisy entrou no quarto e, ao avistar o corpo de Gbessa em repouso, fechou levemente a porta.

Alguns momentos depois, Gbessa sentou-se mais uma vez e olhou ao redor do quarto e pela janela. Ela tirou o lençol do corpo e passou os dedos pelo vestido, um vestido semelhante àquele que Maisy usava para dormir. Gbessa saiu da cama e foi até a porta para sair do quarto, mas estava trancada. Ela foi até a janela e abriu-a, mas à distância, enquanto os pássaros cantavam e seus ruídos melodiosos voavam para alcançar a janela; à distância, enquanto meus gestos padronizados de afeto a encontraram e seduziram dizendo "Aí está você, minha querida, minha amiga", uma emoção moveu-se dentro dela para colocá-la de volta no chão. Para descansar, esperar e ficar.

Em outro dia, Gbessa estava deitada na cama e Maisy varria o quarto, cantarolando. Três mulheres abriram a porta, cumprimentaram Maisy e foram direto para onde Gbessa dormia. A princípio, elas lembravam

Gbessa de Norman Aragon; tinham seus traços, mas ao contrário de sua pele pálida e ambígua, a delas era mais escura. As mulheres usavam blusas justas enfiadas em saias coloridas que roçavam o chão enquanto caminhavam, espalhando de novo a pilha de sujeira que Maisy já havia varrido perto da janela. Uma delas usava um grande chapéu branco e segurava um livro contra a barriga.

"Maisy, você está ficando maior?", perguntou a mulher de chapéu, aproximando-se de Maisy. Ela ergueu uma das mãos de Maisy do lado do corpo.

"Acho que não, srta. Ernestine", respondeu Maisy.

"Você é uma boa garota, Maisy. Você é tão linda", disse a srta. Ernestine. Ernestine Hunter era viúva de um afro-americano rico e livre que fora morto durante uma das primeiras peregrinações a Monróvia. Ela havia usado o dinheiro dele para construir uma das maiores fazendas de café da colônia e, como os outros colonos, contratara homens e mulheres de comunidades indígenas para trabalhar em sua terra e cuidar de sua casa.

Gbessa observou a mulher, que, como Maisy, usava uma saia longa e uma blusa que cobria os braços. Olhou pela janela em busca de chuva, como se acostumara a fazer quando Maisy se vestia, sem saber por que ela estava se cobrindo quando o sol parecia tão forte no céu. Eram um tipo diferente de Sande, pensou Gbessa, não estavam bem da cabeça. Não falavam nenhuma língua africana que ela já tivesse ouvido e soavam quase como pássaros quando falavam. O fato de Maisy ser capaz de falar com esses pássaros da mesma maneira como falava com ela fazia Gbessa às vezes acreditar que Maisy era uma curandeira ou sacerdotisa; a mais importante de todas.

"Vire-se, deixe-me olhar para você", disse a srta. Ernestine a Maisy. Gbessa observou Maisy sorrir desconfortavelmente. "Isso é bom. Antes você era bem sequinha." A srta. Ernestine riu. Sequinha era uma palavra que ela havia aprendido com os trabalhadores indígenas que contratara. Era a palavra que costumavam usar para algo pequeno ou magro.

A srta. Ernestine deixou Maisy e foi para a cama se juntar às outras duas, a sra. Johnson e sua filha, Marlene.

"É ela?", perguntou a srta. Ernestine ao se aproximar de Gbessa, que se afastou das mulheres que se amontoaram ao redor de sua cama. "Ela está acordada!", exclamou, virando-se para as outras duas.

"Maisy, eu não sabia que ela estava acordada", disse a sra. Johnson, a dona da casa. O marido da sra. Johnson era dono de uma das maiores casas da Monróvia, não muito longe da praia. Ele era um dos colonos livres que liderava a Libéria; ganhara sua fortuna como advogado na América antes de fazer a longa jornada com sua família. Entre suas paixões estava um jornal emergente, que ele usava para publicar campanhas liberais sutis contra a presença da sac na Monróvia. Suas paixões também incluíam sua esposa e sua única filha, Marlene.

"Ela tá, sra. Johnson, mas ainda não tem muita energia", respondeu Maisy, tímida. Gbessa olhou rápido da boca de Maisy para a da mulher, observou seus gestos, mas não queria que a mulher a tocasse. Ninguém, era apenas Maisy que estava cuidando dela. Ninguém mais poderia tocá-la até que soubesse que as outras eram mesmo humanas.

"Quanto tempo mais você acha que vai demorar antes que ela comece a ajudá-la? O baile do governador será no final do ano. É muito trabalho para você fazer sozinha. Se ela não estiver bem, podemos pegar outra pessoa para ajudá-la. Eu não quero que você se canse."

"Ela vai ter melhorado até lá", Maisy assegurou-lhe.

"Onde será mesmo, mamãe?", perguntou Marlene à sra. Johnson.

"Marlene, não fique tão ansiosa", interrompeu a srta. Ernestine. "Você nunca vai se casar se continuar ansiosa assim."

A sra. Johnson riu. "Deixe disso, Ernestine." A srta. Ernestine deu de ombros e se virou para encarar Gbessa, para quem ela não conseguia parar de olhar.

"Ela é uma garota linda", comentou Marlene. "Esse cabelo é todo dela?" Marlene estendeu a mão em direção a Gbessa, mas Gbessa se afastou, emitindo um som de desaprovação.

"Sim", respondeu Maisy. "Tá tudo bem", disse ela a Gbessa, que ficou feliz em ouvir Maisy falar em vai novamente.

"Que curioso", disse Marlene.

"Eu quero criadas em casa, mas quero ter certeza de que meus filhos continuem cristãos", disse a srta. Ernestine, sorrindo. Com isso, Maisy explicou a Gbessa naquela noite, ao relembrar a conversa, que a srta. Ernestine quis dizer que tinha reparado nos recentes casamentos entre alguns colonos e mulheres indígenas que trabalhavam nas fazendas.

Embora estivesse apenas razoavelmente preocupada que seus netos fossem escuros como os homens e as mulheres indígenas, também tinha medo de perdê-los, e era conhecida por ir a extremos irracionais a fim de mantê-los solteiros.

"Sim, bem, talvez a falta de filhos seja minha bênção", respondeu a sra. Johnson.

"Tem certeza de que ela não está doente?", perguntou a srta. Ernestine.

"O médico disse que ela tá bem, mas ela vai precisar fazer outro exame quando acordar", disse Maisy.

"Ela é estranha, na minha opinião. De onde veio todo esse cabelo?", perguntou a srta. Ernestine. "E a cor. Tem certeza que o povo dela não pratica bruxaria?"

"Acho que não", respondeu Marlene.

"Ela é Vai", interrompeu Maisy.

"Ela falou com você?", perguntou a sra. Johnson.

"Não, senhora, mas tentei falar com ela em diferentes idiomas da costa e vai é o único ao qual ela respondeu."

"Tão peculiar", disse a srta. Ernestine, perplexa. "Eu tenho algum trabalhador Vai?", perguntou a Maisy.

"Acho que não, srta. Ernestine."

"De qualquer maneira, você não vem muito à minha casa, Maisy. Fico ofendida. Afinal, estou apenas a uma casa de distância. Alice, você tem que deixá-la me visitar e costurar minhas cortinas", disse ela à sra. Johnson. "Maisy é a única que sabe fazer direito." Com isso, Maisy sorriu. "Pagarei mais do que ela", acrescentou a srta. Ernestine, e Maisy deu uma risadinha.

"De jeito nenhum", a sra. Johnson riu. "Você não vai mandá-la de volta. Não consigo imaginar uma casa sem minha Maisy." Ela sorriu para a garota.

"Nem eu", riu a srta. Ernestine. "Maisy, você pode me trazer um copo de água?"

"Sim, srta. Ernestine."

Maisy saiu da sala e a srta. Ernestine ouviu seus passos saindo pelo corredor.

"Gosto muito dela", comentou a srta. Ernestine. "Ela é diferente, eu acho."

"Maisy é uma mulher especial", disse a sra. Johnson. "Estou com medo de que ela vá embora um dia."

"Bem... não será antes desta aqui", disse a srta. Ernestine, beliscando a cintura de Marlene de brincadeira. "Como está Henry?"

"Está bem", respondeu Marlene timidamente. "Mãe, se eu me mudar daqui, Maisy poderia vir comigo?"

"De jeito nenhum", disse a sra. Johnson, séria.

A srta. Ernestine riu.

"Vocês pensam que estou brincando, mas aquela mulher não vai a lugar nenhum", acrescentou a sra. Johnson.

"Mas calma... Você não deveria esperar tanto dela", sussurrou a srta. Ernestine.

"Ah, Ernestine, você parece tão tola às vezes", disse a sra. Johnson.

"Estou falando sério, Alice."

"A Maisy trabalha muito, é cristã, faz todas as tarefas, ajuda a Marlene nas aulas. O mínimo que posso fazer é ser gentil com ela."

"É justo", interrompeu a srta. Ernestine, "mas lembre-se de Geraldine."

"Vocês, mulheres da sociedade e suas fofocas", disse a sra. Johnson, balançando a cabeça.

"Sim, não há prova disso, mas lembro-me de Geraldine dizendo que brigou com aquela mulher antes de morrer."

"Geraldine brigava com todas as mulheres. Até mesmo eu posso ter me desentendido com ela um pouco antes de sua morte. Você acha que eu a envenenei também? Além disso, Maisy é muito mais do que uma típica criada. Ela é educada, e em breve poderá comprar uma casa própria."

"Maisy nunca faria mal a uma mosca", acrescentou Marlene.

"Eu também acho. Mas lembre-se de que nos Estados Unidos havia senhores que provavelmente diriam as mesmas coisas de seus escravizados..."

"Sim, e os tratavam como animais. Como você pode argumentar com essas pessoas em mente? É impossível comparar, Ernestine."

"Existe uma psicologia para as pessoas que servem, Alice", disse a srta. Ernestine. "Olhe em volta. Vocês ficam irritados quando eu comparo as duas coisas, mas observe. Por que estamos tão empenhados em contratar ajuda em vez de fazer as coisas nós mesmas? Por que os servos são o qualificador de riqueza para alguns de nós? Na verdade, é por isso que não mantenho garotas e garotos em minha casa. Porque isso me lembra muito a América."

"Então estou errada?", perguntou a sra. Johnson, ofendida. Ela olhou para Gbessa, cuja expressão infantil forçou um sorriso dela.

"Eu não disse isso", argumentou a srta. Ernestine. "Você é uma das mulheres mais gentis que conheço."

"Isso não é justo, Ernestine. Nunca nos compare aos americanos. Você é melhor só porque seus servos trabalham no campo?"

"Claro que não. E eu não diria que eles são servos. São trabalhadores com casa própria", continuou a srta. Ernestine. "Eles podem sair quando quiserem. Eu não coleciono pessoas. Eu as contrato."

"Pense como quiser", disse a sra. Johnson.

Maisy entrou em um silêncio denso e repentino que a fez parar no meio do caminho. Ela parecia ter entrado em um segredo que já haviam lhe contado e fingiu seu ar normal de contentamento.

"Sou sua amiga e sua irmã em Cristo", continuou a srta. Ernestine, teimosa, e Maisy entregou-lhe a água fria. "Estou apenas dizendo o que penso, só isso." A srta. Ernestine caminhou até a mesa perto da bacia e pousou o copo sem beber dele. Maisy olhou para o copo cheio e seu sorriso sumiu por alguns instantes, antes de aparecer outra vez em seu rosto. Ela cantarolava indiferentemente, na esperança de que a srta. Ernestine tivesse terminado.

Naquela noite, Gbessa se levantou da cama. Ela pensou nas mulheres e na breve conversa que tivera com Maisy antes de dormir, quando Maisy lhe contara um pouco do que as mulheres haviam dito, em momentos parecendo que ela estava falando sozinha, e ela ouvira com atenção, sem falar. Gbessa não sabia o que pensar das mulheres além de seu guarda-roupa e seu fascínio por ela, como se ela estivesse escondendo algo que cada uma delas desejava desesperadamente. Além de Khati, Gbessa não tivera relacionamentos ou mesmo conversas com outras mulheres e meninas. Ela apenas observava. Conhecia-as por meio de seus movimentos e de todas as conversas que nunca tiveram com ela. Mas as mulheres naquela casa não apenas a olhavam no rosto por longos períodos, mas falavam com ela diretamente, queriam estar perto dela, tocá-la. Confusa com tudo isso, Gbessa decidiu que fugiria dali naquela noite.

Depois que os grilos começaram a cantar, Gbessa se arrastou para fora da cama e escalou o parapeito da janela até cair no chão. A queda machucou suas costas, e ela se sentou por um instante para recuperar suas energias. A casa dava para a praia, e Gbessa se levantou bem rápido, ignorando a dor, para correr até ela. "*Fengbe, keh kamba beh*", cantou Gbessa. "*Fengbe, kemu beh.*"

Ela atravessou a praia e se preparou para entrar no mar e nadar sob o rosto da Velha Mãe Famatta quando sentiu um leve toque em seu ombro. Gbessa virou-se, e era Maisy.

"O que você tá fazendo, mãe?", Maisy perguntou em vai. "Entre antes que elas vejam você." Gbessa balançou a cabeça e se virou. Maisy agarrou a mão de Gbessa, mas a outra a puxou. Maisy correu na frente de Gbessa, quase tropeçando em sua camisola, para impedi-la de ir mais longe. Gbessa tentou se esquivar, mas Maisy a bloqueou novamente.

"Por favor", disse Maisy, tocando os ombros de Gbessa. A mulher viu o olhar sério de Maisy, o que a fez pensar em Safuá. Ela se tornou mais dócil, pelo menos por alguns instantes.

"Volte para dentro. Por favor", repetiu Maisy, e Gbessa enfim concordou. Maisy a conduziu até a lateral da casa e elas voltaram para o quarto pela janela.

Lá dentro, Gbessa se deitou de costas. Ela podia ouvir Maisy tentando recuperar o fôlego na cama ao lado dela.

"Você tá bem. Por que não disse que tava bem? Hein?" O sussurro de Maisy ficou mais alto. "Você não pode ser preguiçosa aqui."

Gbessa ficou imóvel, sem saber como responder ao interesse da jovem em suas atitudes.

"Qual é o seu nome?", Gbessa enfim perguntou.

Maisy se assustou com a voz dela. Ela estava irritada com Gbessa por ter se afastado, mas emocionada por ela finalmente ter falado. "Maisy. Qual é o seu nome?"

Gbessa hesitou, com medo de assustar Maisy ao mencionar seu maldito nome.

"Gbessa", disse ela.

"Gbessa?", repetiu Maisy.

"Sim. Gbessa."

"Ok, Gbessa. Você não pode ser preguiçosa", insistiu Maisy.

"Você é garota Vai?", perguntou Gbessa. "Você não é garota Vai."

"Mas se você acha que eu não sou garota Vai, então por que pergunta?", Maisy disse, rindo. "Vai dormir. Conversaremos de manhã."

"Vou embora de manhã", retrucou Gbessa.

"Você não pode ir embora, Gbessa. O povo paga para você ficar aqui e cuidar da casa e você vai embora? Eles compram o seu remédio e você vai embora?"

"Sim. Vou."

"E eu também?", Maisy continuou. "Eu cuido de você, não cuido? Você vai me deixar também?"

Gbessa não respondeu a princípio. "Obrigada", disse, por fim.

Maisy se virou para ficar de frente para a cama de Gbessa.

"Você pode vir comigo", falou a mulher.

"Você não tá falando sério. Você não lembra como as pessoas encontraram você?", perguntou Maisy.

"Não lembro", mentiu Gbessa.

"Você não quer lembrar", Maisy continuou. "Foi ruim. Eles te encontraram quase morta."

Gbessa descartou o pensamento. "Se você fosse uma garota Vai, não falaria comigo assim. Você não é garota Vai, como conhece Vai?"

Maisy encostou a cabeça no travesseiro. "Eu era pequena quando as pessoas vieram nos levar." Ela começou a contar sua história em vai. Ela era uma garotinha quando sua aldeia foi atacada por traficantes de escravizados e sua família foi acorrentada e conduzida em direção ao oceano. No caminho, um povo vizinho travou uma batalha com os traficantes que deixou a maioria dos capturados e alguns dos traficantes mortos. O grupo de resgate recuou, assim como os comerciantes, que voltaram ao navio sem os africanos capturados. Quando a batalha acabou e tudo ficou silencioso do lado de fora, Maisy rastejou sob um arbusto para encontrar seus pais e todos os africanos capturados que foram mortos. Ela deitou no peito da mãe chorando e quase morreu de fome, mas os missionários viajantes finalmente encontraram a batalha e a carregaram para um local seguro. Ela viajou com eles pela região costeira, onde aprendeu muitas línguas — krahn, kru, gola, mandingo, bassa e vai, e foi até mesmo para Londres e para a América estudar história e religião. Enquanto ela viajava com os missionários de volta à África para viver na nova colônia, seus pais adotivos morreram de malária junto de vários novos colonos durante as primeiras décadas. Ao chegar, foi contratada como tutora e empregada doméstica para a família Johnson, que lhe dava um quarto para dormir e refeições em troca dos cuidados com a casa e a filha.

"Eles também dão espaço para você dormir", disse Maisy. "Se você for para muito longe, os traficantes vão te encontrar de novo e te levar para a América."

"América?", perguntou Gbessa.

"É para lá que eles levam nosso povo para sofrer", disse Maisy. "Eu vi. Eles fazem mal ao nosso povo. Alguns até são bons, mas são difíceis de encontrar."

"América", repetiu Gbessa.

"A sra. Johnson e todos eles vêm de lá. Eles querem a pátria apenas para o nosso povo, por causa da forma como foram tratados lá."

"Eles são bons?"

"Sim, a maioria deles é gentil", disse Maisy, e logo ficou em silêncio. "A maioria deles. Mas... alguns deles não pensam que todos nós somos iguais. Alguns deles pensam... que são mais inteligentes e mais adequados para liderar do que aqueles que já estavam aqui."

"O que é liderar?", perguntou Gbessa, fazendo o possível para pronunciar a palavra.

"Ser rei. Chefe", explicou Maisy.

"Sim", concordou Gbessa.

"Você vai ficar segura aqui", garantiu Maisy. "E vai gostar daqui. A Monróvia é um bom lugar. Vou te ensinar o idioma e você vai trabalhar comigo."

Gbessa não poderia voltar para Lai, e ela não tinha certeza de que se voltasse para o interior, encontraria a companhia dos homens amaldiçoados com quem ela havia viajado por um breve período.

"Você não tem mãe?", perguntou Gbessa, relembrando a história de Maisy após um momento de silêncio.

"Não, sem mãe."

"Minha mãe também morreu", disse ela. "E meu pai. E a Velha Mãe e o Velho Pai com quem morei depois. Todo mundo que eu conheço morre. Menos aqueles com maldição como eu. Você vai morrer também."

"Sim. Todos morrem", disse Maisy, primeiro em inglês. "Mas todos nós morreremos", continuou em vai.

"Não. Eu sou bruxa. Uma mulher chamada Velha Mãe Nyanpoo matou o gato dela na noite em que nasci e as pessoas dizem que eu sou uma maldição. Eu sou bruxa. Eu não morro."

"Não", disse Maisy, rindo com nervosismo antes que sua risada afundasse no silêncio. "Eu não acredito em nada disso. Eu sou cristã."

ELA
SERIA
WAYÉTU *O* MOORE
REI

DEUS DOS AMALDIÇOADOS

Gbessa seguiu Maisy ao longo da mansão de praia, seus pés percorrendo as linhas do piso frio de cerâmica nos corredores da mansão. Ela ficou embaixo do relógio na sala principal por dez minutos até Maisy perceber que não estava mais sendo seguida e voltar para a sala extravagantemente decorada para buscá-la. Enquanto trabalhavam, Gbessa enfiou a cabeça para fora de todas as janelas e olhou em direção aos homens cultivando o campo. Ela passou os dedos pela superfície do forro dos sofás do escritório e das salas de estar; caiu nas almofadas das cadeiras da biblioteca; abriu os livros e folheou as páginas, virando-os de cabeça para baixo com o intuito de ver se alguma coisa cairia de dentro deles. Gbessa ficou de joelhos para subir as escadas.

"Fique de pé", Maisy a instruiu.

Gbessa ergueu os olhos para Maisy, que subia as escadas com facilidade. Maisy subiu alguns degraus, como exemplo, depois estendeu a mão para Gbessa. Gbessa imitou os passos de Maisy, levantando com cuidado cada pé, um a um, até alcançar a mão de Maisy, então a segurou, e ficou grata por isso.

Ela seguiu Maisy enquanto a moça tirava o pó e limpava todos os vinte quartos do segundo andar, andando silenciosamente na ponta dos pés pela casa, pois o sol estava começando a nascer e ela sabia que a família logo acordaria.

Quando eles abriram a porta da última sala, a filha da sra. Johnson, Marlene, estava sentada em uma mesa de frente para a janela. Ao ouvir sua entrada, Marlene cobriu uma folha de papel com as mãos. Ao virar-se e ver que eram Maisy e Gbessa, suspirou de alívio.

"Bom dia, Marlene", cumprimentou Maisy. "Você acordou tão cedo. Não tirei o pó do seu quarto porque pensei que você ainda estava dormindo."

"Não se preocupe. Eu tinha algo para fazer, só isso", respondeu Marlene, dobrando o lençol. Ela se levantou e saiu da sala. Do lado de fora da porta, Gbessa estava encostada na parede.

"Ah! Ela saiu da cama!", exclamou Marlene.

"Sim, Marlene, vou começar a passar as tarefas dela hoje."

Marlene se virou para Gbessa, que imediatamente baixou o olhar para o chão. Ela estava certa de que, pela maneira como Marlene se portava e pela maneira como Maisy respondia, ela era uma espécie de Sande. Marlene ergueu o queixo de Gbessa para olhar seu rosto, e Gbessa tocou seu cabelo. Marlene era linda, tão linda que Gbessa sorriu, incomodada. O que uma mulher poderia fazer com toda essa beleza? Foi difícil para ela desviar o olhar.

"Ela é como uma criança", comentou Marlene, rindo.

"Você é diferente e nova para ela, só isso", sugeriu Maisy.

"Ela é Sande?", Gbessa perguntou a Maisy, ainda tocando o cabelo de Marlene.

Maisy riu e respondeu: "Não. Sem rainhas aqui".

"Ela sabe falar!", disse Marlene, surpresa. "O que ela disse?"

"Perguntou se você era uma rainha."

"Que encantador." Marlene sorriu. "Maisy, você precisa fazer alguma coisa com o cabelo dela antes do baile." Marlene estendeu a mão e tocou a longa trança que terminava na altura das coxas de Gbessa.

De manhã, Maisy espanava e varria a casa inteira e preparava o café da manhã para os Johnson antes que acordassem. A casa também era ligada a um celeiro, onde Maisy recolhia ovos todas as manhãs. Depois que a família comia e ela limpava tudo, Maisy levava uma pequena porção de comida para os trabalhadores do campo, que acordavam cedo para a lida e a colheita. Em sua maioria, eram indígenas comprados ou contratados que viviam perto da fazenda. O sr. Johnson, um homem alto, de ombros largos e pele clara, construíra alguns pequenos barracos no canto de sua propriedade para os trabalhadores que não tinham família e precisavam de um lugar para dormir. Ele era um dos prefeitos da Monróvia e passava seus dias na grande mansão onde outros prefeitos e um governador branco decidiam sobre as leis e a constituição da colônia livre, julgavam criminosos e faziam planos sobre como eles iriam expandir e proteger a Monróvia. O sr. Johnson geralmente ficava em casa para o café da manhã, mas ia embora logo depois. Antes de alimentar os trabalhadores da fazenda do lado de fora, Maisy engraxava os sapatos do sr. Johnson e preparava um pequeno almoço que ele levava para a grande mansão. Gbessa a seguia desde o nascer do sol até o momento em que a luz da Velha Mãe Famatta cobria a fazenda, profundamente fixa na noite. Às vezes, Maisy parecia aflita com tudo que tinha que fazer, muitas vezes falando baixinho consigo mesma, dizendo a longa lista de tarefas e itens que a sra. Johnson pedira que ela lembrasse. Mas as tarefas, o movimento e a inclusão deram alegria a Gbessa. Nunca haviam lhe pedido para ajudar as outras mulheres da fazenda em Lai, e todos os seus dias na antiga casa de Khati, com exceção das poucas vezes em que fora visitada por Safuá, pareciam iguais; todos repetidos e lembrando-a a cada amanhecer de sua desgraça. Nas primeiras semanas lá, todos os dias dizia a Maisy que partiria no dia seguinte. No início, Maisy implorava a ela que ficasse para seu próprio bem. Mas depois Maisy começou a desafiá-la.

"Como você pode me deixar?", Maisy tinha dito uma noite. "Você é minha irmã agora. Minha carne. A carne não pode te deixar." Gbessa quase perdeu o fôlego com aquela gentileza, aquela novidade.

Quando as refeições da manhã terminavam e tudo e todos na mansão estavam limpos, Maisy passava duas horas dando aulas a Marlene. Gbessa ficava perto das mulheres nessa hora. Observava enquanto elas liam juntas, conversavam sobre assuntos à sua maneira, sentando-se eretas com suas roupas fartas, blusas de mangas compridas, vozes suaves e palavras suaves como as do pássaro. Quando Marlene era mais jovem, Maisy contou a Gbessa, ela lhe ensinara assuntos básicos, como aritmética e gramática. As aulas mudaram com o tempo para francês e algumas línguas locais (menos a língua vai) e música, depois que

Marlene dominou as conversas intermediárias. Agora Marlene a procurava apenas para perguntar sobre o significado ou a grafia de uma determinada palavra. Já que Marlene estava velha demais para as aulas, Maisy usava as horas ociosas entre as raras perguntas de Marlene para ler sua Bíblia. Como agora Maisy tinha Gbessa para cuidar, ela aproveitava o tempo para ensinar suas tarefas domésticas e inglês.

No início, Gbessa era desajeitada. Em vez de temperar as folhas de mandioca com pimenta moída, jogava três raízes inteiras de gengibre na sopa e estragava tudo. Em vez de medir a água do arroz para ter certeza de que não estava "*puttehputteh*" (muito mole) ou "*cru*" (muito duro), ela despejava um balde inteiro de água na panela. Percebendo quão pouco a estranha sabia sobre cozinha e como cuidar de uma casa, Maisy orava para si mesma toda vez que sua paciência se esgotava e explicava a Gbessa o que ela deveria ter feito. Ela fazia isso primeiro em vai e depois repetia as mesmas coisas em inglês.

"O que você sabe cozinhar?", perguntou Maisy.

"Arroz", respondeu Gbessa.

"O que mais? Só isso?"

"E peixes", acrescentou ela. "Peixe assado. E legumes cozidos."

"Isso é tudo que você aprendeu a cozinhar em toda a sua vida?"

"Era tudo que tínhamos", disse Gbessa. Talvez ela devesse ter ficado triste, lembrando-se daquela fome duradoura e cantante de Lai. Em vez disso, sentiu-se aliviada e feliz por estar perto de Maisy, a quem, ela acreditava, talvez estivesse começando a amar.

Um dia, Maisy decidiu falar apenas inglês com Gbessa e, após uma manhã de mal-entendidos e frustrações, Gbessa disse:

"Pare."

"O quê? O que você disse?", perguntou Maisy, entusiasmada.

Gbessa não a entendeu e ficou mais frustrada.

"Pare", repetiu ela, lembrando-se da palavra do dia em que fizera um *fufu*[1] tão duro que não dava para engolir.

"Muito bem, Gbessa!", elogiou Maisy, batendo palmas.

"Pare", Gbessa estava com uma cara séria e segurava a mão dela em protesto antes de sair da sala. Maisy riu e foi atrás dela.

---

1   Prato à base de mandioca, inhame ou arroz.

Depois da hora do almoço, Maisy e Gbessa levaram um lanche para o campo e comeram junto dos fazendeiros. Maisy quase sempre carregava um cacho de uvas que dividia com Gbessa e também com os homens quando eles podiam descansar. Quando Gbessa ria, as uvas mastigadas ficavam em sua língua.

"Não abra a boca enquanto estiver comendo. É falta de educação", avisou Maisy.

Gbessa mostrou a língua para Maisy e continuou rindo. As cascas de uva pendiam frouxamente de sua língua e lábios. Ela balançou a cabeça para Maisy e acenou com as mãos no ar.

"Gbessa! Você não deve rir assim tão alto. Você é mulher", disse Maisy. Gbessa não deu importância. Maisy, visivelmente feliz em ver Gbessa mostrar tamanha alegria, balançou a cabeça e se juntou a ela, encolhendo os ombros e também segurando a barriga quando as gargalhadas enfim a atingiram. Alguns dos homens compartilharam a alegria das duas por um instante, mas, com medo de serem vistos como preguiçosos ou desobedientes, o resto deles se levantou (alguns sibilando por entre os dentes) e deixaram as "mulheres tolas" apoiadas nos ombros uma da outra.

Maisy cuidava de um jardim no quintal da mansão. Lá, cultivava ervas frescas e pimentas, alho e rosas em um canteiro. Antes do jantar, ela cuidava do jardim, colhendo algumas ervas para usar em sua refeição ou regando as plantas que ainda esperavam para amadurecer e serem colhidas. Enquanto o vento soprava e encontrava os ombros negros de Maisy, Gbessa se arrastou para o jardim, tomando cuidado, como vira Maisy fazer, para não pisar em nenhuma das plantas ou flores.

Quando Maisy se virou e viu que Gbessa estava atrás dela, sorriu.

"Me ajude, mãe", disse Maisy e, com uma pequena faca de jardim feita de metal, cortou uma pimenta de sua raiz.

Ela se virou para encarar Gbessa, que em vez de se maravilhar com a faca de metal, ou com o jardim, ou com as rosas ao lado, ou com qualquer coisa que Maisy imaginasse, esperava que os olhos de Maisy encontrassem os dela.

"Me ajude", repetiu Gbessa.

"Sim!", respondeu Maisy, empolgada. "Me ajude", repetiu bem devagar, os olhos quase úmidos de orgulho com o progresso de Gbessa. Ela agarrou a mão da mulher.

"Me ajude", repetiu Gbessa, querendo dizer muito mais do que a repetição de Maisy; querendo saber sobre tantos anos desconhecidos e memórias da pequena mulher no jardim.

Depois de seis meses na mansão Johnson, Gbessa enfim começou a temer que Maisy morresse ou a deixasse, como tantos antes dela haviam feito; então, durante a semana anterior ao baile dos colonos, enquanto Maisy caminhava ligeira pela casa limpando, cozinhando e terminando as tarefas, Gbessa fazia exatamente o que lhe era dito. Enquanto Gbessa estava no quarto dobrando as roupas que acabavam de ser trazidas do varal, Maisy se juntou a ela para indagar. Maisy fechou a porta e caminhou em direção à cama com as mãos balançando ao lado do corpo.

"Gbessa?"

Gbessa se virou, surpresa que Maisy a tivesse procurado em meio ao que ela proclamara ser um "dia de testes".

"Sim?", o inglês de Gbessa estava melhorando e, tentando agradar Maisy, fazia questão de dizer as palavras que sabia com a maior frequência possível.

"Fiz algo errado?"

"Errado?", perguntou Gbessa.

"Você tá irritada comigo?", Maisy tentou em vai.

"Errado?", Gbessa continuou comprometida a aprender o idioma difícil.

Maisy esperou que ela respondesse.

"Não. Nada errado", disse Gbessa.

Maisy sorriu e a abraçou. Em seguida, apoiou a pequena cabeça no ombro de Gbessa, que engoliu em seco para acalmar a queimação por dentro. Contudo, antes que pudesse retribuir o abraço de Maisy, para tocá-la como havia sido tocada, Maisy se afastou.

À noite, antes de dormir, Maisy abria o livro que costumava ficar no travesseiro de sua cama durante o dia e lia para Gbessa à luz de velas.

"Esta passagem é do livro de João no Novo Testamento", falou Maisy.

Enquanto a luz dançava sobre o lado direito do rosto de Maisy e entrava em sua boca pelo canto dos lábios escuros, Gbessa observou de perto enquanto o peito da outra se movia para cima e para baixo e para cima e para baixo e ela exalava a música de seu livro. Ela tentou entender a língua quando tudo que conseguia ouvir era "*Fengbe, keh kamba beh. Fengbe, kemu beh*", chamando-a para a dança das luzes tremeluzentes, acenando para os lábios escuros; ela tocou os próprios lábios para testar o entorpecimento causado pela voz de Maisy. *Ki fembuleh, ki fembuleh*, temos um ao outro, temos um ao outro, e Gbessa olhou para a janela em busca dos vagalumes e seu zumbido. Eles não estavam lá. Era ela, era Maisy.

Mais uma vez, Gbessa sentiu no peito a carga de todos os seus anos. A paixão nas palavras de Maisy tornou a sensação no peito de Gbessa tão abismal, tão profunda, que Gbessa tossiu. Maisy ergueu os olhos do livro.

"Você tá bem?", perguntou em inglês, com voz gentil.

Gbessa fez que sim com a cabeça. Maisy sorriu e continuou lendo. Gbessa atravessou o quarto até a cama de Maisy e descansou a cabeça em seu colo. A voz de Maisy agora vibrava com suavidade contra a cabeça de Gbessa, e ela acariciou a lateral da longa trança de Gbessa enquanto lia.

"Viu?", perguntou Maisy. "Deus é um Deus bom e fiel. Ninguém é amaldiçoado aos olhos Dele."

Não, Gbessa pensou consigo mesma, mas não conseguiu dizer. Talvez ninguém que tivesse aprendido a amar, e a amar bem, a amar como Maisy, poderia ser amaldiçoado. Afinal, Maisy também havia perdido sua família e sua aldeia. Maisy também estava sozinha, sem casa. Ela também fora amaldiçoada, pensou Gbessa, e ainda assim era muito feliz. Ela não era uma Sande; ela era mais como uma serva ou prisioneira de guerra que limpava tudo para seu rei e rainha; ainda assim, ela estava contente. Estava contente com seu jardim e com seus livros, com Gbessa. Maisy disse que aquele livro tinha feito sua dor passar. Ela estava "em paz", ela havia sido "encontrada", ela estava "nova", ela havia sido "salva", disse ela.

"Deus", repetiu Gbessa, e olhou para o rosto de Maisy.

"Sim, mãe", disse Maisy. "Todo mundo já foi amaldiçoado, mas nos tornamos perfeitos aos olhos de Deus."

Gbessa foi compelida pelos ensinamentos de Maisy. Ela ficou comovida com a possibilidade de Maisy entender o que ela sentia ou poder identificar-se com a memória de seu exílio. Maisy também não tinha casa. Maisy também não tinha mãe nem pai. E se o que Maisy dissera sobre a América era verdade, Gbessa se perguntou se todos os colonos da Monróvia também haviam passado anos na floresta, se ela poderia mesmo ser considerada um deles. A sra. Johnson também fora obrigada a deixar sua casa no mundo para além do oceano, aquele lugar onde eles também eram maus com seu povo. Sim, talvez todos, à sua maneira, fossem a bruxa ou o rei que a amava. E se Maisy também era órfã e encontrava alegria em ler aquele livro e falar com esse seu "Deus", então ela também poderia? Maisy acariciou o cabelo de Gbessa.

"Deus", disse Gbessa. "Quero o seu Deus. O Deus dos amaldiçoados."

Gbessa agora usava a blusa da mesma maneira que Maisy — abotoada até o pescoço e enfiada na cintura sob uma saia. Gbessa agora acordava sozinha, às vezes até antes de Maisy, jurando para si mesma que podia ouvir ao longe o canto de um galo fraco e o velho Bondo baixando a testa até o chão em oração.

Gbessa agora sabia cozinhar, e Maisy deixava que ela preparasse uma refeição inteira sozinha. Gbessa aprendeu bassa mais rápido do que inglês e passava as tardes de sábado inteiras perto do barraco, falando e contando piadas para os trabalhadores do campo.

Aos domingos, quando ela e Maisy acompanhavam os Johnson até a igreja dos colonos, Gbessa ficava sentada com as mãos cruzadas no colo o tempo todo, tentando entender as palavras que o homem atrás do pódio de madeira dizia.

Deus: ela entendia isso. Ela honrava esse Deus. Amor: ela já ouvira Maisy dizer isso antes. Ajuda: ela entendeu. Salvo: ela entendeu. Ela agora estava salva, de acordo com Maisy. Não mais amaldiçoada.

Agora, Gbessa sabia como beber da xícara de lata para que ninguém a ouvisse engolir. Sabia comer com uma colher "como uma moça". Havia se tornado amiga desta nova vida; sabia de tudo e estava a apenas um braço de distância dos outros.

No dia anterior ao baile, a sra. Johnson disse a Maisy que descansasse, já que ela havia expressado cansaço por todo o trabalho que havia feito nos dias anteriores. Maisy não se lembrava do último dia que tivera sem tarefas a cumprir.

Ela passou a maior parte do dia no jardim e deixou Gbessa caminhar sozinha na praia. Enquanto Gbessa caminhava, seguindo as ondas que batiam na costa, ela se perguntava quando fora a última vez que se banhara no mar; a última vez que ela deixara que as brincadeiras da água a engolissem enquanto a Velha Mãe Famatta sentava e observava, corcunda contra uma lua crescente.

"Gbessa!", Maisy estava em casa procurando Gbessa, enquanto ela caminhava pela areia.

Gbessa deu as costas ao mar. Eu fui atrás dela enquanto ela dava passos rápidos para encontrar Maisy em casa.

"Aonde você foi, minha querida?", sussurrei frouxamente. "Onde você está, minha amiga?"

Lá dentro, Maisy esperava na sala, estava ao lado de um balde com resíduos pretos que transbordavam.

Maisy misturara raiz de pinheiro em um balde de carvão preto. Ela esmagara o carvão e a raiz do pinheiro e acrescentara azeite e ovos de galinha.

"O que tem aí?", Gbessa perguntou em inglês.

"É para o seu cabelo."

Gbessa tocou a própria trança e puxou-a sobre o ombro.

"O quê?", perguntou ela.

"Seu cabelo."

Maisy tocou a cabeça dela.

"A cor. Quero consertar para o baile", explicou Maisy.

"Baile?"

"Sim. Seu cabelo para o baile."

Embora Gbessa soubesse que uma espécie de comemoração aconteceria em breve, nunca imaginara que faria parte dela. Os Johnson as tratavam com justiça, mas a vida que Gbessa conhecia em sua casa mal incluía encontros com eles. Ela fazia o que Maisy mandava e, de resto, comunicava-se apenas minimamente com a família. Gbessa foi até o balde, olhou dentro e viu uma substância líquida preta tão ofensiva para seu nariz que ela usou as duas mãos para cobri-lo.

"Vai deixar seu cabelo preto", Maisy disse em vai. Gbessa segurou a trança vermelha e relutou em largá-la.

"O que tem aí dentro?"

"Carvão esmagado. Água. Raiz de pinheiro para manter a cor. Óleo." Gbessa olhou para dentro do balde mais uma vez.

"Vou só usar a mistura para lavá-lo", explicou Maisy. "A sra. Johnson quer que eu faça isso."

Gbessa, embora ainda distraída e repelida pelo cheiro, não queria discordar de Maisy. Então assentiu.

"Você tá bem, mãe?", perguntou Maisy.

"Sim."

ELA SERIA O REI

WAYÉTU MOORE

NOITE

Foi assim que Norman Aragon e June Dey continuaram pelos reinos do interior da costa. O Sanwa. O Kanuri. O Fon. Às vezes paravam e descansavam, conhecendo a terra, vivendo entre as pessoas que os reverenciavam como espíritos poderosos que vinham para defendê-los ou como pedintes a quem eles tinham que mostrar bondade para que suas aldeias funcionassem bem quando as estações passassem. Mas normalmente, o que Norman Aragon e June Dey faziam era lutar. Quanto mais lutavam, mais os jovens aceitavam suas forças. Às vezes, Norman Aragon se misturava aos bosques e florestas, à água e às estradas enquanto caminhavam juntos. June Dey estava acostumado com isso, e sabia que o amigo sempre voltaria para ele ao anoitecer.

"Aqueles homens. Eles eram mais franceses, certo?", June Dey perguntou a Norman uma noite, quando eles se sentaram na beira de uma caverna.

"Sim", respondeu Norman.

"Por que você acha que eles tão aqui? Mais do que outros? Na África e tudo mais?", perguntou June Dey.

"A América não é o único país com uma colônia na costa", respondeu Norman Aragon. "Os britânicos e franceses conseguiram algumas terras ao norte da colônia. Callum, meu pai, falou isso quando eu era jovem."

June Dey olhou para Norman ao ouvir o nome de Callum. June Dey havia falado abertamente sobre as muitas maneiras com que havia usado seu dom na América, incluindo o primeiro encontro que começara tudo, e percebeu que sabia muito pouco sobre o passado de Norman.

"Seu pai?", perguntou June Dey, e Norman assentiu. "Como ele era?"

"Um homem louco", disse Norman, olhando para as próprias mãos e tocando os hematomas causados pelas agulhas de Callum. "Minha mãe contou a ele sobre seu dom antes de eu nascer e ele prometeu levar ela pra Freetown, mas ele ficou muito ganancioso. Planejou o tempo todo nos levar pra Grã-Bretanha. Então escapamos e ele matou ela enquanto corríamos."

"Que horror", disse June Dey.

"Ele era gentil comigo quando não tava realizando mais um de seus experimentos", disse Norman, seus olhos fixos na chama ardente que eles fizeram para assar sua caça diária. "Ele me contava histórias. Uma vez, quando foi à cidade, trouxe blocos de madeira pra mim. Mas ele não era bom com a minha mãe. Ele acorrentava ela, batia nela, fazia ela dormir do lado de fora se ela não fizesse o que ele queria."

June Dey respirou fundo, uma melodia longa e silenciosa de um suspiro reservado para quando ele pensasse em Darlene.

"Podemos... Devemos ir pra Freetown", disse June Dey.

"Não", respondeu Norman. "Agora não. Talvez algum dia, mas é isso que viemos fazer aqui. É o que Nanni iria querer."

"Claro", disse June Dey. O fogo do carvão crepitava a poucos metros, e ele observou as brasas morrerem lentamente. As cinzas flutuavam e se juntavam às persistentes moscas noturnas, e os animais da floresta tagarelavam nas sombras.

"Eu vou com você", disse June Dey. "Se você decidir que quer dar meia-volta e ir pra Freetown, eu vou. Você conhece a África, e eu estarei melhor com você."

"Eu não vou", disse Norman. "Não com tudo que vimos. Mas... você devia conhecer a África também."

"Acho que sim. Mas acho que não me sinto próximo dela como você. Você disse que sua mãe falava sobre isso. Falava todos os dias sobre voltar", disse June. "Mas minha mãe não. O fato é que vim até aqui por um erro."

"O que estamos fazendo não pode ser um erro", respondeu Norman.

"Não é um erro. Mas eu não sabia nada sobre nenhuma colônia livre até acordar naquele navio. De vez em quando minha mãe falava sobre o norte em segredo e sobre como ela sonhava em subir pra lá comigo e minha tia Henrietta. Mas eu sabia que ela nunca tentaria ir. E minha mãe falava sobre a África de vez em quando. Sobre de onde nós somos... mas não parecia um lugar real."

"Como assim?", perguntou Norman.

"Parecia uma história bíblica, um conto de fadas", disse June Dey. "E você via as pessoas sendo punidas por tentarem ir pro norte. Eles faziam todos nós descermos para o campo e o supervisor fazia todos assistirem, e às vezes eles batiam nas pessoas até elas quase morrerem. Isso depois de passar todo o tempo livre pensando no norte, sonhando que era um lugar melhor, e o norte já tava quase longe demais pra sonhar. Mas a África? Eu não podia me dar ao luxo de pensar em um lugar que parecia tão distante."

"Parece que algumas pessoas sonhavam mesmo assim", disse Norman. "Caso contrário, você não estaria aqui."

"É, tem razão."

"Além disso, acho que você deve isso à sua mãe. É o que parece", disse Norman. "Ela tava sonhando com o norte e você foi mais longe do que ela sonhou."

June Dey deitou-se de costas e apoiou a cabeça nas palmas das mãos abertas. Uma multidão de estrelas explodiu à distância.

"De onde você acha que eles tão vindo?", perguntou June após um breve silêncio. "Os franceses. Você acha que o pessoal da colônia sabe?"

"Não tenho certeza. Mas, se não sabem, logo vão descobrir."

Os dois haviam se envolvido em muitas brigas desde o primeiro encontro com os franceses, quando Gbessa ainda estava ao lado deles. Havia vários grupos de traficantes de escravizados, de Portugal e da Grã-Bretanha e até do Oriente, mas a maioria de seus confrontos tinha sido com os franceses. Depois daquele primeiro dia de luta, Norman não conseguia parar de pensar em Gbessa. Cada vez que ele queria usar seu dom para ir encontrá-la, os gritos de outras aldeias os convocavam.

"A garota. O que você acha que aconteceu com ela?", Norman perguntou a June Dey.

"Não dá pra saber", respondeu June Dey.

"Você viu ela acordar depois que aquele traficante fez ela desmaiar", disse Norman. "Acho que talvez ela também tenha um dom."

June Dey não havia pensado nisso, que a mulher que viajara com eles também tinha uma habilidade, também era como ele. "O que você acha que ela faz?", perguntou. "Qual é o dom dela?"

"Pode ser qualquer coisa", disse Norman. Ele próprio havia ponderado essa questão enquanto se perguntava o que o levara a Gbessa. Talvez houvesse razões para a cor de seu cabelo ou de sua pele. Talvez ela pudesse até mesmo se misturar na terra como ele, e não tivesse sido capturada pelos franceses como eles suspeitavam, mas em vez disso fugira deles por vontade própria. Então Norman se lembrou do estado em que a encontrara, de como a pele dela estava coberta de areia seca, os lábios rachados, em meio aos seus próprios excrementos. Era como se ela estivesse deitada lá por meses.

"Acho que pode ser a vida", arriscou Norman Aragon. "A mulher não deveria estar viva quando encontrei ela, mas tava."

Quando Norman Aragon disse isso, June Dey pensou em Darlene. Ele se lembrou, muito vividamente, do jeito que ela olhara para seu peito depois que June Dey percebeu que ela havia sido baleada e morta por uma bala que era para ele.

"Talvez possamos ver ela de novo, então", sugeriu June Dey.

Norman assentiu. "É possível. Entraremos no Império Kong em um dia. Espero que sejam tão receptivos quanto os outros."

"Eles serão se chegarmos ao mesmo tempo que os franceses", disse June Dey.

June Dey estava certo. Norman sabia que colonos franceses estavam provavelmente explorando a costa a todo vapor enquanto eles estavam ali falando. Proteger os reinos do interior seria uma parte inevitável de sua jornada.

Houve um leve murmúrio vindo de fora da caverna.

"O que você disse?", perguntou June Dey, ouvindo zumbido também.

"Eu não disse nada", disse Norman, e se levantou, saindo da caverna. Norman usou pedras que se formavam nas laterais da caverna para subir até o topo. À distância, ele percebeu que a fumaça subia de uma área arborizada. Ele desceu correndo e June Dey ficou esperando.

"Vamos lá", Norman continuou. Ele pegou sua bolsa e se dirigiu ao murmúrio com pressa. Após cerca de uma hora alternando entre correr e caminhar com grande urgência, eles chegaram à área arborizada.

"Não!", disse June Dey, cerrando o punho.

Eles estavam no círculo do que parecia ser uma aldeia recentemente atacada. Havia várias casas queimadas, comida espalhada e sangue misturado à sujeira.

"Procure por sobreviventes", disse Norman Aragon, e logo foi para as casas restantes e abriu as portas. Não havia ninguém.

Eles haviam roubado todo mundo. Tudo.

"Quieto", disse Norman Aragon. "Você ouviu isso?"

Os homens ouviam atentamente o vento, que carregava consigo os murmúrios contínuos dos africanos roubados.

"Você ouviu isso?", perguntou June Dey.

"Ouvi. Tá longe", respondeu Norman.

June balançou a cabeça.

"Sigam-me, meus queridos", eu sussurrei. "Venha comigo, meu filho."

"Shhh", disse Norman. Ele continuou avançando pela aldeia até chegar à estrada que saía dela do outro lado. Eles souberam que haviam chegado quando os murmúrios foram se tornando cada vez mais baixos, e acabaram diminuindo para reverberações mais urgentes. A estrada que eles percorriam era densa com florestas, árvores cada vez mais altas e menos espaço para caminhar entre arbustos e pedras, mas Norman Aragon sabia que logo chegariam em terras vazias. Surgiram em meio aos gemidos e ao que parecia ser homens conversando. Eles viajaram mais longe em direção aos ruídos incômodos, até que a floresta começou a ficar mais esparsa de novo, com árvores menos abundantes e invasivas.

"Fique aqui", Norman Aragon disse a ele.

"Por quê?", perguntou June Dey enquanto seus músculos se contraíam. "Você ouviu isso? São muitas pessoas só pra você. E se eles te ouvirem?"

"Preciso ver o que tá acontecendo antes de você me seguir", disse Norman. "Não importa se eles me ouvirem." Com isso, ele deixou June Dey. Norman desapareceu e o coração de June Dey saiu pela boca, como sempre acontecia, quando o homem de quem ele entendia tão pouco o abandonava com apenas uma lembrança de seu rosto.

Essa era a parte que Norman Aragon amava. No momento em que seu corpo e a terra novamente se tornavam um, ele entendia todas as coisas impossíveis demais para outros homens compreenderem.

O som do desaparecimento, da repentina estridência da órbita da Terra aos corações desfalecentes do seu assombrado público aos gritos de animais que testemunharam o que havia acontecido: isto se tornara seu lar, sua família. No instante em que ele desaparecia, podia ouvir e sentir profundamente o peso do mundo; o casamento entre choramingos, uivos, gemidos, castigos, francês, inglês estropiado, traseiro nu contra o chão de terra ensanguentado, cordas contra pulsos, armas contra palmas, tudo, tudo, todos os seus sons o atraíam. Então havia um silêncio tão potente, tão verdadeiro. Nas montanhas, Norman usava seu dom apenas para se esconder; desde que chegara à colônia, era esse dom que o tinha exposto e o encontrado. Ele se movia em um ritmo mais rápido quando não era visto, com braços que pareciam seguir em frente minutos antes dele próprio e pernas que competiam. Norman não tinha sonhos, nem desejos ou pensamentos. Queria apenas se esticar o mais longe e largamente que pudesse no silêncio eterno, em todas as coisas bonitas que não podemos ver.

Norman Aragon flutuou até entrar no espaço para onde o silêncio o levara. Voou entre os ramos até descobrir outra aldeia, muito semelhante às que eles já haviam encontrado. Várias casas estavam agrupadas ao redor de um círculo. No círculo da aldeia estavam os sobreviventes de dois ou três grupos, que Norman identificou por suas marcas faciais, amarrados em fileiras retas e paralelas. Havia principalmente mulheres, sem filhos. Foram as mulheres que haviam gritado; foram suas vozes que haviam chegado até ele com o vento. Alguns homens do círculo haviam sido espancados com muita violência; parecia que haviam resistido aos ataques que resultaram em suas atuais circunstâncias. Norman contou rapidamente. Trinta e dois homens na primeira fileira. Quinze na segunda. Cinquenta e nove a sessenta e três na final. Os franceses vigiavam as fileiras e ameaçavam os africanos capturados com armas e cuspe. Outros entravam e saíam das casas, que aparentemente haviam transformado em alojamentos temporários para seu grupo de exploradores.

Alguns dos homens, ao redor de uma fogueira, devoravam pães com frango assado. Havia quarenta franceses no total. Ele precisava saber mais. Seu objetivo era chegar à casa de onde parecia que a maioria dos homens entrava e saía, mas foi subitamente distraído por uma companhia de mais duas dúzias de franceses que atravessaram a floresta mais distante e entraram no círculo da aldeia. Os homens foram saudados por outras pessoas e ofereceram água e pão. Alguns entraram em uma das casas e Norman os seguiu. Assim que entrou, Norman viu que cerca de oito homens estavam em volta de uma mesa recém-construída com casca de árvore. Eles se debruçavam sobre um mapa do que parecia ser a colônia livre intermediária e os territórios que a cercavam.

"Mas podemos tentar viajar ao longo da fronteira da Monróvia", disse um deles em francês.

"É perigoso", disse outro. Ele colocou as mãos nos quadris e balançou a cabeça enquanto examinava o mapa.

"Assim como continuar o território inexplorado. Perdemos muitos homens", continuou o homem.

"Iremos mais para o interior até chegarmos ao território francês e viajaremos ao redor da colônia americana até a costa para transportá-los."

"Isso vai levar dias!", gritou outro.

"Sim, e metade de nós voltará para a Europa com estes. Os outros visitarão a colônia americana e descobrirão o que puderem sobre sua governança", disse um homem ao lado dele.

Com isso, Norman Aragon saiu da casa, quase sem fôlego com a informação que acabara de ouvir. Ele se sentiu tonto e o coração batia forte dentro dele. Foi então que Norman percebeu o cheiro. Era um cheiro violento que quase o jogou no chão com sua agressão. Ele ficou nauseado no mesmo instante e engoliu o pouco que voltou de seu estômago. Seus olhos se encheram de lágrimas. O cheiro, repugnante e implacável, envolveu-o. Norman não o seguiu espontaneamente; em vez disso, foi puxado contra sua vontade pela minha mão. Além das fileiras paralelas e das pequenas casas, passou pela aldeia em ruínas e entrou na floresta, flutuou, flutuou em direção ao cheiro horrível até chegar nele.

"Venha ver", eu sussurrei. "Venha ver."

Foi o grito curto que veio dele, surpreso e especialmente zangado, que o puxou para fora do Infinito. Diante dele, havia uma colina de crianças mortas com marcas faciais semelhantes às dos homens e das mulheres do círculo. Elas haviam sido mortas, empilhadas umas sobre as outras e abandonadas para apodrecer no campo arborizado. Uma procissão de minhocas cercava a pilha de crianças; em uma linha emaranhada, elas rodeavam a matança. Os membros quebrados das crianças despontavam na companhia de moscas e de um fedor implacável de suas vidas anteriores.

"Meu Deus", disse ele.

Como poderia este lugar, este lugar que conseguira libertar seus dons e que era refúgio para tantos, manifestar também as cavidades mais obscuras do homem? Da ganância? De sua crueldade implacável?

Norman correu. Não sabia se viajava dentro do silêncio ou fora dele, e não se importou. Correu o mais rápido que pôde para longe dos cadáveres. Correu até chegar a June Dey e desabou diante dele.

"O que aconteceu?", perguntou June Dey quando o viu. Ele puxou Norman do chão e foi buscar água para ele beber. Norman sentou-se e bebeu da casca do coco. June Dey esperou por suas palavras, seu relatório. Norman apenas ofegava, até que enfim recuperou o fôlego. Prendeu a respiração e finalmente desabou e soluçou. Chorou até que tudo que estava escondido dentro dele, a dor que ele carregara sozinho por tanto tempo, saiu; veio rugindo para June Dey até que o vento a capturou e a levou consigo até o dia seguinte.

Noite.

Quando eles chegaram, as mulheres estavam cantando. Elas cantavam para amenizar a dor do que havia sido roubado e agora estava perdido para sempre. Três línguas diferentes, e todas cantavam juntas palavras como *Onde enterraram meu bebê* e *Venha implorar por nós, Deus. Venha por nós.*

Norman Aragon escondeu-se com June Dey na floresta na entrada da aldeia. Havia alguns guardas franceses ainda acordados, sentados juntos, e caíam no sono e acordavam com as vozes suaves das mulheres. Outros dormiam em tendas armadas na extremidade mais distante da aldeia.

June Dey estava sedento por vingança. A lua da meia-noite queimava em seus olhos. Nuvens se agitavam acima deles durante a noite. Norman olhou para June Dey em silêncio e assentiu. Ele o deixou e foi para as fileiras paralelas onde o ritmo e as vozes dos santos eram elevados no ar da noite.

Norman Aragon viajou pelo silêncio até o líder da fila, que ele presumiu ser um chefe ou ancião do povo. Quando ele percebeu que os franceses que guardavam os prisioneiros haviam adormecido, ele se tornou brevemente visível para o líder da fileira. Fez contato visual com o homem e colocou o dedo sobre a boca. Desapareceu outra vez. O homem ficou surpreso com a brancura de Norman, mas Norman apareceu perto de seu rosto e olhou em seus olhos.

"Eu tô aqui para ajudá-lo", sussurrou Norman desesperadamente em inglês. Ele desapareceu outra vez. Norman procurou aquele que sabia ser um líder indígena. Assim que viu que o guarda havia adormecido de novo, apareceu apenas por um breve momento e pressionou o dedo sobre os lábios. A lua iluminava o círculo da aldeia. O vento soprava forte. Os líderes guerreiros de cada povo se entreolharam. Eles tiveram o cuidado de não se mover abruptamente, embora todos entendessem que tinham visto a mesma coisa.

Seus ancestrais chegaram para resgatá-los, e sua hora de redenção havia chegado.

Um a um, Norman desamarrou os líderes, que, em vez de se submeterem a movimentos bruscos, sussurraram para as mulheres continuarem cantando.

E as mulheres cantaram.

Os homens observaram os guardas e esperaram que eles adormecessem outra vez. Foi então que se desamarraram uns aos outros rapidamente. Enquanto eles faziam isso, Norman Aragon acenou para June Dey se juntar a ele no círculo da aldeia. June Dey correu para onde os guardas estavam sentados. Pelo que ele conseguia se lembrar, nascer em cativeiro criara uma frieza dentro dele, tão fria que ardia. E foi essa queima, esse fogo que ele reuniu quando invocou seu dom. O ímpeto daquelas chamas rugiu em sua cabeça e endureceu seus punhos. June Dey esgueirou-se por trás deles e juntou suas cabeças com a maior força que pôde, e os homens no mesmo instante desabaram, sem vida.

Norman Aragon recuperou suas armas e jogou-as para June Dey. As mulheres perceberam isso e intensificaram seu canto, animadas pela possibilidade. Os africanos capturados, agora todos desamarrados, levantaram-se. Muitos tinham pouca força, mas encontraram o caminho para se levantar e se uniram em uma necessidade mútua de vingança. Norman Aragon foi até um dos líderes e deu-lhe a arma em sua mão, mas o homem jogou-a no chão e gritou alto alguma coisa, o rosto furioso, os olhos lutando contra as lágrimas.

"Sim", murmurou June Dey. Ele jogou sua arma para baixo também. Houve movimentos dentro das tendas onde os franceses dormiam. Sussurros vieram então.

Lá fora, várias dezenas de homens africanos com o coração partido esperavam que eles se aproximassem. June Dey estava entre eles. Se sentia vivo. Esperou para ver os rostos daqueles que haviam matado as crianças de que Norman falara.

Um saiu sonolento de sua tenda e imediatamente, ao notar os guerreiros que aguardavam, correu para dentro a fim de reunir outros.

"Les africains!", gritou ele. "Les africains!"

De repente, homens saíram com armas de suas tendas e das casas onde dormiam. No entanto, as armas voaram rapidamente de suas mãos e foram puxadas pela poeira, coletadas por Norman enquanto ele corria invisível entre eles. As armas passavam pelos guerreiros e eles cuspiam no chão conforme elas viajavam.

"Les africains!", gritaram os franceses. "Regardez! Il est une chose des sorcièrs!"

Um por um, eles deixaram suas tendas, tremendo, as lamparinas se agitando furiosas, pendentes de mãos frouxas, e ficaram cara a cara com os africanos capturados.

"Vão!", June Dey gritou, e os homens avançaram em direção às tendas não com aço, mas com punhos, com lágrimas de raiva e sedentos, querendo quebrar rostos, expulsar a socos o ódio desses homens estranhos que haviam roubado sua civilização, perturbado suas vidas por nenhum motivo, querendo que eles sangrassem até que todos os seus filhos renascessem, revivessem, retornassem. Sem aço. Apenas coração.

Nenhum explorador viveu sob aquela lua. Nenhum africano a mais morreu.

Inquieto, Norman levantou-se da árvore contra a qual estava apoiado e pegou uma folha de papel de uma pequena bolsa de linho que ele e June Dey se alternavam para carregar. Ele havia recebido um papel de um escriba de uma aldeia que haviam visitado há pouco tempo, um presente em troca de proteção. Estava se espalhando entre grupos costeiros através de griôs viajantes e videntes a notícia de que homens com bastões de fogo estavam roubando os aldeões. Também se espalhara a notícia de que, em muitos casos recentes, um ancestral chegara, um homem em dois corpos, um negro, um branco. A metade branca entrava e saía da morte, negociando por eles, implorando para que tivessem mais tempo na terra, enquanto a metade negra se sacrificava e suportava a dor dos bastões por eles. Alguns pensaram que June Dey e Norman Aragon eram a divindade Ibeji, os gêmeos divinos Taiwo e Kehinde em carne e osso. Então, agora, quando eles chegavam, em algumas ocasiões eram celebrados. Em uma dessas ocasiões tinham recebido presentes, roupas e talheres. Norman também tinha recebido papel de um escriba e argila para escrever usando gravetos.

Norman tinha ouvido muitas histórias durante seus meses na costa, mas como os heróis africanos poderiam viver quando todos os griôs estavam sendo mortos? Ele queria registrá-los. Escrever sobre o tempo de June Dey nas florestas da Virgínia. Escrever sobre Nanni, a *maroon* de Moorestown.

"O que você tá fazendo?", June Dey perguntou, sentando-se.

"Procurando aquela argila", disse Norman enquanto revistava a bolsa. "Não tô achando."

"Pra que você precisa de argila?"

"Pra... Quero escrever algo", respondeu Norman.

"Entendi", disse June Dey, balançando a cabeça.

"Não consigo encontrar a argila", disse Norman.

"Talvez encontremos em breve. Argila não é muito difícil de encontrar."

"Ou carvão. Qual é o último lugar em que passamos onde você viu carvão?"

Antes que June Dey pudesse responder, os dois ouviram um farfalhar na floresta que os fez saltar. Sem explicação, Norman agarrou sua bolsa e desapareceu. Ele ouviu June Dey correndo atrás dele. Não muito longe de onde haviam partido, Norman Aragon descobriu um riacho estreito que corria vários metros abaixo de uma colina. Três mulheres vestidas com *lappas* rasgadas de cores extravagantes se revezavam no topo da colina para mergulhar seus baldes no riacho. Enquanto uma abaixava o balde, as outras duas seguravam cada um de seus braços, protegendo-a enquanto ela puxava o balde cheio de água fresca. Uma das mulheres tinha acabado de pegar um balde quando avistou Norman. A mulher apontou e as outras gritaram, logo levantando-se para recuar.

"Espere", disse Norman, correndo para elas.

June Dey emergiu dos arbustos, e as mulheres largaram os baldes e correram. Norman as alcançou e bloqueou seu caminho.

"Por favor, não corram. Somos inofensivos", implorou.

As mulheres se amontoaram.

"Não vamos machucar vocês", disse Norman, e June Dey ficou observando ao lado, como se não quisesse aumentar o medo delas.

As mulheres sussurravam entre si em sua língua.

"Não vamos machucar vocês", repetiu Norman em voz baixa e lenta. June Dey foi até onde as mulheres tiravam água e juntou seus baldes. Com facilidade, ele caminhou até elas com os três baldes. Os olhos das mulheres percorreram os rostos e corpos de Norman e June Dey, como se procurassem vestígios de velhos amigos ou, pior, velhos inimigos.

"Vá embora!", gritou uma delas. "Vá!"

"Você fala inglês? Inglês?"

"Vá!"

"A sua aldeia tá perto? Faz semanas que não vemos nenhuma aldeia. Não sabíamos que havia uma por perto."

A mulher que gritou tentou recuar outra vez. Ela passou correndo por Norman, que quase perdeu o equilíbrio. Gritou algo para suas amigas, que ficaram juntas, abraçadas, os olhos nadando de terror ao ver o rosto de Norman.

"Onde tá meu filho?", ela perguntou e começou a chorar.

"Seu filho. Eu não sei", disse Norman, acenando de novo com a mão. "Olha, não temos nada." Ele abriu a bolsa para mostrar às mulheres o papel e outros pequenos itens dentro dela.

"Queremos ajudar", disse Norman, fechando a bolsa. "Ajudar. Alguém te machucou? Como eu?", perguntou ele, estendendo os braços como exemplo, e as palavras queimaram sua língua. Os olhares em seus rostos, os olhares das mulheres, eram conhecidos. Esse tipo de medo havia gerado muitos filhos, e eles viviam agora ao longo daquela costa, e seus rostos todos pareciam os de suas mães.

"Ele tá certo", acrescentou June Dey. "Queremos ajudar."

"Não", respondeu uma das mulheres. As mulheres se levantaram e acabaram se aquietando ao perceber que Norman ou June Dey não tinham armas para machucá-las. Os homens não fariam nada mais do que ficar olhando até que as mulheres falassem mais, então as duas mulheres, ainda abraçadas, deram um passo na direção para onde a amiga acabara de correr. Seus passos eram lentos, calculados. Norman não as impediu; saiu do caminho delas. Então elas deram mais um passo, e outro, cada um mais urgente do que o anterior, até que correram na mesma direção da amiga. Norman balançou a cabeça para June Dey, e os dois seguiram as mulheres, June Dey com os baldes de água ainda em suas mãos.

Menos de um quilômetro adiante na floresta, eles encontraram um pequeno vilarejo de não mais que oito casas. A aldeia cheirava a amendoim e sopa, e o fogo ainda ardia na beira do círculo de casas onde uma panela, com o vapor subindo, borbulhava com a refeição. Duas dúzias de mulheres entravam e saíam das casas, e alguns Velhos Pais sentavam-se em um banco de bambu na maior casa da aldeia. Pela janela aberta de uma das casas, uma das mulheres do poço, a que conseguira escapar, torcia as mãos, ilustrando sua história. As mulheres enfiavam a cabeça dentro e fora de suas casas para ouvi-la, depois corriam para suas casas e lugares designados, algumas chorando e balançando a cabeça com as notícias incômodas. Alguém notou as outras duas mulheres do poço e gritou seus nomes. Os aldeões correram para o lado delas, e celebraram com uma grande batida de tambores.

Norman e June Dey emergiram da floresta e, tão rapidamente quanto começaram, os gritos de júbilo diminuíram, terminaram e renasceram em gritos mais semelhantes aos que ouviram nas aldeias que encontraram.

"Vá! Saia daqui!", gritou a mulher que foi a primeira a correr, virando-se para eles, agitando os braços esguios.

Duas mulheres mais velhas saíram de uma casa com telhado de zinco e entraram no círculo. Uma era bem mais baixa do que a outra, mal alcançando o cotovelo de sua companheira. As duas usavam *lappas* brancas amarradas acima dos seios e faixas brancas na cabeça, combinando. Uma das mulheres segurava um ancinho e a outra, um bambu afiado como uma lança de flecha. Embora andassem a passos largos, parecia que estavam correndo uma contra a outra na direção de Norman e June Dey.

Norman olhou para June Dey, que baixou os baldes de água no chão. Os aldeões entraram em suas casas, fazendo um alvoroço para recolher suas coisas, como se um fogo estivesse engolindo a floresta ao redor. Sem hesitar, as duas mulheres mais velhas apontaram suas armas altas para as gargantas de Norman e June Dey. Ambos levantaram as mãos.

"Onde eles tão?", perguntou a mulher mais baixa.

"Quem?"

"Os homens", disse ela, aproximando o ancinho do pescoço de Norman e empurrando-o várias vezes. "Você tá com Sam?"

"Eu não, nós távamos perdidos. Somos andarilhos aqui. Forasteiros. E vimos suas mulheres tirando água", disse Norman.

"Queremos ajudar", acrescentou June Dey enquanto a maior das duas Velhas Mães o observava.

"Sem ajuda!", gritou a mulher menor.

"Podemos ajudar a proteger vocês", disse Norman.

Antes que Norman pudesse dizer outra palavra, a mulher pressionou a arma contra o pescoço dele, fazendo-o recuar. Ele olhou para June Dey, que também parecia decidido a não lutar contra as mulheres da aldeia. Com suas armas, as duas mulheres empurraram Norman Aragon e June Dey para uma casinha externa de três por três, feita de barro, com um portão de bambu. A maior Velha Mãe cutucou as costas de June Dey com a lança quando ele entrou. Ela fechou o portão e os membros da aldeia correram até ela e ajudaram-na a trancá-lo com uma barra de ferro.

Norman e June Dey olharam pela abertura do portão enquanto as mulheres voltavam ao círculo da aldeia, onde os aldeões, agora aliviados, gritavam recomendações de punições e planos para seus hóspedes indesejáveis.

ELA SERIA O REI

WAYÉTU MOORE

O BAILE

Naquela noite, Maisy e Gbessa colocaram tudo que prepararam em duas longas mesas de banquetes. O salão dos Johnson tinha duas janelas do chão ao teto que eram tão claras e acolhedoras que o sol se derramava sobre o piso de carvalho. Nas paredes dessa sala de banquetes havia vários retratos, incluindo um da sra. Johnson e da srta. Ernestine com uma dúzia de mulheres com chapéus brancos e guarda-chuvas. Também havia bilhetes de embarque para a viagem a Monróvia emoldurados.

No fundo do salão, havia uma mesa menor com três cadeiras que Maisy decorara com fitas para acomodar os Johnson diante de seus convidados. As outras mesas estavam decoradas com camurça marrom e enfeites azuis e brancos. Na frente do salão, uma banda de violinos e tambores do povo Kpelle se exibia sobre uma pequena plataforma de madeira. Maisy e Gbessa limparam cerca de cem taças de vinho que esperavam na cozinha perto de três barris de vinho importado que o sr. Johnson havia recolhido há pouco tempo no porto.

Conforme os convidados entravam na sala de banquetes — lindas mulheres em vestidos de cores intensas, acompanhadas por homens bonitos em ternos sob medida —, Maisy, posicionada em um canto com Gbessa, apontava um a um para ela.

"Esses são os Yancey", disse Maisy no ouvido de Gbessa. "Eles eram escravizados no Mississippi. Um abolicionista os comprou e mandou para cá. Esses são os Jackson", falou, apontando para uma mulher redonda que segurava a mão de um homem baixo de pele preta cuja cabeça mal chegava aos ombros dela. "A sra. Jackson ainda escreve para seu antigo senhor e sua esposa contando como ela tá aqui. Eles mandam pacotes duas vezes por ano. Esses são os Johnson, que não têm relação com os nossos, os Cooper, os Dunlap e os Lowe. Ah, tenha cuidado ao falar com a sra. Dunlap. Ela é vesga e fica ofendida se você desviar o olhar enquanto ela tá falando com você."

Gbessa observou os convidados confraternizando antes de tomarem seus lugares às mesas.

"Esse é o sr. Roberts. Esse é o sr. Augustine. Ele era médico escravizado na América."

O sr. Augustine acenou para Maisy. Ela acenou de volta, sorrindo.

"Esses são os Palmer e os Fairman. Eles são vizinhos no condado de Mesurado, e as pessoas dizem que eles tratam seus empregados pior do que eram tratados na América."

A sala logo ficou lotada. Enquanto a banda tocava violinos e tambores do povo Kpelle, nove mulheres entraram na sala usando vestidos brancos e beges.

"Sande", sussurrou Gbessa.

Maisy riu.

"Não. Elas são mulheres da sociedade."

"Sociedade?"

"Sim. Eu fui a uma das reuniões com a sra. Johnson, e tudo que elas fazem é fofocar", sussurrou Maisy.

Depois que os convidados terminaram de comer, Maisy e Gbessa recolheram seus pratos.

"Quem é a garota?", perguntou uma das mulheres ainda olhando para Gbessa.

"A nova criada de Alice", respondeu outra.

"Ah. Achei que ela não gostasse de ter criados."

Gbessa não ergueu os olhos para as mulheres enquanto falavam. Ela continuou a limpar e até tremeu um pouco ao sentir os olhos curiosos sobre ela.

Quando os outros convidados notaram como as mulheres da alta sociedade olhavam para Gbessa e cochichavam umas com as outras, todos os olhares passaram pela mesa e pousaram na bruxa.

"Qual é o seu nome?", perguntou uma das mulheres.

Gbessa, sem saber que estavam falando com ela, manteve a cabeça baixa e tentou pegar o prato da mulher, ainda com um pouco de comida. Ofendida por Gbessa tê-la ignorado, a mulher puxou o prato.

"Qual é o seu nome?", perguntou ela.

O som dos talheres cessou com a voz elevada da mulher. Todos encaravam Gbessa.

"Nome", disse Gbessa, feliz por lembrar a palavra, com medo de dar a resposta. "Gbessa", respondeu.

A mulher da alta sociedade esperou um momento antes de entregar o prato a Gbessa e depois iniciou uma conversa com outro convidado. O tilintar dos talheres recomeçou e Gbessa saiu correndo do salão e foi para a cozinha, carregando sua pilha de pratos. Ela se virou e viu que Maisy estava atrás dela.

"Eu fiz algo errado?", perguntou Gbessa.

"Não. O que ela perguntou?"

"Nome."

"Você disse para ela?"

"Sim."

"Que bom. Você não fez nada de errado, mãe."

No final da noite, a srta. Ernestine foi até a mesa dos Johnson com um jovem que compartilhava seus olhos. Ele tinha pele marrom-alaranjada e cabelo comprido e lanoso que prendia em uma trança que corria pelas costas. Ao se aproximarem da mesa principal, os Johnson se levantaram para cumprimentá-los. Após uma breve conversa, o sr. Johnson se levantou e ergueu o copo. Os convidados do salão ficaram em silêncio.

"Achei que nunca conseguiríamos chegar aqui", começou ele, com uma voz grave e melódica. "Achei que nunca veria homens e mulheres negros e livres encontrando companheirismo sem o assédio ou o medo daqueles que se consideram superiores a nós."

A multidão assentiu. Alguns concordaram com grunhidos e murmúrios curtos.

"Uma terra como a Monróvia era um conto de fadas que nunca seria realizado e, como o povo de Moisés, nós e nossos filhos e os filhos de nossos filhos continuaríamos vagando no deserto americano que são a escravidão e a desigualdade."

Ele foi interrompido por aplausos momentâneos.

"Mas sim, irmãos. A Monróvia é real. A Monróvia é real e estamos em casa."

A multidão aplaudiu mais ainda. Algumas das mulheres afagaram o canto dos olhos com lenços.

"O que ele disse?", Gbessa perguntou a Maisy.

"Ele disse que tá feliz por estar aqui, longe das pessoas que os tratavam mal", respondeu Maisy.

"Ah", disse Gbessa, balançando a cabeça. "Eu também."

"Estamos onde sempre estivemos destinados a estar. Calejados agora pela adversidade, podemos liderar nossos irmãos africanos em uma democracia sólida e guiada de acordo com os princípios cristãos. Graças a Deus pela libertação da África pelos africanos."

A multidão aplaudiu outra vez. O sr. Johnson esperou o fim dos aplausos antes de continuar.

"Não durma, pois a Monróvia e sua história apenas começaram. Sim, a Monróvia será a vanguarda da ressurreição da África. Seus cabelos tocarão o raio e ela nos protegerá e guiará. *Devemos* construir a Monróvia!"

Alguns homens levantaram-se de seus assentos e ergueram as taças para o sr. Johnson. Outros acenaram.

"Minha paixão por esta terra, embora ame meus vizinhos e compatriotas, não é só por causa deles. É por ela", disse Johnson, apontando para Marlene. Ele foi até ela e colocou o braço em volta dos ombros da mulher. "É por ela, seus filhos e vizinhos."

Com um lenço, a sra. Johnson enxugou os olhos. A srta. Ernestine também chorava.

"Por isso, farei brinde muito especial", disse ele. "Um brinde que espero desde o dia em que ela nasceu. Marlene vai se casar com Henry Hunter. Eles estão noivos e, com nossa bênção, nossas orações e nosso apoio, continuarão a construir a próxima geração da Monróvia!"

As mulheres da sociedade logo se levantaram em uma onda de aplausos. A srta. Ernestine não conseguiu conter os soluços quando Henry saiu de seu lugar ao lado dela para se juntar a Marlene.

Gbessa os viu juntos e pensou em Safuá. Em seu cantinho, ela se perguntou o que Lai estaria fazendo naquela noite, se o contador de histórias faria serenatas para as crianças da aldeia com contos da terra mística. Ela ansiava dolorosamente por essas histórias. Mas essa dor não era um sentimento muito diferente do alívio que sentia por não precisar mais se reconciliar com a rejeição de Lai. Seus pensamentos sobre Lai e Safuá e a lembrança daquele longo caminho que fora obrigada a percorrer sozinha após o exílio andavam de mãos dadas. Gbessa se perguntou se Safuá pensava nela ou nas noites no lago Piso quando o muro entre suas histórias desmoronou para deixá-los frente a frente.

A primeira casa de Henry e Marlene Hunter ficava mais ao sul e no interior da Monróvia, no condado de Sinou. Lá, uma nova classe média se formava, composta de escravizados que haviam voltado e não podiam manter nem empregados nem grandes campos para cultivar. Isso também se aplicava a cidades menores ao longo da costa, onde os colonos cultivavam café, que comercializavam ao longo do rio St. Paul. Ao contrário dos proprietários das mansões na praia da Monróvia, a maioria dos residentes do condado de Sinou cuidava de suas próprias fazendas. Henry Hunter decidiu que se mudaria para lá, já que ele sempre desprezara secretamente a forma como a sociedade monroviana vivia e como alguns tratavam seus criados. Ele falava com os homens da fazenda de sua mãe como se fossem seus amigos de infância, tentava aprender suas línguas e, quando podia, fazia questão de que eles tivessem porções iguais às suas durante as refeições. Como dizia a Marlene, ele queria estar o mais longe possível de sua mãe e da sociedade monroviana, planejando em sigilo até mesmo se libertar um dia dos governadores brancos da Sociedade Americana de Colonização e dos prefeitos elitistas da sociedade monroviana para formar um país independente. A única maneira de ele ver isso acontecendo foi se mudar para as comunidades agrícolas de classe média de Sinou e aprender sobre a colônia livre por conta própria.

A ambição de Henry é o que atraía Marlene, filha de pais generosos e gentis que nunca tiveram mais criados do que precisavam. Quando eles tinham apenas 16 anos, ela ouviu Henry falar para um grupo isolado em uma festa da sociedade dedicada à juventude da Monróvia, e ele expressou sua frustração porque, embora estivessem em uma colônia livre, ainda eram governados por americanos brancos.

"Seja razoável, Henry. Precisamos da ajuda deles", protestou outro menino naquela noite.

"Não precisamos, não. Fomos ensinados que precisávamos da ajuda deles. Qual deles cultiva sua terra?", Henry perguntou a ele.

O menino não teve resposta e de fato voltou para casa naquela noite e instigou um debate noturno com seu pai sobre as razões pelas quais a colônia livre ainda precisava de governadores brancos. Seu pai então compartilhou os perigos das opiniões tirânicas de Henry Hunter com a srta. Ernestine, que as considerou mesquinhas.

Vários dias depois, enquanto ninguém estava olhando, Marlene entregou a Henry uma carta durante um piquenique. Dizia:

Caro Henry Hunter,

Eu compartilho de sua ideologia, mas você é descuidado ao articulá-la. As safras de nossas fazendas são negociadas com vendedores designados pelos "governadores brancos" que você tanto contesta. Duvido que outros países fossem negociar com uma colônia de negros. Veja só o que está acontecendo com o Haiti. Eles são a primeira república negra e já estão pobres, pois os governos se recusam a negociar com eles. Os governadores são de uma cor adequada. Eles continuam sendo os laços da maioria das transações econômicas da colônia. Eles são, por mais difícil que seja admiti-lo, responsáveis pela riqueza da sociedade. Estou ansiosa por sua refutação.

Atenciosamente,
Marlene Johnson

Ao que Henry Hunter respondeu:

Cara Marlene,

Estou impressionado por ver que você é tão inteligente quanto é bonita. Espero que minhas palavras não tenham ofendido você como ofenderam alguns outros. Quanto ao seu questionamento, argumento apenas o seguinte: qual é a cor do dinheiro e quem oprime ou se ofende por ele não ser branco? Devemos continuar essa discussão cara a cara. Preciso ver você de novo.

Atenciosamente,
Henry Hunter

Os dois passavam a maior parte do tempo livre escrevendo cartas um para o outro. Um dia, a srta. Ernestine viu a breve troca de cartas do outro lado do salão de baile e insistiu em fazer visitas à casa dos Johnson para conhecer melhor a família (e Marlene), já que Henry se recusava a revelar quaisquer detalhes de sua vida pessoal para a mãe.

Foi o medo de ofender os outros membros da sociedade que a encorajou a dar sua bênção ao rapaz. Henry e Marlene se casaram apenas um mês depois do baile dos Johnson e, contra a vontade da srta. Ernestine, decidiram se mudar para o condado de Sinou com os fazendeiros do interior e as famílias livres. Sinou ficava a sudeste do condado de Mesurado, onde a Monróvia e outras colônias de influência americana estavam nascendo.

Gbessa foi morar com Henry e Marlene para ajudá-los a cuidar de sua nova casa. Ao chegar em casa, Maisy conduziu Gbessa a um quartinho nos fundos com uma janela que dava para uma fazenda de um acre.

"Este é seu", disse Maisy, e colocou a bolsa de Gbessa no chão perto de sua cama. "Comprei um presente pra você", falou, entregando a Gbessa uma caixa marrom com uma fita amarrada.

Gbessa abriu o presente.

"É uma Bíblia. Sei que não haverá muito para você fazer até que eles comecem a ter filhos, então pensei que você poderia trabalhar nas letras e palavras que lhe ensinei."

"Você vem visitar?", perguntou Gbessa enquanto Maisy se dirigia até a porta.

"Claro. Sim, virei sempre que a sra. Johnson fizer uma viagem e talvez outras vezes. Você não está me perdendo, Gbessa", disse Maisy. Gbessa passou os braços em volta dela com força. Pensou que ia desmaiar ou morrer com a pressão no coração, mas Maisy a segurou.

"Obrigada, Maisy", sussurrou Gbessa. "Amo você, Maisy."

Maisy se afastou e segurou o rosto de Gbessa, que era adorável mesmo com os olhos vermelhos e úmidos.

"Eu também te amo, mãe."

"Não sou sua mãe. Você é minha mãe", respondeu Gbessa.

"Não, eu sou sua irmã", disse Maisy em vai.

"Não, Maisy. Você é minha mãe", respondeu Gbessa em inglês.

"Tudo bem, irmã. Eu sou sua mãe."

Gbessa a abraçou outra vez.

"Eu vou te visitar, ouviu?", ela disse em vai.

"Sim. Sim. Obrigada, Maisy", respondeu Gbessa, assentindo.

Maisy juntou-se aos Johnson na carruagem do lado de fora. Ela enxugou o rosto com um lenço que a sra. Johnson lhe entregara e acenou para fora da carruagem para Gbessa, que ficou na varanda até Maisy e o coche serem engolidos pela noite.

Henry e Marlene Hunter eram autossuficientes para cuidar de sua casa e suas terras, chamavam Gbessa apenas quando precisavam de alguma ajuda. Eles encorajavam Gbessa a praticar seu inglês e a fazer amizades (onde pudesse) com quaisquer moças de serviço ou babás nas casas próximas. Mas, em vez disso, Gbessa preferia ficar sozinha em seu pequeno quarto. Lá, ela lutava contra os pensamentos de querer voltar para a aldeia, qualquer aldeia, e querer ser como aqueles do outro lado da porta.

O condado de Sinou era formado por ex-escravizados americanos que haviam retornado, colonos barbadianos e jamaicanos e alguns indígenas como Maisy, que já haviam trabalhado como empregados, mas agora podiam pagar por suas próprias casas e fazendas no estilo dos colonos.

Henry e Marlene Hunter foram os primeiros da sociedade a se mudar para o condado de Sinou, e no início eram observados com ceticismo, pois não pareciam se portar como a maioria dos monrovianos. Mas depois de um ano morando lá, quando os colonos viram que os Hunter trabalhavam tão duro quanto seus criados para manter sua casa, eles os receberam e deram dicas de como cultivar suas terras.

Antes da temporada de chuvas, eles os ensinaram a construir sistemas de drenagem usando folhas de palmeira para que sua plantação não se afogasse. Antes da temporada de seca, eles ensinaram como usar o mesmo sistema para garantir que suas plantas permanecessem hidratadas.

A amiga mais próxima de Marlene era uma colona de Trinidad que se chamava Anna. Era uma mulher corpulenta com pescoço curto e peito achatado. Suas palavras saíam de uma forma que Marlene chamava de agitada, e ela levantava olhos e olhava de relance depois de qualquer notícia, fosse boa ou ruim.

Enquanto Henry e Zeke, o marido de Anna, ficavam sentados na varanda dos Hunter à noite fumando tabaco e comparando suas vidas nos Estados Unidos e nas ilhas do Caribe, Marlene e Anna sentavam-se à mesa da cozinha e jogavam cartas com Norma, outra esposa de um colono do condado Sinou, que estava grávida de seu sétimo filho. Norma contratara uma criada para ajudá-la com os filhos, então, à noite, caso seu marido, Joseph, decidisse se juntar a Henry e Zeke na varanda, ela poderia se juntar às esposas em um jogo de cartas.

"É bom que Henry está aqui falando sobre toda essa independência", disse Anna uma noite, olhando para a variedade de cartas em leque em suas mãos.

"Sim, com certeza é", concordou Norma, esfregando sua barriga protuberante.

"Eu não gosto deles andando pela minha fazenda com esses rostos brancos. Por que você veio aqui se ninguém te convidou?", riu Anna.

"Nem todos eles são maus", disse Marlene em defesa do governador e dos marinheiros. Ela estava mais acostumada com a vida ao lado dos brancos na Monróvia e nos Estados Unidos, e não considerava a presença deles um incômodo tanto quanto suas amigas. "Mas não concordo com eles metendo seus narizes na política e na economia da colônia. É como se eles pensassem que somos incompetentes."

"Bem, espero que haja um assentamento na colônia em breve. Eu não quero ter um governador branco na África ou em qualquer outro lugar", disse Norma. "Nem quero ter um prefeito branco votando sobre o que deveria acontecer com minha fazenda ou filhos. Podemos votar por nós mesmos."

Para evitar essas conversas, embora nunca tivesse sido convidada a participar delas, Gbessa permanecia em seu quarto lendo o pouco que podia da Bíblia que Maisy lhe dera ou sonhando acordada em ver Maisy outra vez. Às vezes, ela sonhava com Safuá e se perguntava se ele a reconheceria se ela voltasse para Lai. O pensamento a excitava e aterrorizava na mesma medida, mas ela se convenceu de que ficar na colônia livre era a vontade de seu Deus. Maisy visitou Gbessa, como havia prometido, certificando-se de que levava consigo a pasta de carvão amassado para pintar os cabelos. E quando Gbessa era mandada de volta a Monróvia para fazer compras ou enviar cartas aos Johnson ou à srta. Ernestine, ela dormia ao lado de Maisy em seu antigo quarto, em sua velha cama, e elas riam e contavam histórias noite adentro.

Uma noite, quando Gbessa voltou do mercado na Monróvia e da visita a Maisy, ela entrou em casa ao som de risadas e o cheiro de fumaça de tabaco vinha da sala de jantar em sua direção. Embora já estivesse acostumada a responder perguntas sobre sua etnia e seu cabelo, Gbessa ainda era muito tímida e evitava conversar com os colonos sempre que possível.

Ela passou rapidamente pela entrada da sala de jantar em direção ao seu quarto e torceu para não ter sido vista.

"Gbessa!", chamou Marlene da sala de jantar. Gbessa balançou a cabeça, sem graça de entrar na sala onde sabia que eles estavam recebendo convidados.

"Sim, Marlene?", perguntou ela, ainda no corredor.

"Venha se juntar a nós", disse Marlene.

Gbessa entrou silenciosamente na sala de jantar. Colocou a cesta que carregava no chão perto da entrada. Na sala de jantar, Marlene e Henry Hunter, Zeke e Anna, e Joseph e Norma estavam sentados em meio a nuvens de fumaça, e em frente ao jogo de cartas e uma garrafa aberta de uísque.

"Meu Deus, garota. Como seu cabelo cresce tanto?", Anna perguntou, olhando para Gbessa. Desde que saíra da casa dos Johnson, Gbessa às vezes se esquecia de trançar o cabelo e o deixava se espalhar pelo rosto e pelo corpo.

"Eu não sei, Anna."

"Não é vodu, é?", brincou Norma, segurando a barriga.

"Norma, não seja mal-educada", repreendeu Marlene.

"O quê?", perguntou Anna. "Ela está certa em querer saber. Essas garotas do interior inventam muita coisa."

"Garotas da ilha também", disse Marlene, e Norma e Anna se calaram. "Não acredito nisso. Além disso, Gbessa é cristã."

Ela puxou uma cadeira.

"Pessoas do interior, homens livres, ilhéus. Somos todos negros e provavelmente seremos irreconhecíveis uns dos outros neste país em algumas gerações", disse Henry.

Norma sibilou por entre os dentes. "Você sempre pode distinguir um homem no meio do mato."

O interior é o que eles chamavam de povos da região. Os colonos em Sinou queriam se expandir para o interior, mas as comunidades indígenas vizinhas lutavam a fim de manter seus territórios. Isso impedia que os colonos aumentassem a escala de terras agrícolas que a maioria deles desejava e acumulassem, coletivamente, renda suficiente para enfim declarar a independência completa da América.

Gbessa havia se acostumado a ser provocada por Norma por ser "do interior", mas isso não importava, já que Maisy uma vez lhe dissera que isso vinha apenas do medo de perder o marido.

"As mulheres são naturalmente boas", dissera Maisy. "Quando uma mulher que não conhece Deus diz ou faz algo ruim, quase sempre há um homem por trás disso."

"Você precisava de mim, Marlene?", perguntou Gbessa.

"Ah, sim, quero apresentá-la ao primo de Henry, Gerald. Ele finalmente chegou de Nova York."

Saindo da escuridão e da fumaça, um homem alto e de ombros largos com rosto de menino emergiu. A luz da lamparina atingiu sua pele. Ele era um homem de pele mais clara, quase pálido, com lábios carnudos e rosados, e usava o cabelo preso e trançado caindo nas costas. Quando sorria, o ambiente melhorava, e ele se portava como se estivesse totalmente consciente e convencido de seu poder. Ele vestia um terno marrom, o tipo de terno que Henry Hunter costumava usar antes de se mudar para Sinou, e estendeu a mão para Gbessa.

"Olá. Gerald Tubman", falou, pegando e beijando a mão dela. Gbessa a puxou e enxugou as costas da mão no vestido.

"Gbessa", ela disse, e se perguntou por que o homem tinha encostado a boca em sua pele.

"Gbessa, é um gesto de cavalheirismo. Ele tá apenas dizendo olá." Marlene sorriu.

Gbessa assentiu.

"Gbessa, você vai acordar cedo para preparar o café da manhã para todos nós, não vai? Eu mesma faria, mas adoro a sua comida e quero mostrá-la para Gerald."

Gbessa corou. "Sim, Marlene", respondeu.

"Obrigada."

Na manhã seguinte, ela fez uma trança no cabelo antes de sair do quarto. Gbessa preparou ovos, pão de milho, *grits*[1] e presunto e os colocou na mesa. Ela esperou pelos Hunter e seus convidados, surpresa por eles não terem descido enquanto ela estava cozinhando, como costumavam fazer.

Quando os *grits* da mesa começaram a endurecer, Gbessa saiu da sala de jantar e foi buscá-los na escada. Quando ela se virou, Gerald saltou de um corredor escuro, acenando com as mãos.

Gbessa se assustou e engasgou, e Gerald riu.

"Você está bem?", perguntou ele enquanto Gbessa recuperava o fôlego.

"Por que você faz isso?", perguntou ela, irritada, passando por ele e se dirigindo para as escadas.

---

1 Prato feito à base de milho cozido e moído, similar à polenta.

"Eles saíram", disse Gerald.

"O quê? Aonde eles foram?", perguntou Gbessa.

"Um mensageiro veio no meio da noite com uma emergência para Henry. Ele foi chamado de volta para a Monróvia."

"Quando eles voltam?"

"Bem... não sei", respondeu ele. "Você deveria vir comer comigo."

Gerald afastou-se dela e entrou na cozinha para comer. Gbessa o seguiu, sem saber o que se esperava dela na ausência de Henry e Marlene. Ela começou a preparar o prato de Gerald, mas ele tocou sua mão enquanto ela servia os ovos.

"Eu posso fazer isso", ofereceu ele. "Obrigado."

Ele sorriu quando ela se sentou e serviu-se da refeição.

"Posso colocar os pratos pra você", ofereceu Gbessa.

"Não, por favor", disse Gerald, erguendo a mão. "Faz algum tempo que não como uma refeição caseira, por isso não pretendo comer com educação. Estamos quites, que tal?"

Gbessa assentiu e o observou.

"Você não vai se juntar a mim?", perguntou ele. "Comer."

Gbessa cortou uma fatia de presunto para ela e comeu com moderação. Gerald riu.

"Isso é tudo que você vai comer? É isso que te ensinaram sobre cultura e civilização?", perguntou ele. A resposta dela à tentativa de humor dele foi apenas o silêncio. Ela continuou a comer. "A que povo você pertence?"

Gbessa hesitou. "Eu era... Eu sou Vai."

"Ah. Vai", ele disse e olhou para o rosto dela. "Você é muito bonita."

"Obrigada", disse Gbessa, olhando para a mesa.

"Espero que isso não a ofenda", falou Gerald.

Ela balançou a cabeça. "Obrigada", disse outra vez.

"Há quanto tempo você vive entre os colonos?", perguntou Gerald. Seus movimentos, embora fluidos, eram calculados. Ele comia e tomava muito cuidado para esconder o nervosismo. Virou o rosto e olhou para a janela na tentativa de não mostrar quão surpreso estava com o rosto bonito e gentil dela. Seu pescoço macio, seus olhos perturbadores, seu cabelo glorioso, suas palavras gentis e moderadas; ele a desejava e escondia isso com grande dificuldade.

"Dois anos", respondeu Gbessa.

"Ah, você alguma vez visitou seu povo?"

"Não", respondeu ela.

"Hmm. Tenho certeza de que Marlene permitiria, se você quisesse." Gbessa concordou.

"O povo Vai vive no norte, certo? Pelo que me lembro, eles estão perto da fronteira com a colônia britânica." Ele esperou por ela, e sua respiração veio em um ritmo nervoso. "Você quer me perguntar alguma coisa?"

Ela teria dito não, mas percebeu que seria rude da parte dela.

"Você é... americano?", indagou, esperando mudar de assunto.

"Não. Tenho ascendência africana." Gerald riu. Gbessa ficou confusa. "Acabei de chegar da América."

"Você era escravizado?", Gbessa perguntou a ele.

"Não, mas meus pais eram", Gerald respondeu, e se mexeu na cadeira. "Você conhece bem a terra?", perguntou, logo mudando de assunto. "Você se considera uma guia adequada?"

Gbessa assentiu.

"Todas as mulheres africanas são tão moderadas com as palavras quanto você?"

Gbessa balançou a cabeça. Gerald riu de novo. Ela sorriu.

"Você vai ficar aqui?", perguntou Gbessa após um breve silêncio.

"Sim. Até eu me alojar em um terreno. Não pretendo usar muito do meu dinheiro em terras."

"O condado de Sinou tem boas terras", comentou Gbessa.

"Sim, eu ouvi dizer."

"O que você... o que você fazia na América?", perguntou Gbessa algum tempo depois.

"Eu era dono de uma loja."

"Loja?"

"Eu vendia coisas", explicou ele. "Roupas. Sapatos. Era a loja do meu pai. Ele morreu e a deixou para mim."

"Você tem mãe?"

"Não. Sem mãe. Eu nunca a conheci."

Gerald retomou a refeição. Ergueu a xícara e bebeu para acalmar a garganta ainda seca.

"Eu também nunca conheci a minha", disse ela.

"Tampouco", ele a corrigiu, sorrindo afetuosamente. "Você tampouco conheceu a sua."

"Eu tampouco conheci a minha", disse ela.

Gerald não sabia quais palavras poderia usar para confortá-la.

"Com licença", disse ela, e voltou para o quarto.

Ela fechou a porta e ficou de costas contra ela. Virou-se e ajoelhou-se para espiar pela abertura estreita onde sua porta encontrava a parede. Com a visão obstruída, tudo que ela podia ver era a mão de Gerald se estendendo de seu cotovelo e antebraço, que repousava sobre a mesa. Ele batia os dedos ritmicamente contra a madeira lascada. O vestido, o quarto, aquele homem, esse sentimento, era tudo estranho. "Safuá", sussurrou Gbessa, embora nem mesmo ela pudesse ouvir.

Mais tarde, naquele dia, Gbessa preparou o almoço, que ela e Gerald comeram juntos outra vez, entretidos com poucas palavras e gestos de amizade e hospitalidade. Ela então preparou o jantar e comeu com Gerald nas mesmas circunstâncias. Na noite seguinte, quando Henry e Marlene ainda não haviam retornado, o sono fugiu de Gbessa. Ela saiu do quarto e foi até a cozinha para se servir um copo de água. Então ela entrou na sala de estar, onde sabia que poderia ver a estrada principal através da janela da frente, e se assustou com a presença de Gerald Tubman. Ela gritou ao vê-lo sentado em uma cadeira de canto diretamente ao luar.

"Eu não sabia que você tava..."

"Tudo bem. Venha, sente-se comigo", disse ele, feliz em vê-la.

"Não consegui dormir", disse Gbessa.

"Nem eu. Pretendo partir para a Monróvia ao amanhecer, se eles ainda não tiverem retornado", disse ele.

Gbessa assentiu e bebeu. Gerald observou os lábios dela roçando a borda da xícara.

"Diga-me alguma coisa sobre você", disse ele naquele momento.

"Alguma coisa?", perguntou Gbessa.

"Qualquer coisa. O que você gostaria de fazer?"

A pergunta dele pegou Gbessa de surpresa e seu corpo ficou quente de medo. Ela não sabia como responder assim tão rápido, então eles ficaram sentados na sala em silêncio enquanto os grilos cantavam do lado de fora.

"Eu gosto de ficar sentada perto da água. Pra nadar", disse ela. Foi a primeira coisa que veio à sua mente, e ela sorriu assim que disse isso. Gerald sorriu também.

"Você nada?", perguntou ele.

"Sim", respondeu, orgulhosa, e ficou triste ao perceber que muito tempo havia passado desde a última vez que flutuara sob a lua.

"Quando foi a última vez que você nadou?", quis saber Gerald.

"Alguns meses atrás. Maisy e eu encontramos um riacho perto daqui", disse ela.

"Perto daqui?", perguntou Gerald.

"Sim", falou Gbessa, corando ao pensar em nadar com o homem de ombros largos.

"Você pode me mostrar? Gostaria de dar um passeio?"

"Agora?", Gbessa ficou surpresa com a sugestão, pois sabia que era o tipo de coisa que Maisy chamaria de inapropriada.

"Nenhum de nós consegue dormir", disse Gerald. "Henry disse que é um condado seguro. Vou pegar uma lamparina."

"Não vamos demorar", disse Gbessa antes de sair da sala. Depois de trocar de roupa, Gbessa conduziu Gerald para fora de casa e para fora da fazenda sob a lua cheia. Nenhum deles falou, e eles se lembravam muito pouco da conversa que inspirara sua estranha aventura. O vazio da casa a deixava inquieta e fria, então, mesmo lado a lado com a estranheza do rapaz, ela estava feliz por estar com ele e mais feliz ainda por estar fora. Quando saíram da fazenda, Gbessa reconheceu a estrada que levava ao riacho e se virou para pegá-la. No escuro, Gerald segurou a mão dela enquanto andavam pela estrada. O coração dela batia forte em seus ouvidos. Ela ouviu e as batidas abafaram os outros sons da noite, até mesmo sua respiração.

"Aí está você, minha querida", eu disse, passando. "Aí está você, minha amiga."

Gerald apertou a mão dela em direção ao luar à medida que gravetos arranhavam as pernas negras de Gbessa e vaga-lumes pousavam em seus ombros. Ela espantou as moscas e caminhou mais rápido em direção ao rio estreito.

"Eu consigo ouvir", disse Gerald. A ideia de sentar perto da água a empolgava.

Eles chegaram ao riacho e Gerald soltou sua mão. Ele colocou a lamparina no chão e abriu um espaço entre as folhas para eles se sentarem. Quando os dois se acomodaram, Gbessa suspirou noite adentro ao ver o reflexo da lua no rosto do riacho.

"Uau", sussurrou Gerald. "Este lugar é mesmo o paraíso."

Os vaga-lumes voltaram e dançaram na frente do rosto de Gbessa. Gerald pegou um e o segurou com o punho fechado.

"Solte", disse Gbessa, com desaprovação na voz. "Liberte." Gerald liberou o brilho do vaga-lume e ele flutuou para longe.

"Obrigada", disse ela.

Ele observou o rosto de Gbessa à luz brilhante da lamparina. Ele a seguia religiosamente enquanto os olhos dela se desviavam dos dele para ver a água em movimento.

"Obrigada", disse ela outra vez.

Dominado pelo desejo que sentia por ela, Gerald ergueu o queixo de Gbessa e a beijou. Ela o empurrou e olhou para seus lábios até que ele veio devagar em sua direção de novo. Ela tocou de leve o rosto dele, e ele explorou a língua e os lábios dela com a boca aberta. O corpo dela esquentou com a pura alegria do abraço dele. Os dedos dele roçaram sua bochecha e seus cabelos. As mãos de Gerald percorreram o corpo dela até os seios.

"Não", disse ela. "Pare." Uma vez que as palavras escaparam dela, Gbessa mordeu a língua.

"Tudo bem", disse Gerald, e beijou-a novamente. Os vaga-lumes iam e vinham, e o vento passou por eles rumo a outra manhã.

Já estava quase amanhecendo quando voltaram para casa, e um homem esperava por eles no jardim da frente.

Christopher, um homem Gola que treinara a maioria dos cavalos na Monróvia, era o mensageiro da colônia.

"Christopher!", Gbessa o chamou assim que reconheceu seu rosto no orvalho da manhã.

Christopher se aproximou deles antes que alcançassem a escada da varanda.

"Onde eles tão? Eles tão bem?", perguntou Gbessa.

"Claro, eles tão bem. Me mandaram vir buscar ele, sr. Tubman. Henry pediu para dizer que é uma emergência", disse Christopher.

"Certo. Vou sair agora", falou Gerald.

"Há um cavalo e uma charrete não muito longe daqui vindo buscar o senhor."

"Tudo bem, então. Gbessa, você virá também", disse Gerald. "Não há necessidade de você ficar aqui sozinha." Antes que ela pudesse responder, Gerald saiu do lado dela e entrou em casa para pegar seus pertences.

Na sala de estar da casa Johnson na Monróvia, as mulheres da alta sociedade, junto de Marlene e outras moças, sentaram-se angustiadas e se abanando. Ao notar Gerald, a srta. Ernestine se levantou em um salto.

"Aí está você!", ela disse e o abraçou. "Eu te perdoo por não me visitar antes de ir ver sua prima. Moças, este é meu sobrinho Gerald Tubman."

As mulheres da sociedade acenaram com a cabeça em sua direção, as mais jovens sussurraram para si mesmas atrás de seus leques. Gerald cumprimentou cada uma delas individualmente.

"Gerald, seja bem bem-vindo", disse a sra. Johnson, levantando-se para cumprimentá-lo. "Os homens estão lá em cima." Ela apontou para a escada. Maisy, que os ouviu chegar, entrou no escritório e puxou Gbessa para longe. Levou-a para a cozinha, onde parecia estar cortando pimentas. Gbessa pegou uma faca para ajudá-la.

"Tenho que te contar uma coisa", disseram em vai ao mesmo tempo, e riram logo depois.

"O que aconteceu?", perguntou Gbessa.

"Algo importante, Gbessa", disse Maisy, segurando Gbessa pelos ombros. "A SAC tá saindo da Monróvia."

"O quê? Quando?", indagou Gbessa.

"Em breve. Alguns tão até voltando no navio em que o sr. Tubman veio. Mas eles tão indo e encorajando o sr. Johnson e outros prefeitos a declararem sua independência da América."

"Isso é bom, então", disse Gbessa. "É o que eles querem. Né?"

"Não assim. Quando eles partirem, o exército da Monróvia será cortado pela metade." Maisy olhou por cima do ombro de Gbessa para ver se alguém estava vindo. "Eles podem não ser capazes de nos proteger contra os ataques."

"Ataques?", perguntou Gbessa, e se lembrou da companhia dos andarilhos com quem ela viajava: Norman Aragon e June Dey.

"Sim. O sr. Johnson e os outros temem que os povos acabem com a paz. Isso significa que a maioria dos colonos em Sinou teria de se mudar para a Monróvia."

"Aqui?!"

"Sim."

"O que eles vão fazer?", perguntou Gbessa.

Maisy suspirou. "O sr. Johnson e os outros prefeitos querem que a SAC fique, mas eles não vão ficar".

"Mas Henry e Marlene querem que os membros da sociedade vão embora. As pessoas em Sinou não gostam deles."

"Eu sei", sussurrou Maisy. "Henry vem falando há dois dias que eles precisam ter um exército próprio. Ele é o único que pensa que é bom eles partirem agora. É por isso que ele chamou o sr. Tubman. Ele trabalhou para um velho general do exército na América." Os vestígios do beijo de Gerald formigaram nos lábios de Gbessa. "Como ele é?", perguntou. "Ele é um bom homem?"

"Parece ser", respondeu Gbessa. Então, de repente, ela puxou Maisy para perto dela e a abraçou de novo.

"O que você queria me dizer?", perguntou Maisy, afastando-se.

"Nada", disse Gbessa. "Tô feliz em te ver."

"Eu também", sussurrou Maisy. Marlene entrou na cozinha e as meninas se separaram.

"Maisy, você pode fazer uma limonada para nós?", perguntou ela. Maisy assentiu, e ela e Gbessa fizeram copos de limonada para servir às mulheres da alta sociedade. Elas então fizeram rodadas carregando várias bandejas escada acima até uma sala quente onde o sr. Johnson e outros prefeitos estavam, alguns andando.

Maisy largou imediatamente a bandeja e abriu a janela. Gbessa desviou das pernas estendidas daqueles que estavam sentados e dos braços apontados e agitados daqueles que discordavam da opinião da maioria. Ela foi até Gerald, que estava com as costas contra a parede. Ela olhou para a bandeja enquanto ele pegava um copo de limonada. Gerald fez questão de tocar a mão dela enquanto pegava seu copo.

"Obrigado", disse ele, e Gbessa assentiu.

Ela se afastou dele enquanto ele observava, deixando o copo de frutas cítricas e gelo refrescar sua língua e garganta.

Durante os dias seguintes, os prefeitos convocaram um representante de cada uma das famílias da Monróvia, Sinou, do condado de Maryland ao leste, de Careysburg e dos territórios Gribble e Island. Observei enquanto os cavalos corriam pelas estradas recém-desobstruídas que ligavam cada condado. A notícia da saída da SAC da colônia livre se espalhou rapidamente, e enquanto eu vagava pela Monróvia, parecia que todos os prefeitos temiam o pior para a segurança da pequena colônia. Enquanto o sr. Johnson e os outros prefeitos aguardavam notícias da América a respeito de quanto deveriam esperar receber como remuneração mensal, Henry, Gerald e outros jovens marcaram uma assembleia de colonos para se encontrar no gramado em um dia de julho com a intenção de saber o que o sr. Johnson tinha a declarar. No campo da mansão, algumas centenas de homens e mulheres se reuniram para ouvir as palavras de Johnson, unindo-se depois que rumores começaram a se espalhar de que a ausência da SAC os tornaria alvos de ataques de grupos locais.

"Irmãos!", o sr. Johnson gritou para a multidão. Sete outros prefeitos estavam atrás dele. Henry Hunter estava atrás dos prefeitos com Gerald Tubman. Abaixo deles, vários homens cercaram o palco com rifles. Era a temporada de chuvas, mas a chuva diminuíra naquele dia, como se soubesse o que estava por vir. Vaguei entre os colonos. Até agora, eles eram de prisões como Emerson.

"Irmãos! Estamos sozinhos agora. Estamos sozinhos neste deserto, nossa casa. Era impossível nos mudarmos, como fizeram tantos de nós, para um porto seguro como esta colônia; para ver tantos de nós construindo e prosperando em nossa própria terra; para ver nossos filhos viverem as vidas pelas quais nossos antepassados oraram." Antes que Johnson pudesse prosseguir, a multidão explodiu em aplausos.

"Somos bebês, ainda aprendendo a caminhar nesta terra prometida e tentando aprender sua língua. Sonhadores, todos nós, um país de sonhadores, todos nós, que já concordamos em fazer a viagem através do oceano, fútil e fatal para alguns de nossos entes queridos e amigos, e ainda um campo de batalha para muitos de vocês que permanecem diante de mim.

"Sim, estamos sozinhos agora!", continuou. "Não nascemos pessoas livres neste mundo. Não, não nascemos pessoas livres. E aqueles de nós nascidos sem as algemas foram informados de que falharíamos, e olhem agora. Olhem à sua volta. Vejam o que aprendemos."

A multidão se movimentou e por um instante as pessoas olharam umas para as outras. A maioria já estava chorando.

"Quando eu era menino, perguntei ao meu pai o que significava ser um homem negro e livre. Eu tinha ouvido homens brancos se referirem a meu pai como tal, mas eu não sabia o que existia nessa liberdade que a tornava tão excepcional a ponto de precisar ser declarada. Por que meu pai não os chamava de homens brancos livres? Por que eles precisavam mencionar que ele era livre?

"Foi quando meu pai disse que minha liberdade como um homem negro era diferente. Eu era livre, sabe, ele me garantiu, mas havia alguns lugares onde eu poderia agir livremente e outros onde eu não poderia. Havia coisas que eu poderia dizer..."

"Sim", concordou a multidão.

"E algumas coisas que eu não poderia dizer! Então, quando menino, disse ao meu pai: 'Mas então eu não sou livre'. E meu pai olhou para mim, sem saber como argumentar, como explicar ao filho que, por ser negro, liberdade era algo diferente para ele. Até agora."

O sr. Johnson sorriu amplamente e olhou para cima. Ele acenou para o céu enquanto a multidão aplaudia sua apresentação.

"Eles disseram que vocês estariam perdidos para sempre, *não é?*"

"*Sim!*"

"E, no entanto, *no entanto*, não foram eles que cuidaram de suas fazendas ou construíram suas casas. Digo, *digo*, se é a proteção deles que tememos perder, se é um exército de homens que nos consideram incompetentes o que tememos perder, se são os homens que predeterminam a liberdade de vocês, então eu digo: *vão embora!*"

A multidão rugiu, entusiasmada.

"Vão embora!"

A multidão comemorou, alguns com lágrimas escorrendo pelo pescoço. Eles lentamente se aquietaram e imploraram por mais. O sr. Johnson enxugou o suor da testa com um lenço.

"Somos livres", declarou ele, controlando-se, a voz saindo rouca. "E essa liberdade, essa liberdade é o que fez vocês arriscarem suas vidas para viajarem até aqui. Essa liberdade é o que construirá esta nação no próximo século, no seguinte, no seguinte e no seguinte! Para nossos filhos e todos os nossos netos! Por toda esta terra, vamos nos lembrar deste dia! Morreremos recitando, e em nome de nossa nova e honesta liberdade, em nome de nossa liberdade, chamaremos esta terra, nosso país novo e corajoso, livre e honesto, de *Libéria*!"

Houve uma série de reuniões nas semanas seguintes entre os prefeitos da Monróvia e aqueles que eram vistos como líderes de cada comunidade. Foi decidido que um exército de colonos da região seria formado para proteger o novo país. Henry Hunter convenceu os prefeitos de que uma base militar deveria ser instalada no condado de Sinou. Todos concordaram que Gerald Tubman lideraria o exército e que uma casa deveria ser construída para ele imediatamente. Ele também recebeu dois cavalos. Durante as reuniões, o condado de Mesurado foi nomeado e, nesse condado, a nova capital, Monróvia, seria estabelecida na costa. Os colonos começaram a publicar um jornal, que circulava em Mesurado, Sinou e outros condados do continente, com atualizações e notícias sobre a organização política do novo país.

Perto do final de uma dessas reuniões, dois meninos com menos de 16 anos entraram na sala andando lado a lado. Suas camisas estavam amassadas e pareciam ter botões faltando, e em nenhum dos dois o casaco caía bem; ambos vestiam um modelo grande demais para seus corpos magros.

"Já acabou?", disse um dos meninos, examinando o rosto de cada homem na sala, como se procurasse para onde suas palavras haviam ido.

Os homens na sala olharam para os dois, erguendo as sobrancelhas.

"Quase", disse o sr. Johnson. Os colegas interromperam a sessão para examinar os jovens.

"Desculpem-nos por interromper", disse um dos meninos, com um sotaque carregado do interior. "Meu nome é Ezekial. Este é meu primo, Elijah."

"Muito bem, meus jovens irmãos do Velho Testamento", disse o sr. Johnson, sorrindo. Os outros na sala estavam bem-humorados, rindo debaixo de lenços listrados e bigodes grisalhos. "O que podemos fazer por vocês?"

"Fomos enviados pelo meu pai, que ficou para trás, cuidando da fazenda. Viemos do condado de Maryland", disse Ezekial.

"Quem é o seu pai?", perguntou um dos prefeitos.

"Bennette Hill. Da Carolina do Sul."

"Há uma pequena comunidade lá", explicou o prefeito aos outros na sala, embora parecesse que tenha afirmado isso como um lembrete a si mesmo, não aos colegas.

"Entendo", disse o sr. Johnson. "O que podemos fazer por vocês? Ainda estão tendo problemas para negociar com os nativos em Maryland?"

"Não, não, não", disse Ezekial, sacudindo a cabeça. "É só que... Há pouco tempo meu irmão viu algo. Um problema. Meu pai pensou em vir denunciá-lo formalmente."

"Ele mandou vocês sozinhos?", perguntou outro homem.

"Ele não queria deixar minha mãe e minhas irmãs sozinhas na fazenda depois do que aconteceu", falou Ezekial, com a voz trêmula. "Diga a ele, Elijah."

"Eu estava cultivando coco..."

"Não consigo ouvir você", gritou alguém do fundo da sala.

"Eu estava cultivando coco", repetiu Elijah, o menino mais novo, não muito mais alto do que da primeira vez, ciente de que todos o observavam. "E eu vi homens brancos liderando um grupo de pessoas Grebo. Eles pareciam ruins."

"Eles foram espancados", disse Ezekial, falando em nome do primo com gestos exagerados. "Ele diz que eles estavam presos por cordas, cerca de duas dúzias deles. Meu pai disse que eles podem estar aqui, negociando."

"Traficantes de escravizados?", perguntou o sr. Johnson, cético. A sala explodiu em um burburinho de desaprovação.

"Não há mais comércio de escravizados ao longo da costa", disse um dos prefeitos.

"Traficantes de escravizados. Você tem certeza de que eles eram traficantes?", perguntou o sr. Johnson. "Alguns negros têm pele branca." Ele olhou ao redor da sala, como se estivesse se desculpando por dizer isso. "Tem certeza de que não era um colono com prisioneiros?"

"Sim, senhor", respondeu Ezekial. Elijah assentiu.

"Eles não falavam inglês", disse Elijah, quase de forma inaudível.

"Eles não falavam inglês", Ezekial repetiu. "Eles não eram colonos, senhor."

"Sinto muito, jovem, mas é difícil de acreditar", interrompeu um prefeito. "O comércio está proibido há algum tempo."

"Traficantes de escravizados... Como lidaríamos com isso?", outro comentou do canto da sala, esfregando a testa com um lenço. A conversa na sala recomeçou; uma parte manifestava inquietação, outra, descrença.

"Não adianta se preocupar com algo que parece improvável", discordou um colono.

"O comércio está proibido há quase quatro décadas", acrescentou outro.

"Mesmo assim", disse Johnson, erguendo a mão para aquietar a sala. "Podemos enviar alguns soldados até o lugar para dar uma olhada."

"Não há mal nenhum nisso", acrescentou um dos homens.

"Vocês todos vão dormir na minha casa esta noite, e vamos enviar alguns homens com vocês pela manhã", disse o sr. Johnson aos meninos. "O que acham disso?"

A decepção tomou os rostos de ambos, mas Elijah e Ezekial concordaram respeitosamente. "E como seu pai é um homem que frequenta a igreja, diga a ele que venha a Monróvia algum dia para ir à igreja conosco." O sr. Johnson deu um sorriso falso e, como os outros na sala mal riram dessa vez, ele soube que a feiura dos pensamentos deles estava conectada, seus medos eram como gêmeos idênticos, e eles estavam com medo de trocarem olhares.

Henry e Gerald ficaram na Monróvia, e Marlene e Gbessa voltaram para o condado de Sinou. A emoção e a expectativa do renascimento dos colonos percorreram a costa da nova república.

Após um mês, o mensageiro do sr. Johnson cavalgou até o condado de Sinou para levar Marlene e Gbessa de volta a Monróvia. Ao chegarem, Gbessa juntou-se a Maisy na cozinha, mas Maisy não sabia por que haviam sido chamadas. Olhou pela janela da cozinha para a praia, e os pensamentos de Gbessa correram para o seu passado. Isso acontecia com ela às vezes em sonhos, e uma vez por dia, enquanto ela estava acordada, lembrando-a da maldição de sua feitiçaria, uma maldição que ela sabia que permanecia com ela, mesmo debaixo do cabelo preto e das blusas abotoadas.

"O que você tá pensando?", perguntou Maisy, assustando Gbessa. Antes que ela pudesse falar, seu estômago embrulhou e ela ficou tonta. Ela segurou a barriga e inclinou-se sobre a janela, onde vomitou tudo que havia comido naquele dia.

"Gbessa", sussurrou Maisy, preocupada. "Você não tá bem."

"Tô bem", rebateu Gbessa. "Tenho muitas coisas na cabeça, só isso."

Na manhã seguinte, quando Gbessa e Maisy passaram pela sala de estar dos Johnson, a srta. Ernestine e duas outras mulheres estavam sentadas com a sra. Johnson, tricotando. A srta. Ernestine ficou visivelmente agitada ao reconhecer Gbessa. Maisy decidiu entrar na sala para falar com as mulheres antes de fazer suas tarefas.

"Bom dia. Como vão?", perguntou a elas. Todas falaram, menos a srta. Ernestine, que olhou para Gbessa de maneira peculiar. As outras mulheres também olhavam para Gbessa com desconfiança, embora tentassem dar a impressão de que estavam concentradas no tricô.

"O que você fez com ele?", a srta. Ernestine perguntou a Gbessa.

"O quê?", perguntou Gbessa, balançando a cabeça. Ela olhou para Maisy, que estava confusa.

"Tubman. Gerald Tubman. O que você fez?", a srta. Ernestine a interrogou.

"O quê?", perguntou Gbessa outra vez, pensando no pior cenário. Ele também havia morrido? "Nada, srta. Ern..."

"Você abriu as pernas para ele?"

"Não!" Gbessa ruborizou.

"Você está mentindo. Eu sei o tipo de mulher que você é. Você não tem decência nenhuma", murmurou ela.

Gbessa se lembrou do beijo e ficou envergonhada. Estava com medo de contar a Maisy.

"Ernestine, acalme-se", disse outra mulher. "Vamos rezar pela menina, pela união e pronto. Deixe o senhor trabalhar como quiser."

"Indecente", murmurou a srta. Ernestine.

"Basta, Ernestine. Basta!", a sra. Johnson disse, deixando cair a agulha de tricô. Gbessa se virou e saiu correndo da sala. "Meu Deus, Ernestine. Você está corrompida", ralhou a sra. Johnson, indo atrás de Gbessa.

Dentro do quarto, Maisy abraçou Gbessa enquanto ela chorava. Gbessa estremeceu de medo ao pensar que poderia ser banida de novo. A sra. Johnson entrou no quarto de Maisy e Gbessa e fechou a porta.

Ao olhar para Gbessa, a sra. Johnson suspirou e balançou a cabeça.

"Ele estava esperando até amanhã para fazer o pedido, mas a espera, como você talvez saiba agora, seria em vão", disse a sra. Johnson.

Gbessa se desvencilhou de Maisy e encarou a sra. Johnson.

"Gerald Tubman decidiu se casar com você. Ele vai pedi-la em casamento amanhã." Maisy pegou a mão de Gbessa. "Sinto muito por Ernestine, mas você deve esperar por isso, Gbessa. Gerald vai se tornar um homem muito poderoso, e seja qual for o motivo para ele ter escolhido você, sua vida vai mudar. Entendeu, Gbessa?" Maisy acariciou o cabelo de Gbessa.

"O quê?", perguntou Gbessa, embora sua voz fosse quase inaudível. Sua cabeça latejava.

"Você precisa aprender a se defender agora. Não posso falar por você, Gbessa. Nem Marlene. Nem Maisy", continuou a sra. Johnson. "Você vai se casar com alguém da sociedade, Gbessa", disse após um silêncio prolongado. "Entendeu?" Gbessa se afastou de Maisy e olhou para o rosto dela.

"Gbessa, você entendeu?", perguntou Maisy, com um sorriso orgulhoso.

Ele seria seu marido. Ela seria esposa dele. Isso é o que ele desejava, o que solicitava. Gbessa ouvia as pulsadas de seu coração.

"Sim", ela respondeu, por fim. "Sande."

Quando era criança e ela se encostava na fenda da madeira na casa de Khati em Lai, ou se ajoelhava na porta e espiava pelas rachaduras da madeira no círculo da aldeia, quase sempre havia um homem Poro e uma Sande se tocando para que ela pudesse ver. Eles mostravam afeto um ao outro em público, davam as mãos e até mesmo beijavam o nariz um do outro na frente de todas as casas de madeira à margem do lago Piso. O Poro tocava os braços dela se quisesse, ou afastava uma mosca ou pássaro que repousava em suas pernas. A Sande corria até ele e tocava seu peito; ela batia em seus braços de brincadeira até que ele a agarrasse e a levasse de volta para seu palácio de madeira. Era comum para eles, para a realeza, rir, tocar, beijar e sussurrar dessa maneira. Era comum até mesmo para os plebeus se conhecerem dessa maneira. Mas não para Gbessa, que via apenas vestígios daquela coisa doce e infinita pelo olho mágico da casa de sua mãe. Então, ela a caçava, a perseguia através da pequena abertura, até que a coisa montava nas minhas costas e se chocava contra aqueles tijolos de lama rejeitados, manchando Gbessa com seus resíduos.

E agora? O que acontece depois da coisa?

Nunca sai, nunca vai embora. Ela fica e permanece; se transforma. É um ladrão de tempo, de consolo, da mente. E se a coisa devolver a paz de alguém, depois de terminada, o que resta é como um grão de mostarda. Algumas pessoas conseguem fazer com que esse remanescente se torne algo diferente, uma versão de felicidade que tenta, a cada despertar, se parecer com o ontem, a fim de restituir os espíritos maltratados à forma original da coisa. Uma semente de mostarda. Isso é tudo que ela havia deixado para dar a Gerald. Nem mesmo o suficiente para alimentar um pássaro-canoro. E onde ela cultivaria essa semente? Aquela não era a sua casa.

Ela seria uma Sande agora, sim, mas quem era esse rei que pedira sua mão? Isso não era para ela, e por dentro havia uma batalha entre a jovem bruxa e a mulher que caminharia até o altar para ser a esposa de Gerald Tubman. Ela se sentou na varanda de Henry e Marlene em uma cadeira de balanço que rangia enquanto ela balançava. O dia estava quase acabando. As folhas penduradas mal se moviam com a brisa da noite. Um pássaro gritou ao longe e Gbessa fechou os olhos. Ela pensou no sofrimento de sua infância, depois no beijo de Gerald. Pensou na floresta, mas também na voz dele. Pensar nele a assustava, a envergonhava. Eles haviam passado tão pouco tempo juntos, mas ele a escolhera entre as belas e bem-nascidas mulheres da Monróvia. A possibilidade de que o engano de quem ela se tornara fosse exposto cortou sua respiração. Ela havia nascido bruxa. E que rei poderia amar uma bruxa? Quem senão Safuá? Maisy iria costurar seu vestido para uma cerimônia na igreja para a qual apenas um punhado de famílias da sociedade havia sido convidado. Mas quando ela encontrasse Gerald em frente ao altar, quem a salvaria de sua verdade? Ele morreria um dia, e ela não. Toda a sociedade, sra. Johnson, Maisy, seus olhos se fechariam para sempre um dia, e os dela não. Ela veria essa nova Libéria nascer e talvez morrer, e talvez nascer de novo. E talvez morrer outra vez. E quem teria coragem de amar uma mulher assim? Quem senão Safuá? Sentiu um leve toque em seu ombro. Ressuscitada de seus pensamentos, ela abriu os olhos e viu Gerald sorrir para ela. Gbessa se levantou e a cadeira de balanço continuou a se mover atrás dela.

"Não, por favor, sente-se", disse Gerald. "Você parece tão em paz. Eu não quero interromper você. Apenas sentar ao seu lado." Gbessa balançou a cabeça e sentou-se novamente, e Gerald puxou uma cadeira do canto da varanda para juntar-se a ela. Gbessa tinha medo de pensar em Safuá na frente dele. Tinha medo de pensar em sua maldição porque Gerald poderia ouvi-la. Então ela cantarolou com o pássaro chorando à distância, até que as palavras certas perturbaram sua língua.

"Você me escolhe", ela disse suavemente.

"Sim", respondeu Gerald, extasiado com sua beleza. Ele pegou a mão dela e a segurou. Ela sorriu e continuou cantarolando, continuou olhando para o campo distante, depois ficou em silêncio.

"Eles são diferente de mim", disse ela.

"Diferentes", ele a corrigiu.

A pele dela ficou quente. "Eles são diferentes de mim", repetiu Gbessa, com a voz calma.

"Devíamos ir cavalgar mais tarde", disse Gerald. "Posso te ensinar como montar um dos cavalos. Se quiser."

Ele tocou a mão dela, e quando Gbessa olhou para ele e assentiu, ele sorriu perfeitamente, à sua maneira. Ele estava cansado depois de passar a maior parte do tempo com Henry e outros, justificando sua escolha por Gbessa para ser sua noiva. Em uma discussão, Gerald admitiu a Henry que mesmo em Sinou, onde os colonos mais jovens e liberais escolheram viver, havia uma compreensão compartilhada de superioridade e responsabilidade quando se tratava dos nativos. Em vez de procurar membros do povo para trabalhar nas fazendas como um pequeno luxo ou conveniência, como muitas famílias na Monróvia faziam, os colonos de Sinou sentiam que era sua responsabilidade oferecer oportunidades econômicas e acesso à civilização para os povos indígenas. Se os membros dos povos da região algum dia se negassem a essa aproximação, os colonos de Sinou ficariam tão surpresos e ofendidos quanto um colono monroviano ficaria com "esses pobres e incivilizados" que negavam suas boas graças.

Gerald alertou Henry de que os escravizados libertos que ocuparam a Monróvia se adaptaram à nova terra tão rápido como um abolicionista americano se adaptaria a um estado do sul com uma população negra significativa. Se o abolicionista oferecesse a um negro um emprego no cuidado de sua fazenda e esse negro recusasse, o abolicionista se ofenderia, pois como ousa o negro negligenciar a oportunidade de progredir em sua própria vida? À maneira dos colonos, esse abolicionista não percebia que as oportunidades apresentadas ao negro ainda se limitavam a trabalhos forçados e serviços e que, portanto, não havia oportunidade que um homem de boa educação e posição social pudesse aproveitar. Havia colonos que ensinavam seus servos, como os Johnson haviam educado Maisy, mas, a menos que se casasse com alguém da sociedade ou com outro servo que pudesse economizar o suficiente para comprar terras e construir uma casa própria, Maisy permaneceria como criada por um longo período de tempo. Ela envelheceria antes de poder construir uma casa. Gerald entendeu, depois de pouco tempo na colônia, que esses colonos de alguma forma sempre teriam uma vantagem na Libéria, mesmo os colonos em Sinou e em assentamentos como Arthington, mais ao norte, que haviam desenvolvido uma classe média funcional e escolhido viver em territórios nas vizinhanças dos nativos. Ele viu isso como o primeiro assunto a ser confrontado quando nomeado chefe do pequeno exército, mas os prefeitos logo rejeitaram suas reivindicações, considerando-as questões de menor importância no grande esquema da independência da Libéria.

"Teremos que visitar todos os povos dentro de nossas fronteiras e nos aliar a eles", argumentou Gerald. "Para que possamos permanecer seguros, eles precisam acreditar que esta terra ainda é deles, que nada mudou."

"Mas não é inteiramente", devolveu um prefeito. "E muita coisa mudou. Tudo mudou."

Foi por isso, pelas contínuas tensões por terras entre os colonos e comunidades indígenas, que escolheu Gbessa para ser sua esposa. Ele estava ciente da comoção que causaria na sociedade, e estava atraído por ela o bastante para não ver mal no pedido de casamento repentino.

"Você está louco!", exclamou Henry quando Gerald revelou que estava prestes a fazer o pedido.

"Não, estou muito bem. Ela é saudável e linda. Por que não?"

"Ela é selvagem, sem educação", disse Henry.

"Eu não preciso de uma esposa que saiba mais do que vai usar", argumentou Gerald. "Ela pode cuidar da família e conversar. Sua comunicação e suas maneiras vão melhorar com o tempo."

Gerald explicou que gostaria que os colonos levassem em consideração as consequência de seus próprios preconceitos, a ironia e as possíveis repercussões. E Gbessa era linda. Gbessa era perfeita.

Assim, duas semanas depois, enquanto ela se aproximava dele desde a entrada da igreja, ele viu não apenas a promessa de uma nova esposa, mas também a promessa de uma nova Libéria.

E, naquele dia, quando Gbessa pegou de novo na mão de Gerald, ela pensou em Safuá e sentiu saudades dele, desejou-o. Naquele momento, queria voltar para ele e contar sobre o Deus de Maisy e o novo país; queria mostrar a ele seu cabelo e suas roupas; queria olhar para o rosto dele perto do lago até o sol nascer. No dia do casamento, quando o destino e todos os seus amigos compareceram, a velha na lua do dia, as ondas do mar, os campos de arroz, ela sussurrou para eles sob o véu.

"Vão encontrá-lo, encontrem-no, encontrem-no", cantou ela. "Encontrem-no e digam-lhe que venha."

Eu me casei com os sussurros de Gbessa e com a esperança de que Safuá a alcançasse antes de escurecer.

"Tome cuidado, minha querida", cantei. "Cuide-se, cuide-se, cuide-se."

ELA SERIA O REI

WAYÉTU MOORE

DESAPARECIDOS

Seu nome era Sia. Foi isso que June Dey percebeu que ela respondia quando as crianças da aldeia a chamavam. Sia, como o primeiro canto de um filhote de pássaro. Sia, cujos ombros poderiam ser o local de descanso daqueles pássaros durante seu primeiro voo. Havia quadris delgados sob a *lappa*, June imaginou, e um umbigo de botão, e ela se movia como se dançasse a cada passo. June Dey havia tocado sua pele uma vez, no segundo dia na prisão da aldeia, entre as grades do portão, enquanto ela entregava a ele uma jarra de madeira cheia de água. Ela cheirava a coco fresco e hortelã, e June Dey respirou fundo, desejando que ela ficasse um pouco mais. Aquele era o quinto dia e ele ainda a sentia em sua pele. Depois que eles se tocaram, ela olhou para o rosto dele, para os olhos dele, através do portão, então olhou para a jarra, como se estivesse respondendo às perguntas irritantes de uma criança. Depois que se tocaram, ela não voltou mais. Outra menina, de não mais que 10 anos, trazia água e mamão para June Dey e Norman uma vez por dia. Sia entregava os mamões para a garota do outro lado da aldeia, e quando June Dey os pegava pelo portão, ele sentia o cheiro de suas cascas em busca de vestígios do aroma de coco e hortelã.

Os homens ainda não haviam retornado à aldeia, então os Velhos Pais, os anciões, mantiveram suas armas perto deles. Até que os homens retornassem, disseram, Norman Aragon e June Dey permaneceriam na prisão.

Na segunda manhã, antes que Sia se aproximasse deles com a água e alguma coisa em June Dey mudasse, ou melhor, se acomodasse, ele sugeriu quebrar o portão durante a noite para que pudessem fugir. Norman zombou da sugestão.

"Se partirmos, como vamos ajudá-los quando os traficantes chegarem?", perguntou ele, como se estivesse dando um sermão em June Dey. June obedeceu, mas eles não se falaram, exceto para dizer "com licença", enquanto se revezavam para fazer as necessidades em um buraco no canto do chão de terra da prisão. June prestava muita atenção quando Norman gritava perguntas para quem estava perto da cela.

"Por que a aldeia é tão pequena?", "Qual é o nome dela?", "Você está se escondendo?", "Quem é Sam?", "Todo mundo aqui sabe inglês?"

As garotas a caminho do poço corriam ao passar pela prisão, e Norman recebia uma chuva de interrogatórios. Quando as garotas estavam longe o bastante na floresta, June Dey podia ouvi-las rindo. As mulheres perto do fogão da aldeia, batendo *fufu*, fervendo sopa com cheiros contrastantes que visitavam cada casa e atraíam os aldeões para fora com seu feitiço coletivo, davam respostas curtas a Norman: "Sam diz que ele ajuda" e "Todos aprender. Todos inglês". Elas divagavam ao longo do dia, principalmente falando consigo mesmas em sua língua, deixando apenas algumas brechas para "Onde tão os homens?", uma pergunta que parecia tão pesada que as faria sentar ou caminhar até o limite da aldeia e olhar para fora, como se, no ângulo certo, um espelho para o mundo externo pudesse ser visto através da densa rede de árvores. Os poucos Velhos Pais que haviam ficado para trás também falavam entre si, sobretudo em sua língua, rindo de Norman e sua torrente de perguntas. Eram as crianças, os meninos e meninas muito jovens para se aventurarem no riacho ou para a batalha, que o divertiam até que os mais velhos gritassem para que saíssem da prisão. Eles falavam melhor o inglês, às vezes escolhendo o idioma em vez do seu próprio, enquanto se desafiavam em vários jogos no círculo da aldeia. Um menino correu até a prisão para recuperar uma pedra, e Norman perguntou: "Quando Sam vai voltar?". O menino olhou para o cabelo de Norman antes de pegar sua pedra e voltar para seus amigos. No dia seguinte, ele voltou para recuperar outra pedra, e June Dey sentiu como se o menino estivesse esperando que

Norman fizesse a mesma pergunta. Ele vagou e procurou a pedra, embora ela estivesse claramente à vista. Quando Norman enfim perguntou a ele outra vez "Quando Sam vai voltar?", o menino respondeu rápido: "Sam não volta. Papai vai matá-lo". Antes que Norman pudesse responder, o menino perguntou: "Você conhece o Sam?".

"Não", respondeu Norman. "Nós viemos ajudar."

Com isso, o menino fugiu. Mais tarde, ele voltou com amigos, e voltou no dia seguinte e no próximo. A cada vez, eles se revezavam respondendo às perguntas de Norman, praticando o inglês e rindo até serem chamados. June Dey observava as crianças, com curiosidade, se revezando para falar com Norman Aragon. Em uma ocasião, uma Velha Mãe correu até eles acenando com uma vassoura para que deixassem a prisão, ao que se espalharam como folhas secas em uma tempestade recém-nascida. Com base nas conversas das crianças com Norman, June Dey concluiu que toda a aldeia, incluindo os homens desaparecidos, não era composta por mais de setenta habitantes, todos de alguma forma relacionados. Eles haviam aprendido inglês com um grupo de missionários anglicanos, ou talvez apenas um que vivera entre eles por algum tempo antes de partir durante a última temporada de chuvas. Pouco depois da partida do missionário, um homem a quem chamavam de Sam havia se estabelecido entre eles. Era um exilado de outra aldeia e falava muitas línguas, mas não inglês.

Algum tempo antes disso, quando a temporada de seca se recusava a ceder seu lugar à chuva, Sam convenceu uma equipe de meninos que eles deveriam viajar com ele para a costa a fim de encontrar trabalho com comerciantes. Quando algumas semanas se passaram e nem Sam nem os meninos voltaram, todos os homens do pequeno vilarejo foram buscá-los no litoral, sentindo que havia algo errado. Eles ainda não haviam retornado.

O olhar de June Dey ultrapassou Norman e as crianças para se fixar onde Sia estava sentada no círculo da aldeia, usando uma ferramenta de ferro para cortar verduras antes de entregá-las a outra mulher, que as moía antes de jogá-las em uma panela fumegante a poucos metros delas. Ela cuidava de cada folha, cortando-as como se tivessem sentimento. Entregou o maço em sua mão para a mulher sentada ao lado dela, depois olhou para cima, ultrapassando as crianças e Norman para se fixar em June Dey. Ele tossiu, surpreso, e não tinha certeza se ela olhou em seus olhos apenas porque sentira que ele estava olhando ou se fez isso sozinha. A segunda opção o fez se levantar.

"Venham!", Sia gritou com as crianças, desviando o olhar de June Dey. As crianças fugiram imediatamente, e ela continuou o que estava fazendo.

"Fazer o que de novo?", Norman se virou e perguntou a June Dey. Ele não tinha falado muito nos dias anteriores, então sua voz assustou June Dey. "O quê?"

"Você acabou de dizer 'faça de novo'", disse Norman.

June Dey balançou a cabeça. Encolheu os ombros.

"Você tá ouvindo coisas", disse June Dey, e esperou até que Norman se virasse para procurá-la outra vez.

No dia seguinte, tão cedo que a manhã ainda não havia encontrado sua cor, June Dey acordou com o barulho do portão. Quando ele abriu os olhos, Sia estava parada diante deles, em silêncio. June Dey e Norman se levantaram, distendendo o corpo para mitigar o desconforto da pequena fortaleza.

"Venham", disse Sia, abrindo o portão enquanto os pés do bambu varriam a terra. Norman e June Dey a seguiram, passaram pelo fogão a lenha no caminho e foram até uma casa do outro lado do círculo da aldeia. Sia entrou na casa e esperou na porta por Norman e June Dey, cujos corpos se moviam devagar devido às dores musculares e à rigidez. Dentro da casa, as Velhas Mães que os interrogaram no primeiro dia sentavam-se quietas em duas cadeiras de madeira, suas *lappas* sem rugas, as armas ainda nas mãos.

"Sentem-se", disse Sia, apontando para um espaço no chão onde eles ficariam cara a cara com as Velhas Mães, diante de duas tigelas quentes de *fufu* e ensopado de peixe. Sia se manteve próxima da porta enquanto Norman e June Dey se sentaram e devoraram sem hesitar as tigelas de comida.

"Vocês conhece o Sam?", perguntou Sia.

"Não", disse June Dey, com a boca cheia. Norman apenas balançou a cabeça.

"De onde vocês é?", perguntou Sia da porta. June Dey se virou para ela, engolindo a bola de amido, mas, antes que ele pudesse falar, Sia disse: "Não diga para mim. Diga à chefe".

June Dey encarou as Velhas Mães de novo, com rostos paralisados feito estátuas. A Velha Mãe menor perscrutou os olhos de June Dey como se fosse algo que ela tivesse perdido, como se algo precioso para ela tivesse feito um lar ali.

"América", respondeu June Dey, com o guisado de pimenta manchando sua boca.

"Onde é América?", indagou Sia para o perfil de June Dey.

"Do outro lado do oceano. Longe."

"E você?", perguntou Sia, embora Norman não se virasse para encará-la.

"Jamaica. Uma ilha. Também nas Américas."

"Por que você veio para cá?"

"Vim encontrar alguns *maroon* em Freetown. Então eu vi tudo e quis ajudar", respondeu Norman.

June Dey evitava contato visual com as Velhas Mães, que ainda não haviam desviado seus olhares. Ele olhava para o chão de terra, as pernas de madeira das cadeiras, as bainhas das *lappas*, a parede de barro mais além.

"O que é tudo?"

"Há soldados, traficantes de escravizados, vagando pela costa", disse Norman, respirando pesadamente, talvez por causa da pimenta, talvez porque tivesse esperado a semana toda para defender sua causa. "Achamos que eles tão procurando escravizados pra levar até as Américas."

"E como vocês vai ajudar? Apenas dois homens?", perguntou Sia.

June Dey olhou para Norman, que balançou a cabeça em resposta ao que sabia que June Dey estava perguntando.

"Podemos ajudar", insistiu Norman. Sia os observou comer.

"Seu inglês é muito bom", comentou Norman, pisando em ovos. "As crianças dizem que um missionário viveu aqui por bastante tempo. Falam que ele ensinou inglês e tudo sobre Deus. Aonde ele foi?"

Sia deu as costas para eles e ignorou a pergunta; olhou pela janela enquanto o dia entrava no círculo, e a primeira mulher se levantou e marchou em direção ao riacho com seus baldes.

"Nós não sabemos. Ele apenas foi."

"Você... trabalhou com ele de perto?"

Um galo cantou muitas vezes, e os pintinhos podiam ser ouvidos correndo atrás dele. Sia encostou a cabeça na beirada da janela até parecer que o galo estava entediado com seu ritual.

"Eu era esposa dele", disse ela.

O coração de June Dey disparou.

"A chefe quer que vocês vai procurar Sam e os meninos", falou Sia, virando-se outra vez para encará-los.

"Por quê?", perguntou June Dey, incapaz de suprimir sua confusão, sua tristeza por ela ter sido subjugada, e logo se arrependeu.

"Os ancestrais disseram para eles que vocês iria ajudar", disse ela.

"Mas você pratica o cristianismo aqui, né?", perguntou Norman.

Um sorriso brotou no rosto de Sia. As maçãs do rosto dela ficaram coradas.

"Meu marido pegou quatro famílias de nossa antiga aldeia quando eu era menina. Nós se estabeleceu aqui e aprendeu sobre um novo Deus. Aprendeu inglês. Deus entra na nossa casa e a gente acolhe e ama ele como ele nos ama. Mas a casa de Deus ainda é uma casa ancestral. Você sai de casa quando o visitante chega?"

Sia não esperou que eles respondessem.

"Sam disse que ia levar os menino para trabalhar. A chefe ouviu Deus e disse sim", disse Sia, apontando para a Velha Mãe com o ancinho. "Agora ela se lembra da casa ancestral. Agora ela escuta os ancestrais", continuou Sia.

Eles eram tudo que restava. Algumas dezenas naquela aldeia. As mulheres, as crianças e três Velhos Pais ricos em anos.

June Dey olhava para a silhueta de Sia, que enfeitava a janela contra o pano de fundo do que restava da pequena aldeia. Ela era bonita. Sua boca, seu espírito. Ele sentia pena dela, mas também a invejava por ela não poder imaginar os horrores que teriam esperado seus pais e irmãos se eles tivessem mesmo sido pegos ou traídos por Sam, um homem em quem confiaram, provavelmente tão rápido quanto eles haviam baixado suas guardas para ele e Norman. À luz do dia, a floresta arrulhava e gritava ao redor deles.

"A chefe quer que você vai encontrar Sam e os meninos", repetiu ela.

"Podemos tentar", disse Norman.

"Você sai para..."

O som veio primeiro, interrompendo a música das palavras de Sia. O som, como um relâmpago, atingiu a árvore mais próxima e a lançou contra os ombros de outras árvores da floresta em volta. Um líquido vermelho-escuro escorregou da boca de Sia e desceu por seu queixo, enquanto ela desabava no chão e seu corpo transbordava de sangue. As Velhas Mães se levantaram e correram para a porta, mas Norman e June Dey passaram correndo por elas. June viu os pássaros recuarem dos galhos das árvores vizinhas.

Lá fora, um bando de dez homens bloqueava a entrada da floresta. A visão deles pegou June Dey de surpresa. Eles eram negros. Eram parecidos com os guerreiros ao lado de quem June Dey e Norman haviam lutado nas semanas anteriores, exceto que seus olhos transbordavam de um ódio desconhecido. Fome. Três deles empunhavam armas, e fumaça subia da boca de uma delas. June Dey vomitou ao ver a fumaça. Ele ainda podia sentir o cheiro do coco no corpo sem vida de Sia. Um dos agressores encostou uma faca na garganta da mulher que saíra naquela manhã para buscar água. Ela soluçou, os olhos fechados, as mãos contra o coração. Antes que outro momento passasse, Norman desapareceu, levando a multidão de homens a sons de choque e desespero. June Dey sabia que Norman estava se dirigindo para eles, para roubar suas armas, quebrar seus dedos. Ele se preparou para as balas, para a luta. Mas tremeu. Pela primeira vez, ele estremeceu. Os homens. Aqueles homens. Eles eram negros. Seus rostos eram tão escuros quanto os dele, suas histórias separadas apenas pelo corpo gigantesco da água. Como ele poderia matá-los? Ele pensou no rosto de Sia, em seus olhos e nos momentos em que fora fisgado por eles, no instante em que ele tocara a pele dela, então na dor que cobriu seu rosto quando a bala afundou nas costas dela. June Dey correu em direção aos homens. E as balas se chocaram contra sua pele e caíram. Norman havia puxado uma arma das mãos de um deles, e June Dey socou o homem com tanta força que o corpo dele voou até uma árvore a vários metros de distância. O homem gritou com o impacto e caiu, morto, no chão da floresta. June Dey viu o corpo ali, mole, como se tivesse sido espancado recentemente por não cumprir a cota de tabaco de Emerson naquele dia, e algo desmoronou dentro dele. Antes, parecia, ele havia lutado contra uma cor. Sempre uma cor que era inimiga. Mas, naquele momento, ele combatia outra coisa. Lutava, surpreso que a carne que cobria os ossos quebrados com seus socos combinava com o crepúsculo de sua pele. Assustado, mas o que ele poderia fazer? Não era contra uma cor que ele lutava, mas um espírito. Ganância. Talvez os guerreiros com os quais lutar nas semanas anteriores tivessem previsto e rejeitado esse espírito, que extingue tanto quanto enriquece, em um ciclo que nunca cessa. Era ganância, aquela coisa sem alma e sem fundo que matava mães, que matava futuros amores, que não o deixava em paz.

Naquela noite, eles se sentaram no círculo da aldeia perto de uma fogueira que as mulheres fizeram para queimar os corpos de seus agressores, dos assassinos de Sia. June Dey sentou-se perto do fogo, lamentando em silêncio por ela. Ele havia feito uma montanha com os corpos negros, vestidos com calças provavelmente compradas no comércio com os traficantes. Norman Aragon desenrolou o mapa que enfim recuperou de sua bolsa, que as Velhas Mães haviam confiscado no primeiro dia. Os aldeões enterraram Sia no início da noite, e as mulheres ainda choravam sua morte na casa da chefe, batendo os punhos contra as *lappas* espalhadas pelo chão. Eles pediram a Norman e June Dey que ficassem até que terminassem o luto, para que pudessem fazer as malas e encontrar outro lugar para se esconder. Norman concordou, embora June Dey tenha percebido a ansiedade dele ao finalmente abrir o mapa.

"O que há de errado?", perguntou June Dey.

"Havia um bilhete escrito em francês no bolso de um desses caçadores", disse Norman.

June Dey assentiu, ainda abalado. "E as calças."

"E as calças", repetiu Norman. "Os franceses podem estar pagando caçadores locais pra lutar por eles. Encontrar prisioneiros."

"Acho que você tá certo", disse June Dey enquanto o fogo brilhava contra seu rosto e seus pulmões se enchiam com o cheiro de carne queimada. "É triste que alguns de nós possam ser comprados."

"Não, não há nós aqui. Ainda não. Não negro. Apenas povos. Eles não sabem o que sabemos. Eles não viram o que vimos. Eles lutam contra outros povos há séculos de graça. Com certeza eles fazem isso por ferramentas e dinheiro."

June Dey suspirou, a desilusão fluindo em sua respiração. Ele poderia lutar. Ele venceria. Lutaria contra aqueles que considerava seus inimigos; aqueles que capturavam e escravizavam, aqueles que torturavam e matavam. Mas e quando esses inimigos mudassem de rosto? Como eles poderiam não saber o que estava acontecendo no oceano? Ou não imaginar? June Dey se sentiu mal. Traído.

"Preciso voltar à colônia livre e avisá-los sobre os traficantes", disse Norman. "Eles tão se infiltrando nos povos da região agora. Eu tenho que avisá-los."

"Eu também vou", falou June Dey.

"Não. Você deve... Se quiser, você deve continuar sem mim. Seu dom é suficiente pra lutar sozinho."

June Dey ficou alarmado. Não tinha se imaginado viajando pelo continente sozinho e odiava a ideia de perder o homem que se tornara o único amigo, além da mãe e das outras mulheres da cozinha onde trabalhava, que ele já tivera.

Relutantemente, June Dey concordou. "E depois de avisá-los? Aonde você vai?"

"Acho que terei desaparecido", respondeu Norman. "Mas eu vou voltar. Eu procurarei por você."

"Como vou me guiar?", June Dey perguntou a ele.

"Pegue isto", disse Norman, entregando-lhe o mapa. "E quando isso falhar, siga seus instintos."

June Dey balançou a cabeça em concordância.

"Mas eu vou voltar", falou Norman Aragon.

June Dey não conseguia disfarçar seu olhar de decepção. No entanto, sabia que precisava conhecer a África, não importava quão vasto fosse o campo de batalha e se ele viajaria sozinho ou não. Aquela semana. O rosto e o cheiro de Sia. Aqueles homens. Aqueles homens negros. Aquele lugar era algo que ele precisava conhecer.

June Dey concordou, e, quando o sol deixou o céu para dar lugar ao rosto jazente da Velha Mãe Famatta, os homens encontraram um lugar na aldeia, em meio aos uivos pela alma de Sia, para descansar suas cabeças.

Naquela noite, enquanto June Dey dormia, Norman mergulhou no deserto, misturando-se à escuridão. Ele havia planejado se despedir dele no dia seguinte, mas percebeu que também sofreria com a partida.

ELA SERIA O REI

WAYÉTU MOORE

SAFUÁ

A srta. Ernestine *não visitou* a casa de Gbessa e Gerald no condado de Sinou. Certa vez, Gbessa a convidou para jantar com eles, e a srta. Ernestine aceitou só para mandar um mensageiro de última hora com uma carta que dizia:

Gerald,

Eu não estou bem. Fica para a próxima. Mande lembranças minhas aos criados.

—*Tia Ernestine*

A srta. Ernestine reclamou então para as mulheres da alta sociedade que Gbessa lhe causava desconforto durante as visitas e que era por isso que nunca se sentava com eles para jantar.

"Ela não me convida", disse a srta. Ernestine, tomando uma xícara de chá.

As mulheres da sociedade assentiram em apoio à amiga intragável. Certa vez, Marlene convidou Gbessa para ir com ela à Monróvia para uma reunião da sociedade, onde, em vez de ajudar no planejamento de uma arrecadação de fundos com as outras mulheres à mesa, a srta. Ernestine interrogou Gbessa sobre como ela estava cuidando da casa.

"E como você cozinha? O que você faz para ele?", perguntou ela. "Você faz o jantar?"

"Eu preparo alguns", Gbessa respondeu ingenuamente. "Um homem que trabalha na fazenda tem uma filha que às vezes vem cozinha", disse, e a srta. Ernestine deu uma risada estridente.

"'Vem cozinhar', não 'vem cozinha'", corrigiu ela, rindo. Algumas outras mulheres riram, e Gbessa deu um sorrisinho frouxo. Ela encarou a mesa e teve medo até de tossir pelo resto do evento.

Em outra ocasião, no final de uma das reuniões da sociedade, uma velha grisalha chamada Frances Tucker (uma das aliadas mais fortes da srta. Ernestine) abriu sua Bíblia e bloqueou a saída de Gbessa.

"Olá, sra. Tucker", disse Gbessa.

A mulher olhou para sua Bíblia e a abriu em uma página marcada e começou a ler em voz alta, interrompendo com seu sermão desagradável as outras mulheres que estavam saindo da sala.

"Nos Provérbios está escrito 'Enganosa é a beleza e vã a formosura, mas a mulher que teme ao Senhor, essa sim será louvada'", recitou Frances, fechando o livro.

"Sim?", perguntou Gbessa.

"Você teme ao Senhor, Gbessa Tubman?", quis saber Frances.

"Claro", respondeu Gbessa, séria.

"Teme mesmo?", Frances perguntou outra vez.

Gbessa fez que sim com a cabeça.

"Você não acha que desfilar esse seu cabelo comprido sem amarrar é um sinal de vaidade? Você não acha que é um sinal de vaidade ficar se exibindo assim?"

Gbessa tocou o próprio cabelo. "Vaidade?", perguntou.

"Sim, vaidade. Usar o cabelo todo rebelde e indomável pode tentar os homens casados. Você sabe que é pecado tentar homens casados?"

Algumas das mulheres da sociedade que as cercavam ofereceram seus breves "sim" e "aham" enquanto as duas estavam ali diante delas.

"Não é minha intenção fazer isso", disse Gbessa, dirigindo-se a todas.

"Ah, Frances", interrompeu a srta. Ernestine, com um sorriso malicioso. "Deixe minha filha em paz."

"Sim. Bem, ela deveria pensar sobre isso. Todas as nossas jovens e respeitáveis mulheres deveriam", disse a sra. Tucker, fazendo contato visual com as mulheres ao seu redor.

Gbessa evitou olhar para elas.

"Amamos você, Gbessa", acrescentou a sra. Tucker. "Só queremos ter certeza de que você está dando o exemplo certo."

"Sim, sra. Tucker", respondeu ela.

Uma vez, quando Maisy visitou a casa de Gbessa no condado de Sinou, algumas mulheres da sociedade decidiram acompanhá-la e surpreender Gbessa com uma lista de seus deveres para a arrecadação de fundos. Quando Maisy se sentou com elas, uma das mulheres prontamente pediu quatro copos de água.

"Eu vou pegar", ofereceu Gbessa antes que Maisy tivesse a chance.

"Não seja ridícula, Gbessa Tubman. É por isso que ela está aqui. Por que mais estaria? Certo, Maisy?", perguntou a mulher.

Maisy foi para a cozinha. Encheu os copos de água e, enquanto esperava Gbessa se juntar a ela, orou em silêncio, pedindo paciência. Depois de um tempo, como Gbessa não foi atrás dela, Maisy abriu uma fresta na porta da cozinha para ver a sala de estar. Lá, Gbessa sentava-se satisfeita com suas convidadas, tentando com a maior determinação falar, sorrir e recebê-las como elas queriam. Naquela noite, depois que as outras mulheres partiram para a Monróvia, Maisy ficou para ajudar Gbessa na limpeza. Elas ficaram em silêncio na cozinha, a sós com seus pensamentos.

"Você não me seguiu para buscar a água delas hoje", disse Maisy.

"Água?", perguntou Gbessa, que tinha torcido para que Maisy não mencionasse a estranheza de sua tarde juntas.

"Hoje elas me pediram para pegar água. Normalmente você vem comigo. Mesmo quando elas dizem para você não fazer isso." Maisy enxugou um copo e colocou-o no balcão.

"Maisy", falou Gbessa, encarando a amiga. "Isso... Tudo isso é difícil pra mim."

"Para mim também", admitiu Maisy, sentindo saudades dos sábados que passava no campo dos Johnson ao lado de Gbessa.

"Se eu deixar você feliz, irrito elas", disse Gbessa. "Não é fácil pra mim quando elas estão irritadas." A voz dela falhou. Ela olhou para baixo e Maisy lamentou ter ficado tão magoada com a rejeição de Gbessa, com tanto ciúme.

"Sinto muito", disse Maisy, tocando o ombro de Gbessa. "Estou sendo egoísta. Só tenho medo de perder minha irmã."

Gbessa abraçou Maisy com força, apoiando a cabeça no ombro da amiga. Se ao menos Maisy soubesse que a irmã já estava morta, já morrera cem vezes antes daquele momento, cada vez que fugia da memória sempre presente de Safuá e Lai. Ela era um fantasma de seu antigo eu, o tipo mais adorável, mas ainda era apenas os restos mortais de uma garota que já existira.

Quando a srta. Ernestine finalmente pediu a Gbessa que organizasse um café da manhã para as mulheres, a notícia veio pelo correio, com apenas dois dias de antecedência. Uma frase que dizia: *O café da manhã desta quinta-feira será em sua casa, mas espero que você envie uma mensagem se não puder.* Depois de ler a nota, Gbessa deixou o mensageiro em sua varanda e correu para dentro a fim de começar a planejar o café. Ela providenciou uma limpeza completa e minuciosa da casa e da varanda e planejou com cuidado uma refeição de arroz e batatas verdes com inhame e pão assado. Ela pediu a um de seus fazendeiros que a filha dele viesse imediatamente para ajudá-la a se preparar.

Gbessa enfim se sentou para fazer uma lista das cerca de doze mulheres que convidaria. Depois de completar a lista, ela percebeu que havia esquecido o nome de Maisy e começou a escrevê-lo, mas parou. Ela nunca tinha imaginado, durante seu tempo na casa dos Johnson, que algum dia desejaria as coisas que a sra. Johnson e Marlene desejavam: uma casa limpa, trabalhadores confiáveis, vestidos que a faziam olhar longa e duramente para o espelho quando os usava e, o mais importante, aceitação. Mas esse desejo era como uma erva daninha da floresta, ele inevitavelmente cresceria conforme as circunstâncias o incentivassem, e um dia seria tão difícil arrancá-lo das raízes quanto é arrancar as de uma árvore.

Gbessa não escreveu o nome de Maisy. E ela ofereceu o café da manhã às suas damas, o tempo todo tomando cuidado com a voz e ciente das maneiras ao comer, dando pequenas mordidas e uma colherada de cada vez, assim como Maisy havia lhe ensinado.

Gerald era um marido zeloso. Tratava Gbessa como achava que um marido deveria tratar sua esposa. Ele era seu provedor e protetor, pagava a Maisy pelas aulas de inglês e leitura de Gbessa, a ouvia quando todas as tarefas diárias de sua carreira estavam cumpridas e a cobiçava muito. Gerald formou o exército liberiano rapidamente, com recrutas de todos os condados e alguns povos vizinhos integrados. Os prefeitos contrataram construtores para uma pequena base militar e uma prisão um quilômetro e meio ao norte da casa de Gerald e Gbessa. De sua janela aberta, Gbessa ouvia os homens treinando enquanto Gerald os guiava pela floresta e pela chuva para defender seu novo país. Gerald queixava-se a ela de que, depois que a Libéria havia declarado sua independência, a Sociedade Americana de Colonização enviava pouca ajuda aos colonos. Com o tempo, suas cartas revelaram que a América estava travando uma batalha própria, uma possível guerra civil que "mudaria o país para sempre".

"O que isso significa?", Gbessa perguntou a Gerald uma noite enquanto ele repetia as palavras.

"'Mudar o país para sempre.' Não está tudo sempre mudando pra sempre?", perguntouela, orgulhosa da habilidade de expressar seus pensamentos complexos em inglês.

Gerald sorriu.

"Você é inteligente", elogiou ele, embora batesse de leve em seu ombro ou sua perna quando ela tentava interagir com outras pessoas com as mesmas ideias durante jantares na mansão dos Johnson ou outros eventos sociais na Monróvia. "Não está na hora", sussurrava ele. "Dedique-se às aulas com a Maisy por enquanto. Não vale a pena dar-lhes motivos para fofocar."

Ao visitar a Monróvia, Gbessa não dormia mais no quarto de Maisy e sentia muita falta de conversar com a amiga. Ela dormia em um quarto de hóspedes com o marido e sentava-se silenciosamente ao lado dele durante o jantar, tentando cortar a comida com cuidado e seriedade. Marlene sentava-se ao lado dela com a barriga inchada. Ela e Henry estavam esperando o primogênito, mas, em vez de ficar em Sinou para descansar, ela decidira se juntar ao marido e Gerald, para fazer companhia a Gbessa durante o jantar.

"Precisamos dos aliados", brincou Gerald com eles a caminho da Monróvia.

"Sra. Tubman, quando podemos esperar filhos de você e do general?", perguntou uma mulher chamada sra. Thomason, com ombros pontudos, que estava sentada na outra ponta da mesa de jantar. Havia três outros casais na mansão dos Johnson naquela noite: o sr. e a sra. Johnson, os Stacker e os Hill. A srta. Ernestine também estava presente; ela largou os talheres e limpou a garganta quando isso foi sugerido. As conversas em volta da mesa cessaram, e todos os olhares se voltaram para Gbessa.

"É verdade, sra. Tubman", interrompeu a sra. Johnson de brincadeira. Ela sempre gostara de Gbessa, desde que esta trabalhava em sua casa. "Já faz quase um ano. Adoraríamos ver sua família crescer." Gbessa olhou para a barriga de Marlene. Ela ficou duplamente envergonhada, por não saber como responder à pergunta e sentindo-se grata por Gerald ainda não a ter engravidado. Embora lutasse para se convencer da felicidade e do privilégio que sua nova vida e Deus lhe proporcionavam, a ideia de ter um filho amaldiçoado a deixava doente.

"Em breve, espero", disse em um tom baixo e tímido. Gerald colocou o braço em volta do ombro dela. Ela recebeu seu apoio tocando a perna dele com a mão trêmula. Queria mudar de assunto, como já vira outras pessoas fazerem, perguntando à sra. Thomason como estava sua família ou como ela havia se saído durante a última temporada de chuva. Mas seu medo de dizer a coisa errada causou um silêncio seco ao redor da mesa, quebrado apenas quando Gerald decidiu comentar sobre um problema com um dos quartéis que estavam sendo construídos.

Em Sinou, na manhã seguinte, Gbessa abriu a janela que dava para o seu campo. Os trabalhadores da casa de Gerald e Gbessa eram homens Kru com vozes cantantes que puxavam o espírito de Gbessa para a janela durante o dia, em uma cadeira de balanço que Gerald havia feito para ela no aniversário de casamento deles. Gbessa se movia com suas harmonias cantaroladas; sonhava com suas canções até que sua garganta se fechava com calor e a água caía em seus olhos. Ela era uma estranha para a mulher que ocupava sua mente.

Enquanto ela se balançava, eu escovava seu rosto e levantava a gola de seu vestido.

"Calma, calma, querida", eu cantava. "Calma, minha amiga."

Algumas coisas não mudaram. Embora as criadas estivessem presentes para ajudá-la a cozinhar e limpar e os homens Kru estivessem no campo para cuidar de sua fazenda, Gbessa fazia a maioria das tarefas domésticas sozinha. Quando ela se posicionava em frente ao fogão nas noites em que preparava o jantar, as criadas olhavam para ela com surpresa; Gbessa acenava com as mãos para elas saírem da sala.

"Mas, mãe Gbessa, a senhora não quer que a gente limpe?", elas perguntavam enquanto ela varria, com medo de que o sr. Tubman as despedisse quando soubesse que sua esposa estava fazendo o trabalho delas.

"Não. Eu posso varrer."

"Mas, mãe Gbessa, a senhora não quer que a gente cozinhe?", perguntavam a Gbessa enquanto ela mexia o arroz na grande panela preta.

"Não. Eu posso cozinhar."

As tarefas eram a única coisa que acalmavam sua mente. Quando Gbessa acabava de trabalhar na casa, ela ia ao campo ajudar os homens no cuidado da fazenda. Certo dia, enquanto ela estava removendo terra para plantar sementes de berinjela, Gerald Tubman a viu da estrada. Gerald desmontou do cavalo e caminhou até o campo onde Gbessa estava. Ele a virou e pegou a pá de suas mãos.

"O que você está fazendo?", perguntou ele, castigando-a com os olhos.

"Fazendo meu jardim", respondeu Gbessa.

"É para isso que você tem esses homens. Você não precisa cuidar da sua própria fazenda", disse ele, jogando a pá no chão. Um trabalhador Kru correu até ele e pegou a pá. Gbessa se abaixou com o homem para pegar a ferramenta.

"Vá para dentro", bronqueou Gerald. Gbessa não se mexeu. "Vá!"

Gbessa entrou lentamente na casa, olhando para os trabalhadores Kru enquanto Gerald reclamava com eles por terem deixado sua esposa arruinar as mãos. Quando ele entrou em casa, ela estava na cozinha, e ele se sentiu culpado por gritar com ela. Gerald se aproximou dela e beijou sua bochecha.

"Você não está zangada comigo, está?", disse ele, angustiado. Gbessa balançou a cabeça e ele lhe ofereceu beijos, primeiro nas bochechas, depois no pescoço, pedindo perdão. Os beijos persistiram, e o cheiro de um dia longo e agitado emanava da pele dele. Depois de um tempo, ela gemeu e aceitou o aperto forte que ele dava em suas nádegas. Gerald a deitou na mesa da cozinha e a penetrou como se não estivessem discutindo, movido por sua paixão e seu desejo crescente pela mulher. Ela o abraçou, fechando os olhos, e como em todas as vezes em que o prazer movia seus dedos dos pés, suas pontas e extremidades, ela pensava em Safuá.

A partir de então, enquanto ela cultivava, um dos trabalhadores do campo ficava de olho em Gerald Tubman ou qualquer outra pessoa da sociedade monroviana.

"Mãe Gbessa", diziam os trabalhadores, "você não quer nossa ajuda? O chefe ficará aborrecido."

"Não", respondia Gbessa. "Posso cuidar do meu próprio jardim."

Certa manhã, depois que Gerald saiu de casa, Gbessa estava se vestindo quando ouviu uma comoção do lado de fora entre os trabalhadores de campo. Quando se aproximou do campo, notou que os trabalhadores conversavam com um homem alto e pálido, cujos cabelos desgrenhados podiam ser vistos à distância. Quando chegou onde eles estavam, Gbessa ficou estupefata ao ver o rosto conhecido.

"Mãe Gbessa", disse um dos homens. "O homem tá viajando e quer água."

"Meu Deus", murmurou Norman Aragon, semicerrando os olhos. "É você." Ele a encarou, uma mulher reservada e com uma postura e cabelos muito diferentes do que ele se lembrava de quatro anos antes; olhos confiantes e roupas de esposa de um aristocrata. "Você se lembra de mim?", perguntou, com um sorriso encorajador.

Gbessa olhou para os trabalhadores de campo e de volta para Norman.

"Não. Sinto muito, não me lembro", mentiu ela.

"Você fala", sussurrou Norman, atordoado. A decepção que surgiu no rosto dele a machucou. Suas roupas estavam rasgadas, nem um pouco apresentáveis, e seu rosto não era barbeado havia muito tempo.

"Mas eu tenho água fresca. Seja bem-vindo", disse ela. Norman assentiu, desculpando-se, e a seguiu pelo campo.

"Mãe Gbessa, a gente pode ajudar?", um trabalhador gritou atrás dela.

"Não. Continue trabalhando."

Na cozinha, Gbessa conduziu o visitante diretamente para a mesa.

"Pode se sentar", disse ela, pronunciando com cuidado cada palavra. Ele se acomodou e observou a decoração impecável e a limpeza da sala. Ela pendurara os retratos de Gerald Tubman na parede, bem como uma fotografia recém-tirada dela mesma sentada com outras mulheres da sociedade. Ela desfrutava as melhores toalhas de mesa e cadeiras e foi em um copo de vidro que ela serviu a bebida. Gbessa ficou do outro lado da sala enquanto Norman bebia. Ele baixou o copo a observou; Gbessa estava visivelmente desconfortável.

"Posso te ajudar?", perguntou ela.

"Sim", respondeu Norman. "Eu estava procurando um tal de sr. Gerald Tubman, o general do exército, e fui encaminhado pra cá."

Gbessa assentiu. "Ele é meu marido." Sua timidez e voz suave não escondiam um sotaque forte, que Norman avaliou com atenção.

"Sim. Deu pra perceber", comentou ele.

"Ele volta à noite, mas você é bem-vindo pra ficar", ofereceu Gbessa, sincera.

"Obrigado."

Gbessa serviu-se de um copo de água e bebeu rapidamente.

"E você não... se lembra de mim?", ele repetiu a pergunta.

Ela se lembrava dele vividamente, se lembrava de seu dom e das pessoas que ela o vira salvar.

"Você precisa parar de dizer isso. É falta de educação. Sou uma mulher casada", censurou Gbessa, cruzando os braços. O silêncio o deixou ainda mais desconfiado.

"Desculpe", disse Norman. Ele se levantou da mesa e, após um momento de reflexão, desapareceu. Assustada, Gbessa olhou ao redor da sala. Foi para o escritório, depois correu para procurá-lo no quarto e na sala de estar. Correu de volta para a cozinha e Norman reapareceu diante dela. Gbessa ofegava onde estava.

"E você não ficou com medo?", perguntou ele, calmo. "Todas as mulheres monrovianas reagem ao sobrenatural com tanta elegância assim?"

Ela se sentiu humilhada. "Se fizer isso de novo, terá que ir embora", exigiu. "Eu sou cristã. Não gosto dessas coisas. É bruxaria."

"Bruxaria?", perguntou Norman, espantado e ofendido. "Meu Deus, o que eles fizeram com você?"

"Ninguém me fez nada. Eu fui salva", retrucou ela. Fatigado por ver Gbessa negar a si mesma, ele se sentou. Norman teria chorado por ela se ainda houvesse lágrimas, pois nada era tão trágico quanto isso.

"Era você. Você é a garota", disse ele depois de engolir em seco. "E você escondia isso."

"Escondia minha maldição. E eu tinha escolha?"

"Escondia seu dom", Norman a corrigiu severamente. Gbessa pensou naquela tarde com os franceses, na dor de cabeça, na lâmina afiada.

"A África está morrendo", disse Norman. "Pessoas, seus vizinhos indígenas. Províncias inteiras estão sendo fisicamente capturadas, pessoas estão sendo mentalmente envenenadas pra capturar outras. Você já viu isso acontecendo. Isso continua e você tem motivos pra se esconder."

Gbessa desviou o olhar dele.

"Você não entende?", insistiu Norman. "Seu povo precisa..."

"Meu povo me amaldiçoou", interrompeu ela com frieza, embora a afirmação a fizesse pensar em Safuá. "Me escondeu na floresta e pra quê? Superstição. Só de pensar nas crianças antes de mim que morreram naquela floresta e nenhuma delas era o que eles diziam..."

"Talvez não. Mas você era especial. Você viveu. Você tem um dom."

"Que dom?"

"Vida!"

"Minha vida foi tirada por superstições mundanas", retorquiu ela, andando pela sala.

"Sua vida foi salva por um dom de Deus."

"De Deus?!"

"Sim. A sua doutrina não prega que ele criou todas as coisas? Um dom tão milagroso, tão poderoso, e você ousa escondê-lo!"

"Basta!", disse ela, perdendo a paciência.

"E ser atraída dessa forma pelos outros, como eu", continuou Norman, se levantando. "Você não entende que ajudar é uma responsabilidade sua? Que você é parte de algo maior?"

"Basta!", gritou ela. A porta dos fundos se abriu e um trabalhador de campo entrou.

"Mãe Gbessa, você tá bem?", perguntou ele, com fios de suor descendo por seu rosto. Ele enxugou a cabeça e olhou ao redor da sala. "Onde tá o homem?"

Gbessa se virou para onde Norman estava parado e viu apenas poeira flutuando na luz do sol. "Estou bem. Dei água pra ele. O homem foi embora."

O trabalhador assentiu e observou a sala novamente antes de sair da casa. Assim que a porta se fechou, Norman Aragon reapareceu, encostado em uma parede adjacente.

"Você precisa ir embora", disse Gbessa, calma. "Eu respeito a maneira como você usou... sua situação. Mas deixo os dons pro meu Deus."

"Entendo", respondeu Norman, com a voz triste.

"Pode me dizer o que deseja compartilhar, que direi ao meu marido por você. Ele chega cansado em casa, e sua presença causaria ainda mais inquietação."

"Não queria incomodar você, apenas alertá-lo."

"Alertá-lo?", perguntou Gbessa.

"Sim. É possível que os traficantes de escravizados que encontramos nos anos que passamos no continente tenham interesse na Monróvia." A preocupação revestiu seus olhos, e Gbessa sentiu pena dele. O fato de aquele homem alterar o curso de suas viagens e arriscar sua própria segurança, e ainda suportar a recusa dela, a machucou por dentro.

"O exército do meu marido faz bem em proteger a colônia", disse ela, com a voz trêmula. "Sou grata por você ter feito uma jornada pra nos contar, mas estamos protegidos."

Apesar da ignorância dela, Norman permaneceu comprometido com a mensagem.

"Eles estão desesperados. Eles são muitos e só crescem com o tempo..."

"Obrigada", disse Gbessa, interrompendo-o. Ela olhou para o rosto de Norman e viu seu ânimo mirrar. "Vá embora antes que os trabalhadores pensem que você ainda está aqui", disse, sem dar atenção à mensagem dele. "Que Deus te abençoe."

Norman seguiu Gbessa até a extremidade oposta de sua casa, onde a porta da frente aberta permitia que o vento soprasse. A rajada fez seus olhos lacrimejarem ainda mais enquanto ele partia lentamente. Quando chegou ao quintal, Norman se virou para encarar Gbessa, que estava parada na porta.

"Você tem que se lembrar disso. Lembre o que aconteceu. Lembre que você tem um dom." Ele gaguejou as palavras exatamente como Nanni as dissera para ele e, assim que as recitou, a lembrança dela fez com que as lágrimas à espreita finalmente escorressem pelo rosto dele. "Faça sua casa na floresta. Ela vai cuidar de você", continuou, com os lábios trêmulos. "Encontre o caminho de volta."

Ele se foi, e suas palavras assombraram Gbessa enquanto eu entrava e pairava nos cantos de sua casa. A porta se fechou, e com a mão e o coração vacilantes, Gbessa começou a orar. Ela escondeu o medo de que Lai pudesse ser arruinada. Ou, pior, o de que um passado impaciente estava eternamente esperando nas cavidades escuras para ser ressuscitado, e um coração partido, revelado.

Ela sonhou com a visita de Norman semanas depois. Ele tinha mudado muito desde os poucos dias em que ela viajara com ele. Ela também: os vestidos compridos até o chão em seu reflexo a deixavam irreconhecível em comparação com a mulher que ela fora há pouco tempo. O tempo era tão poderoso? Tão cruel?

Gbessa observava os trabalhadores do campo de sua janela, com medo de que talvez, se saísse, convocasse Norman e seus avisos imprudentes outra vez. Os trabalhadores eram práticos e, embora Gbessa ouvisse regularmente suas piadas e risadas de dentro de casa, eles trabalhavam muito durante o dia, sem problemas. Uma tarde após a visita de Norman, enquanto ela olhava para o campo de sua janela, dois dos homens se empurraram e alguns outros largaram suas pás e enxadas para interromper a luta. Ao ver isso, Gbessa correu até o campo.

"Parem!", gritou ela. "Parem!"

Os homens se levantaram de onde lutavam e os outros se esforçaram para voltar ao trabalho.

"O que aconteceu aqui?", perguntou ela.

"Desculpe, mãe", disse um dos homens, pegando a pá de volta.

"'Desculpe, mãe' não é resposta", disse Gbessa. "O que aconteceu?", perguntou de novo, mais alto.

"Ele disse que as pessoas Bassa são mentirosas", falou um dos agressores, apontando para o outro.

"Isso é verdade?", perguntou Gbessa ao outro homem. Ele assentiu.

"Você conhece todos os homens e mulheres Bassa?", indagou Gbessa.

O homem sacudiu a cabeça. Ele cruzou as mãos sobre o peito, parecendo cada vez mais nervoso conforme a voz dela aumentava.

"Então não fale dessa tolice aqui", ralhou ela. "Sem Bassa, sem Kpelle, sem gente Vai na minha fazenda." Vai encheu sua boca. "Nós somos liberianos aqui. Este lugar só vai durar se vocês pararem de falar essa bobagem, tão me ouvindo? Tem pessoas morrendo por seu próprio país. Nós temos o nosso."

Ela percebeu o estupor nos olhos deles.

"Né?!", ela perguntou novamente, embora estivesse claro que eles mal entenderam o que havia despertado sua raiva. Era para Gerald que ela desejava estar dizendo tudo aquilo, não para eles.

"Desculpe, mãe", disse um dos homens, e os outros o imitaram, pedindo desculpas e estendendo mãos que imploravam por perdão. Gbessa queria que eles respondessem à sua pergunta, mas eles não tinham a resposta. Não conheciam o terror além de sua Libéria.

Em um amanhecer de outono, enquanto Gerald estava deitado ao lado da esposa, um cavalo entrou na fazenda Tubman.

"Sr. Tubman!", Gbessa ouviu ao longe. "Sr. Tubman!", ouviu outra vez. Gerald levantou a cabeça e sentou-se na cama. Gbessa acendeu a lamparina no chão e vestiu o robe enquanto Gerald se vestia. Os dois correram para a porta da frente, e um mensageiro subiu correndo os degraus da varanda, quase sem fôlego, e disse: "Estamos sendo atacados! Estamos sendo atacados!".

Gerald foi correndo para o quarto, para pegar o rifle e a camisa. Na estrada, o cavalo de Henry Hunter trotou ao longo do caminho empoeirado do amanhecer.

"Venha!", chamou Henry, passando pela casa e cavalgando depressa em direção à base do exército. Gerald saiu correndo de casa.

"Tranque as portas!", gritou ele para Gbessa. O mensageiro tinha um cavalo esperando por Gerald na estrada e ele disparou atrás de Henry em direção à base. À distância, ela podia ouvir o que parecia ser uma explosão de balas e homens gritando.

Em pânico, Gbessa trancou as portas e as janelas de casa e se sentou em sua cama com a lamparina, esperando. Pouco depois, ouviu uma companhia de cavalos passando pela casa. Correu até a janela da frente, onde viu rostos familiares, a maioria homens da sociedade da Monróvia, cavalgando velozes pela estrada. Vários momentos depois, outro grupo de cavalos disparou em direção à base. A mente de Gbessa voltou-se para Norman; sua presença e advertência assombrosas e o mês ansioso que se seguiu. Ela caminhou por toda a casa com sua lamparina, segurando-a enquanto se aproximava dos cantos e perseguia o rosto dele. A casa vazia permanecia imóvel enquanto os cavalos se moviam à distância.

"Mostre seu rosto!", disse Gbessa, circulando pelos cômodos. Mas nenhum rosto estava lá. Nenhum, exceto o dela.

Uma batida forte a sobressaltou. Gbessa permaneceu imóvel no início, sem saber se estava pronta para se reaproximar de Norman. A batida veio novamente, desta vez acompanhada por uma voz chorosa e reconhecível do outro lado. Era Maisy, ela percebeu, e suspirou de alívio. Gbessa correu até a porta e deixou Maisy entrar. As duas se abraçaram enquanto homens a cavalo continuavam a passar diante da casa.

"O que aconteceu?", quis saber Gbessa.

"O povo Vai atacou. Do norte. Um grupo deles veio para a Monróvia. Ninguém se machucou, mas alguns homens Vai foram mortos."

"O quê?", Gbessa perdeu o equilíbrio, e Maisy correu em sua direção quando ela caiu. Maisy apoiou as costas de Gbessa na parede e foi até a cozinha buscar água, que Gbessa bebeu imediatamente.

"Eles vieram atrás de quem?", perguntou Gbessa, agitada.

"Algumas das safras dos Yancey foram queimadas. Antes que eles entrassem na casa, os servos atiraram em alguns deles e lutaram contra os outros. Eles estão levando-os para a prisão agora."

"Tinha algum homem branco com eles?", indagou Gbessa.

"Não, não. Não que eu tenha ouvido."

Gbessa se esforçou para respirar normalmente.

"Gbessa, temos que ir para a Monróvia", disse Maisy, interrompendo seus pensamentos.

"O quê?"

"Eles querem que todas as mulheres vão para a Monróvia. Christopher tá indo buscar Marlene agora."

Gbessa não queria ir. Ela não queria sair de casa ou do chão duro em que estava sentada.

"Você tá preocupada? Você tá preocupada com seu povo?", perguntou Maisy ingenuamente. "Sinto muito. Sinto muito por você e por eles."

Gbessa terminou de beber a água. Olhando para o vazio da manhã, engoliu em seco enquanto vários pensamentos em rebuliço a faziam estremecer de suor.

Quando chegaram à Monróvia, as mulheres da alta sociedade e outras pessoas se sentaram juntas na sala da residência da srta. Ernestine.

"Não podemos ir pra casa da sra. Johnson?", perguntou Gbessa antes de entrarem pela porta da frente.

"Não. Todo mundo tá aqui", respondeu Maisy.

Quando Gbessa entrou na sala, todos os olhares se voltaram para ela e as conversas, os choros e os sussurros de repente se aquietaram. Gbessa foi até a sra. Johnson e Marlene, que apenas assentiram de leve antes de desviar o olhar e começar a conversar com outras pessoas ao lado delas.

Gbessa estava perto da janela, onde o vento soprava e implorava por sua atenção, e Maisy estava ao lado dela.

"Elas ficaram irritadas comigo", disse Gbessa no ouvido de Maisy, que balançou a cabeça.

"Gbessa Tubman!", gritou Frances Tucker do outro lado da sala. Gbessa olhou para a sra. Tucker e cruzou as mãos nervosamente sobre o peito.

"Sim?", ela perguntou com confiança fingida, mesmo sabendo que todo o ceticismo na sala era dirigido a ela.

"De qual povo eles disseram que você era? Antes de comprarem você?", perguntou a sra. Tucker. Gbessa se escorou na parede. Ela abriu a boca para falar, mas as palavras a princípio não saíram. Sua gagueira as empurrou para fora.

"Perdão?", perguntou Gbessa, tremendo.

"Você a ouviu, sra. Tubman. Não foram os homens de seu povo que estavam destruindo fazendas nesta manhã?", disse a srta. Ernestine, interrompendo a resposta da sra. Tucker.

Gbessa pressionou as costas contra a parede. Ela estaria errada em dizer que não era Vai? Afinal, o povo Vai não a exilara e a chamara de maldição? O povo Vai não a deserdara? Os pensamentos se agitavam em sua cabeça enquanto as batidas de seu coração se pressionavam contra a blusa. O vento batia forte na janela e Maisy abriu-a ligeiramente para deixar o ar fresco entrar. O vento soprou em Gbessa e atrás de suas orelhas e seu pescoço, dançou entre seus dedos enquanto ela lutava pela coragem de se render.

"Eu sou Vai", disse Gbessa. "Sim."

Algumas das mulheres engasgaram. Outras balançaram a cabeça para ela atrás de seus leques.

"Você os conhece, então? Você conhece aquelas pessoas que arruinaram a fazenda dos Yancey? Eles são seu povo?", a srta. Ernestine a interrogou.

"Srta. Ernestine, me desculpe, mas Gbessa não volta para aquela aldeia há quase cinco anos", interrompeu Maisy, cansada de ver sua amiga, sua irmã, enfrentar aquelas palavras sozinha.

"Maisy, por favor, não faça isso", disse a sra. Johnson, tentando impedi-la de se envolver com algo que não era de sua alçada.

"E daí?!", disse a srta. Ernestine, elevando a voz.

"Bem, Ernestine, estamos todas chateadas. Mas você não precisa ser assim tão dura", a sra. Johnson disse, calma.

A srta. Ernestine sibilou por entre os dentes.

"Maisy, vá até a cozinha de Ernestine e traga um pouco de água para todas nós", ordenou a sra. Johnson.

Maisy foi até a cozinha e Gbessa a seguiu.

"Aonde você pensa que está indo?", perguntou a sra. Tucker.

Gbessa parou e se virou. Não ousou mencionar que ajudaria Maisy a trazer as bebidas.

"Preciso tomar um pouco de ar fresco", disse Gbessa.

A janela da cozinha tinha uma cortina costurada com tecido azul que terminava logo abaixo das venezianas. Gbessa afastou a cortina e abriu as venezianas.

"Você tá bem?", Maisy perguntou enquanto a água corrente abafava sua voz. "Não as irrite hoje, Gbessa. Elas tão certas. Você não é mais uma criada da cozinha. Você é a esposa de um homem muito importante. Você é uma delas."

"Não diga isso", rebateu Gbessa.

Maisy balançou a cabeça e continuou a preparar os copos de água transparente para as mulheres da sociedade beberem.

Gbessa enfiou a parte superior do corpo para fora da janela e respirou fundo, fechando os olhos. Ao abri-los de novo, ela viu quatro homens a cavalo do exército de Gerald se aproximando na estrada.

"Alguns ainda tão indo para Sinou?", perguntou Maisy quando ouviu os cascos dos cavalos.

"Sim", respondeu Gbessa, ainda olhando pela janela.

O último cavaleiro segurava uma corda que pendia de seu colo e se estendia atrás de seu cavalo. Gbessa inclinou o corpo mais para fora da janela, para alongar sua visão. A corda estava amarrada a uma procissão de uma dúzia de homens. Só de olhar, Gbessa soube que eram Vai. Seus ombros e braços, a maneira como suas cabeças ficavam um pouco levantadas para o céu enquanto caminhavam, suas roupas e pele.

Seu coração parou.

"O quê?", perguntou Maisy, como se tivesse ouvido.

"Homens Vai", Gbessa disse.

Maisy correu até a janela para assistir com Gbessa. O sangue escorria pelas costas dos homens que haviam sido espancados durante a invasão e se impregnava na estrada empoeirada que os levava à prisão. Era uma procissão de guerreiros e Gbessa os observava, notando as marcas de iniciação Poro no pescoço e nos ombros de alguns.

"Ah, isso é horrível", suspirou Maisy, voltando aos copos de água.

Como era muito doloroso manter os olhos neles, ela desistiu de procurar pelo rosto dele. Foi então que o último guerreiro da linha chamou sua atenção. Gbessa se inclinou para fora da janela.

"O quê?", Maisy perguntou atrás dela. Gbessa não respondeu.

O último homem tinha olhos intensos que abriam um caminho assustador diante dele; mesmo à distância, a estrada em sua visão queimava com fogo, e cinzas se espalhavam na estrada atrás dele. Era um homem Poro com punhos cerrados e cuja cabeça ficava ligeiramente levantada para o céu conforme ele caminhava, embora estivesse enrolado em cordas e correntes que tentavam prendê-lo.

Então, de repente, Gbessa se perdeu, uma criança novamente aos cuidados de um labirinto de árvores e magia que emoldurava suas despedidas. Embora tivesse imaginado que vê-lo outra vez a faria esconder o rosto, Gbessa agora queria correr e se jogar em cima dele, em seu peito e sua boca, em seus punhos e sua fúria. Enquanto torcia para que o vento viesse em seu socorro, ele se apressou em direção à procissão para observar o rosto do último homem da fila.

"Safuá!", gritou Gbessa. "Safuá!" Ela não conseguiu segurar, e acenou com as mãos para fora da janela. "Safuá!"

A procissão de homens parou e olhou para a janela. Maisy correu até lá e puxou Gbessa para longe. Maisy empurrou Gbessa contra a parede e cobriu a boca arfante da amiga com a mão.

"Qual é o seu problema?", perguntou Maisy, tremendo.

Maisy fechou rapidamente as venezianas e colocou o tecido azul de volta no lugar. Então pegou a bandeja com água da mesa e voltou para a sala de estar, onde as mulheres da alta sociedade se perguntavam por que ela estava demorando tanto.

Enquanto lutava para recuperar o fôlego depois dos gritos, Gbessa tocou os botões de sua blusa, se perguntando se Safuá a tinha ouvido.

Os guerreiros Vai na prisão do condado de Sinou não falavam com ninguém. O povo Vai nunca havia atacado a colônia antes e muitos colonos ficaram nervosos com a possibilidade de seu ataque abrir um precedente. Não havia intérpretes que pudessem ouvi-los, e os generais e prefeitos não aguentavam mais espancamentos. Fazia mais sentido para Gerald Tubman enforcá-los como exemplo para outras comunidades indígenas do que mantê-los na prisão e arriscar a possível corrupção de outros condenados.

Os guerreiros tentaram se enforcar com as cordas que tinham em volta dos tornozelos e pulsos. Era a maneira do homem Poro morrer por suas próprias mãos antes que o adversário o matasse. Como a prisão era estritamente vigiada, as mortes dos guerreiros foram evitadas e eles foram acorrentados às paredes de suas celas. Os guerreiros então se recusaram a comer e, após uma semana, estavam tão emaciados que Gerald Tubman ordenou que fossem alimentados à força com uma refeição por dia.

Em casa, Gbessa estava inquieta. Para ela também estava sendo muito difícil engolir as refeições. Maisy guardou segredo e não revelou que Gbessa havia reconhecido um dos prisioneiros. A Libéria estava tensa, cheia de energias nervosas, e ninguém sabia que atitudes seguiriam o ataque surpresa.

"Resgata-me desses pensamentos, Senhor", orava Gbessa.

Ela não conseguia se concentrar em nada. Exigiu que os trabalhadores realizassem as tarefas mais servis: fechar as venezianas, abanar o rosto dela enquanto se balançava com força na cadeira de frente para a janela. Seus servos perceberam que algo estava errado com ela, mas depois de ouvir que foram os membros de seu povo que a atacaram, tornaram-se mais prestativos na casa e na fazenda.

"Salva-me de mim mesma, ó Senhor", implorava Gbessa em quartos vazios.

Depois que Gerald revelou a ela que planejava enforcar os homens, ela esperou até que ele partisse para a prisão no dia seguinte para chorar por causa desse balde de água fria. Ela então ordenou que um dos homens Kru em seu jardim fosse procurar tabaco para ela.

"Tabaco?", perguntou o homem, perplexo.

"Sim, você ouviu direito!", Gbessa gritou com ele. O homem voltou quando já era quase noite, e Gbessa passou a semana seguinte em sua cadeira de balanço, mascando e cuspindo o tabaco em uma pequena tigela de madeira enquanto olhava pela janela. Durante o banho, ela tremia e orava: "Salva-me desses pensamentos, ó Senhor. Cuide para que eu continue sendo uma boa esposa. Uma boa mulher".

Ela se esqueceu de prender o cabelo por dias, e ele ficou pendendo descontroladamente de sua cabeça até que um de seus ajudantes o trançou enquanto ela se balançava na cadeira. Não adiantou. Ela precisava ver os prisioneiros. Ela precisava vê-lo.

Uma noite, Gerald voltou para casa e descobriu que Gbessa havia cozinhado para ele frango assado e couve com arroz, milho e banana frita, tudo estendido sobre a mesa.

Quando Gerald se sentou para comer, Gbessa separou as porções dele, cortando os peitos de frango em fatias. Ela era especialmente cuidadosa na maneira como o servia. Ele percebeu seu nervosismo. Observou enquanto ela se sentava, mas em vez de dar uma mordida na comida em seu próprio prato, ela o encarou.

"Eles são homens Poro", disse Gbessa, de repente.

"Quem?", perguntou Gerald.

"Os prisioneiros Vai", respondeu ela, pegando o garfo em uma tentativa de conversar com naturalidade.

"O que é Poro?", indagou Gerald, um pouco desconfiado e enciumado.

"Os homens Poro são uma sociedade Vai. Os meninos mais fortes são escolhidos para serem guerreiros quando são muito jovens, e o líder deles é o rei da aldeia."

O silêncio dele praticamente implorava que ela continuasse. Gbessa segurava os talheres, mas, assim como ele, não tinha comido nada.

"Eles protegem o povo Vai. Sem eles, os aldeões morrerão", disse Gbessa, e sua voz tremeu.

"E daí?", perguntou Gerald, empunhando os talheres para começar sua refeição.

"Não acho que você deveria enforcá-los", opinou ela. "Quero tentar falar com eles."

"O quê?"

"Falar com eles", insistiu ela, se lembrando de seu próprio exílio.

"Muito me surpreende que você queira defendê-los agora. Desde que a conheci, você não tentou voltar para sua aldeia."

"Sim", ela admitiu com humildade. "Estou apenas curiosa para saber o motivo do ataque. Por que eles arriscariam a segurança da aldeia agora? A aldeia não pode viver sem eles."

"E, com eles, a Monróvia morre. Sinou morre. Tudo que construímos... a Libéria. Se eles viverem, nós corremos o risco de sofrer ataques que podem comprometer tudo. É isso que você quer?", perguntou Gerald. Do outro lado da mesa, Gbessa viu a raiva e a dor em seus olhos. Ela deveria ter ido até ele e o abraçado, mas Safuá dominava seus pensamentos, sua energia.

Gbessa balançou a cabeça.

"Não, Gerald", respondeu ela, e terminou a refeição em silêncio.

Poucos dias depois, pela manhã, Gerald foi para a Monróvia a fim de conversar com o sr. Johnson e outros prefeitos sobre o silêncio dos prisioneiros e como se preparar para futuros ataques. Gbessa observou a poeira subir atrás dele enquanto seu cavalo galopava para fora da casa.

Quando Gerald saiu, Gbessa assou frango e preparou folhas de juta com arroz, milho e *wolloh* de berinjela. Ela colocou o prato de comida em uma cesta e disse a seus funcionários que estava saindo para uma missão.

Ela estava inesperadamente animada pelo fato de que agora seu passado estava a apenas uma milha de caminhada ao norte. Enquanto a barra do vestido varria a poeira da trilha, Gbessa falava vai em voz alta, ensaiando o que diria a ele, preparando-se para a atual aparência dele, depois de suportar as duras condições da prisão do condado de Sinou.

Quando Gbessa chegou à estrutura de madeira com barras e correntes, um cheiro desagradável atingiu seu nariz e ela tossiu nas mãos suadas. A prisão ficava diante de um enorme campo onde Gerald treinara o novo exército liberiano. Ali, um grupo de homens tinha rifles pendurados nos ombros. Outros homens e meninos estavam espalhados, alguns sentados e conversando, alguns de pé e explorando as funções de seu novo armamento.

No portão, soldados mais robustos estavam juntos, rindo de algo que um deles havia dito. Quando viram Gbessa se aproximando, os homens se endireitaram e desfizeram a rodinha para parecerem mais ocupados do que realmente estavam.

"Sra. Tubman", um dos soldados a cumprimentou. Gbessa sorriu.

"Olá, Emric", disse Gbessa. "Eu vim trazer comida para os prisioneiros." Ela ergueu a cesta. Os homens se reuniram em um semicírculo de frente para ela.

"É um belo gesto, sra. Tubman, mas eles não comem."

"Isso é porque eles nunca provaram minha comida", disse Gbessa. Emric riu.

"Se a senhora insiste... Vou levá-la para a senhora", disse Emric, estendendo a mão para pegar a cesta. Gbessa não largou a alça. Emric tentou puxá-la, mas Gbessa segurou a cesta perto do corpo.

"Eu gostaria de eu mesma entregar a comida, obrigada."

"Isso é muito gentil da sua parte, sra. Tubman", começou Emric, "mas tenho certeza de que o general não aprovaria."

"Aprovaria, sim. Pergunte a ele", falou Gbessa.

Os homens se entreolharam.

"Ele não está aqui. Foi para a Monróvia hoje", disse Emric.

"Então imagino que um cavalheiro deixaria uma senhora escolher o que ela prefere", disse Gbessa.

Emric cruzou os braços.

"Por que a senhora não volta amanhã, então, com o general?", perguntou ele.

"A comida estará fria até lá", devolveu Gbessa.

Os soldados riram. Emric refletiu sobre a situação, inseguro quanto à decisão que deveria tomar em relação à esposa teimosa do general. Ele ergueu a tampa da cesta para ver o que havia dentro.

"Certo, então. Vá com ela, Duly", Emric disse a um dos homens.

"Obrigada, Emric", disse Gbessa, e balançou a cabeça. Seu coração disparou de excitação.

Duly conduziu Gbessa à estrutura de madeira com barras e correntes. Algumas das celas ficavam voltadas para o campo externo, mas quando Gbessa passou por elas, percebeu que os prisioneiros eram outros criminosos. Eles não eram homens Vai.

Duly dobrou o corredor da prisão e destrancou uma porta com correntes firmemente presas à maçaneta. Quando a abriu, o cheiro de dentro escapou e encheu a boca de Gbessa. Ela tossiu.

Não havia janelas nas celas. Quando Duly abriu a porta, ele recuperou uma velha lamparina do chão, que acendeu e segurou à sua frente enquanto eles caminhavam. A prisão estava silenciosa, exceto por um gotejamento constante de água que vazava do teto, formando uma poça enegrecida no chão.

"Cuidado para não cair, sra. Tubman", advertiu Emric.

Duly levou Gbessa para os fundos da prisão, onde uma grande cela continha três dúzias de homens. Gbessa foi até a cela e tocou nas barras. Sem demora, ela perscrutou aqueles rostos. Reconheceu Cholly, irmão do pescador, tio de Safuá, sentado com os olhos voltados para o chão. Ela queria chamá-lo, mas não o fez. O neto do Velho Pai Bondo Freeman também estava lá, embora ele dificilmente fosse reconhecível, uma vez que as condições o haviam reduzido a pele e ossos. Gbessa esperava que os homens evitassem seu rosto, desviassem o olhar, já que a "bruxa" estava diante deles. Mas não; eles não a conheciam, não a reconheceram.

Em vez disso, aqueles com as cabeças erguidas para o céu lhe lançaram os mesmos olhares e zombarias reservados a Duly, alguns assobiando enquanto ela estava ali. Gbessa perscrutou os rostos com a esperança de que ele a olhasse de volta. Mas isso não aconteceu. Ele não estava ali.

"A senhora pode largar a cesta aqui. Os responsáveis pela alimentação farão com que eles comam quando vierem."

Desesperada, Gbessa continuou a procurar na prisão pelo rei Poro. Para onde ele tinha ido? Eles já o haviam matado? Quem ela vira andando naquele dia?

"A senhora pode largar a cesta aqui", repetiu Duly.

Por fim, Gbessa balançou a cabeça, desanimada, e largou a cesta.

"Quanta comida tem aí? Eles farão com que o outro receba uma parte também", disse Duly, olhando para a saída da prisão.

"O outro?", perguntou Gbessa, mais animada.

"Sim. Ele parece ser o líder deles. É o mais difícil de lidar, então o isolaram."

Duly ergueu o dedo indicador diante de Gbessa, mostrando as marcas de dentes que cobriam sua pele.

"Isso foi de quando tentamos alimentá-lo", explicou Duly.

"Onde ele está?", perguntou Gbessa, o coração pulando, a voz tremendo.

Duly sacudiu a cabeça e caminhou ao longo da grande cela até um cubículo de canto, que ficava separado dos outros prisioneiros por uma parede de cimento.

"Aqui", disse Duly.

Gbessa pegou a cesta e caminhou devagar até a cela, apertando a alça em suas mãos enquanto se aproximava. Ela havia pensado nele durante quase todos os dias de sua vida, e agora finalmente o veria de novo. No início, Gbessa quis dar um tapa nele por não ter vindo antes. Ela então observaria seus olhos, na esperança de que ele se arrependesse de tê-la mandado embora, na esperança de que ele ainda a desejasse e quisesse protegê-la. Seus joelhos tremiam conforme ela avançava. Gbessa tinha imaginado aquele dia sempre que pensara no nome ou no rosto dele. O que ele pensaria dela agora? E se ele não a reconhecesse? Gbessa ajeitou o cabelo ao se aproximar. Safuá havia chegado. Safuá enfim estava ali. Duly ergueu a velha lamparina. Lá dentro, acorrentado a uma parede perto das grades do cárcere, com sangue seco escorrendo das orelhas e dos lábios, Safuá olhou para ela, e Gbessa viu seu nariz e lábios, sua pele e ombros de menino, suas orelhas, sua curiosidade.

Mas seus olhos eram diferentes.

Os olhos não eram dele.

Safuá não estava ali.

Ele se parecia com ele, mas o menino que estava acorrentado diante dela era o filho dele, o príncipe, o menino que eles haviam declarado morto, o menino cuja morte eles disseram ter sido culpa dela. O menino cuja morte causara seu exílio.

"Meu Deus", sussurrou Gbessa, cobrindo a boca com a mão. Ela largou a cesta, disparou pelo corredor estreito da prisão e foi embora. Gbessa correu para a lateral do prédio do lado de fora e vomitou no chão.

Os homens lá fora ofereceram água, mas ela recusou.

No dia seguinte, Gerald Tubman acordou de madrugada e voltou para a Monróvia. Ele voltou para casa depois de escurecer, então não foi para a prisão e não sabia onde sua esposa tinha estado naquele dia.

Era o filho de Safuá, não ele. Então onde estava Safuá? Por que eles haviam vindo? Ela precisava saber o paradeiro do rei. A urgência a deixou fraca, delirante.

A ausência de Gerald a encorajou a voltar para a prisão, onde Emric e Duly estavam no portão, surpresos por ela ter se aventurado por aquele caminho outra vez.

"Eles não gostaram da comida", disse Emric. Gbessa carregava outra cesta na mão com mais dos mesmos pratos. Para fazer os homens comerem, Gbessa sabia que primeiro teria que convencer o filho de Safuá a comer.

"Tudo bem. Eu acertei hoje", disse Gbessa.

"Tem certeza, sra. Tubman?", perguntou Emric.

"Sim."

"Não quero que você passe mal de novo", alertou. ele "Pelo menos deixe-nos levar os homens para fora, para que você não tenha que entrar."

"Não", insistiu Gbessa.

Finalmente, Duly conduziu Gbessa para os fundos da prisão, onde a grande cela continha três dúzias de homens. Ele se virou e foi para a cela do canto, onde o menino estava sentado como no dia anterior, olhando para Gbessa através das grades enquanto ela se aproximava. Ela se ajoelhou para que seus olhos se nivelassem. O menino devia ter 16 anos, Gbessa pensou consigo mesma, a mesma idade de Safuá quando a carregara para a floresta para seu *dong-sakpa*, tantos anos antes.

"Qual é o seu nome?", Gbessa perguntou a ele na língua vai. O garoto franziu o rosto ao olhar para ela, tentando encontrar familiaridade em seus traços.

"Qual é o seu nome?", Gbessa perguntou de novo. O menino não respondeu. Gbessa aguardou, mas ouviu apenas pingos ao longe, água que caía nas poças frias e sombrias abaixo.

"Eu conheço o seu pai", continuou Gbessa, quando não suportou mais o silêncio. "Eu sou garota Vai. Eu conheço seu pai."

Ela hesitou antes que o nome dele saísse de seus lábios, ciente de que pronunciá-lo seria sua redenção ou sua regressão a um mundo de maldições e abandono.

"Safuá", disse Gbessa. Seu coração parou.

O menino se virou rapidamente para ela e gritou. Ele lutou preso às correntes, e a fricção arranhou sua pele.

"O rei Poro, Safuá. Eu o conheço. Você é filho dele, então?", Gbessa continuou, desesperada, com medo de que a reação do príncipe pudesse fazer com que Emric e os guardas a obrigassem a sair. Quando parecia que ele estava prestes a falar, quando até mesmo sua raiva se separou de sua mente e saiu pela boca, ele parou de puxar a corrente e se afastou dela de novo. Gbessa suspirou, consternada. Ela pegou o prato dentro da cesta e empurrou-o por baixo das grades da cela. Gbessa se levantou para ir embora, e o fundo do prato raspou a sujeira enquanto o menino o empurrava de volta com força debaixo das grades.

"Deixe isso aí", disse Duly. "Eles vão alimentá-lo mais tarde."

Gbessa assentiu e seguiu pelo corredor estreito para fora da prisão.

"Se você conhece meu pai, então sabe que ele tá morto!", o príncipe gritou com ela de repente. "Se você é Vai, sabe que eles vieram pegar ele e colocaram ele no navio. Kano foi caçar e não voltou, e meu pai foi procurar ele, e colocaram ele no navio. Você não é garota Vai!", gritou o menino através das barras. As pernas de Gbessa pararam de se mover.

"O quê?", sussurrou ela.

"Ele falou!", exclamou Duly.

Duly correu até a cela. Os prisioneiros imploraram ao príncipe por ordens de como poderiam protegê-lo ainda mais, e perguntaram quem era essa mulher estranha que conhecia a língua deles. Gbessa voltou para a luz da lamparina de Duly, enquanto ele se ajoelhava na frente da cela do menino, sorrindo.

"O que ele disse?", perguntou Duly. "Fale com ele outra vez." As pernas de Gbessa se moveram, embora entorpecidas, em direção à cela do menino.

"O que você disse?", Gbessa perguntou a ele enquanto lutava contra o nó que se formava em seu peito. Ela largou o cesto e agarrou-se às grades da prisão. O menino olhou para o prato, que Duly tinha empurrado por baixo das grades. Ele rasgou o peito de frango e comeu enquanto Gbessa observava, ansiosa, esperando ouvir as mesmas palavras que não voltaram.

Ele tinha dito: "Se você conhece meu pai, então sabe que ele tá morto!".

Quando sua boca se movera, o que saíra foi: "Se você conhece meu pai, então sabe que ele tá morto!".

"Se você conhece meu pai, então sabe que ele tá morto!", ecoou.

Safuá se fora e, com ele, uma parte dela. Primeiro, Gbessa chorou nas palmas das mãos, ajoelhada sozinha em seu quarto. Então, depois de limpar o rosto com os dedos impregnados com o cheiro pungente de tabaco, ela ficou com raiva e ciúme dele. O mesquinho e egoísta Safuá, que a rejeitara com a mesma rapidez com que prometera segui-la sempre. Ela desejou que tivesse sido ela em vez dele. Pois quem era ela senão a bruxa da aldeia? Ele era rei. Talvez, assim como ele a protegera, ele também poderia cuidar de outras crianças amaldiçoadas que viriam depois dela.

Algo a deixou e escapou por uma janela aberta; ela reconheceu o espaço vazio que havia deixado. Safuá finalmente se fora. Seu rei fora roubado.

De seu quarto, Gbessa ouviu a porta da frente de sua casa fechar com estrondo. Os passos que se seguiram eram igualmente invasivos, e eles iam em direção a ela enquanto ela olhava pela janela para a estrada que levava à prisão.

Gerald entrou no quarto e bateu a porta atrás de si. Gbessa se virou para encará-lo e ele percebeu que ela havia chorado. Seus olhos estavam vermelhos, os dentes cerrados com força, e ele a olhou tão furiosamente que ela pensou que poderia virar pedra. Gbessa ficou em silêncio e esperou que ele fosse até ela. Gerald a alcançou, e a mão esquerda dele se moveu de seu flanco e lutou contra o frenesi e a objeção do vento até que a palma encontrou o queixo dela, fazendo-a voar contra a parede antes que caísse no chão.

Gbessa não tocou na pele, onde a ardência fazia brotar a umidade dos olhos. Ela não sabia o que tinha acontecido, já que sua mente estava em outro lugar até o momento em que percebeu que estava no chão, olhando para o maníaco furioso que a encontrara diante do altar.

Ele havia mudado para pior desde a invasão e, naquele momento, Gbessa o odiava, odiava-o por isso com todo o seu coração. Ela não falou, e Gerald a pôs de pé, incapaz de dizer qualquer coisa, incapaz de expressar sua decepção e seu ciúme.

Os olhos dele queimavam dentro dela e ela freneticamente procurou seu rosto. Mas ele não era Safuá. Ele era o homem com quem ela havia dito que passaria sua vida. Seu rosto e sua cama e sua cadeira de balanço e sua casa e seu Deus, essas coisas que ela fora treinada para amar e desejar, vazaram de seus olhos, e Gbessa gritou em seu rosto. Ela segurou o queixo e esfregou a pele que ele havia esbofeteado. Ela o odiava, queria Safuá, o odiava: então desabotoou a blusa e deu um tapa nas costas de Gerald o mais forte que pôde. Ela deu um tapa nele outra vez e ele olhou para ela com grande surpresa. Gbessa respirou em seu rosto e gritou; arranhou-o e queria mordê-lo, morder suas bochechas e lábios, pescoço e peito. Ela arranhou o rosto dele e Gerald bateu de novo, desta vez mais suavemente, sem querer machucá-la, estimulado pela selvageria e audácia da mulher. Ela deu um tapa forte em seu nariz e ele levantou a mão para desferir-lhe outro golpe, mas Gbessa o mordeu. Com a mesma rapidez e crueldade com que se livrou da blusa para revelar seus seios fartos e voluptuosos que voavam loucamente enquanto ela o atacava, ela soltou a saia da cintura, que caiu no chão, e Gbessa pensou em seus anos na floresta, lembrou-se deles apenas vagamente, e ficou com raiva de si mesma por ter se afastado tanto de quem ela era. Agora nua diante dele, agora livre e igualmente sem medo, ela continuou a esbofetear o rosto e a cabeça de Gerald Tubman com toda a força que podia. Ele tentou se defender, mas Gbessa rasgou a camisa dele até o tecido ficar pendente de seus braços. O suor emergiu dos músculos dele e seu cheiro encheu a sala. Gerald a pegou no colo, resistindo aos golpes de sua insanidade, e a jogou na cama. Gbessa, com a blusa pendurada no ombro devido à briga, sentou-se para continuar a atacar o marido e, incapaz de recuar da saudade com que a mulher o amaldiçoara, ele agarrou um de seus seios e rapidamente o colocou na boca. Ele chupou até que ela ficou tão dominada pelo prazer que parou de lutar, ofegou, chorou profundamente e, por fim, colocou as mãos em volta da cabeça de Gerald.

Os últimos raios de sol foram levados do condado de Sinou para outras terras e águas, e no escuro ele soprou sobre ela, dentro dela, penetrou-a com uma força tão egoísta, mas ainda tão tenra que ela empurrava o quadril o mais profundo que conseguia na direção dele. Ela retribuía a fúria dele. Precisava dele, precisava disso, de tudo isso. Ela estava de luto pelo rei perdido e seu apólogo, com lágrimas tão abundantes que caíam de seu rosto nas costas de Gerald enquanto empurravam e puxavam os corpos um do outro.

Gerald deixou que ela o usasse. Ele se afogou na mulher que nunca conhecera. Ele a mordeu e puxou, perfurando-a; deixou Gbessa fazer com ele tudo que quisesse. Que Gbessa ficasse com o que era dela por direito.

Os homens iam ser enforcados em duas semanas, explicou Gerald a Gbessa à mesa da cozinha na manhã seguinte.

"É a única maneira de impedir ataques futuros", acrescentou.

Gbessa não sabia se deveria falar. Quando ela enfim abriu a boca, Gerald falou primeiro.

"O que o menino disse a você?", perguntou ele, vencendo seu orgulho e ressentimento. Gerald se lembrou do rosto de Emric quando ele revelara que Gbessa estava visitando os prisioneiros sem seu conhecimento.

Gbessa não sabia o quanto Emric ou Duly haviam contado a Gerald. Seu rosto e corpo ainda doíam da noite sem dormir. Ela imaginou que ele sabia que ela havia passado o dia inteiro fora da cela, observando e esperando o menino dizer mais alguma coisa. O príncipe não disse mais nada; ele tinha acabado de comer a refeição que Gbessa havia providenciado e virara a cabeça para longe dela, na direção da parede oposta.

"Ele me disse que eu não era Vai", Gbessa respondeu, e se lembrou de como as palavras do menino a magoaram, mais do que se ele a tivesse chamado de bruxa, porque pelo menos ela era conhecida como uma bruxa Vai; amaldiçoada, mas ainda uma deles.

"Se ele não achasse que você era realmente Vai, então por que falaria com você? Justo com você, e não com os muitos intérpretes antes de você? Nem mesmo Maisy, que consegue fazer qualquer um falar." Gerald balançou a cabeça. Seu rosto se contraiu mais uma vez. Ambos ficaram quietos.

"Eu conheço o pai dele. Eu o conhecia", disse Gbessa.

"O quê?"

"Ele é idêntico ao rei Poro, o rei da aldeia na época em que a deixei", explicou ela. "Eu sabia quem ele era e disse que conhecia o pai dele." Gbessa olhou para seus dedos entrelaçados.

"E o que ele disse?", Gerald perguntou e foi até a ponta da cadeira.

Com medo de que Gerald percebesse sua vulnerabilidade, de que sua voz falhasse se ela abrisse a boca, ela esperou.

"Ele me disse que o rei estava morto", disse Gbessa. "Ele acha que está morto. Mencionou um navio e disse que se eu fosse realmente Vai, saberia disso." Ela sabia que, se parasse de falar, cairia sobre a mesa de tanta tristeza, então continuou: "Tem alguma coisa errada, Gerald. Há um motivo para eles atacarem, um motivo para tudo isso, e eu acho que, se você me der tempo, talvez eu possa fazer com que ele me diga mais. Posso fazer com que ele me conte por que eles fizeram isso. Os homens Vai não vão atacar a menos que estejam se defendendo ou que sua terra ou povo tenham sido ofendidos. Eles são fazendeiros. São fazendeiros há séculos e não precisam de Sinou ou da Monróvia."

Gerald se inclinou para a frente enquanto ela falava.

"Como você acha que vai fazê-lo falar se ele não acredita que você é uma deles?", perguntou ele.

"Eu não sei. Mas vou tentar", respondeu Gbessa.

Do outro lado da mesa, os olhos de Gerald perscrutavam seu rosto. Gbessa lutara contra o aviso de Norman Aragon, e de repente desejou que ele estivesse lá.

"Gerald, se formos atacados, podemos nos defender?", indagou ela.

"Sim. Nossa tecnologia é muito superior à indígena", disse ele.

"Sim, mas e se estivermos diante de...", as palavras dela foram atrofiadas pelo medo de distrair Gerald do objetivo principal que ela possuía em mente: voltar para a prisão.

"De quê?", perguntou ele. Gbessa balançou a cabeça, tímida. Ele esperava que ela continuasse insistindo, mas, em vez disso, Gbessa continuou sentada e esperou que ele falasse. Gerald esperava por uma garantia reconfortante de que o passado dela não a roubara dele, mas Gbessa permaneceu reticente.

Gerald se levantou da mesa e saiu da sala, passando por Gbessa, que agarrou seu braço e o puxou de volta.

"Por favor", disse Gbessa, olhando para ele.

Gerald soltou o braço e apertou suavemente a mão dela antes de colocá-la de volta na mesa.

"Duas semanas", ele disse a ela, e saiu de casa pela porta dos fundos.

Gerald transferiu o filho de Safuá para uma das celas externas, para que sua esposa não tivesse que entrar na infame prisão. Quando tiraram o príncipe de sua cela, os outros prisioneiros começaram um protesto violento, tentando se cortar com suas correntes.

Gbessa chegava à prisão todas as madrugadas e era a primeira pessoa que o príncipe via ao acordar. Em seguida, ela oferecia-lhe comida e outros presentes — histórias de seu amor pelo lago Piso e pela floresta remota de Lai. Nos dias em que Gerald estava na prisão ou trabalhando na base militar próxima, Gbessa ia para casa com ele à noite. Nos dias em que ele ia para a Monróvia para se encontrar com os outros prefeitos a fim de se preparar para o enforcamento, ela ficava até quase anoitecer, implorando pelas palavras do príncipe em troca da vida dele. Gbessa implorava a ele em vão. O pensamento de sua morte a mantinha acordada durante a noite. Ela não podia ser responsável por isso; de novo não.

"Eu quero te ajudar", Gbessa dizia a ele. "Eles vão te matar. Você não fala comigo."

Por sete dias, Gbessa ficou do lado de fora da cela do príncipe, esperando e observando. Por sete dias ele não disse nada. Na sétima noite, Gbessa estava cansada e irritada com a teimosia do príncipe e o descaso insensível com ela. Quando Gerald a chamou para que retornassem juntos para casa, ela se levantou e sibilou para ele, que se sentava virando a cabeça para não encará-la.

"Você é teimoso como seu pai. Talvez seja melhor que morra como ele", disse ela antes de ir embora.

Gbessa ficou em casa no dia seguinte e passou a tarde sentada na varanda observando os trabalhadores Kru enquanto cuidavam de sua fazenda. No meio do dia, Maisy foi a Sinou entregar algo para Marlene. Ao terminar a tarefa, visitou a casa de Gbessa. Maisy atualizou Gbessa sobre o que estava acontecendo na Monróvia, e ela ouviu em silêncio enquanto se perguntava o que Safuá teria tentado fazer para convencer o príncipe a falar. Naquela noite, quando Gerald chegou, os três comeram juntos em silêncio à mesa.

Mais tarde, Gbessa saiu silenciosamente do quarto enquanto Gerald dormia. No final do corredor, Maisy descansava em um quarto de hóspedes sem janelas. Gbessa entrou lá na ponta dos pés, caminhou até a cama e deitou-se ao lado da amiga, cuja respiração foi interrompida quando ela sentiu Gbessa afundar na cama.

"Tá tudo bem com você e ele?", Maisy sussurrou no escuro. "Ele é bom com você?"

Gbessa balançou a cabeça em concordância.

"Ele não é o mesmo quando vem para a Monróvia", disse Maisy. "Há preocupação nos olhos, tristeza." Maisy esperou pela pergunta de Gbessa, mas Gbessa ficou imóvel ao lado dela. "A srta. Ernestine se preocupa com ele", continuou. "Ela fofoca para toda a sociedade sobre como você será a ruína da Monróvia se Gerald não for cuidadoso, e quando ela descobriu que Gerald estava poupando a vida deles para que você pudesse visitá-los, ela quase veio aqui sozinha para difamar seu nome. Eles não disseram nada a você ainda, não é?", perguntou Maisy. Ela sentiu a cabeça de Gbessa se mexer na cama. "Eu me preocupo com você, Gbessa. Deixe os homens irem para a forca. Também me entristece, mas quanto mais você implora por eles, mais pessoas começarão a apontar o dedo para você."

As mulheres estavam deitadas de costas, encarando o teto no escuro. Gbessa suspeitava que houvesse um motivo para Maisy ficar, já que ela sempre detestava forçar alguma familiaridade com Gerald e raramente ficava com eles durante a noite. Ela contemplou as palavras de Maisy.

"Sinto muito, Maisy", disse Gbessa.

"Não diga isso para mim. Diga para os outros."

"Não, estou dizendo para você. Sinto muito", repetiu ela. "Sinto muito por ter mudado."

"Todo mundo muda, Gbessa. Você tá melhor do que quando chegou."

"Não estou."

"Está, sim", insistiu Maisy.

"Não estou melhor. Não estou pior. Eu mudei. Sou uma mulher diferente. Eu me esqueci de mim mesma. E sinto muito."

Maisy não continuou discutindo. Ficou em silêncio no escuro.

"Ele está morto", disse Gbessa, rompendo o silêncio.

"Quem?", perguntou Maisy, temendo a resposta da amiga. "Quem está morto, Gbessa?"

"Eu conhecia o pai do menino. O príncipe da prisão", disse Gbessa. "Eu conhecia o pai dele e agora ele está morto."

"Foi isso que o menino disse a você? Foi isso que ele disse?"

"Sim", respondeu Gbessa, com a voz embargada.

Maisy estendeu a mão na cama para encontrar a de Gbessa, que tremia apoiada sobre sua barriga.

"Sinto muito, Maisy", repetiu Gbessa.

"Ok, ok, mãe", disse Maisy. Ela apertou a mão de Gbessa na dela e se virou para encarar sua velha amiga enquanto ela chorava.

Maisy visitou a prisão com Gbessa no dia seguinte e sentou-se junto dela do lado de fora da cela do príncipe. Ela ficou em silêncio enquanto Gbessa implorava ao menino para que falasse algo. O menino não disse nada; sua cabeça permaneceu inclinada para o outro lado. No final do dia, quando ela e Maisy se levantaram para sair da cela, Maisy balançou a cabeça ao ver como o processo parecia complicado para as emoções e a vontade de Gbessa. As duas mulheres se afastaram da cela, mas Maisy se virou e a revisitou. Ela segurou as barras e olhou para o garoto enquanto ele permanecia sentado sem ser afetado por sua presença.

"Você vai morrer em quatro dias, espero que saiba disso", Maisy disse a ele em vai. "Se você realmente amasse sua aldeia ou seu povo, você falaria." Maisy o deixou e se juntou a Gbessa na estrada de volta para a casa no condado de Sinou.

Os dias seguintes trouxeram o mesmo destino para Gbessa. Ela ficava mais fraca a cada vez que deixava a pequena cela onde o príncipe estava, sem mais palavras, com menos esperança do que no dia anterior.

Dois dias antes do enforcamento programado dos prisioneiros Vai, Gbessa sentou-se, já sem energia, do lado de fora da cela do príncipe. Quando o dia estava quase terminando, e quando outra vez o príncipe ficou em silêncio enquanto Gbessa esperava, ela se virou para ele e disse: "Você é filho de Safuá. Você tem o rosto e os ombros dele e a marca Poro, mas não é filho do rei Poro. Safuá falaria pra salvar os outros".

O príncipe, indignado com suas palavras, virou-se para ela e sacudiu as barras de sua cela com violência.

"Sim", disse Gbessa, escondendo sua empolgação por ele ter reagido. "Bom pra você. Que bom que você veio morrer por mentir. Você não é o homem Vai que tanto diz ser."

O príncipe continuou a sacudir as barras, grunhindo para ela. Gbessa o encarava sem medo.

Duly e Emric correram do campo para a cela.

"Você está bem, sra. Tubman?", perguntou Duly atrás dela.

"Sim. Estou bem."

O príncipe abriu a boca para falar, mas ao perceber os homens se aproximando e o sorriso de encorajamento que surgiu no rosto de Gbessa, ele parou e se acomodou. Então ele se recostou na parede da cela e olhou para o outro lado. Gbessa suspirou, exausta pelo esforço. E pela falha.

O rosto de Gbessa estava afundado em desespero; seus ombros e cabeça puxados para o chão.

O vento veio até eles e flutuou ao longo dos ouvidos de Gbessa. Ela a inspirou.

Então...

"Como pode dizer que não sou filho de Safuá? Como pode dizer isso?", perguntou o príncipe, enraivecido. Gbessa se ajoelhou na frente da cela e segurou as grades. Ela se virou, a princípio para chamar Emric ou Duly de volta, como havia sido instruída a fazer caso ele falasse novamente, mas lutou contra seu dever e, com um entusiasmo silencioso, encarou o príncipe.

Ele olhou para ela através das barras.

"Como pode dizer que não sou filho dele? Hein?", perguntou ele, parecendo delirante e quebrado no pequeno buraco.

"Você não é garota Vai. Se fosse, nunca ia dizer isso."

Enquanto Gbessa esperava por mais, o céu se abriu e o vento voou de volta em sua direção.

Gbessa balançou a cabeça. "Eu sou garota Vai."

"Se é mesmo garota Vai, onde tá sua marca Sande?", perguntou ele.

O coração de Gbessa se encolheu. Com medo, ela continuou: "Eu queria a marca Sande e eles não me deram", admitiu, a voz falhando. "Eles me empurram pra longe deles. Eu implorei pela marca Sande e eles disseram que eu nunca serei Sande."

"Hmm", o som saiu do nariz do príncipe. "Mesmo assim. Eles te empurram e você vai direto pro homem branco?"

"Eles não são brancos, tá me ouvindo? Eles são como nós."

"Não, não, eles são como você", o príncipe logo discordou. "Eu não sou como eles. Eu sou Vai. Eu sou homem Poro."

"Você, homem Poro, não vê nada além de você? É isso, né? Conheço um homem Poro que uma vez rasgou o próprio coração por Lai. Que rasgou o próprio coração por sua Sande e seu filho. Ele vê todo mundo, e você não consegue ver nada além de você."

"É mentira", disse o príncipe. "Você não me conhece."

"Eu conheço seu pai."

"Você não conhece meu pai. Se conhecesse, iria saber que o homem branco o levou. Ele tá morto. Você sabe que o homem branco levou ele na água", disse o príncipe.

Gbessa queria passar as mãos pelas grades e sacudi-lo. Queria sacudi-lo e entrar em sua boca, onde as palavras estavam, presas por seu orgulho e hostilidade.

"O quê?", perguntou ela, de repente sem fôlego.

"Tá vendo? Você não sabe de nada", retrucou ele.

"Que homem branco?"

"Você não sabe de nada!"

"Eu conheço seu pai. Há muito, muito tempo, eu conheci seu pai. Ele era meu amigo", Gbessa gaguejou e lutou contra a emoção dentro dela. "Seu pai era meu único amigo."

Gbessa esperou, mas o príncipe ficou sentado em silêncio.

"Eu quero ajudá-lo, mas você vai morrer. Toda Lai vai morrer se você não me contar por que veio pegar a fazenda e o condado do povo."

"As pessoas sabem por quê", o príncipe disse teimosamente.

"Não. Eles não sabem. Eles não sabem", respondeu Gbessa, paciente. "Por favor", continuou. "Não por mim. Não por você. Pelo seu pai. Isso é o que ele iria querer. Eu sei isso."

Então, tão facilmente quanto o vento desceu do céu naquele dia para passar correndo por eles, o príncipe libertou as palavras.

Quando o príncipe acabou, Gbessa não chamou Emric para levá-la para casa. Ela correu ao longo da estrada empoeirada da prisão. Gbessa correu pelo campo e subiu até a varanda e pelos corredores até o quarto, sem fôlego, em busca de Gerald, para poder repassar as palavras que o príncipe lhe dera.

"Gerald!", gritou Gbessa, abrindo a porta do quarto. Ele não estava ali. "Gerald!", chamou.

Gbessa então correu até a casa de Henry e Marlene, onde pensou que talvez ele estivesse para falar com Henry. Quando Gbessa chegou à casa, estava escuro do lado de fora. Marlene abriu a porta da frente, surpresa com a visita de Gbessa.

"Gbessa", disse ela, nem um pouco lisonjeada com a presença de sua ex-criada.

"Olá, Marlene", disse Gbessa, recuperando o fôlego.

"O que há de errado?", perguntou Marlene enquanto Gbessa ofegava na varanda. Lá dentro, Gbessa ouviu as risadas ou as convidadas habituais de Marlene, Anna e Norma. Ela não queria entrar.

"Gerald está aqui?", perguntou Gbessa.

"Não. Ele e Henry foram chamados para a Monróvia. Eles devem estar de volta hoje à noite", disse Marlene. "Entre."

"Não, obrigada. Tenha uma boa noite", disse Gbessa, descendo vertiginosamente os degraus da varanda de Marlene. Ela voltou rápido para sua casa. Dentro do quarto, Gbessa ficou olhando pela janela, esperando o retorno de Gerald. A corrida a deixara exausta, e ela sentiu os olhos ficarem pesados ao luar. Gbessa foi para a cama, onde se sentou com as pernas cruzadas, ansiosa. Na cama, depois de olhar para a janela e para a porta, com as costas apoiadas, esperando que o cavalo de Gerald parasse a cada minuto, ela começou a navegar para dentro e para fora do sono.

Enquanto os pássaros canoros conversavam para além da janela ao amanhecer, Gbessa se levantou depressa e descobriu que a outra metade de sua cama estava vazia e que Gerald não tinha voltado para casa. Ela se levantou e olhou pela janela para a Monróvia, depois para a prisão.

Após o banho, Gbessa se vestiu e foi para a prisão na esperança de encontrar o marido. Quando chegou lá, Duly estava andando a cavalo no campo. Gbessa passou por ele em direção às celas.

"Aonde você está indo, sra. Tubman?", perguntou, parando.

"Para a prisão. Eu preciso falar com Gerald."

"Não tem ninguém lá, sra. Tubman. Eles vieram hoje de manhã e pegaram os prisioneiros. Todos estão voltando para a Monróvia", disse Duly.

"O quê? Por quê?"

"Eles decidiram mudar a data do enforcamento", respondeu ele. "Os prefeitos querem fazer isso hoje. Para acabar com isso. Os prisioneiros não falaram..."

Antes de Duly terminar de falar, Gbessa disparou pela estrada em direção a sua casa. Ela correu, lutando contra as lágrimas e uma dor aguda nas coxas enquanto seus pés imploravam que ela parasse. Ela não podia. Ela não pararia.

Gbessa chegou a sua casa, onde os trabalhadores tinham se levantado para cuidar de seu campo. Ela correu até o celeiro, onde estavam os cavalos de Gerald. Gbessa agarrou as rédeas de um dos cavalos e libertou-o do estábulo. Ela montou no cavalo e atravessou as portas abertas do celeiro quando a luz do sol encontrou os cascos do cavalo. Os trabalhadores ergueram os olhos do campo, perplexos, enquanto Gbessa partia cavalgando pela estrada em direção a Monróvia.

Na Monróvia, uma multidão estava reunida em frente à mansão dos Johnsons. Nenhum dos membros da sociedade estava presente, e Gbessa sabia que eles estavam dentro da mansão. Gbessa correu para dentro de casa, ofegante depois da jornada. Ela ouviu vozes vindo da sala de banquetes e foi para onde sabia que todos estavam reunidos. Quando Gbessa passou pela cozinha, Maisy a reconheceu e correu até ela.

"Gbessa! O que você tá fazendo aqui?! Aonde você vai?", ela puxou o braço de Gbessa no corredor.

"Vou falar com eles!"

"Não! Gbessa, não! Não é o seu lugar. Você os deixará mais irritados ainda."

Gbessa ergueu a mão de Maisy e a baixou.

"*É a minha casa*", disse Gbessa.

"Gbessa! Por favor!"

Mas Gbessa correu pelo corredor e entrou na sala de banquetes, onde toda a sociedade, os prefeitos e suas esposas, os Johnson e a srta. Ernestine, Henry Hunter e Marlene, Gerald Tubman, se reuniam enquanto o sr. Johnson se dirigia a todos. A porta se abriu, batendo na parede adjacente.

"Eles não podem morrer!", gritou Gbessa. A multidão se virou para encará-la. Gerald foi até Gbessa e agarrou seu braço, tentando levá-la para fora da sala. Gbessa resistiu e empurrou o braço. Ele a agarrou de novo, envergonhado com a insubordinação dela, e de novo Gbessa o enfrentou para se soltar.

"Pare!", disse ela.

Gerald apertou o braço dela. "Controle-se", sibilou em seu ouvido enquanto ela resistia. Quando Gerald percebeu, depois de levar um forte empurrão no peito, que ela não se cederia, se afastou dela.

Gbessa voltou a enfrentar a multidão.

"Eles não podem morrer!", implorou ela.

"A garota ficou louca!", gritou Ernestine.

"Sra. Tubman, nós não queremos matar nossos compatriotas", o sr. Johnson disse calmamente do fundo da sala. A multidão virou a cabeça para encará-lo. "Mas eles são criminosos e devem ser punidos."

"Sr. Johnson, sra. Johnson", disse ela, pousando os olhos em Marlene, que desviou o olhar quando Gbessa a encarou. "O menino, o líder, falou comigo ontem. Eu queria te contar, Gerald, mas você não voltou para casa."

"Sobre o que ela está falando?", perguntou Henry.

"Lai, a aldeia deles, foi atacada por franceses. Sei que eram franceses porque os encontrei antes, há muito tempo. O menino disse que eles os atacaram e roubaram algumas pessoas para vender. Eles levaram o pai dele. Ele provavelmente está a caminho da América agora." A voz de Gbessa se despedaçou ao pensar em Safuá como um escravizado cativo, sufocando nas entranhas de um navio estrangeiro.

"Ele estava apenas protegendo sua aldeia e seu povo."

"Impossível!", o sr. Yancey gritou da multidão. Ele se levantou da cadeira, indignado. "Exploramos as fronteiras e não há mais traficantes."

"O que aconteceu com aquela viagem de exploração com os dois irmãos que visitaram aqui há alguns anos?", alguém perguntou.

"Nada. Nada foi encontrado", respondeu outro.

"O tráfico agora é ilegal nos Estados Unidos e nas ilhas e em toda a Europa." O povo da sociedade balançou a cabeça, e Gbessa se arrependeu de não ter lhes avisado após a visita de Norman Aragon.

"Sim, sr. Yancey. Mas eles estão vindo do interior para atacar as aldeias vizinhas. Eles ainda estão negociando. Eles se estabeleceram ao norte", disse ela.

"Isso é verdade", disse Palmer. "Existem assentamentos ao norte e a leste daqui."

"Mas não faz sentido", protestou Yancey. "Por que os franceses querem atacar a Libéria? E por que não Freetown? É uma colônia britânica... Eles poderiam obter mais dos britânicos sequestrando seu povo."

"Imagino que seja porque eles sabem que a Libéria está livre agora, sr. Yancey. Eles sabem que não somos protegidos, não tanto quanto éramos", disse Gbessa em respeito a Gerald, ao se virar para encará-lo. "Eles ainda estão negociando. Eles ainda estão vendendo nosso povo."

"Então por que o seu povo Vai não foi brigar com eles? Por que nós?", gritou alguém.

"Para eles, qualquer pessoa que não seja originária da Libéria é estrangeira e culpada", explicou Gbessa. "Por favor, poupem as vidas deles. Eles podem nos ajudar"

"Ajudar? A garota enlouqueceu! Olhem só para ela! Não me diga que estão dando ouvidos a isso", disse a srta. Ernestine, incrédula.

Gbessa percebeu como devia parecer para eles. Ela mal dormira na noite anterior, correra por Sinou naquela manhã e estava com o cabelo solto.

"Ernestine, por favor." O sr. Johnson ergueu a mão. A srta. Ernestine continuou se abanando. "Continue", disse o sr. Johnson para Gbessa. Maisy enfiou a cabeça pela porta para ouvir.

"Imagino que sem a proteção dos Estados Unidos, os franceses, ou britânicos, podem tentar tomar a Libéria para si. Afinal, livres ou não, somos todos negros. Poderíamos falar com os líderes dos povos", sugeriu Gbessa. "A realeza Poro. Podemos nos aliar a eles. É o que meu marido queria em primeiro lugar. Eles conhecem a terra e os lugares onde o país já foi atacado. Eles podem ajudar o exército", argumentou.

"Isso é um absurdo!", disse a sra. Tucker. "Com licença, sr. Johnson, senhoras e senhores. Não temos como saber se ela já não se aliou a eles e está conspirando contra a colônia. Não temos como saber que ela não foi enviada aqui para destruir todos nós."

"Sra. Tucker, se a morte fosse meu objetivo, você não estaria aqui para se opor a mim", Gbessa disse corajosamente. As mulheres da sociedade fizeram ouvir sua desaprovação.

"Viram?!", disse a sra. Tucker, aos brados. "Eu disse que ela me odiava. Eu disse a vocês que a garota tinha ódio no coração." As mulheres da sociedade concordaram e deixaram isso claro olhando de soslaio e soltando muxoxos para Gbessa, que caminhou até o meio da reunião e falou com eles livremente.

"Eu imploro", apelou ela. "A morte deles será a primeira de uma longa sucessão de mortes. Os ataques continuarão. A matança. Todos nós seremos enviados de volta aos Estados Unidos."

"Não vamos. Somos livres", disse um dos homens mais velhos da sociedade.

"E como eles vão saber disso se você for acorrentado?", acrescentou Gbessa. "Se voltar para a escravidão? Quem vai saber que você era livre?"

O povo da sociedade levantou-se em protesto contra Gbessa.

"Fiquem quietos!", ordenou o sr. Johnson. "Todos. Fiquem quietos." A multidão se acalmou e se sentou.

"Gbessa Tubman", disse o sr. Johnson, "sugiro que você não mencione os Estados Unidos, a escravidão ou a liberdade. Você não sabe nada sobre isso e é ofensivo para aqueles de nós que sabem."

Gbessa assentiu.

"Perdoe-me", disse ela. "Não é minha intenção ofender você ou qualquer outra pessoa." Ela estava exausta de falar, de correr, de implorar. Gbessa olhou para trás, pela porta, onde Maisy estava descansando a cabeça.

"Falo não apenas pela liberdade dos prisioneiros, mas por nossa liberdade, pela Libéria. Os Poro são homens fortes. Eles são os mais fortes de todos os exércitos do Ocidente", continuou. "Eles podem até reunir outros povos. Há algo errado e podemos consertar poupando vidas e conversando com eles.

"Não é meu dever objetar às suas leis. Não vim aqui para discordar de vocês", disse Gbessa, movendo-se pela sala, encarando-os. "Eu vivo uma vida humilde em Sinou. Ajudo meus criados. Cuido de meu marido. Eu nunca tive casa até ser encontrada e trazida aqui para a colônia."

Sua voz falhou, mas foi naquele momento que ela finalmente a encontrou.

"Eu não tinha uma casa para chamar de minha. Mas minha vida foi salva e é meu dever salvar em troca. Pessoas que, pelo menos uma vez, até me expulsaram", disse Gbessa. "Pessoas que me rejeitaram e, mesmo agora, não me reconhecem nem se importam em me conhecer. Meu povo, que agora pensa que sou branca. Que pensa que me amaldiçoou. Eles ainda são meu povo."

Eles caminharam por campos e colinas. Alguns montavam a cavalo, outros se moviam a pé para atravessar os campos verdes. Eles andaram por riachos e pântanos, segurando armas acima de suas cabeças enquanto os animais observavam a caravana mista. Eles não descansaram até chegarem a Lai, os homens da sociedade, todos eles, e as mulheres que foram corajosas o suficiente para segui-los, Gbessa, o príncipe, filho de Safuá, e os outros homens Poro que haviam sobrevivido à prisão. Eles caminharam durante o dia e a noite. Estavam livres agora e lideraram o caminho através de Junde, uma pequena aldeia de membros do povo que o príncipe chamou para segui-los. Depois de Junde, uma trilha estreita estava coberta por uma densa moita de árvores. O príncipe tirou as árvores de seu caminho. Ao longe, uma aldeia estava dançando sob os quentes raios de sol.

Era exatamente como ela se lembrava, o mesmo espaço aberto para o qual ela havia viajado depois de sobreviver à floresta. "Gbessa, a bruxa, Gbessa, a bruxa, Gbessa, a bruxa", ela murmurou para si mesma e não chorou. Ela chamou o espírito de Safuá para dentro dela. Sabia que não o veria; no entanto, a memória de como ele lhe aparecera quando ela voltara, tanto tempo antes, ainda era fresca. Ele estava brincando com o filho no círculo quando os aldeões anunciaram seu retorno e, à distância, ele parou e olhou para ela. Gbessa se lembrou de seus lábios furiosos. Havia pequenas casas feitas de madeira e palha que formavam um círculo, bosques ao redor e o lago Piso atrás delas. Lai. No mesmo momento em que ela reconheceu claramente tudo na aldeia esquecida, o sol a reconheceu e a beijou com força, como o abraço de uma mãe a uma criança considerada perdida ou morta. O sol brilhou sobre ela até que as mechas da cor do seu cabelo ressuscitaram, até que o véu vermelho de sua maldita infância voltou à sua cabeça.

"Gbessa, a bruxa, Gbessa, a bruxa", murmurou ela para si mesma, antecipando o caos que se seguiria quando sua identidade fosse revelada ao príncipe. Mas ninguém veio. À medida que se aproximavam, homens e mulheres sobreviventes saíam correndo de suas casas para encontrar o príncipe e os outros homens Poro sobreviventes. Eles se alegraram juntos no círculo. Os prefeitos os observaram enquanto dançavam. Os aldeões pararam de se alegrar ao notar os homens vestidos e logo depois choraram ao perceber que alguns homens não haviam retornado.

"Olha lá a bruxa!", um velho gritou de repente de sua varanda, incapaz de acreditar no que via, sem perceber que havia interrompido a curta celebração do retorno do príncipe Poro. O sol brilhou bem no lugar onde ela estava, expondo a vermelhidão de seu cabelo. "Aquela lá é Gbessa, a bruxa!" As pessoas da aldeia gritaram quando finalmente reconheceram seu rosto e a distinguiram da multidão pelo cabelo. O príncipe ficou alarmado, mas ergueu as mãos para silenciar os membros frenéticos de sua aldeia. Os prefeitos e outros membros da colônia que haviam viajado para Lai se afastaram de Gbessa, espantados, quando o sol incidiu sobre ela. Gerald também se afastou dela e ficou boquiaberto com a cabeça e o rosto díspares, com os olhos estranhos. Ela estava cercada de novo, mas desta vez por seu novo e seu velho mundo. O povo Vai, perturbado e incrédulo, não sabia se deveria elogiá-la por sua comprovada tenacidade e imortalidade ou rejeitá-la de novo. Havia uma alegria nela que brilhava sem medo. Havia uma vivacidade nela, sua infância, sua maldição, seu rei.

O ancião saiu da cabana de oração e se aproximou devagar da comoção no círculo da aldeia. Gbessa baixou a cabeça em direção ao Ancião, e ele também quase desmaiou de descrença. A bruxa que uma vez matara o filho de Safuá, o príncipe que ele e os outros anciões ressuscitaram depois que suas convulsões cessaram, agora havia retornado na companhia dos homens Poro.

"Gbessa", disse ele, espantado.

"Sim", ela respondeu em vai e ergueu a cabeça. "Sou eu."

ELA
SERIA
wayétu *O* moore
REI

KILIMANJARO

Em seu quinto ano na África, muitas coisas tinham mudado, mas ele permanecia o mesmo. Ainda que uma vez ele tivesse jurado que podia ouvir os passos de Norman Aragon ao lado dele, o som de seu amigo agora se reduzia a uma memória.

June Dey parecia muito mais velho do que realmente era, mais escuro, com uma barba farta que ia até a ponta do pescoço e, geralmente, estava nu e muito machucado pelo sol para se importar com isso. Ele havia voltado às emoções de seu exílio original na floresta da Virgínia, raiva, depressão, confusão. Perguntava-se em que sua vida teria se transformado se ele não tivesse um dom. Pensou em Darlene, em suas bochechas cheias e olhos suaves e fechados conforme ela flutuava rio abaixo. Havia dias em que ele fechava os olhos ao sol e buscava seu espírito e seu cheiro. June Dey lutou sozinho e ao lado de guerreiros. Dormiu e comeu entre eles; caçou com eles. O desejo de June Dey era defender os homens e mulheres que conheceu, mas ele também queria pertencer a eles e logo percebeu que não poderia ter isso. Muitos povos o reverenciavam como um espírito ou um presente dos ancestrais. Outros o viam como um deus. Poucos suspeitavam que ele era um demônio enviado por um povo guerreiro. Não importava para onde ele viajasse, não importava quão duro ele lutasse, a possibilidade de uma vida harmoniosa com os africanos permanecia ilusória.

Um dia, June Dey se viu em uma selva de baobás. As copas das árvores se misturavam nas nuvens; os troncos lisos, marrom-acinzentados, eram amplos, sólidos como pedras. O caminho parecia infinito, ladeado por poderosos baobás.

June Dey me encontrou lá, por meio do espírito de uma velha que estava sentada entre duas árvores, chorando. Ele se aproximou de mim, e como eu sabia que ele faria, homens como ele, que nunca se apaixonavam por ninguém além de suas mães, e não suportavam ver nenhuma mulher chorar, ele parou para ver o que poderia ser feito.

"Velha senhora", disse June Dey com o pouco de *suaíli*[1] que aprendera.

"O que você diz?", eu respondi em inglês. Levantei minha cabeça e mostrei meu rosto para June Dey, um rosto igual ao de Charlotte, aquela história que eu fui.

"Sou o Kilimanjaro", respondi. "Estou aqui para te ajudar."

June Dey sorriu e suas bochechas e olhos me lembraram de Dey.

"Certo, Kilimanjaro", disse June Dey. "Como é que você sabe inglês neste extremo oriente?"

"Eu sei tudo", eu disse, e não consegui segurar as lágrimas. "Todas as línguas, todas as pessoas, toda a terra."

"Ninguém sabe tudo, velha senhora."

"Eu sei tudo", repeti. June Dey riu.

"Se você sabe tudo, diga meu nome", disse June Dey.

"Qual é o seu nome?", eu perguntei, enxugando seu rosto.

"Se você já sabe, por que me pergunta?", indagou June Dey.

"Eu pergunto porque você também não sabe o seu nome", eu disse. Eu ri, por alguns instantes aliviada da minha tristeza.

"Meu nome é Moses", disse June Dey.

"Não, não, não. Seu nome não é Moses", insisti.

June Dey ficou em silêncio.

"Você precisa que eu diga para você ir salvá-la. Salvá-los."

"Salvá-los?", perguntou June Dey. Ele ouviu o vento em busca de gritos ou indícios de outra batalha. "Quem?"

"Aquele lugar. Aquelas pessoas. Seu povo", eu disse. "Mas você não estará sozinho. O andarilho Norman aparecerá novamente para ajudá-lo. E eu estarei lá também."

---

[1] Idioma falado por povos originários do Leste da África.

"O que você disse?", perguntou June Dey, ajoelhando-se diante de mim. "Como você sabe..."

"Você precisa de mim para poder salvá-los."

"Salvar quem?", perguntou June Dey, desesperado.

"A garota que vai te salvar. Que vai salvar todos nós."

"Que garota? Quem é você?"

"A garota com o maior dom de todos nós. A vida", eu disse. "Se ela não fosse uma garota ou se não fosse uma mulher... Se ela não fosse uma mulher ou se não fosse uma bruxa, ela seria o rei."

June Dey se levantou, convencido de que estava conversando com uma tola.

"Por que você me confunde? Você é louca?", perguntou ele.

"Eu não sou louca e ela não é rei. Ela é uma bruxa. Ela tem um dom como você e você não sabe o seu próprio nome."

"Meu nome é Moses", June falou outra vez.

"Não é."

"Qual é o meu nome, então?"

"Pergunte à sua mãe. Você não perguntou a ela?"

"Faz muito tempo que não vejo minha mãe", disse June Dey, parecendo genuinamente triste com isso. Eu ri de novo.

"Sim, faz", falei. "Ela está bem ali." Eu apontei para o sol.

June Dey ergueu os olhos e não viu nada. "Bem ali", eu falei, indicando a minha esquerda. June Dey olhou para a esquerda e parecia que os fantasmas de Darlene ou Henrietta Emerson iriam persegui-lo em sua jornada. Mas eles não estavam lá. Então apontei para o meu peito.

"Você está zombando de mim", disse June Dey. "Ela não está lá."

"Ela está aqui. Ela está ao seu redor", eu disse, minha mão firme contra o meu coração.

"Eu não a vejo."

"Certo. Pergunte ao seu pai", sugeri.

"Não tenho pai", disse June Dey.

"Sim, você tem." Eu ri. "Ele está bem ali." Eu apontei para o chão. June Dey olhou, mas não havia pegadas ali. Ele percorreu toda a África à procura de vestígios de uma mãe ou de um pai. Eles não estavam lá.

"Você está zombando de mim", ele disse e se virou para sair, convencido de que eu era uma curandeira que havia perdido a cabeça para a feitiçaria e tinha sido abandonada nas montanhas.

"Espere!", gritei. "June Dey é o seu nome", eu disse, por fim. "June Dey, cuja mãe vive no vento, uma vez chamada Charlotte, e cujo pai vive nos furacões, um homem que já foi tão forte quanto você."

"O que você disse?", perguntou ele.

"June. June Dey."

"June", ele repetiu, e parecia real.

"A garota precisa de você. Volte."

"Estou muito longe dela", falou June Dey.

"Por que está se opondo? Você é muito mais poderoso agora do que quando era menino. Você nasceu livre. Mas, até encontrar seu dom, você não conhecia sua liberdade. Agora que conhece seu poder, o que vai fazer com ele?"

Ele ficou em silêncio, e segurei seu rosto entre as mãos. Vi Dey por baixo de sua pele.

"Eu estou aqui, meu filho", eu soprei para dentro daquelas belas bochechas e olhos. "Estamos todos aqui. Todos nós viemos lutar."

Eles chegaram à Monrovia: a caravana de colonos e trabalhadores agrícolas, o príncipe e os prefeitos e outros homens da sociedade, Gbessa e seus maiores, homens Gio e homens Bassa e homens Krahn e guerreiros Kpelle, o novo exército liberiano e Henry Hunter e Gerald Tubman.

Todas as impressões que a vida deixara em Gbessa, sobretudo naquelas noites à beira do lago com Safuá, que ainda faziam parte de sua existência tanto quanto suas mãos e seus pés, todas se encolheram na presença do que agora a preenchia, o amor, a outra bela máscara de Deus. Ela o encontrou novamente no confronto com seu passado e sua comunhão com o espírito perdido de Safuá e sua verdade — a de que ele permanecera em Lai naquele dia, não para rejeitá-la, mas para proteger outros como ela, para proteger aqueles que não podiam vencer a morte, um voto que tinha lhe custado a vida.

Inúmeros navios venceram as ondas e surgiram, todos cheios de exércitos, armas, canhões e artigos de metal, cem mil vezes o que havia nos estábulos de madeira da Monróvia. Todos agora que marchavam por terra, liberianos, olhavam para os navios no oceano que navegavam em sua direção.

"Eles são franceses!", exclamou um colono, apontando para as bandeiras que navegavam bem acima dos navios.

"Deus nos ajude", disse o sr. Johnson, tremendo. "Chegamos tarde."

"Não!", gritou Gerald. "Todo mundo está aqui. Todo mundo vai lutar!"

Os colonos somavam algumas centenas com todos os seus homens, o exército e todos os donos das casas, os prefeitos idosos, os criados e todos os meninos que estivessem dispostos a defender seu país. Eles se aproximaram da costa tremendo, mas era o medo que os alimentava, a última chance de defender seus nomes e mães negras, suas histórias torturadas e todos os que foram deixados para trás, todos os que nunca veriam a liberdade. Eles apertaram suas armas, as camisas desabotoadas. Alguns colonos mais velhos, que haviam tirado a camisa para a batalha que se seguiria, revelaram as costas com cicatrizes, corpos que ainda mostravam a memória das aflições do passado. Houve lágrimas que perturbaram alguns de seus rostos, mas a raiva só os fez ganhar vida.

Os indígenas também somavam várias centenas. Eles eram homens e meninos, alguns com armas esculpidas nos minerais de sua terra, alguns com armas emprestadas, todos sedentos por proteger o que era deles por direito, a terra pela qual recusaram-se a desistir. Havia pequenos grupos entre eles, divisões estabelecidas por idioma e posição. Os guerreiros Poro instruíram os outros sobre o que deveria ser feito. Eles apontaram deliberadamente para os navios que se aproximavam e gritaram, grunhiram de raiva, queimando de fome.

Gerald olhou para a defesa na orla, esperançoso, embora igualmente angustiado com o que poderia causar a morte de todos eles. Os homens Poro se espalharam pela colina que dava para o oceano, gritando aos quatro ventos sobre como atacariam. Como ninguém mais seria roubado. Como eles não perderiam novamente.

Enquanto os grupos se reuniam e planejavam, esperavam os navios começarem a atracar ou aguardavam uma palavra de seus generais e reis sobre quando atacar, todas as mulheres foram instruídas a ir até a mansão dos Johnson para se esconderem por segurança. As mulheres foram lá para se esconder e orar; todas, exceto Gbessa.

Gbessa, a feiticeira que orquestrara a defesa, que sabia em seu coração e sentiu pela passagem do espírito de Safuá que nem mesmo a gloriosa frota que assaltava o pequeno país enfrentaria corretamente sua maldição, deixou os homens onde estavam e se dirigiu para a praia.

"*Fengbe, keh kamba beh. Fengbe, kemu beh*", ela murmurou enquanto seus pés descalços afundavam na areia. "*Fengbe, keh kamba beh. Fengbe, kemu beh.*"

O amor engoliu seu medo e Gbessa continuou em direção aos navios. Deixe que venham. Pois o que a morte tinha conseguido até então além de zombar dela? Ela era o suficiente.

"*Fengbe, keh kamba beh.*" As palavras saíam de seus lábios enquanto ela caminhava em um estado de quase delírio e alegria, e um conjunto de pegadas de repente emergiu na areia ao lado dela. Gbessa se moveu mais devagar ao notar os passos e a presença irresistível de outro.

Norman Aragon apareceu. Seus pés descalços se cravaram na areia. Suas calças estavam rasgadas e ele envelhecera muito desde a última vez que ela o vira. Seus olhos fundos foram recuperados, sua esperança restaurada por sua bravura. Ele olhou para o oceano enquanto os navios avançavam.

"Você veio", disse ela.

Seus braços pendiam ao lado do corpo e ele comprimia os lábios, mas seu perdão e a suavidade de sua presença atraíram Gbessa para ele. Ele estava feliz de novo, não apenas por ajudar no resgate de uma alma gêmea, mas por ter sido lançado em uma grande colisão, para chegar quando seu passado e futuro precisassem dele tanto quanto a garota. Sim, ele estava lá. Ele tinha voltado para a guerra.

Ela seguiu em frente.

O vento soprava em um frenesi calamitoso ao redor deles, cheio de antecipação. Eu carregava comigo o som das batidas do coração de todos eles, homens e mulheres antes separados através de continentes.

Eles a chamaram de Libéria. Chamei a poeira e a areia abaixo para se juntarem a mim no ar. Acordei os furacões e dancei. Desafiei os captores a me desafiar. Desafiei-os a enfrentar o que não podiam ver, o que era considerado invisível. Sim, estou aqui. Eu estou ao seu redor.

O oceano lutava consigo mesmo, ressuscitando fantasmas por baixo das cargas dos navios. As mães daqueles que lutaram, aqueles para sempre perdidos e abatidos em sepulturas oceânicas sem fundo, levantaram-se, agitados. Aqueles navios ousaram repetir as milhões de agonias de seu povo. O oceano e os últimos cadáveres de mães roubadas lutavam com as águas.

"Rolem para longe!", gritei, e as ondas batiam contra suas popas, balançavam e oscilavam no oceano enquanto o trovão soava acima deles.

Gbessa não estava sozinha e, caminhando ao lado de seus protetores, percebeu que nunca tinha estado. *"Fengbe, keh kamba beh. Fengbe, kemu beh."* Ela se lembrou da voz de Safuá e o imaginou cantando para acalmar os outros nas entranhas ressoantes de algum navio estrangeiro. *"Fengbe, keh kamba beh. Fengbe, kemu beh."* Não temos nada, mas temos Deus. Não temos nada, mas temos um ao outro.

Ela foi adiante.

Ela foi adiante e o vento moveu seu rosto em direção a uma colina na outra margem. Um homem chegou e olhou para onde ela estava. Era June Dey. Agora quase irreconhecível devido aos anos de distância e seu rosto barbado, ele pousou na costa com a ajuda do vento. Norman Aragon e Gbessa o viram e souberam que a redenção seria completa. Agora, nos últimos momentos diante desta gloriosa frota de navios, seu espírito se alegrou ao ver Gbessa e Norman, ao reconhecer que ele tinha vindo para lutar com eles. Ele tinha vindo em nome de Darlene e tantos outros se misturaram ao vento. Ele estava lá. Eles estavam todos lá. Todos vêm para lutar. Tudo está pronto.

Gbessa cambaleou na direção do oceano. Norman Aragon e June Dey a seguiram. E os homens libertos da Monróvia, os colonos, os guerreiros Poro, os africanos, a terra e os três com dons correram furiosamente em direção à costa para enfrentar os exércitos dos navios que se aproximavam.

Um barco chegou primeiro e uma dúzia de homens saiu em fila, formando uma fileira na orla, com as costas voltadas para o oceano, seus rifles apontados para fora e prontos para atirar. Norman desapareceu e, em questão de segundos, os rifles dos franceses foram arrancados de suas mãos e jogados na praia. June Dey desceu correndo para ajudar seu amigo, chegando assim que outros barcos da linha de frente atracaram e dispararam contra centenas na praia, esperando. As balas se chocaram contra ele, caindo ao encostarem em seu corpo, que ele usou como escudo para cobrir o máximo de monrovianos que pudesse.

"Não atire!", gritou o sr. Johnson, com as mãos erguidas. "Nós podemos conversar. Esta terra é legalmente nossa!"

"Não atire!", gritaram os colonos em uníssono.

Mas outra rodada de balas voou em direção aos que estavam na costa. Norman Aragon empurrou aquelas armas das mãos dos adversários, e June Dey correu para impedir que as balas penetrassem na pele daqueles que esperavam para lutar. Incapazes de se conter por mais tempo, os homens avançaram em direção aos franceses na boca do oceano. Alguns usaram os punhos, outros, cutelos de fazendas monrovianas, colidindo com as lâminas brilhantes daqueles que desafiavam sua liberdade. June Dey pegou um lutador e o arremessou no oceano, à distância, na direção dos outros navios que se aproximavam. Conforme cada barco chegava ao porto, Norman Aragon lutava com os franceses por suas armas, sua invisibilidade os confundindo, assustando alguns, que recuavam. June Dey os agarrava pela cabeça, pelas pernas e pela cintura, jogando os corpos uns nos outros, animado pela companhia dos outrora escravizados, pela memória de Darlene e de muitos antes dela. Gbessa pegou um cutelo caído na areia e, quando a lâmina atingiu a extremidade mais afiada da faca de batalha de um francês, ela ecoou na praia. Gbessa se movia rapidamente pela areia, lutando por Safuá, chamando-o por meio de sua música: *"Fengbe, keh kamba beh. Fengbe, kemu beh"*. *Não temos nada, mas temos Deus. Não temos nada, mas temos um ao outro.*

Gbessa era a única mulher na costa, ziguezagueando entre os guerreiros e lutando contra os colonos, esquivando-se das armas retumbantes e da boca dos revólveres, da carnificina, do zumbido em seus ouvidos. Outra rodada de balas veio, a erupção se provando mais do que Norman Aragon poderia enfrentar. Os homens lutavam para proteger suas terras, resistindo ao influxo de traficantes de escravizados. Não muito longe de onde ela estava, um francês recuperou um cutelo de um colono caído, perto dos calcanhares machucados daqueles que lutavam, e correu em direção a Gbessa. Ela ergueu o cutelo no ar, resistindo à forte arremetida do avanço do francês. Cada vez que ele brandia sua arma, Gbessa reagia com a dela, a melodia do confronto de lâminas dominando as ondas. Seus ombros doíam, seus braços tremiam e ela foi incapaz de conter o avanço do outro. As balas aumentaram e, enquanto Gbessa lutava, uma dor semelhante a uma faca entorpeceu sua cintura. O francês, vendo que uma bala a feria, correu para lutar contra outro. Gbessa caiu de joelhos, apertando o linho de seu vestido entre os dedos enquanto o sangue o empapava. Na praia, até onde ela podia ver, os liberianos lutavam juntos, agora em menor quantidade, mas não sem paixão; quase arruinados, mas não sem lutar. A bala a feria gravemente e ela olhou em direção ao oceano, onde Safuá havia sido roubado, e sua voz estava atordoada demais para a canção. O som da batalha ficou mais alto; ela largou o cutelo e tocou o buraco em sua barriga onde a bala havia penetrado.

Mas eu não vou morrer, pensou Gbessa. "*Nós não vamos morrer*", disse, sua visão nublada pelas lágrimas em meio àquelas centenas de homens duelando, e caiu na areia, esperando a ressurreição.

AGRADECIMENTOS

Agradeço à minha agente, Susan Golomb, cuja confiança em mim e neste livro impactou muito minha arte e minha vida. Muito obrigada à dinâmica e incomparável Fiona McCrae; sua orientação fez Gbessa brilhar, e esta oportunidade é meu primeiro sonho realizado. Obrigada a Steve Woodward e Yana Makuwa pelos comentários, e Katie Dublinski e toda a equipe da Graywolf por viverem de acordo com sua reputação de ser uma casa de *rockstars*. Obrigada a Janet Steen por ter lido uma versão anterior deste livro, bem como a Lauren Martinez, Kimberly Wang, Rita Williams, Donald Gray II, Vamba Sherif, Kona Khasu e outros queridos amigos que leram trechos, ou a terceira e a quarta versões, ou e-mails desconexos e me deram *feedbacks* construtivos e valiosos. Muito obrigada à biblioteca do Skidmore College e à minha equipe Skidmore (ZUKI!), à Comunidade de Escritores em Squaw Valley e a Robtel Pailey e Stephanie Horton por me desafiarem ao longo dos anos. Aos Freeman e Moore. Sou eternamente grata pela fé e humildade de meus pais, Augustus e Mamawa; meus irmãos, David e Augustus Jr., por me enviarem aquele trecho de *Uma Família da Pesada* com Stewie falando sobre o romance de Brian; a meus irmãos mais velhos, Pete e Kevin; a minhas sobrinhas; a minha irmã Wiande, cujo amor é perfeito; a minha irmã Kula, por sua honestidade e colaboração. E, finalmente, a meu marido, Eric. Obrigada por segurar minha mão durante tudo isso.

LEITURAS ADICIONAIS

Embora seja livremente baseado em um breve capítulo da história da Libéria, *Ela Seria o Rei* reconta ficcionalmente a fundação do país. Se este livro despertou seu interesse pela Libéria, recomendo a leitura das seguintes obras:

Clarence E. Zamba Liberty, *Growth of the Liberian State: An Analysis of Its Historiography*

C. Patrick Burrowes, *Black Christian Republicanism: The Writings of Hilary Teage (1805-1853), Founder of Liberia*

D. Elwood Dunn, editor, *Liberian Studies Journal (Volume XIV, Number 2)*

Stephanie C. Horton, editor, *Sea Breeze Journal of Contemporary Liberian Writings (2004-2011)*

C. Patrick Burrowes, *Between the Kola Forest and the Salty Sea: A History of the Liberian People Before 1800*

William Henry Heard, *The Bright Side of African Life*

Robtel Neajai Pailey (trabalhos acadêmicos)

Patricia Jabbeh Wesley (poesia)

Vamba Sherif (romances)

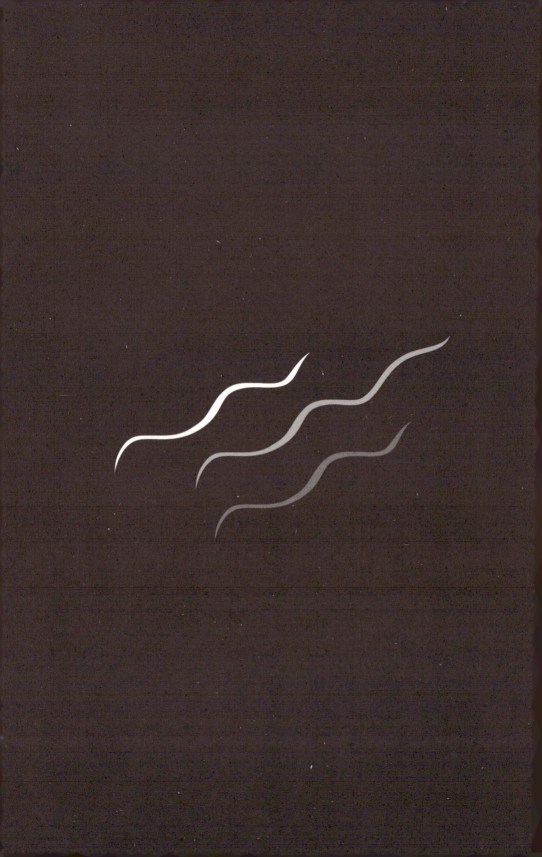

WAYÉTU MOORE nasceu na Libéria e foi criada em Spring, no Texas. Tem mestrado em Escrita Criativa pela Universidade do Sul da Califórnia e em Antropologia e Educação pela Universidade de Columbia. Já escreveu para jornais e revistas como *The New York Times*, *The Paris Review*, *The Atlantic Magazine* e *Guernica*. É professora de Estudos Africanos na Faculdade de Justiça Criminal John Jay da Universidade da Cidade de Nova York e também fundadora da One Moore Book, uma organização sem fins lucrativos que, por quase dez anos, publicou e distribuiu livros infantis culturalmente diversos. *Ela Seria o Rei* é seu livro de estreia. Mora no Brooklyn, em Nova York. Saiba mais em wayetu.com

Sem comunidade,
não há libertação.

— AUDRE LORDE —

DARKSIDEBOOKS.COM

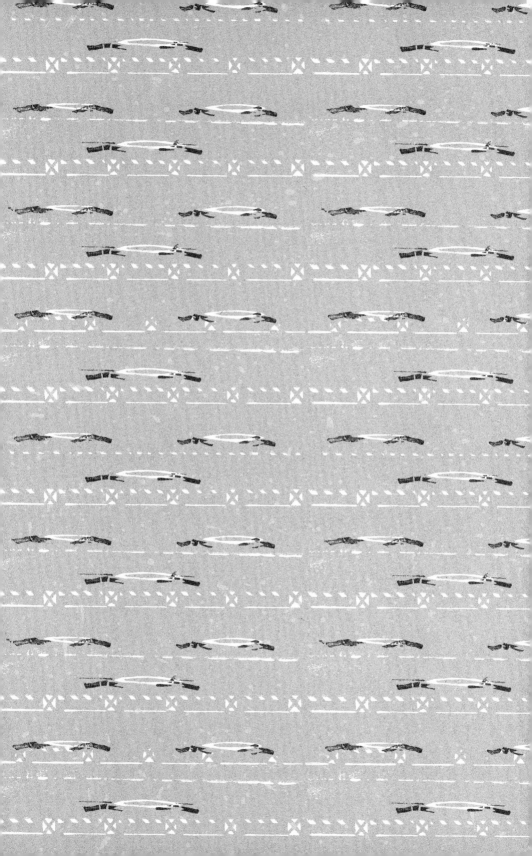

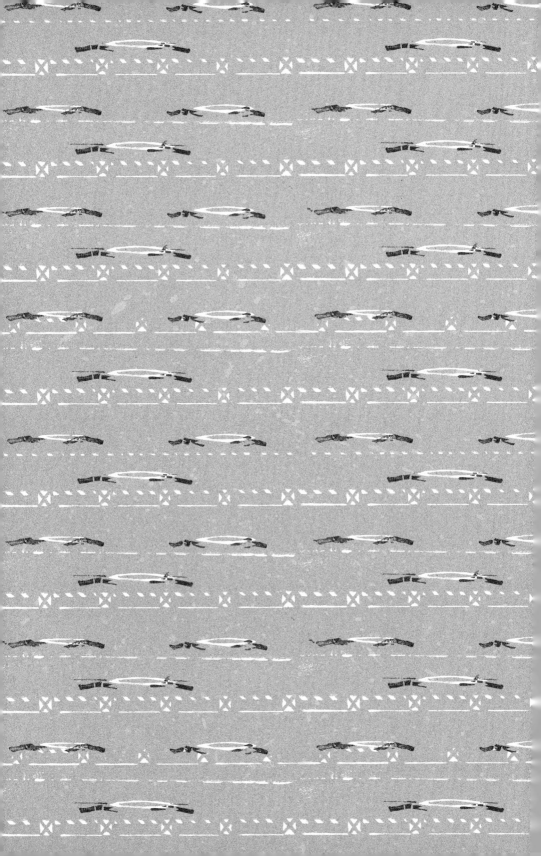